CARLOS ALBERTO MONTANER

OTRA VEZ
ADIÓS

© 2012 Carlos Alberto Montaner

© De esta edición:

2012, Santillana USA Publishing Company, Inc.

2023 N.W. 84th Avenue

Doral, FL 33122

Teléfono: (305) 591-9522

Fax: (305) 591-7473

www.prisaediciones.com

ISBN: 978-1-61435-956-2

Primera edición: Noviembre de 2012

Imágenes de cubierta:

Hulton-Deutsch Collection/CORBIS y Keystone/Corbis

Diseño de interiores: Grafika LLC

Impreso en HCI Printing and Publishing, Inc.

A Humberto Calzada, Arturo Rodríguez
y a Demi, su mujer, tres buenos amigos,
tres excelentes pintores.

Mi total gratitud:

A Jaime Einstein, buen narrador él mismo, endiabladamente inteligente, muy cuidadoso en los detalles étnicos de la obra, quien me evitó unos cuantos errores. A Liat Altman, luchadora por los derechos de los judíos y de todos los perseguidos, culturalmente sensible, quien me guió en algunas zonas peligrosas de la narración. A Belinda Béhar, profesora de literatura, y a Laura Tartakoff, escritora y académica, quienes leyeron el manuscrito y, como los anteriores amigos, me hicieron valiosas observaciones sobre aspectos de la cultura judía que yo ignoraba. A Mario Luis Kreutzberger, el legendario *Don Francisco*, quien me enseñó ciertos ritos del mundo hebreo. A Rafael Kravec, quien me contó algunos detalles de la vida de los judíos cubanos en la década de los cuarenta y cincuenta y, sin proponérselo, le dio vida a uno de los personajes del libro, aunque su historia personal no sea exactamente esa historia. A Dori Lustron y a Ana Beris, que me mantienen puntualmente informado de cuanto sucede en el Medio Oriente. A Humberto Calzada, quien leyó y me comentó la obra desde la perspectiva de un pintor. A Jaime Suchlicki, quien hizo un aporte doloroso: me reveló el fusilamiento de su tío en Cuba en 1935 durante el gobierno de Mendieta. A Gabriela Aroca, mi nieta, quien me ayudó a compilar ciertas investigaciones históricas. A Cristina de la Torre, mi traductora y amiga, especialista en literatura, quien contribuyó a que esquivara varios escollos. A Silvia Matute y a Casandra Badillo, ambas de Santillana/Alfaguara, quienes trabajaron muy profesionalmente conmigo para mejorar el manuscrito. Y a Linda, mi mujer, buena lectora de literatura, siempre sorprendentemente intuitiva, con quien discutí la obra párrafo a párrafo. Todos ellos, y algunos que seguramente he olvidado, son responsables de los aciertos de la novela, si los hubiera, pero no de los defectos o errores. Esos, que seguramente existen, son enteramente míos.

El recuerdo es el único paraíso
del que no pueden expulsarnos.

ÍNDICE

PRIMERA
PARTE

1

ENSAYO PARA UN POGROMO

Ludwig llegó tarde y, como había convenido con el director, se sentó discretamente en la parte de atrás del salón de clase. Desde donde estaba pudo divisar la cabeza rubia de Volker Schultz y le dio mala espina. Estaba rodeado de amigos que, sin duda, formaban parte de la juventud hitlerista. Todos llevaban el brazalete con la esvástica, un símbolo desafiante que hacía pocas fechas el gobierno austriaco, presionado por los nazis, había terminado por aceptar a regañadientes. Ludwig pensó que lo conveniente era ni siquiera cruzar una mirada con su antiguo condiscípulo y adversario. La frase escuchada a su padre repercutió en la memoria como un latigazo: la clave de la supervivencia de los judíos era hacerse invisibles. Resultaba humillante, porque era someterse a la voluntad de un enemigo cruel, pero era lo prudente.

La lección transcurría sin tropiezos. El profesor, un experto en historia del arte, había desplegado dos grandes láminas que reproducían obras de Velázquez. Una se titulaba *Las hilanderas* y le servía para enseñar los efectos de la iluminación. La otra era *La rendición de Breda*, y la utilizaría, como anunciara, para explicar la composición. En un alarde de erudición innecesaria hasta había pronunciado el nombre completo del artista español: Diego Rodríguez de Silva y Velázquez. Se había regodeado en la erre de Rodríguez. De pronto, un joven que estaba muy cerca de Ludwig hizo una pregunta en voz alta y todos los alumnos se volvieron para escucharlo. Volker Schultz fue uno de ellos. Sus ojos, súbitamente, sin quererlo, se cruzaron con los de Ludwig. En los primeros segundos pareció no reconocerlo. Luego lo miró fijamente con un gesto duro y a continuación tocó en el hombro al estudiante que tenía junto a él. Se dijeron algo. Llamaron a un tercero. Los tres, resueltamente, salieron del aula haciendo cierto ruido al mover los pupitres. Ludwig advirtió que algo tramaban y sintió que un desagradable escalofrío le sacudía la espalda y el bajo vientre.

Así fue. A la hora, cuando sonó el timbre y se abrió la puerta del salón para que salieran los estudiantes, una fila doble de miembros de la juventud hitlerista, unos veinte en total, aguardaban a Ludwig Goldstein. Éste esperó a ser el último en abandonar el aula. Inevitablemente, tenía que atravesar ese túnel de odio. Sintió miedo y le temblaron las piernas. Los demás compañeros, sabedores de que sobrevendría un acto público de repudio, una especie de pogromo, se agruparon en un rincón desde el que podrían observar lo que estaba a punto de suceder. Nadie se atrevió a intentar detener el penoso espectáculo. Volker Schultz comenzó a gritar: "Judío miserable, la Academia es para el digno pueblo de Viena, no para los traidores que nos explotan. El arte es para los arios, no para los gusanos. Ustedes dedíquense a la usura."

Los veinte miembros de la juventud hitlerista —todos los que había en la Academia, previamente convocados por Schultz— comenzaron a corear: "Fuera los gusanos judíos, fuera los gusanos judíos".

Ludwig, que casi podía oír los latidos de su acelerado corazón, se atrevió a dar el primer paso en medio de las dos filas de jóvenes nazis. Schultz se le interpuso y lo increpó. "Levanta el brazo y grita *Heil Hitler*", le dijo. Ludwig apretó los labios e intentó seguir en silencio su camino. Volker se abalanzó sobre él y le dio un fuerte puñetazo en el estómago, derribándolo. Ludwig trató de levantarse y otras dos personas lo sujetaron fuertemente. El doctor Böhm llegó apresuradamente pidiendo calma y trató de evitar la golpiza. Lo apartaron de un fuerte empujón. Fue inútil. Varios de los miembros de la juventud hitlerista pateaban e insultaban a Ludwig. "Judío cobarde", le gritaban. El resto de los estudiantes miraban aterrorizados, paralizados por el miedo. "He llamado a la policía", gritó el director. "¿Por qué tiene usted judíos en la Academia?" le contestaron. El viejo bedel, el señor Schmidt, intentó detener la desigual pelea y lo tiraron al suelo. "¿Quieres irte?", le preguntó Volker a Ludwig en un gesto de cínica condescendencia. "Te vamos a dejar ir, pero no puedes volver nunca más". Ludwig, desde el suelo, trató de defenderse. "Así que no te sometes, gusano de mierda", le gritó Volker dándole una patada en los testículos. "Ahora tendrás que salir de rodillas, judío asqueroso, o no vas a salir vivo de aquí," le gritó. El señor Schmidt ayudó a Ludwig a incorporarse. "De rodillas", le gritó Schultz. Ludwig tenía el rostro cubierto de sangre y su cabeza daba vueltas. Sentía una profunda punzada que ascendía desde los testículos y le invadía todo el bajo vientre. Una vez de rodillas, comenzó a moverse en dirección a la salida. De pronto sintió un escupitajo en el rostro. Y otro, y otro, mientras avanzaba penosa y lentamente por un ondulante camino de dolor.

En ese momento, sin que nadie lo advirtiera, entraron al recinto un hombre alto y fuerte vestido con un típico sobretodo de la policía secreta, acompañado por alguien menos corpulento, muy joven, y también resuelto, que parecía su ayudante:

—Basta ya. Soy el capitán Mark Schneider ——gritó con gran autoridad y una voz estentórea mostrando y guardando rápidamente su credencial de policía—. He venido a detener a este sujeto. Me han avisado. Hay órdenes de que los judíos no pueden estudiar en la Academia de Bellas Artes. Me lo llevo para que nos explique qué hace aquí.

Ludwig, todavía de rodillas, lo miró con una mezcla de rencor y alivio. Se limpió la sangre y los salivazos de la cara con la manga de la camisa. Lentamente, trató de ponerse en pie y volvió a caer. En un segundo intento consiguió mantener el equilibrio. Sentía que el salón giraba, como si estuviese ebrio. Le dolían la sien derecha, la mandíbula, las costillas, los testículos. "Sígame", le dijo el capitán Schneider tras esposarlo. Los treinta pasos que lo separaban de la puerta le parecieron una distancia infinita. Trastabillaba. La vista se le nublaba intermitentemente. Los jóvenes hitleristas reían y se mofaban de él. Ludwig los escuchaba de una manera confusa, en medio de una borrosa realidad, sin que las palabras le hicieran mella, como si fueran proferidas contra otro. Continuaban insultándolo. Los estudiantes que no habían participado en la golpiza, pero lo habían observado en silencio, seguramente avergonzados, le rehuían la mirada, apenados por lo ocurrido y tal vez con ellos mismos. En un rincón, el señor Schmidt lloraba junto al director de la Academia, consolado por su hija Inga, quien acababa de llegar apresuradamente. En la calle los esperaba un auto negro, típico de las fuerzas de seguridad. El silencioso acompañante del capitán se puso al volante. Ludwig fue empujado bruscamente en el asiento trasero. Junto a él se sentó el capitán. El auto partió con cierta prisa.

Al doblar la esquina, el capitán Schneider abandonó su trato seco y le hizo a Ludwig una revelación sorprendente:

—Voy a quitarle las esposas. Soy Karl Toledano, judío, como usted, y éste que conduce —señaló hacia su supuesto ayudante— es Yankel Sofowicz, judío polaco. No hace mucho que está con nosotros.

Por unos segundos, Ludwig no entendió lo ocurrido ni quiénes eran "nosotros", pero enseguida sacó la conclusión adecuada. Estos desconocidos, por alguna razón ignorada por él, no habían ido a detenerlo sino a rescatarlo. Ya sin las esposas, mientras se limpiaba la sangre de la cara, atinó a agradecerles el gesto:

—Muchas gracias, muchas gracias —repitió dos veces y notó que la boca le dolía intensamente.

—Me avisó el director. Es un viejo amigo. Temía lo peor. Estos nazis a veces pierden el control de sus actos y matan. Matan impunemente. Han asesinado a decenas de austriacos, incluido Engelbert Dollfuss, el Primer Ministro, que tanto se les parecía, por cierto. No conocen límite alguno.

Al cabo de casi una hora de trayecto llegaron a un caserón rural en las afueras de Viena, típico de alguna pequeña actividad agrícola, rodeado por unos árboles altos y frondosos que a Ludwig le parecieron una variedad poco común de pino. Les abrió una señora de unos cincuenta años, muy hermosa, delgada, de cabello castaño y ojos grandes del color de la miel. Por la familiaridad en el trato y el beso cariñoso con que recibió a Karl Toledano, Ludwig supuso, correctamente, que se trataba de su esposa.

—Soy Ruth —le dijo extendiéndole la mano mientras desplegaba una sonrisa poseedora de una indefinible dulzura.

Ludwig se estremeció cuando vio que en el salón, desde el lugar más destacado, lo miraba una foto de Adolf Hitler en atuendo militar y con expresión severa. No pudo distinguir lo que decía, pero advirtió que en el margen bajo derecho había una dedicatoria y lo que parecía ser la firma de Hitler.

—Es nuestro amuleto —le aclaró Toledano con una leve sonrisa—. La mejor manera que tenemos de sobrevivir es ser uno de ellos, disfrazarnos. En la estantería encontrarás un ejemplar de *Mein Kampf* en formato grande y también dedicado a mí por el propio *Führer*.

—¿Lo conoció? —preguntó Ludwig con aprehensión.

—No exactamente —rio Toledano—. Ya se lo explicaré.

Ludwig pidió permiso para lavarse. El cuarto de baño estaba

al final del pasillo. Ruth le entregó una toalla limpia y un jabón de olor nuevo junto a una camisa planchada. Acostumbrado a observar, en el breve camino notó que no existía ningún elemento ritual que delatara que se trataba de un hogar judío. Era la casa típica de un propietario rural austriaco, rústico, pero económicamente estable y clamorosamente cristiano, como delataba un piadoso cuadro del Corazón de Jesús y la copia, muy bien hecha, de una imagen de Leopoldo III de Babenberg, el Santo, cuyo original Ludwig alguna vez había visto en el Monasterio Klosterneuburg, no muy lejos de Viena. Ludwig, junto a cierto tolerable ardor, notó en su orina el pigmento rojo de la sangre. Temió que le hubieran lesionado los riñones.

A su regreso del cuarto de baño lo esperaban un té caliente y una apetitosa tarta de chocolate. Karl Toledano comenzó a contarle su historia casi sin preámbulos. Era un holandés de origen sefardita —como Spinoza, dijo—, ingeniero de profesión, cuya familia se había radicado en Alemania, concretamente en Hamburgo, y dedicado a las labores de imprenta y edición de libros desde hacía varias generaciones. Sionista convencido, como lo había sido su padre, formaba parte de las redes de apoyo al hogar judío que se incrementaba constantemente en Palestina como consecuencia del aumento del nazismo en Alemania. Tras sufrir varias agresiones directas y la confiscación de su imprenta después de la aprobación de las leyes antisemitas de 1935, decidió marcharse a Austria, disfrazado, donde había creado una red clandestina de apoyo a los judíos perseguidos.

—La llamamos Masada. En Masada, como sabe, estuvo el último reducto de la resistencia judía contra los romanos. Nos pareció un nombre inspirador.

—¿De quién dependen? —preguntó Ludwig extrañado.

—De nadie —respondió Toledano—. En nuestras circunstancias, la supervivencia está relacionada con la cantidad de gente a la que te vinculas. Vendí unas cuantas joyas antiguas y me hice de una nueva identidad austriaca junto a mi mujer. Oficialmente pertenecemos a la minoría alemana de Schönlinde, de los Sudetes de Bohemia, de donde emigramos cansados del antigermanismo de los checos. Ya somos cien por ciento austriacos y estamos empadronados en Viena. Preferí crear mi propia organización de resistentes porque eso era menos peligroso que tratar de integrarnos a los grupos sionistas habituales, casi todos conocidos y penetrados por la policía política alemana. No son muchos, pero hay judíos que colaboran con los nazis por dinero o por no ser maltratados.

—¿Cómo lo hicieron? —preguntó Ludwig admirado.

—Hasta 1933 imprimíamos libros relacionados con la tradición judía y conocíamos a diversas comunidades de judíos centroeuropeos. Teníamos colecciones en *yiddish,* hebreo y alemán. Yo mismo recorría las librerías y sinagogas de Alemania, Polonia y Checoslovaquia con parte de este material impreso. Por eso me fue relativamente fácil organizar una red de apoyo a las víctimas de la represión.

—¿Y el dinero para operar? —dijo Ludwig.

—Para algo somos viejos impresores. Instalamos el taller en el sótano de esta casa. Un abuelo mío fue el primer falsificador de francos franceses —rio Toledano—. Lo hizo durante la guerra entre Alemania y Francia de 1871. Imprimió los mejores billetes de cincuenta francos que se habían visto. Mejores que los del Banque de France. Yo heredé ese talento. Las dedicatorias del retrato y del libro son falsificaciones, pero tan buenas que el propio Hitler vacilaría si tuviera que identificarlas. Ahora, simplemente sigo la tradición familiar con chelines, marcos, lo que sea necesario. Yankel lo sabe porque le tocó llevar una buena cantidad de eslotis a sus amigos polacos —Toledano lo dijo señalando con el mentón a Yankel Sofowicz, su supuesto ayudante.

—Yo le agradezco mucho que me hayan rescatado de la Academia, pero no entiendo por qué me cuenta cosas tan confidenciales. ¿No le parece eso muy peligroso? ¿No cree que es muy comprometedor que yo sepa todo esto?

—Así es, pero tal vez no tengo más remedio ni más tiempo. Sé que usted es un gran dibujante realista y que conoce la técnica del grabado en metal. Me lo contó el doctor Bruno Böhm. Voy a necesitar de sus conocimientos y me interesa que su nivel de compromiso con nosotros sea total. Ya sé que mi relato nos coloca en sus manos, pero usted no nos va a delatar. Cuanto hacemos es por nuestro pueblo judío.

—¿Bruno Böhm es judío? —preguntó Ludwig sorprendido.

—No exactamente. Es cristiano con algún antecedente judío, pero eso poco importa. Su familia es de origen alemán y es, por razones de decencia, solidario con los judíos. Le avergüenza el antisemitismo. Fue socialista y estuvo vinculado a Victor Adler hasta su muerte en 1918, aunque desde hace años se presenta como apolítico. Curiosamente, es primo lejano de Ernst Böhm, el jefe de los camisas pardas cuyo asesinato ordenó Hitler por ser homosexual y porque acusaba al *Führer* de blando y acomodaticio. De acuerdo con la nueva legislación alemana, que acabará imponiéndose en Austria, el doctor Böhm es un cuarto de judío porque su abuelo materno lo era, pero más que semijudío, o criptojudío, o cristiano, es un austriaco horrorizado con lo que está sucediendo en el país. Somos amigos desde hace años. Él sabe lo que yo hago y por eso me avisó cuando estaba a punto de comenzar el acto de repudio del que lo rescaté.

—¿Qué debo hacer? —preguntó Ludwig con la inflexión y el gesto de quien está dispuesto a cooperar.

—Sabemos que los alemanes ya han decidido tragarse a Austria. Es cuestión de tiempo, de poco tiempo. La primera fase del nazismo es unificar a los pueblos de origen germánico por la persuasión o por la fuerza. Luego dominarán a los demás. En eso consiste la doctrina del "espacio vital". Cuando controlen Austria, inmediatamente sustituirán la moneda. Uno de los nuestros nos ha contado que planean imprimir billetes de veinte *reichmarks* basados en un diseño nunca utilizado del billete de cien chelines austriacos.

Tenemos un prototipo en papel y queremos hacer varias litografías perfectas que nos permitan imprimir y disponer de varios millones en el momento exacto en que pongan en circulación la nueva moneda. Al principio será mucho más fácil distribuir los billetes falsos.

—¿Dónde haría el trabajo? —indagó Ludwig resuelto.

—En un sótano oculto de esta casa tenemos todo lo que necesita —le dijo Toledano poniéndose de pie e invitándolo a que lo siguiera. Ni Ruth ni Yankel Sofowicz se movieron de la sala.

Al llegar a la cocina, Toledano abrió la alacena y buscó algo en el dintel interior de la puerta. Era una especie de cerrojo que le permitió mover la pared de baldas y abrir una puerta comunicada con una escalera oculta que llevaba a un sótano secreto. Una bocanada de humedad y un fuerte olor a tinta, barniz y trementina ascendieron instantáneamente por aquel hueco ominoso. Toledano accionó una luz amarillenta y Ludwig pudo ver una escalera de metal. Descendió tras él. Descubrió un taller de unos sesenta metros cuadrados, razonablemente desordenado, como suelen ser las imprentas, en el que había un par de buenos tórculos de metal, mesas, planchas de cobre y zinc, resmas de papel, una guillotina eléctrica, un cajón de tipos móviles y una monotipia de plomo. El color amarillento y la textura viscosa de un recipiente de ácido nítrico impuro utilizado en los aguafuertes reflejaba la luz del techo de una manera extraña y desagradable. La falta de ventanas creaba una atmósfera sucia y seguramente dañina para la salud. Bajo la escalera, Ludwig descubrió una mesa con un equipo de radiotelegrafía.

—En efecto —afirmó Ludwig—. Creo que hay todo lo que se necesita. Yo puedo hacer las planchas, pero me tomará algún tiempo. Veo que tiene un equipo de radiotelegrafía.

Habían comenzado a tratarse con familiaridad.

—No importa. Tiempo es lo que nos sobra. Dentro de un rato Yankel te llevará a tu casa. Para no despertar sospechas te dejará cerca, no llegará a tu puerta. Viena está llena de colaboradores de los nazis. Todavía el gobierno de Kurt Schuschnigg resiste, pero no sabemos cuándo los nazis tomarán el poder. Tuvo que nombrar al miserable de Arthur Seyss-Inquart, el hombre de Hitler en Austria, al frente de la represión. Se lo impusieron desde Berlín. Te aconsejo que ni siquiera comentes el incidente ocurrido en la Academia. Debes hacerte invisible. Lo importante es que se olviden de ti. En cuanto al radiotelégrafo: efectivamente, tenemos gente en Berlín, en Praga, en Roma, en diversos sitios, y nos intercambiamos informaciones. Eso aumenta nuestras posibilidades de sobrevivir. Yankel se está adiestrando como radiotelegrafista. Es la forma más segura de comunicarse.

Ludwig volvía a escuchar la maldita frase. ¿Cómo hacerse invisible? Uno intenta —pensó—, desde que tiene uso de razón, hacerse notar, prevalecer, sembrar el yo propio en medio de la marea humana, y de pronto le exigen que desaparezca voluntariamente, que se haga invisible.

—Sí, lo sé —dijo con fastidio—. En mi propio edificio viven un par de simpatizantes nazis. Como nos conocen hace muchos años, y mi padre los ha atendido como médico un par de veces, no nos hostigan, pese a que somos judíos, y cuando nos cruzamos en la escalera hasta sonríen amablemente, pero son nazis, y esa es una enfermedad incurable.

—No me fiaría ni un minuto. Los nazis austriacos han matado a casi mil personas en atentados y crímenes de todo tipo contra sus compatriotas. El gobierno de Austria ha metido en la cárcel a varios de los asesinos más notorios, pero Hitler exige que los amnistíe.

—Leí el informe de la entrevista de Schuschnigg con Hitler. Mientras tengamos el apoyo de Mussolini no creo que Hitler se atreva a nada.

Toledano movió la cabeza desaprobando lo oído.

—Mussolini acabará poniéndose de acuerdo con Hitler. Son de la misma familia. Es una ingenuidad pensar que los fascistas nos van a defender de los nazis. Mussolini sólo está un poco menos loco que Hitler, pero también vive obsesionado con la grandeza de su pueblo. Se cree obligado a recrear la gloria de la Roma clásica. Es un imbécil más refinado. La carnicería que organizó en Etiopía para crear un imperio italiano en África es semejante a lo que Hitler se propone hacer en Europa. Los aviones italianos han gaseado a poblaciones civiles indefensas. Mussolini también es un criminal.

Ludwig recordó las noticias del bombardeo de Guernica, en España, ocurrido un año antes, en abril de 1937. La aviación alemana había pulverizado ese pequeño pueblo vasco en medio de la guerra civil española. Era cierto que nazis alemanes y fascistas italianos actuaban como aliados de los franquistas en España, mientras el gobierno legítimo de la República contaba con el apoyo de los comunistas de Stalin y de las Brigadas Internacionales. Tenía razón Toledano: Mussolini no se opondría a la anexión de Austria si Hitler decidía llevarla a cabo. Lo vería como un pleito entre alemanes en el que no debía mediar.

—¿Cuándo debo comenzar a trabajar? —preguntó Ludwig con el gesto cansado de quien había participado en una especulación política que súbitamente se le antojaba inútil.

—Dentro de un par de días te recogerá Yankel. Déjame tu número telefónico.

—Voy a necesitar cierto tiempo para hacer un trabajo bueno.

—De acuerdo.

2

RETRATO DE FREUD

———✦———

La historia, de alguna manera, comenzó con un retrato al Dr. Sigmund Freud. En realidad me llamo, o inicialmente me llamaba, Ludwig Goldstein. Lo de David Benda vino después. Así, con el nombre de Ludwig Goldstein, me conocieron todos mis amigos en Viena hasta que abandoné la ciudad. Muy joven, entré por una puerta falsa en la Escuela de Bellas Artes antes de que los nazis se apoderaran del país. Soy el único hijo del médico Moses Goldstein, judío, librepensador, aunque respetuoso de las tradiciones hebreas, jefe de la sala de cirugía ortopédica del Hospital Káiser Francisco José. Mi madre se llamaba Hannah Benda. Era violinista, profesora de música, y poseía un talento innato para el dibujo y para la ironía. Procedía de una familia originaria de Praga. Su padre fue el famoso rabino David Benda, a quien acabé despojando de su nombre, aunque él nunca lo supo, dado que murió sin conocerme. Mi abuelo fue un extraordinario políglota —dicen que hablaba dieciséis lenguas y leía otras veinte sin dificultad—, gran especialista en el Talmud y en la Escuela de Salamanca del siglo XVI, un grupo de académicos españoles en los que mi abuelo creía haber encontrado la huella del pensamiento judío.

Mi padre hubiera querido que yo cursara medicina, como él, pero mi vocación eran las artes plásticas. Curiosamente, entré a la Academia de Bellas Artes no como estudiante, sino como modelo. Necesitaban un joven musculoso, porque el de la Biblia lo era, para posar como el David de Miguel Ángel en las clases de escultura, a lo que añadían el requisito de que fuera alto y, me apena decirlo, apuesto y bien proporcionado. Creo que el ejercicio y la práctica diaria de lucha grecorromana en el *Gymnasium*, donde estudié la secundaria, a los que me entregaba con entusiasmo, contribuyeron a que me seleccionaran.

Un profesor, amigo de la familia, postuló mi nombre, pero cambiándolo para ocultar mi origen judío. Finalmente, me examinaron y acabé subido a una tarima, sin otra ropa que una mínima toalla que simulaba ser una hoja de parra, pudorosamente colocada para ocultar mis genitales, y no porque estuviera circuncidado (mi padre, aunque no era religioso en el sentido ritual de la palabra, había aceptado que me mutilaran "bárbaramente", como se refería a este primitivo despojo del prepucio), sino porque el único interés de los estudiantes consistía en reproducir mi rostro y mi cuerpo; primero en unos cuadernos de apuntes y luego en una especie de arcilla precursora de la escultura, mientras yo permanecía inmóvil y aburrido pensando en cualquier cosa que aliviara ese martirio.

El paso del modelaje a la condición de frustrado estudiante de pintura fue sorpresivo. Desde niño, debido, probablemente, a la carga genética de mi madre, he tenido una capacidad especial para reproducir fielmente la realidad o las imágenes presentes en mi memoria, habilidad que me ha servido para abrirme paso en la vida, a veces inesperadamente. Casi como un juego, le hice un retrato al óleo al viejo Hans Schmidt, un humilde bedel a punto de jubilarse, padre de Inga, una bella muchacha que limpiaba el suelo de la Academia, con la que yo había desarrollado cierta amistad teñida por una atracción sexual que, de mi parte, sólo condujo, lamentablemente, a ciertas fantasías solitarias. Ese retrato, hecho por pura diversión, sin yo proponérmelo, fue el que me abrió las puertas de la institución y, de cierta manera, del infortunio.

Debo decir que la relación con Hans Schmidt y las visitas a su casa humilde, llena de libros pero ordenada y limpia, fueron una grata experiencia. Descubrí, totalmente sorprendido, que se trataba de un personaje muy ilustrado, viudo reciente, tras un matrimonio de medio siglo, anarcosocialista, lo que me garantizaba que Schmidt no padecía ninguno de los prejuicios antisemitas tan extendidos en la Austria de esos tiempos. Con los años, Schmidt se había apartado de las luchas políticas y sindicales, pero no de los sueños de reivindicación de la clase obrera. Su hija Inga, la bellísima Inga, que tras enviudar su padre había asumido el papel de madre en la casa, solía escucharlo con mucha atención mientras yo lo pintaba y él se explayaba asegurando que los nazis y fascistas estaban a punto de desencadenar una guerra aún mayor que la de 1914, algo que me parecía francamente exagerado.

Lo dibujé vestido como un caballero del Barroco, todo de negro, pero con la ropa raída, con el rostro inexpresivo, sentado junto a una mesa en la que sólo había unos mendrugos de pan y un plato de sopa grasienta. El señor Schmidt —muy halagado, porque en los cuarenta años que llevaba trabajando en Bellas Artes nadie había reparado en él como persona, aunque sí como criado al que le hacían mil encargos— le enseñó el cuadro al doctor Bruno Böhm, Director de la Academia, y éste, a los pocos días, me llamó a su despacho, intrigado.

—¿Usted pintó el retrato del señor Schmidt? —me preguntó con cierta incredulidad.

—Sí, por supuesto —le respondí.

—Sólo lo tenía por un joven modelo. ¿Lo ayudó alguien?

¿Tiene estudios formales de pintura? Usted es un extraordinario pintor realista.

Sonreí antes de contestarle.

—No. Mi madre es una buena aficionada y hace unos años me dio algunas lecciones, pero soy autodidacta y he dibujado y pintado mucho por puro placer. Puedo hacerlo como un hiperrealista, pero no es exactamente la escuela que más me gusta. Cuando decidí retratar al señor Schmidt lo hice como un homenaje secreto a Eugene von Blaas, hijo de austriaco. Acababa de ver aquí en Viena una retrospectiva de su obra, a los pocos años de su muerte, y me impresionó mucho. Las horas libres de que dispongo, cuando termino de estudiar o modelar, las dedico a contemplar las obras de los grandes maestros. Ese *Juicio Final* del Bosco que posee la Academia es una maravilla.

—También hay un Rubens y un Murillo preciosos —agregó el director con orgullo—. Y tenemos la mayor colección de grabados en metal del mundo. ¿Conoce usted la técnica del grabado en metal?

—Sí —le respondió Ludwig—. Pasé unos meses en un taller de litografía. No es lo que más me gusta, pero conozco todo el proceso.

El director agregó un elogio inesperado:

—Usted, sin haber tomado ninguna clase formal, dibuja mejor que algunos profesores de la Academia. Tiene un enorme talento.

Según me dijo, le impresionó algo que a mí me parecía insignificante y que había hecho rutinariamente: el ligero, aunque exacto, toque blanco en la pupila del señor Schmidt, detalle que, supuestamente, le confería mucha vida al retrato. También lo deslumbraron las manos huesudas, manchadas por la edad, con los índices ligeramente torcidos por la artritis. Me advirtió, eso sí, que me aceptaba de una manera irregular y muy discreta, sin que figurara en los registros oficiales, porque existía una circular en la que se exigía el rechazo o la expulsión de cualquier estudiante de origen judío. Sabía, cuando me contrataron como modelo, que yo era judío y que mi nombre no era el que figuraba en el expediente, pero se había hecho de la vista gorda porque no era un estudiante regular, sino un trabajador externo al que no tenía la obligación de investigar o de reportar a las autoridades. Sin embargo, ya desde 1935 los alemanes habían dictado una serie de medidas antisemitas y se temía que los austriacos las calcaran con gran entusiasmo y rapidez, pese a la resistencia callada del primer ministro Schuschnigg. Al director todo esto le parecía una monstruosidad, pero no tenía fuerzas para oponerse, y ni siquiera contaba con el apoyo de la facultad o de los empleados de la Academia, debilidad que me demostró cada vez que el secretario abría la puerta y él cambiaba el tema de la conversación.

En definitiva, yo sería y no sería estudiante de Bellas Artes. Podía asistir a las clases y aprender, pero de forma callada y semioculta, preferiblemente en el fondo del salón. No resultaba conveniente que hablara o preguntara. Nadie debía saber que era judío. Mezclarme con los estudiantes podía ser peligroso; especialmente debía evitar a Volker Schultz, un joven no muy talentoso, desgraciadamente conocido mío, quien, por presiones políticas, acababa de ser admitido en la Academia para que representara a las juventudes hitleristas, aunque todavía no se había presentado en la escuela. Era un tipo fanático; alto y fuerte, de ojos claros, quien en la entrevista previa al ingreso en la institución se vanaglorió de tener la perfecta estampa del arquetipo germano ario, por lo que no perdió la oportunidad de defender la pureza de un arte que no estuviera contaminado por la natural suciedad de los semitas y otros grupos humanos deleznables.

Yo sentí una mezcla de orgullo y vergüenza. Orgullo, porque entraba en la Academia por mis méritos, por mi "evidente talento", como había dicho el propio director; vergüenza, porque mi condición oculta de judío, elemento de mi vida sobre el que yo no tenía el menor control, ni podía modificar, me hacía diferente al resto de mis compañeros y me colocaba en una posición de inferioridad que podía traerme terribles consecuencias. Fue entonces cuando se me hizo patente que ser despreciado, una modalidad hiriente del rechazo, podía resultar muy lacerante, en especial para un joven que apenas se asomaba a la vida de los adultos.

Por otra parte, era una dolorosa casualidad volver a tropezar con Schultz, mi excompañero del *Gymnasium*, a quien, varios años antes, me unió cierta amistad que incluía la mutua y frecuente visita a nuestros hogares donde nos reuníamos para estudiar. Huérfano de padre (un oficial del ejército que había muerto heroicamente en la guerra), vivía en un pequeño *chalet* junto a Agnes, su madre, una señora extremadamente amable. Fue un vínculo adolescente que se fue agriando en la medida en que aumentaba la temperatura del nacionalismo pangermano y Volker se acercaba a los movimientos hitleristas de la época, primero prohibidos y luego autorizados a regañadientes por el gobierno austriaco. Los dos amábamos la pintura y la literatura, a los dos nos unía el gusto por la poesía de Rilke, tan detestado por los nazis, y la música de Mahler; pero yo era judío (como lo había sido Mahler), y él suponía que debía odiarme, de manera que una tarde, al terminar las clases, tras una discusión política me retó a pelear, pensando que, por su estatura y corpulencia, me vencería fácilmente. Traté de evitarlo, pero cuando me pareció fue imposible nos enzarzamos en una riña en la que él llevó la peor parte, dado que yo sabía luchar con bastante destreza. Tras derribarlo de un golpe le apliqué una llave asfixiante, hasta que pidió perdón golpeando el suelo con la palma de la mano. Cuando se incorporó sangraba por la nariz. "Esto no se queda así", me dijo con odio mirándome a los ojos antes de marcharse. Una semana más tarde, nunca supe exactamente por qué, abandonó el *Gymnasium* y se matriculó en otra escuela. No volví a saber de él durante varios años, hasta que el doctor Bruno Böhm mencionó su nombre con cierto temor, ante lo que esgrimí la secreta ilusión de que aquel episodio ya se hubiese borrado de su memoria y no me guardara ningún rencor. Al fin y al cabo, habíamos sido buenos amigos en la adolescencia.

Esa noche, durante la cena, les conté a mis padres la buena nueva, aunque aclarándoles que ni siquiera debían proclamarlo en voz alta, porque en esa época cualquier noticia feliz que involucrara a un judío podía provocar una respuesta feroz de los antisemitas, dedicados, como estaban, a vengarse de mil maneras de esas "sanguijuelas que nos chupan la sangre", como decían los carteles colgados en numerosos lugares de la ciudad, incluida la Academia a la que me habían invitado a asistir en calidad de oyente.

En ese momento circulaban rumores sobre medidas antijudías que preparaban en el Gobierno y en el Parlamento. Se decía que pronto los judíos no podrían trabajar en ningún puesto público, prestar servicios profesionales a personas de otra "raza", poseer propiedades o casarse con arios. Los que eran empresarios se verían obligados a vender sus compañías a precios ridículos a ciudadanos que no tuvieran mancha de sangre judía, y los que vivían en casas y apartamentos próximos a los "buenos austriacos" tendrían que largarse a otros sitios con la ropa puesta, porque ni siquiera podrían llevarse sus pertenencias. Algunos afirmaban que, como en la Edad Media, nos obligarían a exhibir distintivos que revelaran la "raza" maldita a la que pertenecíamos (hablaban de un triángulo amarillo que deberíamos coser a nuestra ropa), como los sambenitos que siglos atrás les exigía la Inquisición a los judíos, mas yo pensaba que era difícil que se llegara a esos extremos tan crueles y estúpidos.

Mi padre me prometió total discreción, pero me dijo que al día siguiente estaba citado con su amigo Sigmund Freud en el Café Landtmann. Freud, que admiraba la erudición de mi padre en materia religiosa más que su destreza como cirujano, y que disfrutaba de su sentido del humor, le perdonaba su escepticismo ante el psicoanálisis y su discreta burla a la interpretación de los sueños que él había conseguido codificar. Jugarían un rato al *tarock* con otros dos compañeros de naipes, y luego pasearían por la Ringstrasse, como solían hacer algunas tardes si el encapotado clima de Viena lo permitía. Cuando estuvieran solos, le contaría al doctor Freud la forma en que yo había sido admitido a la Academia para pedirle su opinión. Él no estaba seguro de que fuera una buena idea entrar de esa manera en Bellas Artes, no tanto por el carácter humillante de ser un estudiante clandestino, sino porque temía que, si se descubría, pudiera desatar la ira de los antisemitas. Recuerdo la frase triste con la que concluyó su opinión: "En esta época los judíos debemos hacernos invisibles. Ahí está la clave de nuestra supervivencia".

***

Ludwig se sintió muy halagado cuando su padre lo citó a la habitación de la casa que utilizaba como despacho, y en la que a veces examinaba a algunos pacientes, para decirle que el doctor Sigmund Freud quería verlo.

—Le conté que eres un retratista excepcional, por lo que has sido invitado a la Academia, y, sorprendentemente, me dijo que quería reunirse contigo. Creo que desea encargarte un retrato. No fue idea mía, sino suya.

Y entonces vino otra sorpresa. Moses Goldstein, como cuando Ludwig era niño, llamó a Hannah, su mujer, y le pidió que le entregara al hijo lo que le habían comprado en la tienda de un amigo. Se trataba de una curiosa antigüedad. Era una ingeniosa maleta de madera, con patas retráctiles, que servía para guardar pinceles, creyones y tubos de pintura, incluso algunos lienzos enrollados, pero con la particularidad de que se convertía en caballete. Hasta tenía una pequeña recámara secreta, bien camuflada, acaso para guardar dinero, o un arma pequeña. La habían fabricado en Francia en el siglo XVIII, cuando todavía los pintores elaboraban sus propios pigmentos.

Fue Hannah la que describió el regalo, y lo hizo en un tono supuestamente jocoso que, sin embargo, algo tenía de severa y triste profecía.

—Yo no sé si te dedicarás para siempre a la pintura y al retrato, para lo cual estás muy bien dotado, pero es posible que eso sea una bendición. Esta será la caja de ganarte la vida. Aquí puedes guardar todas tus armas: colores, brochas, pinceles, todo lo que necesitas, y me llamó la atención que la maleta pudiera convertirse en caballete. La fabricaron para algún pintor trashumante. Para alguien que acaso deba huir. Tiene hasta un compartimento secreto. Dicen que Goya tuvo una parecida. También tuvo que huir a Francia. A lo mejor es la de Goya. Me temo que todos nosotros también tendremos que huir, pero no sé si tu padre y yo estaremos preparados para eso. Hay un tiempo para todo, incluso para morir.

Fue un momento muy triste. Ludwig advirtió que su madre estaba emocionada y tenía los ojos húmedos. El doctor Freud le había dado la cita para las seis de la tarde del día siguiente.

***

El Distrito 9 de Viena no era especialmente importante, salvo por alguna iglesia y un palacio notables, pero allí, en la calle Berggasse 19, en un edificio sólido y burgués pintado de blanco, estaban el domicilio en que vivía y la contigua oficina en la que el doctor Sigmund Freud citaba a sus pacientes desde hacia muchas décadas. Fue en su despacho donde recibió al joven pintor. Él mismo le abrió la puerta:

—Bienvenido, Ludwig —le dijo en un tono lo suficientemente cortés como para eliminar cualquier barrera existente entre un joven y el famoso doctor Freud, pero sin excesiva efusividad, porque solía racionar prudentemente la cordialidad y le gustaba guardar cierta distancia con los demás seres humanos—. No te veía desde que eras un chiquillo y tu padre, mi amigo Moses Goldstein, te trajo a esta casa.

—Era pequeño, tal vez tenía unos diez años, pero lo recuerdo perfectamente —le respondió Ludwig con una sonrisa amable.

—¿Qué recuerdas? —preguntó Freud mecánicamente, casi por deformación profesional.

—Muchas cosas. Muchos objetos. Nunca había visto tantas antigüedades, esculturas, vasijas, libros. Eso me dejó una impresión imborrable. Para un niño, su casa es una mezcla de museo o la vivienda secreta de un anticuario. Luego mi padre me aclaró que usted era un coleccionista compulsivo.

Freud sonrió por lo de "compulsivo". Le hacía gracia que su jerga particular se hubiera transformado en la jerga de su profesión, popularizándose tanto que regresaba a él como un bumerán. Con un ademán, le indicó que se sentara. En efecto, la oficina estaba llena de objetos diversos, mas todo guardaba cierto orden y limpieza. Era el despacho de un psicoanalista, pero era, también, una manifestación clarísima de la confusa intimidad psicológica del propio Freud.

—Sí, mi despacho, mis cosas, son una proyección de mi ser íntimo. Coleccionar objetos con algún significado histórico es una pasión personal. Me gusta. Lo disfruto. Debo ser algo fetichista.

Esto último Freud lo dijo mientras sonreía.

—¿Por qué, doctor Freud? —Ludwig se atrevió a indagar.

Freud respondió con la rapidez de quien ha contestado muchas veces la misma pregunta:

—Porque obtengo una gratificación emocional cuando los adquiero y ese sentimiento se renueva, aunque sea débilmente, cuando los observo repetidamente. Es una emoción parecida a la de los melómanos que escuchan la misma música una y otra vez. El placer está en la reiteración. Esos objetos también me sirven de inspiración. Acabo de comprar otra vasija griega con el tema de Edipo y la Esfinge. Encontrarla me produjo una gran satisfacción, poseerla elevó ese placer. Al convertirse en piezas-de-conversación me estimulan intelectualmente. A veces escucho ideas brillantes que acaban transformándose en intuiciones originales.

El hielo entre el anciano sabio y el joven artista se había roto por completo con gran facilidad, pese a cierta fama de formalidad profesoral que se le atribuía al doctor Freud. Ludwig se mantuvo en silencio para escuchar lo que quería de él su anfitrión.

—Moses, su padre, me ha asegurado que usted es un genio de la pintura. Me dijo textualmente: "Es el Egon Schiele de nuestros días, pero también puede pintar como los clásicos". Me gustaban las figuras distorsionadas de Schiele, sus desnudos atrevidos. Era como si pintara a sus modelos desde adentro. Aunque mis gustos pictóricos son más bien clásicos, simpaticé mucho con aquel movimiento vanguardista al que llamaron Secesión. Era necesario sacudir a la academia. Hicieron en el arte algo parecido a lo que yo llevé a cabo en el terreno de la psicología. Yo conocí a Schiele y a Klimt, su mentor genial, pero, como usted sabe, la gripe española los mató a los dos en 1918, tras el fin de la Gran Guerra, como mató a mi hija Sophie.

Ludwig notó un ramalazo casi imperceptible de dolor en Freud cuando mencionó a su hija. Era evidente que el fundador del psicoanálisis era un hombre pudoroso que ocultaba sus emociones más íntimas. A Ludwig se le ocurrió, pero no dijo nada, que esa búsqueda del inconsciente del otro podía ser una indagación perenne sobre sí mismo. Freud hizo una pausa, extrajo un habano del bolsillo interior de la chaqueta, y lo prendió lenta y ritualmente con una larga cerilla de madera. Ludwig aprovechó para mirarlo con fijeza, observar su traje limpio y bien planchado, la barba y el cabello arreglados. No había ni un detalle de descuido corporal.

—El médico me lo ha prohibido mil veces, pero no estoy dispuesto a abandonar los puros —dijo mientras miraba cómo ardía la punta del cigarro—. Éstos son habanos. Buenos habanos. Me los ha enviado un escritor cubano, Alfonso Hernández Catá, junto a su libro de cuentos titulado *Manicomio*. Creo que es o fue embajador en España. No entiendo el español, pero ya le dije que si los cuentos son tan buenos como los puros merece el Premio Nobel. El médico insiste en que el tabaco es responsable del cáncer que padezco en el velo del paladar, pero ni él ni yo estamos seguros. Fumar me produce un placer al que no voy a renunciar. Hay algo en la nicotina que genera un efecto relajante.

—Mi padre me ha dicho que lo han operado treinta veces de ese cáncer en la boca —dijo Ludwig adoptando un tono ligeramente compasivo.

—Treinta y una —le respondió Freud acompañando la frase con un gesto de resignación—. Hace casi quince años que me operaron por primera vez. Fue en 1923. No sé si resisto otra operación. Debo utilizar una prótesis que es muy dolorosa. Mi hija Anna a veces tiene que ayudarme a colocármela. Huele mal. Le cuento un secreto: por eso también fumo. El aroma agrio del tabaco contribuye a ocultar el mal olor de mi boca. Los puros me dan placer y me ayudan a esconder cierta inevitable fetidez. El tabaco es mejor que la pasta dental para enmascarar el olor. ¿Lo había notado?

Ludwig entendió entonces por qué Freud se mantuvo físicamente distante, cuando lo recibió en la puerta, más de lo habitual entre dos personas que van a saludarse. También comprendió por qué no se había sentado en la butaca más próxima.

—No, realmente, no lo había notado. Las operaciones tampoco le han deformado el rostro —le dijo cortés y sinceramente—. Usted aparenta menos edad de la que tiene.

—Las operaciones me han alterado la voz y la dicción —afirmó Freud—. Siento mi voz más aflautada, cuando debía ser más grave por culpa de la edad. A veces me duele hablar. No siempre. Ahora no, por ejemplo. El resto del cuerpo no anda mal. Disfruto mucho las caminatas y, siempre que puedo, me voy al campo a dar un paseo por alguna loma empinada. Eso debe ser algún rastro atávico de mi nacimiento. ¿Sabe que nací en Moravia en una zona montañosa? Hoy forma parte de Checoslovaquia.

—Me dijo mi padre que usted deseaba verme —Ludwig evadió la pregunta retórica y regresó al motivo de su visita con una sonrisa.

—¡Su padre! A Moses le debo mi último libro, el que estoy escribiendo: *Moisés y la religión monoteísta*. Él fue quien me puso sobre la pista de que Moisés no es un nombre hebreo, sino egipcio. Él sabe que yo amo esa civilización, madre de la nuestra. Los judíos creen que es en el seno de la religión hebrea donde surge el monoteísmo, pero no es verdad: es con Ajenatón en Egipto. Además, hubo dos Moisés, no uno. Si se confirma mi intuición, que le debo a su padre, esto le daría un vuelco a las creencias religiosas en Occidente, aunque tendría un gran costo simbólico para el judaísmo como religión.

Ludwig se quedó callado a la espera de que el doctor Freud regresara al asunto de su visita. Freud comenzó dando un rodeo.

—¿Ve usted ese retrato? —señaló hacia una imagen suya, cuidadosamente realista, muy bien dibujada, probablemente al carboncillo, que colgaba en una de las paredes—. Lo pintó Ferdinand Schmutzer cuando cumplí sesenta años. Pensé que sería la última imagen que dejaría sobre la tierra. Hay fotos notables, pero los buenos cuadros son mejores que las buenas fotos porque los pintores penetran en la psique de las personas. Schmutzer fue un gran artista y un extraordinario grabador. Los retratos que hizo de Albert Einstein y de Pau Casals, el violoncelista español, son excelentes. Hizo otro del emperador Francisco José en 1917, un año después de su muerte y poco antes de que terminara la dinastía de los Habsburgo. Incluso, parece que hay otro de Luis Víctor, el hermano homosexual del emperador.

—¿El que exiliaron después de un escándalo en un baño público? —preguntó Ludwig sin ninguna inocencia.

—Ése mismo —contestó Freud con un brillo pícaro en su mirada—. Pero Schmutzer ya murió y quiero, ahora sí, dejar mi último retrato. He cumplido ochenta años y no creo que dure muchos más.

—¿No le teme a mi inexperiencia? —preguntó Ludwig en un arranque de sinceridad.

Freud se quedó callado. Volvió a encender el puro, que se había apagado, y se detuvo un momento a observar las volutas de humo.

—No. La edad no es fundamental en la pintura. Lo importante es el genio. Boticelli hizo algunos de sus grandes dibujos siendo muy joven. Masaccio ya era un gran maestro a los veinte años. He visto unos dibujos infantiles de mi nieto Lucian, el hijo de Ernst, y sé que será un genio. Ya se percibe. Su padre es arquitecto y tiene un gran talento plástico. El chico parece que lo heredó. Los genios nacen y se perfeccionan con el tiempo, pero no se hacen. Mis familiares se fueron a Inglaterra hace unos años. Es el país perfecto para tener talento. En Austria y en Alemania tener talento se ha convertido en un delito. Ellos me insisten en que me mude a Inglaterra.

Ludwig se sintió abrumado por las comparaciones. Freud, tras una pausa, agregó otro motivo con un gesto de tristeza:

—Además, existe otro factor. Hoy no creo que ningún notable artista vienés se arriesgue a pintar mi retrato. Recibí una carta de un joven pintor español, un tal Salvador Dalí, en la que me dice que desea pintarme porque yo soy el santo patrón de los surrealistas, algo muy curioso porque el surrealismo a mí me parece un arte de tontos enajenados, pero, al margen de su entusiasmo, hay algo en su oferta que me hace sospechar de su cordura. Agrega que ve mi frente como un gran caracol. ¿Usted ve mi frente como un gran caracol? —preguntó Freud divertido, pero sólo para dar paso, súbitamente, a un tono sombrío que Ludwig no esperaba—. Están quemando mis libros. Como ya le he dicho a un periodista, irónicamente, acaso sea un paso de avance. En la época de la Inquisición me hubieran quemado a mí. Pero a estas alturas ni siquiera creo que eso sea imposible. Lo próximo será que me coloquen en una hoguera. La semana pasada unos jóvenes me gritaron "judío de mierda" mientras regresaba del teatro. Pronto ni siquiera podremos acudir al teatro. Vamos hacia la catástrofe total. Hitler es un demente peligroso y ha contagiado con sus locuras al resto de los austriacos. Usted, además de tener talento, es judío, como yo, y no tiene mucho que perder. Los dos podemos confiar en el otro porque compartimos los mismos enemigos. Si usted acepta, hará mi retrato.

—Es un honor que me hace —le dijo Ludwig con total sinceridad.

—Pero no quiero que me lo obsequie. He defendido siempre que los pacientes paguen honorarios justos para poder curarse y para exigir un trato profesional de ambas partes. Puedo pagarle hasta cinco mil chelines. El dinero nunca ha sido una preocupación para mí. No soy rico, pero tuve, hasta hace poco, una vida confortable. Lo que va quedando ya no es vida, ni es confortable.

—De acuerdo —dijo Ludwig halagadoramente extrañado de que el primer trabajo realmente profesional de su vida fuera pintar a Sigmund Freud y, además, recibir por ello una razonable cantidad de dinero.

—¿Sabe que Adolf Hitler trató de ser admitido en la Academia de Bellas Artes? Lo rechazaron por falta de calidad. Incluso, por un tiempo logró vivir de su pintura. ¿Qué hubiera ocurrido si hubiese alcanzado el éxito? Tal vez habría satisfecho su narcisismo implacable. Una vez me ofrecieron, y compré, acaso por morbosidad, un pequeño óleo suyo fechado en 1910. Era una especie de capilla grande, o iglesia, con unas montañas al fondo. Lo tuve colgado en mi oficina por un tiempo, pero pudo más el asco que le tenía y lo regalé. Pensé en destruirlo, pero no me atreví.

—Sabía que había sido un mal pintor, y que lo rechazaron en la Academia de Bellas Artes, pero ignoraba que hubiera podido vivir de su arte, aunque fuera malamente. Eso tiene cierto mérito. ¿Por qué cree que este hombre odia tanto a los judíos?

Freud se quedó pensativo por unos instantes. Comenzó a hablar con un gesto de fatiga.

—Lo más sencillo para mí sería buscar algún trauma en su infancia, alguna frustración especial que se alivia focalizando el odio en un grupo específico, pero no lo creo. Mi impresión es que este imbécil está convencido de que los judíos atentan contra la unidad de la raza alemana y perjudican su destino. Lo cree seriamente. Es un disparate intelectual fomentado por los cristianos desde el siglo

IV. Los europeos lo han cultivado sin pausa y para los nazis funciona como un silogismo disfrazado de ciencia: hay una raza superior, la aria, poseedora de un destino ejemplar; esas cualidades se pierden, se diluyen con el mestizaje; los judíos son el principal obstáculo para la pureza racial y viven entre los arios y los contaminan; ergo, hay que marginarlos.

—¿Marginarlos o exterminarlos? —preguntó Ludwig con preocupación.

—Bueno, tratarán de expulsarlos de los territorios germánicos, pero siempre hay el peligro del exterminio si no lo consiguen. Hitler es capaz de tratar de matarnos a todos los judíos. Para él es una labor de higiene. Una especie de limpieza racial. En su libro *Mein Kampf* lo anuncia.

—No creo que llegue a tanto —alegó Ludwig—. Hitler sabe que miles de judíos pelearon por Alemania en la Gran Guerra. Muchos eran oficiales cuando él sólo era un cabo. Por muy fanático que sea no puede ignorar que los judíos austriacos y alemanes somos, por encima de todo, austriacos y alemanes.

Freud hizo un gesto como de escepticismo. La noche anterior alguien le había recordado que los nazis amenazaron con quemar la Filarmónica de Berlín si el judío Bruno Walter volvía a dirigir la orquesta. Todo era posible tratándose de esa banda frenética.

—Hitler y su gente no lo ven así. Para ellos nosotros no somos austriacos o alemanes. Somos unos intrusos que usurpamos fraudulentamente lo que a ellos les pertenece. ¿Cómo se le ocurre hacer el retrato? —preguntó Freud retomando por asalto las razones del encuentro con Ludwig y dando por sentado que el acuerdo ya estaba cerrado—. Hay un autorretrato de Max Liebermann que me gusta mucho. El impresionismo alemán me parece extraordinario. Max murió hace unos tres años. ¿Sabe que renunció a presidir la Academia de Artes de Prusia cuando le prohibieron exhibir a los artistas judíos?

Ludwig lo sabía y admiraba a Liebermann, cuyo autorretrato conocía, pero su proyecto era diferente. Entre los judíos se había hecho muy popular la frase de Liebermann cuando vio el primer desfile nazi por la puerta de Brandenburgo: "No puedo comer lo suficiente para vomitar todo lo que quiero".

—Como habrá advertido, doctor Freud, lo escuchaba y miraba con mucho detenimiento su entorno. Su oficina es un sitio fabuloso. Mientras usted hablaba, yo pensaba en pintarle no uno, sino dos retratos. O mejor: un cuadro con dos retratos suyos. Por supuesto que deseo pintarlo acostado en su diván, como si estuviera siendo psicoanalizado. ¿Por quién? Por usted mismo. Usted se autopsicoanalizó. Me lo figuro echado sobre el sofá y, al mismo tiempo, sentado en la butaca, a la cabeza del diván. El Freud del sofá tendrá un gesto de angustia. El Freud del butacón tendrá una expresión serena, inquisitiva. La imagen del sofá será la del subconsciente recorrido por un torrente imparable de asociaciones libres. La del butacón de la cabecera, la del científico racional intrigado por las confesiones del paciente.

Al doctor Sigmund Freud le resultó una buena idea, original y arriesgada, y se lo dijo, no sin lamentar, secretamente, que su joven retratista rechazara inspirarse en el cuadro de Liebermann.

—Me parece una magnífica manera de componer la imagen. Ahí, en ese cuadro, estaré yo y estará el psicoanálisis. Todo el mundo asocia el diván al psicoanálisis. La gente ignora que incorporé el diván porque venía de utilizar la hipnosis y prefería que los pacientes estuvieran acostados. Luego descubrí que en esa posición y conmigo fuera del campo visual del paciente era más fácil la comunicación sincera. Es el principio de los confesionarios católicos: no ver al confesor suelta la lengua.

La despedida fue algo más cálida que la recepción. Freud lo acompañó hasta la puerta y le dio un abrazo. Ludwig notó su desagradable olor, pero no le importó. Esa misma noche comenzó a hacer bocetos. Antes de dormir repasó mentalmente la conversación con el doctor Freud y sintió una gran pena. Aunque no habían hablado en profundidad del creciente antisemitismo que estremecía

Austria, eco de cuanto acontecía en Alemania, había observado en el famoso médico síntomas de miedo. Sus hijos habían comenzado a abandonar el país. Algunos de ellos habían peleado en la Gran Guerra con ardor patriótico, pero eso significaba muy poco. Ni siquiera lo ponía a salvo el hecho de que fuera una figura inmensamente prestigiosa en el mundo, tal vez el austriaco más respetado y admirado. Como le habían gritado unos jóvenes energúmenos, en la Viena revuelta de aquellos tiempos sólo era un "judío de mierda".

3

La historia de Yankel

En pocas horas había pasado de ser un joven estudiante de
arte a un conspirador antinazi protegido por una organización clandestina dirigida por un intrépido personaje llamado Karl Toledano. De regreso a Viena, en el auto conducido por
Yankel, pude conocer la historia de este polaco perseguido, como
tantos, por su condición de judío. Una hora de viaje en automóvil
puede dar mucho de sí, sobre todo si eres capaz de preguntarle incesantemente a tu interlocutor. Ése era el tiempo que nos tomaba
regresar a Viena. Esa forma de interrogatorio sutil y constante la
aprendí de mi padre. Creo que las buenas relaciones que él mantuvo
con el doctor Freud estaban montadas sobre una conversación es-
tructurada de esa manera: él le preguntaba, y Freud, a quien le encantaba pontificar, le respondía con largas parrafadas. Se lo escuché
cientos de veces: "Siempre es mejor escuchar que hablar. Siempre es
más interesante oír al otro que oírte a ti mismo". Y luego remataba
la afirmación con una conclusión lógica: "Del otro puedes aprender

algo, de ti mismo lo único que puedes lograr es reafirmar tus errores de juicio". Como le gustaba salpicar sus opiniones con referencias clásicas, solía decir que él no era otra cosa que un discípulo de Sócrates, convencido de que en la mayéutica, el arte de preguntar para conducir la conversación en la dirección correcta, estaba la esencia del conocimiento.

No me costó ningún trabajo que Yankel Sofowicz, en un alemán aceptable matizado por la entonación del *yiddish*, su lengua natal, me contara que procedía de una pequeña aldea polaca situada al sur de Cracovia. Tenía más o menos mi edad, veintidós años, aunque una calvicie prematura comenzaba a despoblarle su cabellera rubia. Había sido un hijo tardío. Cuarenta años tenía su madre cuando lo trajo al mundo, pero su padre rondaba los sesenta. Según Yankel, la única broma que le escuchó a su padre a lo largo de toda su vida, cientos de veces, consistía en repetir que el Sem bíblico, padre de todos los judíos, tuvo su primer hijo a los cien años, así que él sólo había esperado a los sesenta y era, por lo tanto, un padre juvenil.

Su padre, llamado Sem Sofowicz, un hombre silencioso que creía en la disciplina familiar, había sido sastre, e hijo y nieto de sastres; su madre, que tenía una gran mano y un ojo de águila para ensartar las agujas, lo ayudaba en el taller de costura. El negocio marchaba muy bien porque les hacía los trajes a una extensa comunidad hasídica que vestía las largas chaquetas oscuras propias de la secta durante los días de la semana, pero el sábado las cambiaban por *bekishes* de seda, y hasta trocaban los sombreros tradicionales por los voluminosos *shtreimel* que a duras penas podían mantenerse sobre la cabeza. Naturalmente, su padre había pretendido que continuara la tradición familiar y le enseñó el oficio de hacer ropa a la medida, hasta alcanzar cierta destreza, pero "vestir fanáticos" (esa fue la frase que utilizó) no era una actividad que le gustara lo más mínimo.

Era evidente que Yankel Sofowicz no tenía especial simpatía por los judíos ultraortodoxos. Cuando le dije que yo procedía de un hogar judío, pero no religioso, y en el que pensábamos que muchas de las tradiciones eran viejas supersticiones encubiertas que no debían tomarse muy en serio en nuestra época, vio los cielos abiertos e hizo algunos comentarios críticos, aunque respetuosos, de los bucles de los hasídicos, de los flecos que le imponían a la ropa, de la comida *kosher* y de los *tefilines* o filacterios que se colocaban en la frente o en el brazo izquierdo para subrayar la fidelidad a la Biblia. Sólo le parecía tolerable el uso de una discreta kipá o solideo, como le llaman los gentiles, pero nada más que durante las ceremonias religiosas.

Tras oírlo, me atreví a decirle que me alegraba de que no fuera un religioso extremista. En la comunidad judía de Viena no había demasiadas simpatías por lo que allí llamábamos "los judíos del Este", los polacos. Los percibíamos como gente atrasada que le daba una mala imagen a la judería, a lo que Yankel me respondió con una observación bastante aguda: "Da igual si eres un judío reformista y secular, o si eres un ultraortodoxo. Te odiarán por distintas razones, pero te odiarán. El nazismo está muy arraigado en Alemania, donde los judíos están muy integrados a la sociedad. En Alemania los detestan porque dicen que forman parte de la clase explotadora. En Polonia nos odian porque somos atrasados y pobres y porque vivimos en comunidades rurales que son verdaderos guetos culturales. Para los polacos, constituimos una rémora social, un ancla que les impide despegar".

Mientras me hablaba, al tiempo que conducía, tal vez como cortesía, giraba la cabeza para buscar mi mirada con sus ojos azules y pequeños. Había terminado el bachillerato y, tras pasar un tiempo en una *yeshiva* estudiando el Talmud y la Tora, más por complacer a sus padres que por decisión propia; había decidido que su vocación no estaba en los asuntos del espíritu, sino en los negocios, lo que lo inclinó a seguir unos cursos universitarios de contabilidad y economía política.

Esos estudios los había cursado junto a su amigo Baruj Brovicz, su compañero de juegos infantiles, casi un hermano para él, dado que había sido hijo único. Yankel había tenido una novia en su pequeño pueblo, un caserío próximo a una aldea llamada Slomniki. La muchacha, Sarah, era la joven casadera más bella del lugar. Tenía los ojos verdes y una extraordinaria voz de soprano que la hubiera llevado a triunfar en la ópera si no hubiera ocurrido el incidente.

—¿Qué incidente? —le pregunté extrañado, pero presintiendo una historia truculenta.

Yankel Sofowicz me miró sorprendido, como si yo fuera la única persona en el mundo que ignorara lo que había ocurrido en su pueblo.

—Hace aproximadamente un año hubo un pogromo contra nuestra aldea. Participaron varios cientos de polacos intensamente antisemitas. Todo comenzó con el rumor de que alguien procedente de nuestro pueblo, y nunca dijeron quién, seguramente porque no era cierto, había robado en una iglesia católica de Chanów. Los ánimos estaban muy caldeados. Los agresores rodearon el pueblo, lo que era fácil porque se trataba de un caserío con apenas un centenar de viviendas, y, a la fuerza, amenazándolos con armas largas y revólveres, introdujeron en la sinagoga a todos los judíos que encontraron a esa hora de la tarde. Les dijeron que les iban a leer un mensaje del Gobierno. Entre ellos estaban mi padre, mi madre y Sarah, mi novia. En total, encerraron a setenta y ocho personas. Clavaron las puertas de la sinagoga por fuera, con unos maderos. Baruj y yo habíamos ido a cazar perdices a un bosque cercano. Los dos teníamos unas escopetas Norinco calibre 12 que nos habían prestado. Cuando regresábamos, vimos el humo en la distancia e inmediatamente supimos que algo muy grave estaba ocurriendo. En efecto, habían incendiado la sinagoga y les disparaban a los que intentaban huir por los ventanucos del edificio. Los que participaban en el pogromo gritaban y reían. En ese momento no sabíamos quiénes estaban dentro, pero oíamos los gritos y los llantos. Baruj comenzó a gritarles: "¡Hijos de puta, los están quemando!". Estábamos como a cincuenta metros de ellos. Instintivamente, comenzamos a dispararles con nuestras pequeñas escopetas de cartucho. Ni siquiera sé si hicimos blanco. Ellos respondieron el fuego. Nos lanzamos al suelo. Una bala destrozó mi arma. Vi a Baruj cuando caía herido de un balazo en el lado derecho del pecho. "Huye si puedes —me dijo antes de perder la conciencia— y cuenta lo que está pasando". Le hice caso y comencé a correr en zigzag para esquivar los tiros. Las balas me silbaban junto a la cabeza. Una me rozó la pierna y me rompió el pantalón. Logré llegar a una arboleda densa en la que pude esconderme. Conocía bien el terreno porque solía jugar allí cuando era niño. Me buscaban y estuvieron a varios pasos de mí, pero me arrastré hasta llegar a un sitio, en una cavidad entre dos piedras enormes, en el que era difícil que me encontraran. Allí pasé casi toda la noche, angustiado por lo que había ocurrido. Al día siguiente volví a la aldea. Estaba ocupada por la policía. Mis padres, mi novia y toda la familia de Baruj habían muerto. La versión oficial era que unos simpatizantes de los nazis habían ido a protestar contra el robo de una iglesia católica en Chanów y les habían disparado desde la sinagoga. Uno de los nazis resultó herido, pero los setenta y ocho judíos que se encontraban dentro del recinto habían perecido carbonizados como consecuencia, dijeron, de la balacera, que produjo un incendio fortuito, falsedad que desmentía el rancio olor a gasolina que todavía se sentía en el ambiente. Como prueba de lo que había ocurrido, la policía exhibía dos escopetas Norinco, una de ellas inutilizada por un balazo.

—Dios mío, qué cosa tan terrible —atiné a decir—. ¡Cuánto lo siento! ¿Baruj, finalmente, murió? —pregunté genuinamente consternado.

—Supongo, pero no puedo asegurarlo. Nadie me supo decir qué había sucedido con él. El balazo le había destrozado el pecho y creo que el hombro derecho. En la confusión no pude ver con claridad. Esa noche me escapé del pueblo rápidamente porque estaban buscando a los dueños de las escopetas y no tardarían en dar conmigo.

—¿Y cómo llegaste a Viena?

—El rabino de Trzebinia me ayudó. Conocía a mi padre y tenía contacto con Toledano. Primero me escondió en su casa y le mandó un telegrama a Toledano contándole en clave lo que había pasado. Tenían que sacarme de Polonia. Toledano se ocupó de montar la operación. Pasé la frontera cerca de Ostrava, en Checoslovaquia, y allí me fue a buscar para llevarme a Viena. La frontera entre Checoslovaquia y Austria es casi diáfana en ese punto.

—¿Y qué haces con Toledano, además de servirle de chófer y simular que eres su ayudante?

Yankel Sofowicz sonrió, algo que no hacía casi nunca.

—Ahora aprendo español —respondió.

—¿Español? —exclamé con cierta incredulidad.

—Así es. Espero una visa para irme a América Latina. Creo que me llegará en unos días.

—¿A qué país de América Latina? —le pregunté, curioso.

—A Cuba. Toledano tiene un contacto indirecto con el director de Inmigración de ese país y quiere aprovecharlo para salvar a unos cuantos judíos que lo necesiten. Hace años conoció en Alemania a un cubano estudiante de medicina y desde entonces han mantenido una buena amistad.

—¡Cuba! Nunca se me hubiera ocurrido emigrar a Cuba. Sé muy poco de ese país. Creo que escuché a un joven alemán llamado Werner Müller interpretando una pieza musical cubana muy pegajosa llamada "El manisero", pero sólo eso. ¿Y qué vas a hacer en Cuba?

—No sé todavía. Supongo que trabajaré en el comercio. Me han dicho que hay una colonia judía creciente en La Habana, pero me quedo vinculado a Toledano para seguir ayudando en lo que pueda. Me ha pedido que desde que llegue cultive las relaciones con las autoridades. Por eso estudio español.

—¿Cuánto tiempo te quedarás en Cuba?

—No sé —respondió Yankel—. Depende de lo que ocurra en Europa con los judíos. Tampoco sé qué va a pasar con Polonia. Alemania y la URSS no dejan de amenazarnos.

La voz de Yankel Sofowicz adquirió un tono sombrío. Me atreví a hacerle una pregunta íntima y, acaso, morbosa que me rondaba la cabeza, pero de la que me arrepentí en el momento mismo que la formulaba:

—¿Fue mayor el dolor por la muerte de tus padres o por la de tu novia?

Yankel se quedó pensando un rato antes de responder. En realidad, no le molestó la pregunta. Él mismo, me dijo, se la había hecho muchas veces.

—Pienso más en Sarah que en mis padres. Supongo que eso significa algo. Mi conciencia la elige a ella más frecuentemente, pero lo hace de una forma casi automática, en la que yo apenas intervengo. Es como si se me apareciese. Me es difícil concentrarme en un tema sin que me vengan recuerdos de ella. Es increíble, porque apenas llevábamos un año de relaciones. A mi madre la recuerdo con frecuencia, pero de una forma voluntaria, como me sucede con mi padre. Los convoco. Los busco. Los pienso. Sarah, en cambio, me busca a mí. Es una especie de obsesión autónoma, como si viviera dentro de mi memoria independientemente.

—Tus padres también eran muy mayores. Supongo que eso tiene su peso. La muerte de una mujer joven de esa manera tan cruel tiene que ser terrible.

—Por supuesto. Mi padre pasaba de los ochenta y mi madre de los sesenta. Ambos habían vivido sus vidas. Se habían amado, habían tenido ilusiones y fracasos, como todas las parejas, y largos periodos de una quieta felicidad. Sarah, en cambio, murió sin pasar por ninguna de esas experiencias.

—Bueno, al menos conoció el amor —le dije para tratar de reducir la atmósfera de dolor que había creado con mi maldita pregunta.

Yankel se mantuvo en silencio por espacio de un minuto, como pensando. Retomó la palabra con voz quebrada y la lenta cadencia de quien va a contar alguna recóndita intimidad:

—El amor espiritual sí, pero no el físico. Sarah murió virgen. Quería reservarse para el momento en que nos casáramos. Nunca le había contado esto a nadie, pero deseaba hacerlo. Un par de veces, cuando nos besábamos y acariciábamos, tuve la sensación de que ella estaba dispuesta en ese momento a acostarse conmigo, pero preferí no insistir porque temía que luego se arrepintiera. Ahora lo lamento. Siento que Sarah haya tenido esa muerte horrible sin siquiera haber conocido el amor carnal.

Ya estábamos a dos calles de mi apartamento, en una zona muy céntrica, en el *Innere Stadt*. Nos despedimos con un apretón de manos y quedamos que en ese mismo punto Yankel me recogería para llevarme a la casa de Toledano en un par de días.

4

LLEGARON LOS ALEMANES

M e levanté de madrugada a escuchar la radio. A veces lo hacía antes de comenzar las sesiones de psicoanálisis con mis pacientes. Tomé café y prendí un habano. No podía dormir del dolor que sentía. La última operación había sido particularmente cruel y todavía tenía la cara levemente hinchada bajo mi barba blanca. ¿Cuál era? ¿La trigésima? ¿O han sido treinta y una? La mera evocación del quirófano me horroriza. Me dolía la boca intensamente. Sentía una nueva laceración en la cara interna de la mejilla izquierda. Se mezclaban el mal sabor de la saliva y el mal olor del tejido mucoso y del hueso necrosados. Notaba que mi perro chow-chow, LünYu, siempre tan cariñoso, me rechazaba. Era la fetidez. Los perros no son hipócritas, como los humanos. Martha, mi esposa, pretende ignorar mi mal olor. Yo sé que es imposible que no lo perciba. Jofie, mi mascota anterior, muerta de cáncer, como yo ahora me estoy muriendo, me ayudaba a valorar a los pacientes cuando los psicoanalizaba. Detectaba a los mentirosos y les gruñía.

Acompañaba a los sinceros a la puerta y los despedía alegremente. Amo a los chow. Me lo había advertido mi amiga y discípula Marie Bonaparte, que también poseía uno: tienen alma. Lo creo. Cuando gimo de dolor, LünYu se me acerca y me acaricia la pierna con su cuerpo lanudo. Siente compasión. Creo que durante la operación, otra vez, me han lesionado el nervio esfenopalatino o el palatino mayor. Uno de ellos. No puedo saberlo porque la punzada, rítmica y brutal, abarca toda la bóveda del paladar y me penetra como una puñalada hasta el cerebro. ¿Cuándo acabará este tormento? Me duele hablar. Me duele tragar. Rechazo las comidas duras y secas. Ya oigo poco, y eso me causa cierta ansiedad. A fines de febrero les había dicho a todos mis pacientes que no recibiría a nadie durante las siguientes tres semanas. Para esta fecha esperaba estar recuperado, pero no ha sido así. ¿Qué día es hoy? Ya sé: 12 de marzo de 1938. El cielo encapotado de Viena está cargado de frío. A esta hora me sorprende escuchar la marcha "Viejos camaradas". Es una música militar alegre, pero es mala señal; es un terrible presagio. Cesa la música y el locutor, nervioso, anuncia que el director de la estación tiene algo trascendental que comunicar. ¿Cuánto duró la interrupción? Tal vez veinte segundos. Una eternidad. Subo el volumen. El locutor tiene una voz grave y me parece adivinar cierto fastidio en sus palabras: las tropas alemanas han entrado en Austria y comienzan a ocupar el país. No hay la menor resistencia. Al contrario. Dice que los austriacos las han recibido con aplausos y vítores. Es el *Anschluss*, la "unión" que Hitler anhelaba, convencido de que austriacos y alemanes —une y vencerás— son el mismo pueblo germánico, artificialmente separado por el malvado designio de los judíos y de los bolcheviques. Para el *Führer*, los comunistas y los judíos son lobos de la misma camada. Decían que el abuelo materno de Lenin era judío y se llamaba Moisés Blank. ¿Y qué? ¿No se afirma, en voz baja, que uno de los abuelos de Hitler es de origen judío? No hay nada más peligroso para su propio grupo que quien se avergüenza de pertenecer a él. Toda la vida le he temido a conversos y renegados. Son las dos caras del odio pasional. Yo, que no tengo creencias religiosas, hubiera podido renunciar al judaísmo, pero hubiera sido absurdo. El judaísmo es mucho más que un vínculo religioso. En el judaísmo encuentro una fuerza histórica incomparable. Todos los imperios que nos sojuzgaron han desaparecido: babilonios, egipcios, griegos, romanos. Algún día el Tercer Reich desaparecerá y los judíos prevalecerán. Si Hitler tiene o no antecedentes judíos es insustancial. Lo fundamental es que es profunda y radicalmente antisemita. Acaso el antisemitismo es su manera de negar a sus antepasados. Hay un pasaje final de *Mein Kampf*, su delirante autobiografía —tan mal escrita, tan desorganizada, tan narcisista—, en la que asegura que si unos cuantos miles de judíos hubieran sido gaseados a tiempo se habrían ahorrado los cientos de miles de buenos alemanes que fueron eliminados con el gas mostaza durante la Gran Guerra de 1914. ¿Será capaz de gasear a los judíos este personaje infame? No creo que la comunidad internacional se lo permita. No creo que llegue a tanto. Pero esta tragedia que anuncia la radio se veía venir. Los austriacos podíamos predecir esta invasión. Era una ingenuidad pensar que Mussolini nos protegería de Hitler e impediría que Alemania nos invadiera. Austria no es un protectorado de Italia aunque algunos austriacos se consuelen creyéndolo y algunos italianos se ufanen de ello. Mussolini es de la misma cuerda de Hitler, sólo que más inteligente, aunque igualmente payaso. Era una tontería creer que las presiones de la Liga de las Naciones tendrían algún efecto. Alemania abandonó la Liga de las Naciones precisamente para hacer lo que a Hitler le resultara conveniente. No hay ninguna regla o principio capaz de sujetar o poner límites a la acción de los psicópatas. La renuncia de *herr* Schuschnigg, el Primer Ministro austriaco, tampoco podía evitar la invasión de la Alemania nazi. Fue un gesto inútil y desesperado. Tal vez la aceleró. El Primer Ministro terminó su carta de renuncia con una frase inútil: "Dios salve a Austria". Dios no va a salvar a Austria. Dios ni siquiera quiere salvarme a mí de este atroz dolor que no logro calmar con calor ni con frío. La verdad es que Dios, si existe, algo que algunas veces dudo y siempre ignoro, no interviene en los reñideros de los mortales. Ni para bien ni para mal. La novocaína cada vez me hace menos efecto. Hace unas horas me inyecté seiscientos miligramos y el dolor ha regresado con mayor intensidad. Martha, mi mujer, y mi hijo mayor, se me han unido en la sala de estar para escuchar las noticias. Los tres permanecemos en silencio, muy preocupados. El locutor afirma que Viena comienza a llenarse de jóvenes que portan banderas nazis. De pronto, agrega, también han aparecido miles de austriacos que llevan una esvástica en el brazo. La invasión ha sido cuidadosamente planeada. ¿De dónde salieron esos brazaletes? Antes de la llegada del ejército se multiplicaron las visitas de las delegaciones alemanas. Cantan el himno nazi, "La bandera en alto", ese adefesio marcial concebido para calentar los corazones de esta horda enloquecida de matones: *La bandera en alto/La compañía en formación cerrada/Las tropas de asalto marchan/Con paso decidido y silencioso/Los camaradas muertos/Por el frente rojo y la reacción/Marchan en espíritu en nuestra formación*. Esta primera estrofa es repugnante. Es la consagración del espíritu guerrero, del culto a la muerte, del señalamiento de culpables. No hay peor invocación que la de la muerte, esa pulsión malvada por Tánatos. Los alemanes siempre han estado más cerca de Tánatos que de Eros. Les fascina el heroísmo cargado de sangre. Los enloquecen los cantos patrióticos y las banderas. Sigue el himno espantoso. *La calle libre/Para los batallones pardos/La calle libre/Para las tropas que desfilan/Llenos de esperanza, la esvástica/Es vista por millones/El día llega para el pan y la libertad*. La peor gente es la que se integra en los batallones pardos. Los militares los odian. No tienen sentido del honor castrense. ¿Hay un honor castrense distinto al otro? Los nazis austriacos son una gentuza agresiva y feroz. Son los rufianes, los resentidos, los incultos, los violentos, los dogmáticos. Algunos son muy jóvenes. Quienes los justifican dicen que son idealistas. ¿De qué ideal? ¿Del ideal del odio? Es triste que el nazismo seduzca a tantos jóvenes. ¿Qué los enamora? ¿Los uniformes, la puesta en escena, las marchas? Los prusianos son muy dados a los uniformes y las condecoraciones. Han contaminado al resto de las tribus alemanas con esa pasión absurda e inmadura. Les encanta la fanfarria. Puede ser el antisemitismo. Disfrutan el antisemitismo. Odiar a los judíos y culparlos de todos los males es el perfecto sustituto ideológico para contentar a los idiotas. ¿Para qué tener ideas si tienen una pasión que las sustituye? Poseen una causa, el triunfo de la raza aria, y un enemigo al cual destruir, los judíos. El mundo se divide entre los seres bellos e inteligentes escogidos por la naturaleza para dirigir la evolución y los imperfectos y raquíticos que obstaculizan ese destino fulgurante. ¿Qué más necesitan en la vida? Son una minoría, pero muy activa y capaz de intimidar al resto de los austriacos. Para someter a una sociedad no hace falta una mayoría. Basta una minoría agresiva y sin escrúpulos frente a una mayoría acobardada. El francés Gustave Le Bon lo explicó muy bien hace unas cuantas décadas en su libro sobre la psicología de las masas. El primer ministro Schuschnigg llamó a referéndum para decidir si los austriacos querían unirse a Alemania y fijó la edad de votar en los veinticinco años. Hitler se negó a ello y desató el caos. Sabía que hubiera perdido. Sus partidarios se lanzaron a las calles en Linz y en Viena, en Innsbruck y en Graz. Hitler quiere anexar a Austria y luego consultará a los austriacos para saber si desean ser anexados. Quiere que votemos llenos de miedo con las pistolas apuntando a nuestras nucas. Los modos democráticos le parecen una muestra de debilidad burguesa. Casi todos los edificios gubernamentales han sido ocupados por las milicias. Hitler quiere anexar a Austria porque ésa es su venganza contra el país en el que nació y en el que nunca pudo llegar a nada, ni siquiera a la Academia de Bellas Artes, porque era un pintor torpe. Hitler no quiere anexar a Austria para engrandecer a Alemania, ni por la gloria de la raza aria, sino para humillar a los austriacos, para subordinarlos y convertirlos en un rincón de Alemania. Mandará sobre su país de origen desde Alemania, como quien da órdenes desde un promontorio. Es su forma de decirnos "miren a dónde he llegado". Maldito himno. *Por última vez/Es lanzada la llamada/Para la lucha todos estamos listos/Pronto las banderas de Hitler/Ondearán en cada calle/La esclavitud durará sólo un poco más.* Falso. La esclavitud comenzará con ellos. Hitler dice que el Tercer Reich durará mil años. Pues entonces la esclavitud durará ese milenio triste y negro que nos espera. No importa. Los judíos sobrevivirán a todo. Somos expertos en enterrar a nuestros muertos, recoger los escombros y continuar con la vida. Yo mismo me estoy muriendo de dolor y sigo batallando. No quiero irme sin terminar mi ensayo sobre Moisés y el monoteísmo.

***

Martin, el hijo mayor de Sigmund Freud, abrió la puerta de la pequeña oficina de la Editorial Psicoanalítica Internacional con evidentes signos de cautela. Antes de entrar al edificio se cruzó con un conocido que lo saludó con un leve movimiento del mentón. A Martin no le gustó esa reacción. Era Otto Wagner, un católico militante con quien, en el pasado, solía conversar de los episodios de la Gran Guerra que ambos habían vivido. Otto llevaba, como siempre, su enorme sombrero negro de fieltro fuera de moda. Casualmente, nacieron el mismo día de hacía cuarenta y ocho años, dato que en el pasado les había creado un inesperado lazo de confianza. A Martin le pareció adivinar una combinación entre el miedo y el remordimiento en el saludo de Otto. Era evidente que el aprecio de los austriacos gentiles por los judíos iba decreciendo en la misma medida en que los nazis ganaban influencia. La entrada esa madrugada de las tropas alemanas en el país ya se sentía en el trato humano.

Martin notó que las manos le sudaban pese a la húmeda frialdad de la primavera vienesa. Mantuvo las ventanas cerradas y accionó el interruptor de la luz para que nadie supiera que estaba dentro del recinto. Recorrió con la mirada la mesa atestada de papeles, los sobrios ejemplares de las publicaciones que solían hacer, los archivos, las máquinas de escribir, su propio despacho, dominado por un desorden racional que él dominaba perfectamente. En ese momento lamentó que la comodidad les hubiera llevado a alquilar el piso de Berggasse número 7, a escasa distancia de la vivienda y consulta de su padre, una de las personas más conocidas de Viena. Algunos vecinos antiguos le llamaban "la calle de los Freud". Otros, ya marcados por el antisemitismo, la calificaban como "la calle del judío de los locos". Seguramente, quienes le escribían desde el extranjero creían que la Asociación contaba con un edificio lujoso lleno de secretarias y bedeles. La verdad era muy distinta: el movimiento psicoanalítico siempre fue muy pobre, pero resultó especialmente golpeado por la depresión desatada a partir de 1929. Sólo la generosidad de personas como la princesa Marie Bonaparte y la doctora Edith Jackson, esa norteamericana atractiva y bondadosa que llegó como paciente a la consulta de su padre, y de la que acaso se había enamorado, habían logrado mantener a flote la precaria institución, aunque llena de deudas cada vez más apremiantes.

Martin fue directamente a las carpetas más comprometedoras. Tomó un cubo metálico de basura y comenzó a llenarlo de papeles rápidamente seleccionados. Cuentas de imprentas, correspondencia de donantes, recibos de depósitos en el extranjero, cartas de diferentes bancos suizos y británicos. No era un trabajo fácil. Su condición de abogado y su adiestramiento como administrador de empresas le indicaban cuáles documentos podían ser incriminatorios en caso de que los nazis intervinieran la Asociación. Las leyes antisemitas, presentadas como la lucha contra la usura, establecían que los judíos debían reportar cualquier transacción que excediera a unos pocos millares de chelines austriacos. Cuando el cubo estuvo casi lleno, sacó la fosforera y les prendió fuego. Acaso era una décima parte de todo lo que debía examinar y destruir.

Mientras miraba absorto las llamas y pensaba en lo inútil que había sido luchar por evitar el hundimiento de la Asociación, oyó unos fuertes golpes en la puerta: "Abra inmediatamente, somos las

Tropas de Asalto". Martin sintió un miedo atroz que lo congeló en el asiento. "Sabemos que está ahí", insistió la voz, ahora en un tono amenazante.

—Enseguida abro —respondió Martin con voz quebrada mientras trataba de disipar la humareda provocada por los papeles incinerados.

Una docena de hombres armados con rifles y pistolas entraron precipitadamente en la oficina. Los más jóvenes debían tener poco más de quince años. Los mandaba un tipo mal afeitado, con olor a alcohol y aspecto desaliñado. Le apuntó con su fusil:

—Así que usted es el famoso doctor Freud —le gritó con sarcasmo.

—Usted se refiere a mi padre. Soy Martin Freud, su hijo mayor. Soy abogado.

—Viena está llena de abogados ladrones, como usted, alimaña judía —le gritó otro de los militares—. ¿Qué es lo que está quemando? No tiene derecho a destruir nada. Todo lo que está en esta oficina le pertenece al Estado. Los judíos no pueden tener nada ni explotar a ningún austriaco en esta nueva patria que estamos haciendo.

Parecía borracho, pero no era seguro que estuviera embriagado. Martin Freud guardó silencio. Las palabras y los gestos del joven nazi denotaban una clara sensación de dominio y superioridad que anticipaban alguna suerte de violencia. Le causó cierta sorpresa el tono que súbitamente había adoptado aquel mamarracho. No era la primera vez que lo humillaban. Durante la Gran Guerra, en la que fue artillero, había sido prisionero de los italianos y conocía perfectamente el placer que sentía el lumpen cuando podía insultar e intimidar impunemente a una persona indefensa de superior categoría intelectual. En la prisión de San Benigno había sufrido los improperios de un cabo siciliano analfabeto que solía llamarle "gusano judío", pese a que entonces y allí el antisemitismo ni siquiera estaba de moda.

—¿En qué puedo ayudarlos? —preguntó educadamente, ignorando los insultos, mientras el jefe de la operación le apuntaba a la cabeza con su fusil.

—Denos todo el oro y las prendas que esconde. Usted y su familia tienen mucho dinero —le respondió el tipo con voz torva y lenta cadencia.

—Aquí no hay dinero, ni oro ni joyas —le dijo con voz débil, pero mirándole a los ojos, como para transmitir veracidad y resolución.

El jefe de la banda nazi le dio una bofetada que le hizo girar el rostro. "Entonces, mátalo", dijo otro. "Mata a este miserable de una vez para que su familia le devuelva al pueblo lo que le ha robado o todos irán muriendo uno a uno".

El jefe de la banda rastrilló su fusil. Martin pensó que había llegado al final de su vida. Recordó a sus dos hijos adolescentes y temió lo peor.

—Deténgase —se oyó una voz enérgica cargada de autoridad. Todos miraron a la puerta al unísono.

Era un joven oficial de la policía política. Tendría unos treinta y cinco años aproximadamente. Contrastaba por su uniforme limpio y bien planchado, calzado con botas negras, altas y lustrosas, y por sus insignias.

—Soy el capitán Anton Sauerwald y me han comisionado el expediente de los Freud —dijo extendiendo una hoja de papel.

Se hizo silencio. El jefe de la banda examinó la carta con cuidado. Era cierto. Estaba firmada por Adolf Eichmann, oficial alemán de la SS encargado en Austria de la cuestión judía. A cada empresa judía le habían asignado un interventor nazi con órdenes de expropiarla sin permitir que sus propietarios sustrajeran antes los activos de la compañía.

—¿Qué quiere que hagamos? —preguntó el jefe de la banda en un tono sumiso.

—Nada. No quiero que hagan nada. Déjenme solo con el señor Martin Freud. Yo sé exactamente cómo tratar este asunto.

—¿Está usted seguro? Esta gente es muy traicionera y menti-rosa.

—Lo sé. Los conozco bien. Hace años que formo parte de la SS. Mi relación con el señor Eichmann es antigua. No se preocupen —dijo mientras se palpaba ostensiblemente la cartuchera en la que portaba una estilizada Luger Parabellum de 9 mm cuidadosamente pavonada—. Yo sé cómo manejar a esta gente.

El tono con que pronunció "esta gente" tenía la carga exacta de desprecio que necesitaban escuchar los otros nazis para sentirse tranquilos. Realmente, era uno de ellos. Era un nazi genuino, pero de mayor jerarquía. Antes de retirarse, el jefe de la banda miró con odio a Martin Freud, y luego volteó la cabeza hacia Sauerwald, in-clinándola levemente en un gesto universal de subordinación. Sa-lieron de la oficina dando voces. Desde la puerta, el jefe de la banda levantó el brazo y exclamó *Heil Hitler*. Sauerwald le respondió de la misma manera. Regresó al despacho y se asomó a la ventana. Los acompañó con la mirada hasta que doblaron la esquina. Vio como el jefe del pelotón conversaba animadamente con alguien. Le pareció curioso el extraño sombrero negro que llevaba.

Sauerwald cerró la puerta y le indicó a Martin que se sentara en el pequeño sofá de piel. Se veía relajado. Él ocupó la butaca grande de la derecha. Súbitamente, el tono de la conversación perdió agre-sividad.

—¡Jean-Martin Freud! —exclamó Sauerwald con una leve son-risa, golpéandose el muslo ligeramente con su mano derecha.

A Martin le sorprendió que supiera con tal precisión su nombre compuesto e interpretó el mensaje indirecto: conocía muchas cosas sobre él.

—Es sorprendente que sepa mi nombre completo —le dijo.

—Se lo puso su padre en homenaje a Jean-Martin Charcot, el neurólogo francés, su maestro —agregó triunfalmente Sauerwald.

—¿Y qué más sabe de mí? —preguntó Martin con curiosidad, reprimiendo cierta creciente incomodidad.

—Todo. Su sionismo militante, su participación en la guerra en el frente italiano, donde fue herido, sus estudios de derecho, su trabajo en un banco, sus problemas conyugales, sus relaciones inconvenientes con alguna paciente de su padre. Lo sé todo de usted. Incluso, hasta sé el origen de esa cicatriz que lleva en el rostro, resultado de un duelo a sable entre estudiantes en el que llevó la peor parte —dijo señalándole a la mejilla con el dedo índice.

—¿Y por qué sabe tantas cosas de mí? —ahora había preocupación en sus palabras.

—Es mi trabajo desde hace unos meses. Me lo encargó el coronel Eichmann. Es nuestro gran especialista en las cuestiones judías de Austria. Para él la familia Freud es muy importante. Es emblemática. Se dice *Freud* y todo el mundo piensa en los judíos de Austria. ¿Sabe que Eichmann viajó a Palestina para conocer de cerca el problema? Aunque nació en Alemania, Eichmann ha vivido casi siempre entre nosotros. Lo conocí en Linz hace unos años.

—Pero el judío importante es mi padre, no yo —protestó Martin.

—Es cierto. De su padre también sé muchas cosas. Es nuestro objetivo principal. Usted sólo entra en esta historia por ser uno de sus hijos y administrar esta empresa. Incluso, su hermana Anna, la menor de ustedes, me interesa más. He tenido que leer toda la obra de su padre, pero ha sido una tarea grata. Debo confesar que es una persona fascinante. Comencé con gran prevención, pero me fue cautivando. Mi formación profesional es otra. Soy doctor en química, pero lo interesante del psicoanálisis es que no requiere ningún estudio específico previo. Es una propuesta muy imaginativa y original sobre la naturaleza humana. Su padre escribe muy bien. Es muy persuasivo.

A Martin le sorprendió el juicio crítico.

—¿Y qué quiere de mí?

Sauerwald pensó la respuesta. Se puso de pie y se acercó a la ventana como ganando tiempo. Se volvió, lo miró fijamente a los ojos y le dijo con una inesperada sequedad:

—Por ahora, sólo quiero que me entregue las llaves de esta oficina y que no vuelva a poner los pies en ella. Ni usted ni ningún empleado o miembro de la familia. Considere que la institución ya ha sido oficialmente expropiada. Voy a examinar toda la documentación que hay aquí y luego me reuniré con su padre. Si cooperan me olvidaré de que usted ha quemado papeles que nos pertenecen a nosotros. Si no cooperan, usted irá a la cárcel de inmediato. Sólo necesito dos días para analizarlo todo. Dígale a su padre que iré a verlo el próximo jueves en la tarde. Prefiero que la entrevista sea sólo entre él y yo.

***

Ludwig Goldstein subió ágilmente la escalera del edificio donde vivía con sus padres hasta llegar al tercer piso. Tuvo un presentimiento terrible y no tardó en confirmarlo. La puerta estaba abierta y el apartamento se encontraba totalmente desordenado. En la pared blanca de la entrada habían pintado una estrella de David, y, sobre ella, como aplastándola, una esvástica. Los cables del teléfono habían sido arrancados. Era evidente que faltaban los candelabros, marcos y adornos de plata. Las ropas y los libros estaban en el piso. El armario de la habitación de sus padres había sido vaciado y su contenido volcado sobre la cama. Con una rápida mirada Ludwig notó la ausencia del abultado visón rojizo que su madre tanto apreciaba. La caja fuerte del despacho de su padre estaba abierta y vacía. El otoscopio y el tensiómetro estaban tirados sobre el butacón y se enredaban con los conductos del estetoscopio. Varios frascos pisoteados se encharcaban junto al gabinete de las medicinas. La foto dedicada de Paul Ehrlich, su ídolo, el judío que había curado la sífilis, tomada el día que le otorgaron el Premio Nobel, estaba en el suelo marcada por las huellas de las botas militares. El olor del cloroformo y del alcohol enrarecía el ambiente. El viejo caballete que le habían regalado sus padres, sin embargo, estaba allí, en un rincón, demasiado antiguo y magullado para interesarle a nadie. Mecánica-mente, como quien tiene una corazonada, Ludwig abrió el compar-timiento oculto y encontró una breve nota manuscrita por su madre, redactada con rasgos temblorosos pero inconfundibles, junto a una valiosa sortija de diamantes: *Hijo querido, vienen a detenernos. Ojalá en-cuentres este mensaje. Nos han avisado. Cuídate mucho. Nosotros no podemos huir. Ya estamos viejos y cansados. Te dejo la sortija que me regaló tu padre cuando cumplimos veinticinco años de casados. Algo valdrá. Sálvate tú. Te adoramos. Hannah y Moses.*

Se le aguaron los ojos. Sus padres no pensaban en salvarse ellos sino en protegerlo a él. Con una mezcla de rabia y miedo, Ludwig tuvo la presencia de ánimo de enrollar el lienzo con el bo-ceto del retrato de Freud, cerró el caballete, lo tomó por el asa y bajó rápidamente las escaleras. Paralelamente a la entrada de los ale-manes en Viena, varios cientos de judíos habían sido apresados y llevados a centros de detención por las milicias nazis. Desde hacía varias semanas circulaba el rumor de que, si Austria era anexada, como se temía, comunistas, judíos, gitanos y homosexuales se-rían trasladados al campo de concentración de Dachau, cerca de Múnich, como estaba sucediendo en Alemania. Incluso, se decía que los nazis austriacos pensaban construir un campo similar en Maunthausen, próximo a Linz. Si Ludwig no estaba entre los de-tenidos era porque la noche anterior, casualmente, había dormido en la casa de Toledano, sitio al que no podría regresar hasta dentro de varios días, cuando se aplacase la intensa presencia de las Tropas de Asalto en las calles y lograse conseguir un vehículo que lo tras-ladase a las afueras de Viena. Tampoco quería poner en peligro la seguridad de Toledano y de su entorno por todo lo que significaba en ese preciso momento.

Anochecía y una fría llovizna, habitual en esa época del año, caía sobre Viena. La ciudad había sido tomada por las divisiones alemanas con el auxilio de los simpatizantes nazis. Las calles eran un hervidero de hombres armados. Los sonidos de las sirenas se mez claban con el de los himnos que cantaban unos improvisados fanáticos poseídos por una fiera felicidad. El discurso pronunciado por Hitler en la *Heldenplatz* ante un auditorio extasiado y frenético era repetido una y otra vez por la radio. La multitud coreaba el nombre de Hitler incesantemente. El *Führer* prometía que el imperio alemán, con sus 65 millones de habitantes, ahora afrontaría unido un devenir histórico que probablemente sería difícil, pero seguramente resultaría glorioso. Ludwig sentía que las palabras taladraban su conciencia y le horrorizaba comprobar cómo sus compatriotas se entregaban sin pudor a la adoración del caudillo. Su padre siempre repetía que las masas se acercaban al nivel de inteligencia y bestialidad del peor de sus miembros. Lo estaba comprobando.

Apesadumbrado, se preguntó dónde esconderse. Ludwig advirtió la precaria fragilidad del mundo en el que vivía. Con sus padres ausentes, a los que no sabía cuándo podría volver a ver, sin un techo seguro, sin un sitio en el que trabajar, con la Academia de Arte vedada y sin siquiera una mujer a la que abrazar, sintió lo que eran la soledad y la indefensión casi absolutas. Entonces, sin saber por qué, pensó en el viejo Hans Schmidt, aquel bedel amistoso de la Academia que en su juventud, durante la Gran Guerra, había sido socialista, o anarcosocialista, como le revelara durante las sesiones en las que había posado para él. Su humilde hogar estaba en un barrio obrero a menos de treinta minutos de camino. Fue allí, en esa casa, donde lo pintó, junto a la bella y silenciosa Inga, su hija. Naturalmente, se comunicaría con él por teléfono antes de pedirle ayuda. Lo llamaría desde la floristería situada junto a la funeraria, abierta hasta altas horas de la noche.

—¿Puedo utilizar el teléfono? Es una emergencia.

—Claro. Sea breve.

—Ludwig, qué gusto oírlo, y qué coincidencia. Inga y yo estábamos preocupados por usted. Pensábamos en usted.

—No tengo dónde ir. Mis padres han sido arrestados.

—Comprendo lo que me dice. Siento mucho lo que le ha ocurrido a sus padres.

—Es sólo por unos días.

—De esta gente todo es posible. Véngase rápido.

Tardó poco en llegar. Ludwig abrazó a Inga y a su padre de una manera dramática que no había previsto. Era como si descubriese un lazo con la vida. Sin poder controlarse, se echó a llorar. Lloraba por sus padres, lloraba por él mismo, por su tremenda soledad. La piel del señor Schmidt y de Inga, los tres fundidos en un largo abrazo, le pareció especialmente cálida. Los tres lloraban.

***

Sigmund Freud esperó al capitán Sauerwald en su despacho. Las noticias que le había transmitido eran poco halagüeñas, pero más grave que todo eso había sido la detención de su hija Anna, la más cercana a su corazón. Había sido una estupidez no haberse marchado a Inglaterra, como había hecho su amigo el escritor Stefan Sweig, o incluso a Nueva Zelanda, como el joven Karl Popper, a quien el abandono del judaísmo y la conversión de sus padres al luteranismo no lo habían puesto a salvo de la rabia antisemita de los nazis. A Freud le habían llegado los rumores de que el joven filósofo ponía en duda el carácter científico del psicoanálisis, pero esa discrepancia pesaba menos que el respeto que ya le merecía como pensador.

—Pase —le dijo el doctor Freud a Sauerwald sin abandonar su mesa de trabajo, mientras con el rabillo del ojo observaba cómo su perro se escondía nervioso bajo el escritorio y emitía un ligero gruñido de hostilidad.

El oficial de la SS había llegado de completo e impoluto uniforme. No le dio la mano, pero le extendió educadamente la notificación firmada por Adolf Eichmann en la que lo nombraba interventor de la Sociedad Psicoanalítica Internacional y, por end-

dueño y señor del destino de la familia de Sigmund Freud. Mientras Freud examinaba el documento, Sauerwald miraba con detenimiento el despacho del famoso médico, observando el diván cubierto con un manto rojizo, los cuadros que colgaban de las paredes y los numerosos objetos acumulados sin aparente orden ni concierto.

—Ya mi hijo Martin me contó la reunión que sostuvo con usted.

Sauerwald se sentó en el sillón situado a la cabeza del diván. A Freud no le gustaba que nadie lo utilizara. Había sido un regalo de su hija Anna y era el asiento en el que escuchaba las confidencias de sus pacientes. Naturalmente, se abstuvo de quejarse.

—Sí, fue una reunión breve, pero interesante. Su hijo fue sorprendido mientras destruía documentos que ahora nos pertenecen.

Freud prefirió no rebatirle esa afirmación. Le interesaba la suerte de Anna.

—Anna ha sido detenida y necesito saber por qué y cuándo la pondrán en libertad.

Sauerwald sonrió levemente.

—No tan rápido, doctor Freud. Todo se arreglará. Créame que deseaba conversar con usted. Mi profesor de química, *herr* Josef Herzig solía hablarme de usted con admiración.

A Freud le sorprendió descubrir cierta veneración en la manera con que aquel oficial de la SS se refería al notable químico judío de la Universidad de Viena que, en efecto, había sido su amigo hasta su muerte ocurrida hacía muchos años.

—¿Y qué desea usted hablar conmigo? —preguntó Freud inquieto.

—Esto se lo diré al final, pero primero quiero interrogarlo. Lo haré de una manera poco convencional. Yo lo sé todo. Me interesa conocer sus reacciones.

Freud se sintió totalmente confundido. El personaje que le habían asignado los nazis como guardián no parecía odiarlo. O lo odiaba y lo estimaba simultáneamente. Había en sus palabras un extraño dejo de admiración intelectual.

Sauerwald siguió con su raro juego.

—Le voy a mencionar algunas palabras y conceptos y quiero que responda rápida y brevemente con lo primero que le venga a la cabeza. Sé que le duele mucho hablar, así que puede contestarme con una palabra o con una frase. Siéntase libre de responder lo que quiera. No se lo tendré en cuenta.

Freud se quedó estupefacto. Aquel miembro de la SS quería jugar con él al psicoanálisis político por medio de la libre asociación. Entre todas las conjeturas que se había hecho sobre la programada visita de este sujeto jamás pudo ocurrírsele aquella inverosímil farsa. El personaje ni siquiera había adoptado un tono sarcástico ni burlón, pero le pareció descubrir una misteriosa perversidad en sus palabras. ¿Intentaba vejarlo? ¿Qué pretendía?

—Así que desea que yo asocie libremente mis respuestas a ciertas palabras escogidas por usted.

—Exacto —dijo Sauerwald, y enseguida agregó el primero de los temas—. Por ejemplo: antisemitismo.

—Estupidez criminal —contestó Freud inmediatamente.

—Hitler.

—Psicopatía.

Sauerwald permaneció inmutable. —Alemania.

—Enorme tragedia.

—Austria.

—Pequeña tragedia.

—Nacionalismo.

—Barbarie.

—Dios.

—Fantasía.

—Jesús.

—Ilusión colectiva.

—Nazismo.

—Locura.

—Judaísmo.

—Historia.

—Tercer Reich.

—Infierno.

—Europa.

—Decrepitud.

—Estados Unidos.

—Ingenuidad.

—Guerra.

—Muerte.

Sauerwald sonrió levemente y dijo:

—Ya basta. No está mal. Es usted coherente. Celebro que no haya tenido miedo. Me hubiera defraudado. Sus lectores han encontrado en su obra mil cosas, pero no han reparado en su valentía intelectual. Las cosas que usted ha escrito requieren un inmenso valor. Eso fue lo que más admiraba cuando lo leía. Quería probar si mi intuición era cierta y usted se atrevía a dar sus opiniones pese a la situación de inferioridad en la que se encuentra.

Freud lo miró con perplejidad y sólo atinó a decir dos palabras que jamás pensó que pronunciaría en esa reunión:

—Muchas gracias.

—No se apresure, doctor Freud. Yo soy su enemigo y he venido a hacerle daño, porque ese es mi deber, pero creo que hay espacio para el compromiso.

—¿Qué compromiso?

—Mi misión es presionarlo para que usted abandone Austria de manera muy ostensible. Nosotros queremos que todos los judíos abandonen Alemania y Austria, y usted es el judío más conocido del país. Se lo dije a su hijo: Freud es la marca emblemática del judaísmo austriaco. Si no se van tendremos que matarlos a todos. Su salida de Austria, que nosotros nos encargaremos de publicitar, será como una señal universal para que todos los judíos se larguen de nuestro territorio.

Freud ahora notó una carga de odio en las palabras de Sauerwald.

—Creo que no tengo muchas opciones, pero no quiero salir sin mis hijos.

—También podrá llevarse a sus sirvientes y asistentes. Incluso a sus hermanas.

—Y a mi médico y a su familia. Mis hermanas no querrán acompañarme. Lo hemos hablado antes. Están muy viejas.

—Naturalmente, todo eso tiene un precio —el tono de la conversación se tensó súbitamente.

Sauerwald se puso de pie y se acercó de manera amenazante al escritorio de Freud. El perro lanzó un ladrido. "Quieto, Lün Yu", dijo Freud.

—Entre los papeles de su oficina he encontrado depósitos en el extranjero, cuentas secretas en Suiza y en Inglaterra y muchas deudas sin pagar de la Sociedad Psicoanalítica Internacional. Usted no puede irse de Austria sin devolverle al país el dinero que ha sustraído y pagar esas deudas. Tendrá que cumplir con las reglas, como todos los judíos. Será un buen ejemplo para todos ellos que usted pague sus deudas y nos entregue las propiedades libres de obligaciones. Queremos que se vayan, pero que paguen y nos devuelvan lo que nos han robado.

Freud se quedó helado.

—Yo no tengo dinero —dijo.

—Usted sí tiene dinero, doctor Freud. Según mis cálculos, tiene en diferentes monedas el equivalente de dos millones de dólares. Eso es lo que revelan los papeles que he examinado.

—Yo no tengo dinero —insistió Freud.

—¿Cuánto tiene usted ahora mismo en su casa? —dijo Sauerwald.

—No sé, cinco o seis mil chelines.

—Es poco, pero abandonar Austria le costará una suma mucho mayor. Tendrá que liquidar todas sus deudas y pagar por los permisos de salida. He hecho calcular la cuenta en dólares, porque el dinero seguramente vendrá del extranjero, y asciende a un cuarto de millón de dólares. Por cierto, ¿qué pensaba hacer con esos cinco o seis mil chelines?

—No tengo dinero —dijo Freud por tercera vez muy preocupado—. Con esa pequeña suma pensaba pagarle a un pintor que hacía mi retrato.

—¿Quién es ese pintor?

—Nadie conocido. Un muchacho muy joven. No creo que haya pasado del boceto. Lo único realmente importante es que no tengo dinero y no podré abandonar el país si me exigen un pago tan alto.

—Pero lo tienen sus amigos. Hay que dar el ejemplo. Hable con Marie Bonaparte. La princesa francesa puede darle todo el dinero que usted necesita. Ella y su marido son muy ricos. O usted paga lo que debe pagar y se marcha del país, o no me quedará más remedio que enviarlo a Dachau.

Freud supo que aquel miserable estaba en lo cierto. Su antigua discípula y paciente podía darle todo lo que necesitaba. Conservaba en París buena parte de su fortuna.

—¿Y Anna? No nos iremos dejando a Anna detenida.

—Yo me encargaré de que la suelten para que pueda emigrar con ustedes. Tendrán que conseguir visas para Francia o para Inglaterra.

—Para Inglaterra, donde está uno de mis hijos.

—Otra cosa: tendrá que firmar un documento en el que asegura que ha tomado libremente la decisión de marcharse.

—Por supuesto —dijo Freud con ironía—. Le recomendaré la Gestapo a todo el mundo. Es una institución muy dulce y benevolente.

—Un último detalle, doctor Freud. Debo requisar todo el dinero en efectivo que tiene en la casa. Me llevaré esos cinco o seis mil chelines que ha mencionado.

—No está mal para una primera visita —dijo Freud con sarcasmo—. Nunca le he cobrado tanto a un paciente.

Cuando se marchó el visitante, Freud se quedó pensando que el capitán Sauerwald era una alimaña curiosa y despreciable, pero inmediatamente se consoló calculando que podía ser aún peor. Considerablemente peor.

5

La noche de las vidas rotas

igilosamente, Ludwig salió de la vivienda de Schmidt rumbo a la casona de Toledano en las afueras de Viena. A las pocas horas concluyó las planchas para la impresión de los billetes falsos. Había cumplido con el trabajo encomendado y con este personaje singular, a quien acaso le debía la vida. Esa noche, tras cenar, en la sobremesa, Ludwig les relataría cómo era su existencia en casa de los Schmidt, mientras Yankel Sofowicz, con más dudas que certezas, se atrevió a especular sobre cómo sería la suya en Cuba, a donde partiría en los próximos días desde un barco de pasajeros que zarparía de Génova en Italia.

El relato de Ludwig tuvo momentos de gran dramatismo. Ya sabía, con toda certeza, que sus padres habían sido deportados a Dachau, cerca de Munich, pero al menos estaban vivos y les habían prometido, vagamente, que los pondrían en libertad próximamente, o tal vez los deportarían a un país que los acogiera. Se hablaba de Madagascar o de Palestina, pero entre los judíos no faltaban quienes mencionaban a Brasil y Australia, naciones grandes escasamente pobladas. Sin embargo, no había ninguna certeza de que el gobierno alemán cumpliera esa promesa, máxime cuando cada vez eran más intensos los rumores de que los nazis austriacos pensaban crear un severo campo de internamiento en Mauthausen, irónicamente un hermoso lugar próximo a Linz. Una farmacéutica judía, casada con un "ario de pura sangre" —esto lo dijo Ludwig en un tono de burla—, que había sido detenida el mismo día que sus padres, a la que luego habían liberado por su matrimonio, le había contado los pormenores, incluidos los maltratos y vejaciones sufridos en Dachau.

Ludwig, tras felicitarse por haber dado con las personas más generosas que había conocido en su vida, contó la historia del señor Hans Schmidt y de su hija Inga, dos austriacos absolutamente germánicos por sus antecedentes y sus fenotipos. Aunque en ese momento lo pareciera, porque había llegado la hora fatal de la unanimidad, no todos los austriacos, fueran o no germánicos de pura cepa, eran pronazis o se sentían felices con la absorción del país por la Alemania hitlerista. Era verdad que muchos llenaban las plazas para aplaudir a los nazis, pero ¿cuántos se quedaban en sus casas rumiando su tristeza? Este viejo exsindicalista socialdemócrata, que en su juventud había coqueteado con el anarquismo, conversador apasionado con el que se pasaba las noches discutiendo, a quien había conocido en la Academia de Bellas Artes como un humilde bedel, y que lo había defendido cuando la juventud hitlerista organizó en su contra aquel infame acto de repudio, sentía simpatía por los judíos, a los que les reconocía un talento especial para las ciencias y una indómita capacidad para resistir los peores contratiempos. Sin embargo, su rechazo al antisemitismo nazi no surgía de ese respeto por la calidad intelectual de los judíos o por la entereza de carácter que exhibían como grupo, tan evidente en la Viena de su tiempo, sino partía de su manejo del concepto *clase*.

Para él, los vínculos étnicos carecían de sentido alguno, pero sí era fundamental el hecho de formar parte o no de la clase obrera.

Un obrero judío era su hermano, decía, mientras que un capitalista ario era su inevitable adversario. Ludwig no aceptaba esa manera esquemática de entender las relaciones entre las personas y negaba la existencia de clases —lo que los precipitaba a discusiones fervorosas—, pero, no obstante, aceptó que coincidía con Schmidt en condenar el nacionalismo, ideología que ambos calificaban como una de las peores lacras de cuantas afectaban a la sociedad. "Es alentador", dijo, "encontrar en estos tiempos quienes se atrevan a pensar que formar parte de la humanidad es mucho más importante que la religión que se profesa o la tribu a la que se pertenece".

La parte más delicada de las confidencias de Ludwig a sus amigos tuvieron que ver con Inga. Confesó que se había enamorado de ella con una intensidad que hasta entonces no conocía, pese a su condición de gentil. Siempre le había parecido una muchacha muy bella, pero ha sido viviendo en su casa, con el trato diario, cuando ha surgido entre ellos un poderoso lazo amoroso, algo a lo que no se ha opuesto el señor Schdmit, permitiéndole dormir en la habitación de su hija, sabiendo que con ello corría un riesgo extraordinario por las leyes alemanas que prohibían los matrimonios e incluso las relaciones sexuales entre germanos y judíos. En todo caso, nadie en el edificio o en el barrio sospechaba que Ludwig era un judío refugiado en la vivienda y mucho menos el amante de Inga. El señor Schmidt y su hija lo habían presentado como un primo de Inga, hijo de un hermano de su difunta esposa, que había venido a vivir con ellos provisionalmente. La historia la ayudó a sostener *frau* Bertha, viuda todavía muy hermosa, bondadosa vecina de la primera planta y suegra de la directora del comité de vigilantes de la manzana, quien, en el pasado, probablemente, según deducía Ludwig, había tenido algún lazo amoroso con el señor Schmidt, por el que sentía una indudable admiración, mientras a Inga la quería maternalmente porque la había visto crecer hasta convertirse en una espléndida muchacha. Ludwig, en todo caso, se dejaba ver poco por el vecindario y, según confesara, muy a su pesar se había vuelto un maestro en ese arte tan difícil de "hacerse invisible".

Le tocó a Ruth, la esposa de Toledano, revelar la información de que el doctor Sigmund Freud se iría definitivamente del país por tren rumbo a París, con el objeto de continuar viaje de inmediato hacia Londres, dado que Inglaterra le había otorgado visa al famoso psicoanalista junto a una larga comitiva de quince personas que incluía a su mujer Martha, sus dos hijos Martin y Anna, tres nietos, una sobrina junto a su marido, su médico, el doctor Max Schur, acompañado por su familia, y hasta dos criadas fieles, también de origen judío. El régimen nazigermano, que ya estaba instalado en Austria y había nombrado gobernador a Arthur Seyss-Inquart, su más devoto sirviente, le daría una gran publicidad a la forzada emigración de Freud y al destierro definitivo del psicoanálisis, disciplina que los nazis calificaban como "una pornográfica fantasía judía" que debía ser erradicada del sano cuerpo de la raza aria. (Ludwig remató el testimonio de Ruth con una nota melancólica afirmando que aplazaba la realización de un retrato de Freud para otros tiempos más sosegados, si es que alguna vez tal cosa les llegaba y el destino se apiadaba de ellos).

Karl Toledano explicó cómo y por qué Yankel Sofowicz iría a parar a Cuba. A principios de los años treinta había conocido en Berlín a un jovencísimo cubano estudiante de medicina, Julio Lavasti, exiliado por la persecución de un dictador militar llamado Machado, quien había cerrado la única universidad con que contaba esa Isla. Julio y él se habían hecho grandes amigos tras coincidir en un torneo local de ajedrez para aficionados que el cubano había ganado. A partir de ese momento, anduvieron juntos con mucha frecuencia, y hasta lo acompañó a Praga en un viaje de negocios durante el cual el cubano practicaba su rudimentario alemán leyéndole en voz alta *La Metamorfosis* de Franz Kafka, un desconocido autor checo de lengua alemana que acababa de descubrir. Julio le aseguró que La Habana era una ciudad preciosa y divertida que nada tenía que envidiarles a las buenas capitales europeas. Le había descrito la atmósfera política de su país con abundantes detalles, incluida su propia y arriesgada participación en la resistencia armada contra la tiranía cubana como miembro de un grupo clandestino llamado, creía recordar, ABC. Su familia, que tenía una buena posición económica derivada de la posesión de un gran taller y tienda de marcos y objetos relacionados con la pintura —lienzos, pigmentos, cuadernos de dibujo—, donde también hacían exposiciones y reunían tertulias literarias, decidió trasladarlo al extranjero para protegerlo de la represión policíaca. Estuvo en Berlín hasta que, a fines de 1933, tras la caída del dictador, había regresado a Cuba lleno de ilusiones, no sin antes advertirle que temía lo peor para Alemania y para los judíos tras la fuerza electoral que había cobrado ese extraño energúmeno llamado Adolf Hitler. Julio, dijo Toledano, había leído *Mein Kampf*, las memorias de Hitler, y aseguraba que ese siniestro personaje intentaría llevar a cabo el exterminio de los judíos. Toledano confesó que en ese momento él, como tantas personas, pensaba que se trataba de una causa electoralmente rentable por el extendido grado de antisemitismo que Europa padecía desde hacía décadas, pero suponía que, una vez llegado al poder, dados los enormes problemas que Alemania padecía, Hitler relegaría paulatinamente a un segundo plano su antisemitismo. Él —admitió humildemente— se había equivocado, al ser incapaz de entender que Hitler realmente creía que los problemas de Europa se debían a cuestiones raciales, mientras el estudiante cubano estaba en lo cierto.

Cuando la situación en Alemania comenzó a deteriorarse, Toledano retomó el contacto con Julio, que ya se había graduado, ejercía como médico y formaba parte de una familia socialmente influyente y con grandes contactos con el gobierno del presidente cubano Laredo Bru y del general Fulgencio Batista, el *hombre fuerte* que lo sostenía en el poder. Como predijo, Julio fue muy solidario, y le explicó que nada de lo que estaba sucediendo en Alemania lo sorprendía, porque el destino le había deparado vivir el ascenso de

Hitler al poder, asegurándole que haría cuanto estuviera a su alcance para ayudarlo a él y a sus amigos. Toledano le pidió, primero, que les consiguiera visados de su país a unos cuantos perseguidos que le iría señalando y, segundo, que los orientara cuando llegaran a Cuba para que pudieran ganarse la vida o los ayudara a seguir rumbo a Estados Unidos, como solía ser el deseo de los emigrantes europeos. No quiso explicarle por carta los detalles del caso de Yankel Sofowicz, pero éste estaba a punto de zarpar rumbo a la Isla. Llevaba la encomienda de crear en Cuba un discreto comité que les abriera los brazos a los miembros en apuros de Masada, la organización secreta dirigida por Toledano, y, si era necesario, que continuara luchando contra la influencia nazi.

***

Pese a la penumbra de la habitación, inmóvil, por el espejo del armario Ludwig contempló complacido sus cuerpos desnudos, amorosamente trenzados. La rubia cabeza de Inga, preciosa, con su cabello como de oro viejo desordenado por la pasión, contrastaba con su pecho moreno. Inga era bellísima y en ella se cumplían todas las reglas de las proporciones ideales que prescribían los maestros del Renacimiento. El óvalo del rostro era perfecto. Los senos erectos y medianos coronados por unos pezones color canela, eran, simplemente, deliciosos. Todo en ella conducía al deseo: la cintura estrecha, las caderas y nalgas voluptuosas, las piernas bien torneadas y de tamaño adecuado, los pies pequeños. Hacían el amor con mucha frecuencia, tarde en la noche, casi diariamente, y siempre exploraban caricias y posturas nuevas que él le insinuaba con palabras muy quedas dichas al oído. Sólo algo se mantenía invariable: se querían en silencio, tragándose los gemidos e intentando apagar los chirridos del viejo somier como una forma de respeto al señor Schmidt, quien a esas horas dormía o leía en la habitación contigua.

Inga había tenido algunos novios inocentes, pero llegó virgen a los diecinueve años. Ludwig era su primer amor. Qué viste en mí. Eras muy guapo. Cuando posaste como David en las clases de escultura quedé impactada. No podía quitarte la vista de encima. O de abajo. Tonto. Yo te observaba cuando fregabas el suelo de la Academia y no podía creerlo. Tú eras la escultura perfecta. Me encantaban tus nalgas y tus ojos azules, casi violetas. Me parecía trágico no poder mirarte al mismo tiempo las nalgas y los ojos. Tonto. Son enormes tus ojos. Eras tú quien debió posar como Venus o Diana, qué sé yo. Era inconcebible que fueras una criada en la Academia. No te parecías al oficio que desempeñabas. Ésa es una actividad de señoras mayores y obesas. Mi padre me consiguió ese trabajo en la limpieza cuando murió la que solía hacerlo. Se trataba, tienes razón, de una persona obesa. Era provisional. Yo pensaba estudiar historia, pero tenía que trabajar. Necesitábamos el dinero. Cuando mamá enfermó, todos los problemas se agravaron. ¿No había más hermanos? Hubo uno mayor que yo, pero murió muy niño durante la pandemia del dieciocho. Mi madre nunca se recuperó. Yo nací poco después de la muerte de mi hermano. Mi padre quería otro varón, pero no tuvieron suerte. Parece un cuento triste de los hermanos Grimm. Fui yo quien tuvo suerte. Te encontré. Pero nunca me dijiste nada. No te atreviste ni cuando viniste a pintar a mi padre. Me mirabas, te insinuabas, pero no hablabas. ¿Eras tímido? No lo creo. Me encantó que pintaras a mi padre. A él le fascinó. Se sintió importante. Ningún estudiante lo había tratado con afecto. Cree que su vida es un fracaso. ¿Por qué decidiste pintarlo? Porque tiene un mentón muy especial y una gran dignidad en su rostro. Y porque es tu padre. Mentiroso. En serio. Era una forma de acercarme a ti. Pero cuando te acercaste no me dijiste nada. Temía que me rechazaras. Soy judío y ese dato siempre tiene un gran peso. Yo lo sospechaba, pero no me importaba. ¿Practicas como judío? No. En casa tomábamos a broma el aspecto ritual del judaísmo. Eres la única persona en

Austria a la que eso no le importaba. ¿Por qué? No sé. Me pasé la vida oyendo hablar de la igualdad a mi padre, porque era socialista, y a mi madre, porque era católica. Muy católica. Él era ateo y ella creyente. Mi madre siempre decía que al cielo y al infierno iban todos, sin distingos de razas o colores. Repetía que Dios nos había hecho a todos con el mismo barro. Una de las pocas veces que me regañó severamente fue cuando me burlé de un electricista polaco que vino a la casa. ¿Era judío? No sé. Era polaco y en la escuela había oído que los polacos eran unos imbéciles. Me dijo que podía o no ser un imbécil, pero no por su condición de polaco. También hay muchos austriacos imbéciles, me dijo. ¿Y qué crees tú de los judíos? Me horroriza lo que está ocurriendo con ellos. Con nosotros. Bien, con ustedes. Mi padre opina que cuando hay dificultades los pueblos buscan chivos expiatorios. Y cuando no las hay, también. Llevamos siglos siendo perseguidos. Me gusta el brillo de tus ojos violetas en la oscuridad. Dice mi padre que el panfleto contra los judíos *Los protocolos de los sabios de Sión* es una falsedad. Sí, es una falsedad y un plagio. Lo escribió la policía política zarista para perseguir a los judíos en Rusia. Ni siquiera fueron originales. Copiaron algunos elementos clave del libro *Diálogo en el infierno entre Maquiavelo y Montesquieu* de un francés llamado Maurice Joly. Originalmente era un texto contra Napoleón III. ¡Qué cosa más loca! Y lo increíble es que alguna gente cree que hay una conspiración de los judíos para apoderarse del mundo y destruir a los cristianos. Sí, la gente lo cree. Yo no sé si alguna vez lograremos acabar con el antisemitismo. ¿Cómo te has atrevido a enamorarte de un judío? Porque sé que lo que dicen de ellos es falso. De nosotros. Bien, de ustedes. Yo tampoco sé cómo me he atrevido a enamorarme de una alemana. A veces percibo una intensa sensación de culpa. Los judíos sentimos que tenemos una obligación moral con la supervivencia del grupo. Esa responsabilidad se viola cuando nos unimos a alguien que no forma parte de la tribu. Tenía un compañero de estudios que le llamaba "la maldición de la exogamia". Cuando te enamorabas de una gentil comenzabas a sufrir y sentías un fuerte rechazo que se iniciaba en tu propia casa. Es muy extraño y sé que es un pensamiento pernicioso, pero no puedes evitarlo: aunque no seas religioso, desde pequeño aprendes que fuera del judaísmo hay algo negativo. Creerse el pueblo elegido por Dios tiene un altísimo costo. Después, cuando creces, Dios se va desvaneciendo, pero te queda el vínculo étnico como una cadena emocional. ¿Te cuento una cosa muy íntima? Claro, tonto, cuéntamelo todo. Además del sentimiento de culpa, yo tenía el temor de acostarme con una muchacha alemana y no conseguir satisfacerla. Esa es otra cara de la moneda. Me horrorizaba que una supuesta aria confirmara que los judíos somos débiles físicamente. Eso es absurdo. Es como asumir el prejuicio que te hace daño. Yo no tengo mucha experiencia en la cama, pero me he acostado con algunas mujeres y siempre han sido judías. Aunque en mi casa no éramos religiosos, nos movíamos entre judíos. ¿Ni siquiera te has acostado con prostitutas alemanas? No. Alguna vez, junto a otros estudiantes, fui a un cabaret que era, en realidad, un burdel con habitaciones, pero todas las mujeres eran judías. Tú eres la primera alemana con que me he acostado. Pues ha sido totalmente insatisfactorio. Mentira. Te ríes cuando lo dices. Te has venido muchas veces. Claro que sí, tonto. Ha sido delicioso hacer el amor contigo. Te agradezco tanto tu paciencia, tu gentileza, el tiempo que dedicas a satisfacerme. Cuando he hablado de estos temas con algunas amigas que ya tienen relaciones sexuales, siempre se quejan de la rapidez con que sus compañeros eyaculan y se dan la vuelta. Tenía el temor de que eso ocurriera contigo. Es algo perverso: siempre pensaba que quería acostarme con una alemana para demostrarle que los judíos éramos unos buenos amantes. Ése era un elemento morboso. Como nuestros enemigos decían que éramos inferiores, acostarme con uno de esa tribu era un triunfo contra el antisemitismo. ¡Que cosa más retorcida dices! Así que yo era una forma de vengarte de Hitler. Cuando comencé a desearte, y luego cuando me enamoré de ti, yo no veía al judío o al alemán, sino a una persona. ¿No sentías que estabas rebajándote socialmente? En lo absoluto. Me parecía, eso sí, que mis relaciones contigo y vencer los prejuicios confirmaban mi superioridad moral frente a quienes predicaban el odio. Tal vez eso es influencia de mi padre. ¿Ves? Tú también introducías un elemento ajeno a nosotros en la valoración de lo que sientes por mí. Los judíos, en cambio, vemos la conquista de una alemana como una seña de *arianización*, de germanización y, de una extraña manera, es cierto, como una victoria y una forma de venganza. Eso le agrega valor a la relación, pero la rebaja al mismo tiempo. Es muy complicado. Hay algo que quiero decirte. Dilo, pero no te muevas. En esa posición estás bellísima. Mientras hablamos te estoy mirando reflejada en el espejo y estás preciosa. Es una noticia terrible, pero, no sé por qué, me siento feliz. ¿Qué ocurre? Hace dos meses que me falta la menstruación.

Ludwig se quedó en silencio durante unos segundos.

—¿Estás segura? —preguntó con la expresión de quien ha recibido un golpe en el estómago.

—Creo que sí.

—¿Y qué piensas hacer?

—¿"Piensas"? Más bien "pensamos". Si estoy embarazada es un hijo de ambos.

Ludwig tragó en seco. Su expresión adquirió una tonalidad sombría. Sentía una mezcla extraña de emociones. Su amor por Inga, ahora mezclado con el instinto de protegerla a ella y al hijo, pugnaba con la certeza de que esa criatura los comprometía a todos y los arrastraba hacia un oscuro desastre.

—¿Qué es lo que quieres hacer? —preguntó Ludwig esperando secretamente que Inga quisiera interrumpir el embarazo por un elemental sentido de prudencia.

—¿Qué supones que debo hacer? —le respondió Inga sin revelar sus cartas.

Ludwig la miró consternado y susurró:

—Tal vez lo más prudente, aunque nos duela infinitamente, es no tener ese hijo. Somos jóvenes. Podemos tenerlo en otro momento, cuando todo esto haya pasado.

Inga meditó la respuesta, pero respondió con una firmeza que sorprendió a Ludwig y no esperaba de sí misma:

—Tal vez *esto* no pase nunca. No lo sé. El futuro de todos es muy incierto, pero la realidad es que estoy embarazada y yo soy una católica consecuente. Mi padre es ateo, pero mi madre me formó como católica y no voy a defraudarla. Yo no voy a matar a mi hijo.

—Tu madre está muerta.

—No lo está para juzgar mis actos.

—Pero yo soy judío.

—Lo sé. Eso no me importa.

—¿Cómo que no te importa? Estamos condenando a ese niño al sufrimiento.

—Peor es condenarlo a la muerte.

Ludwig volvió a guardar silencio por unos instantes.

—Si estás embarazada, tendremos que huir de aquí.

—Huir ¿a dónde? —preguntó Inga angustiada, incorporándose en la cama.

—Adonde no sea un delito que un judío y una alemana se enamoren. Adonde esa criatura —Ludwig le tocó el vientre— pueda ser feliz sin que lo marginen por su origen. A mí me encanta la idea de ser el padre de un hijo nuestro, pero me horroriza hacerle daño.

—Es curioso traer un judío al mundo en estos tiempos —dijo Inga.

—No será judío. Para eso su madre tendría que ser judía, no su padre.

—Para los nazis sí lo será —agregó Inga con tristeza.

—Para ellos sí. Por lo pronto, no será nunca un ario.

—¿A dónde podemos huir? ¿Qué hacemos con mi padre?

—Iría con nosotros. Tengo un amigo que acaso pueda ayudarnos. Hablaré con él.

Los dos estaban muy emocionados y tensos. Se abrazaron. Inga comenzó a llorar silenciosamente. Ludwig también, sin que ella lo advirtiera, mientras le acariciaba tiernamente la cabellera. Ambos contenían los sollozos para que el señor Hans no los oyera, como cuando se amaban. Ludwig colocó su mano suavemente sobre el vientre de Inga como buscando algún signo de vida. No sintió nada. Esa noche durmieron fuertemente abrazados, como si fueran una sola persona.

***

Karl Toledano y Ruth, su mujer, escucharon con mucho detenimiento y una gran dosis de disgusto el relato de Ludwig sin emitir opinión alguna. Habían ido a recogerlo al atardecer a la pequeña estación de trenes cercana al caserón rural donde vivían. Cuando el joven pintor terminó su relato, ya sentados en la sala, Toledano comenzó con sus cáusticas recriminaciones en un tono desusadamente hostil. ¿A qué judío austriaco en sus cabales podía ocurrírsele entablar relaciones íntimas con una mujer aria en ese preciso punto de la historia? A un judío enamorado, le dijo Ludwig. Enamorarse de una aria era un lujo que ya no podían permitirse los judíos, le contestó Toledano. Pero más grave aún era el embarazo. No fue planeado. Pensábamos que no era la época de la fertilidad. No digas tonterías. A tu edad, y a la edad de Inga, siempre es la época de fertilidad. De alguna manera esto pone en peligro la existencia del grupo. Los alemanes se toman muy en serio la legislación antijudía y ya son los dueños de Austria. ¿Qué tiempo tardarán los vecinos de Inga en saber que el joven que vive en su casa, que es la del señor Schmidt, un viejo sospechoso por su pasado socialista a quien seguramente ya vigilan, no es un inocente pariente alemán salido de la nada, sino un judío cuyos padres han sido internados en campos de concentración? ¿Crees que la Gestapo es una institución inofensiva dedicada a la contemplación pasiva de su ombligo? Se trata de la banda de criminales mejor organizada que jamás ha conocido la historia.

—Tienes que ayudarnos a salir de Europa. Me habría quedado a luchar junto a ustedes, pero el embarazo de Inga lo ha cambiado todo súbitamente —dijo Ludwig con desesperación.

Toledano se quedó pensativo. Ruth entonces intervino de una manera inesperada:

—Debes echarle una mano, Karl. Es lo mejor para todos. Dejar embarazada a su novia tal vez ha sido una irresponsabilidad, pero ahora pienso que yo también hubiera querido ser irresponsable cuando tenía la edad adecuada. Nos hemos pasado nuestra juventud esperando el momento ideal para tener hijos y ya es muy tarde.

Karl la miró con dureza. No tenía por qué airear esas intimidades.

—Eso lo hemos discutido antes. Ya no tiene remedio.

Ludwig intervino en la conversación:

—Gracias, Ruth. ¿Pueden ayudarnos a escapar? ¿Cómo le va a Yankel en Cuba? Si él logró emigrar, nosotros también podemos.

—Le va bien —dijo Karl Toledano mientras movía la cabeza con un leve gesto de satisfacción—. Recibí un largo mensaje cifrado con un informe de la situación en esa isla. Un tal Juan Prohías ha creado un partido nazi, pero apenas tiene seguidores. Yankel está muy contento. Julio Lavasti ha sido muy solidario. Ya le consiguió trabajo en una tienda de ropa y su español mejora por días. Tiene una amiga que le está dando clases. Parece que Yankel había aprendido con su padre el oficio de sastre antes de estudiar contabilidad. Me contó que suele hacer trajes de lino, que allá llaman *dril* y unas camisas blancas llenas de grandes bolsillos, muy adaptadas al clima tropical. Él mismo ya las usa. Creo que les llaman guayaberas. Se le nota feliz.

—Tal vez podamos, como él, embarcar desde Génova, si nos consigues las visas.

Karl se quedó pensativo por un momento.

—Provisionalmente hemos perdido el contacto con el cónsul cubano que nos daba las visas en Italia, pero tenemos una buena relación con el de Berlín. Es un diplomático simpático y corrupto, me dice nuestra gente en Alemania.

—¿Y cómo iríamos de Alemania a Cuba?

—Por Hamburgo. Me han comunicado que los nazis preparan una operación de propaganda con un barco de pasajeros que zarpará rumbo a Cuba a bombo y platillo. En él se irán un colaborador nuestro, el doctor Isaac Berger, y su hija Rachel.

—Pero Inga y el señor Schmidt no son judíos —alegó Ludwig.

—Lo serán. Podemos fabricarles los papeles para que se embarquen como si fueran judíos. Será el primer caso de alemanes que se disfrazan de judíos —agregó Toledano con un gesto irónico.

—Deberé consultar con ellos —dijo Ludwig preocupado—. No sé si se arriesgarían.

—No tienen mucho tiempo ni muchas opciones. Nuestra gente en Alemania sabe que el gobierno prepara una ofensiva terrible contra los judíos. Hoy 8 de noviembre, en la mañana, recibí un mensaje cifrado con la información. Me advierten que debemos prepararnos para lo peor. A Hitler una nueva guerra le parece deseable y próxima y cree que el antisemitismo es un fuerte cohesivo para los alemanes. El odio a los judíos tiene para ellos una función patriótica. Van a utilizarnos a nosotros para exacerbar el nacionalismo.

—¿Qué van a hacer?

—No sabemos exactamente, pero creo que se trata de un gigantesco pogromo. Es para ir calentando a las masas para lo que seguramente vendrá después. Ya han encontrado la coartada perfecta. Ayer un joven judío alemán de origen polaco, Herschel Grynszpan, exiliado en París, asesinó a un diplomático alemán llamado Ernst von Rath. Ése es el pretexto para lanzarse contra todos los judíos de inmediato.

—¿Por qué lo mató?

—La verdad profunda es que lo asesinó porque esperaba que lo ayudara, y ayudara a su familia, ya que tal vez habían sido amantes, o al menos Herschel había accedido a prestarle favores sexuales a cambio de algo, pero ese detalle íntimo, que todavía no está nada claro, lo saben muy pocas personas. En octubre, el gobierno había expulsado rumbo a Polonia a miles de judíos alemanes originarios de Polonia, sólo por sus apellidos eslavos, y entre ellos estaban los padres de Grynszpan, pero el gobierno de Varsovia no los aceptó y los devolvieron a Alemania. Esas personas quedaron atrapadas en una especie de limbo, viviendo a la intemperie, casi sin comida, rodeados por tropas de las SS, y pensaban, con razón, que morirían durante el invierno. Grynszpan habló varias veces con Von Rath y cuando éste le dijo que no quería o no podía hacer nada por sus padres, Herschel le dio dos balazos y lo mató. Parece que Hitler mismo interpretó el hecho como una bendición. Sería el punto de partida para un ataque a fondo contra los judíos.

Ludwig miraba a Toledano consternado.

—¿Y cuándo puede comenzar esa ofensiva? —preguntó temiendo la respuesta.

—Tal vez esta noche. Según mis fuentes, los nazis han movilizado y acuartelado a las juventudes hitleristas y a las SS en toda Alemania y en Austria. La radio no hace más que lanzar arengas antisemitas y pedir venganza. Un periódico de Berlín pedía eliminar cien mil ratas judías para vengar la muerte del patriota alemán.

—Debo volver esta noche a Viena —dijo Ludwig poniéndose de pie.

—Ni se te ocurra. Es demasiado peligroso. Si sucede lo que me anuncian nuestros amigos, decretarán toque de queda y te puede costar la vida tratar de llegar a Viena. Duerme hoy con nosotros. Mañana al atardecer tendremos más información.

Ruth, mecánicamente, se levantó para prepararle la habitación.

***

Tenía razón Toledano. Al día siguiente, Viena estaba todavía revuelta. A las seis de la tarde ya era prácticamente de noche. Ese noviembre estaba resultando particularmente frío. Una llovizna helada le calaba a Ludwig la gorra de fieltro y el abrigo negro. ¡Ese maldito clima centroeuropeo! El espectáculo de la estación de trenes al centro de la ciudad era escalofriante. La noche anterior había estallado el bárbaro pogromo que le anunciara Toledano. Buenas fuentes de inteligencia, pero casi inútiles porque podía hacerse muy poco. Era un reflejo de lo que sucedía en Alemania. Austria ya era un calco triste de Alemania. Un apéndice sanguinolento. Todas las sinagogas habían sido asaltadas. Todas. Miles de personas habían sido detenidas y maltratadas. Un centenar de judíos habían sido asesinados. No respetaban a rabinos ni a mujeres. Se ensañaban con ellos. Los establecimientos propiedad de judíos habían sido destrozados por las turbas. Además de estrellas de David, les habían pintado letreros llenos de odio en los que se les pedía a los buenos austriacos que no compraran en las tiendas de las ratas enemigas del pueblo. Los cristales cubrían las aceras y en numerosas esquinas todavía humeaban las piras de libros escritos por judíos. Ni Thomas Mann, que no lo era, pero estaba casado con una judía, se había salvado de la hoguera. Un grupo de jóvenes vestidos con camisas pardas, visiblemente borrachos, daban vivas a Hitler y muerte a los judíos. Muchos muebles y enseres domésticos habían sido lanzados a las calles. Se veía un extraño panorama de sillas desfondadas, mesas sin patas y vajillas destrozadas. Esporádicamente, sonaban disparos y se escuchaba el ruido inquietante y desagradable de las ambulancias y carros de policía que recorrían la ciudad. Había niños pequeños y desabrigados que deambulaban como sonámbulos preguntando por sus padres. Ludwig apretó el paso para llegar al apartamento de Inga y del señor Schmidt. Esperaba que nada les hubiera ocurrido, pero sintió ese maldito apretón que se le anudaba en la garganta cuando lo asediaban las peores premoniciones.

—No suba, señor. Por Dios, entre, por favor, entre —le dijo Bertha llorando mientras de un tirón lo introducía en su apartamento.

¡Ay, señor, ha sido terrible! Sí, vinieron a buscarlo a usted. Me enseñaron su foto y preguntaron en qué piso vivían el señor Schmidt y su hija. Les dije que usted era un primo de Inga y se rieron en mi cara. Me gritaron que usted era un judío y que sus padres habían sido detenidos por conspirar contra la seguridad del Estado. ¿Usted es judío? ¿Es verdad que sus padres fueron detenidos? No, no podía negarme. ¿Está usted loco? Menos mal que ellos piensan que soy una simpatizante. Sí, mi hija lo es, pero yo no. Déjeme hablar. Mi hija forma parte del partido nazi. No pude evitarlo. Se casó con un nazi. Yo los detesto. Estoy desesperada. Sí, eran unas diez personas. No, no me pegaron. Quizás doce. Eso: una escuadra. Me empujaron y me tiraron al piso. Subieron. ¡Ay, señor, ha sido terrible! Estuvieron varias horas. Todos oíamos los gritos. No, por supuesto, nadie se atrevió a ayudarlos. Bueno, sí, la vecina del quinto fue y pidió piedad y de un culatazo le rompieron la boca y perdió dos dientes. ¿Inga? Ay, la pobre Inga, mi pobre Inga. Le decían que era una traidora que se había acostado con un judío asqueroso. Inga gritaba. ¡Ay, señor, lo sabían todo! El señor Schmidt los increpó. Les decía asesinos, pero comenzaron a golpearlo. Trató de defenderse y lo patearon. No, señor, nadie la defendió. La violaron, señor, la violaron. Todos la violaron. Yo oí lo que decían. Eran muy vulgares. La violaron. La violaron mientras le pegaban e insultaban. Ella les rogó que no lo hicieran, porque estaba embarazada, pero fue peor. Dijo que estaba embarazada y que le iban a matar a su criatura. Fue peor. Le decían puta, tú no vas a tener ese hijo judío. El jefe del grupo vociferó voy a grabarle una esvástica en el vientre a esta puta para que no se olvide de nosotros. Sí, señor, supe quién era el jefe, me lo dijo Hans antes de morir. Sí, señor, ya se lo cuento, el señor Schmidt murió. Sí, fue horrible. Él también. Le digo ahora. No, no lo mataron ellos. Escuche, por favor. ¡Ay, ha sido terrible! Cuando le grababan la esvástica en el vientre con la bayoneta, Inga hizo un movimiento brusco, o ese asesino, que era un sádico, se entusiasmó, y le clavó la hoja. No es posible saberlo. Inga dio un grito. ¡Ay, señor, yo oí ese grito! Cállate, puta, le gritaban. El señor Schmidt lo vio todo desde el suelo. Gritaba desde el suelo y lo callaron a patadas. Luego me lo contó. Llegó un momento en que ya no escuché a Inga. Ellos seguían riendo. Se burlaban. Le decían a Hans que los buenos alemanes y los buenos austriacos no criaban putas para que se acostaran con judíos. No llore, señor, no llore, por favor, que me duele mucho. Sé que es durísimo. No, no mataron al señor Schmidt. Luego se lo cuento. Cuando advirtieron que Inga no respondía, dijeron que la llevarían al hospital. Yo vi cuando bajaron su cuerpo sobre una manta. Estaba muerta. Yo soy enfermera y he visto muchos muertos. Yo fui enfermera en la guerra y he visto muchos muertos. ¡Ay, señor, Inga estaba muerta! Estaba muerta y empapada en sangre. Tenía los ojos abiertos y vidriosos. No pestañaba. Jamás olvidaré esa última mirada de Inga. No señor, no la olvidaré. No me atreví a subir al apartamento de Hans. Estaba aterrorizada. ¡Tenía tanto miedo! Como a las dos horas de haberse largado estos miserables con el cuerpo de Inga, con el cadáver de Inga, Hans llamó a mi puerta. Estaba muy adolorido y casi se arrastraba. Tenía la cara totalmente amoratada y cubierta con goterones de sangre coagulada. Los ojos estaban prácticamente cerrados por los golpes. Le faltaba la respiración. Apenas podía hablar. No llore, señor, no llore. Hans me relató cómo murió su hija. Conocía al jefe de esa banda nazi. Sí, dijo banda nazi. Se llamaba Volker Schultz. Sí, era un tipo alto y atlético. ¿Usted lo conoce? Era estudiante de pintura en la Academia donde trabajaba el señor Schmidt. Así que usted lo conoce. Es un canalla. Él lo dirigió todo. El señor Schmidt me dijo que subiera en una hora a su casa. Lo hice. Cuando subí estaba muerto. Se había ahorcado en medio de la sala. Colgaba de una viga. Bajo el cadáver había una nota para mí y este mueblecito para usted. Creo que es un caballete. No sé. La nota decía que ya no tenía ninguna razón para vivir y que le diera a usted esta cosa si es que pasaba por la casa. También decía que lo iban a culpar a usted de la muerte de Inga. Se lo había escuchado al tal Volker Schultz. ¡Ay, señor, fue terrible!

Ludwig subió la escalera como un zombi. Habían retirado el cadáver del señor Schmidt, pero no habían quitado la soga con la que se ahorcó. Recorrió, consternado, el pequeño apartamento. Todo estaba revuelto y olía a muerte y tragedia. La habitación que compartía con Inga estaba desecha. Se sentó en la cama. La sábana, llena de sangre seca, seguía ahí, como testimonio final del crimen. La tomó en las manos y se la apretó contra el rostro. Era como si quisiera absorber el último olor, el último suspiro, el último grito de su adorada Inga. Así, en esa posición, con la cara pegada a aquel pedazo de tela, trató de llorar para sacarse del pecho todo el dolor del mundo que se le había empozado. No pudo. Por alguna razón, no pudo.

Se levantó a los pocos minutos. Se adivinaba en su rostro una siniestra resolución. Fue a la cocina. Tomó un vaso de agua. Abrió uno de los cajones y sacó un cuchillo de sierra, afilado y torvo, con el mango negro. Colocó la hoja, de unos doce centímetros, en la palma de la mano y la miró por unos segundos, como si pensara en algo. Guardó el arma en el bolsillo interior del abrigo. Bajó las escaleras con paso firme, como si fuera una persona absolutamente diferente a la que hacía un rato las había subido. Con su viejo maletín de madera y su abrigo oscuro parecía un trabajador que regresaba a su casa tras un largo día de trabajo. Si alguien le hubiera mirado a los ojos habría descubierto en su mirada una especie de fulgor homicida.

***

Mataré a Volker Schultz. Lo voy a degollar lentamente para ver cómo muere. No me importa morir. Quiero que su sangre me salpique. Quiero verla fluir a borbotones. Quiero verle en el rostro la misma mirada de terror que seguramente él contempló en el de Inga. Mi pobre Inga. Mi amada Inga. Debí haberlo hecho antes, cuando me humilló y golpeó en la Academia. Tras ese episodio debí buscarlo para asesinarlo. No: ésa no es la palabra. Para eliminarlo, como se elimina una alimaña venenosa. Uno no asesina a una alimaña venenosa. Uno la elimina, la quita de en medio por razones de higiene y para proteger a los inocentes. Lo pensé, pero preferí olvidarlo. Yo podía vivir con esa humillación. No puedo vivir con el dolor de la muerte de Inga. Morir es lo único que merece este miserable, y saber exactamente por qué está muriendo. Si lo hubiera matado a tiempo tal vez Inga estaría viva, aunque yo no pudiera contarlo. Inga está muerta por mi culpa. Porque le pedí a su padre que me protegiera y porque no maté a ese tipejo cuando debía haberlo hecho. Me parece asombroso que alguna vez fui amigo de este canalla. No puedo creer que en la adolescencia nos tuvimos afecto, nos visitábamos y estudiábamos juntos. ¿Nos tuvimos afecto? No lo creo. Yo le tenía afecto. Él me tenía envidia porque yo era mejor estudiante. Él me odiaba aunque yo no lo advertía. A mí, en cambio, él me daba pena. Lamentaba que Volker fuera un huérfano de guerra. Me entristecía su madre. Era una señora dulce. ¿Cómo se llamaba? Se llamaba Agnes. No se la merecía. Era extraño. Volker era un buen hijo. ¿Cómo ese asesino puede ser un buen hijo?

El íntimo soliloquio acompañó a Ludwig durante todo el camino hasta la casa de Volker Schultz. No había luna y el arbolado del vecindario acentuaba la oscuridad. El ulular del aire atravesaba unos pinos centenarios. Ludwig primero dio la vuelta a la pequeña casita. La conocía perfectamente. La habitación de doña Agnes estaba apagada. Siempre se acostaba a dormir muy temprano y se levantaba al amanecer. La luz del baño, en cambio, estaba encendida, y por la ventanilla entreabierta se oía el ruido de la ducha. Volker se estaba bañando. Tal vez quería quitarse la sangre de sus víctimas. Ludwig saltó ágilmente la barda trasera. La puerta de la cocina, como siempre, no tenía pasado el pestillo. Era una vieja costumbre de Volker para no hacer ruido por las noches cuando regresaba mientras su madre dormía. Ludwig entró de puntillas. Nada había cambiado. Los mismos muebles secos y oscuros. Los mismos adornos baratos. Sólo identificó un detalle nuevo: sobre la chimenea había un gran retrato de Hitler entrando triunfalmente en Viena. La habitación de doña Agnes estaba cerrada. Ludwig se colocó en el pasillo, junto a la puerta del baño. El ruido de la ducha acallaba su respiración. Su corazón latía apresuradamente. Sintió una especie de tic involuntario en el ojo izquierdo. Las manos y las axilas le sudaban. No le daría tiempo a nada. Le colocaría el cuchillo en el cuello, lo miraría a los ojos, y se lo clavaría hasta la empuñadura. No había nada que hablar. Con esa mirada le estaría diciendo que lo mataba por lo que le había hecho a Inga. El sonido del agua se detuvo. Volker se estaría secando y vistiendo. Pasaron unos minutos. Ludwig sintió que una gota de sudor le surcaba la frente. Se pegó a la pared. Todos sus músculos estaban en tensión. Se abrió la puerta. Ludwig se abalanzó, con el cuchillo en la mano, la persona, envuelta en la bata de baño, cayó pesadamente al piso. Era Agnes. Lo miraba aterrada, sin atreverse a gritar, mientras Ludwig sostenía la punta del cuchillo contra su garganta.

—¿Dónde está Volker? —le dijo con fiereza.

—Se fue hace un rato. No vuelven hasta mañana —le contestó Agnes con una voz delgada, como de musitar secretos, muerta de miedo.

—¿Vuelven? ¿Volker está acompañado?

—Tiene dos escoltas. Ya no vive conmigo —dijo Agnes en el mismo tono de terror.

Ludwig se quedó en silencio y alejó el cuchillo del cuello de Agnes.

—Me dijo Volker que habías matado a la hija del señor Schmidt, el bedel de la Academia, y que el padre se suicidó. ¿Qué pasó? ¿Por qué hiciste eso, Ludwig?

No había miedo en sus palabras, sino perplejidad.

—Yo no la maté. La mató su hijo. Primero la violó. La violaron todos los miembros de su pandilla de nazis —contestó con odio—. Por eso se suicidó el señor Schmidt.

Doña Agnes comenzó a llorar.

—¡No puede ser verdad! ¡No puede ser verdad! —repitió.

—Su hijo es un psicópata, un asesino. ¿No le contó la paliza que él y sus amigos me dieron? ¿No le contó cómo me escupían e insultaban?

Doña Agnes dejó de llorar. Ludwig creyó descubrir en su mirada que comenzaba a aceptar lo que le decían de su hijo. Trató de justificarlo:

—No sé, no sé —dijo moviendo la cabeza—. Sufrió mucho con la muerte de su padre. Siempre me dio problemas. No me gustó que se asociara a los nazis.

—Dígale que algún día tendrá que pagarme lo que le hizo a Inga. Dígale que jamás olvidaré su crimen y que nadie me quitará el placer de matarlo.

Antes de abandonar la casa, Ludwig colocó a Agnes en su cama, la ató con firmeza, aunque sin lastimarla, amordazándola para que no gritara. Su hijo la encontraría al día siguiente y él tendría tiempo de escapar.

Ágilmente, Ludwig se perdió en la noche vienesa.

6

ADIÓS A EUROPA

⸻❧⸻

Toledano y Ruth entendieron por qué Ludwig estaba destrozado. Les pareció particularmente vil la versión publicada en *Der Stürmer,* un libelo propagandístico que ensalzaba a las Tropas de Asalto, cuyo exergo decía "Los judíos son nuestra desgracia". La información, situada en primera plana, denunciaba el crimen de una muchacha alemana, Inga Schmidt, a manos de un judío enloquecido que la había matado de una puñalada en el vientre porque ella se negaba a sus requerimientos lascivos. Tras ese horrendo suceso, ocurrido en una humilde barriada obrera en los días en los que el buen pueblo vienés se manifestaba contra la antipatriótica plaga semita, el padre de Inga, el anciano Hans Schmidt, viudo, quien no pudo evitar el crimen por la golpeadura que le propinó el criminal, se había ahorcado dejando una nota en la que inculpaba a Ludwig Goldstein, un joven pintor que era febrilmente buscado por la policía. Junto a la información, que volvía a martillar a la opinión pública con el asesinato del diplomático Vom Rath a manos del judío Grynszpan, aparecía una foto del rostro del criminal, Ludwig Goldstein, en los días que posaba como modelo en las clases de escultura de la Academia de Arte de Viena.

El mismo diario traía en su página editorial, a propósito del "crimen de la honesta muchacha alemana por el asesino judío que la pretendía", un fragmento de *Mein Kampf* de Adolf Hitler: *"Mientras algunos judíos están desempeñando el papel de alemanes, franceses e ingleses, otros, con un descaro abierto, se presentan como formando parte de la raza judía, y esto es una muestra de su alto grado de confianza y de su sentido de la seguridad en sí mismos. Podemos apreciar cómo ven ellos la inminencia de su victoria por el horrible aspecto que toman sus relaciones con los demás pueblos. Con una alegría satánica en su rostro, el joven judío de cabello negro acecha escondido, a la confiada muchacha a quien podrá manchar con su sangre, robándola de su pueblo".*

Toledano terminó la lectura en voz alta del periódico y lo tiró sobre la mesa con un gesto de desprecio.

—Tienes que irte cuanto antes de Austria. Si es posible, tienes que marcharte de Europa. Estamos en la antesala de una guerra espantosa que puede estallar en cualquier momento —le dijo a Ludwig.

Ludwig, tirado en el butacón de la sala, hundido en su propia miseria, sin afeitarse, con un aspecto desaliñado que no se correspondía con su personalidad habitual, sello indiscutible de la depresión más profunda, lo miró con indiferencia.

—En realidad, no me importaría mucho que me mataran —dijo—. Tal vez me harían un favor.

Ruth intervino:

—Ahora te sientes así por lo que has pasado, pero todas las heridas cicatrizan. Es cuestión de tiempo. No eres el único judío que ha perdido a la mujer que ama por culpa de estos criminales. Vivimos tiempos muy difíciles.

—Y a mis padres —dijo Ludwig en un tono melancólico—. Acabarán matándolos. Acabarán matándonos a todos.

Toledano apeló otra vez a un argumento desmedido, histórico, que se desviaba del tono íntimo de la conversación:

—Los judíos no cedemos ante la adversidad. Siempre estamos dispuestos a ponernos de pie, cuando nos han derribado, para seguir luchando. Mis padres heredaron de sus antepasados las llaves de la casa española de la que nos echaron en 1492. Algún día volveremos. Algún día construiremos el Tercer Templo en Jerusalén, como reconstruimos el Primero y el Segundo. Ése es el rasgo distintivo de nuestra gente, Ludwig: la tenacidad para vivir. Recogemos los escombros y seguimos.

—Ese cabrón la asesinó —dijo Ludwig moviendo la cabeza lentamente, con la tenue cadencia gestual que produce la pena.

—Ésa es otra razón que tienes para salvarte, Ludwig. Tienes que cobrarle a ese canalla lo que le hizo a tu novia. La venganza sirve para mitigar el dolor.

Ruth volvió a intervenir. De una manera imprecisa, no le gustó el razonamiento de su marido. No conducía a aliviar la pena de Ludwig, sino a crearle otra irritante ansiedad. Eso era absurdo, nocivo.

—No se trata de eso. Vivir para vengarse no es una motivación sana. Hay que vivir para ser feliz. Para tratar de ser feliz. La vida está llena de agravios. Olvidar es mejor que mantener el odio. Perdonar es aún mejor que olvidar.

Se hizo silencio por un buen rato. Toledano lo rompió:

—Tengo que fabricarte una nueva identidad, Ludwig, para que puedas escapar. Escoge un nombre. Elige un nombre que puedas mencionar sin vacilaciones.

Ludwig lo miró como absorto en sus pensamientos. Con desgana, le dijo uno:

—David Benda. Así se llamaba mi abuelo. Nació y murió en Praga. Nunca lo conocí. Crecí oyendo cómo mi madre lo alababa.

—Magnífico. Es una buena selección. Conozco perfectamente los documentos checos —dijo Karl—. Yo también sustituí mi pasado alemán con unos nuevos antecedentes checoalemanes.

Además, hasta te haré una carta firmada por Adolf Eichmann en la que se especifique que David Benda es un judío que colabora con los alemanes. Todo el mundo sabe que existen. Ese tonto de Eichmann hizo publicar en la prensa un decreto sobre los judíos que tenía su firma. El sueño de cualquier falsificador.

Ludwig ensayó una levísima sonrisa. Era su primera señal distendida de la noche.

—Te irás por el puerto de Hamburgo. La línea Hamburgo-América prepara un viaje sólo para judíos emigrantes destinado a Cuba. Tendrás que salir cuanto antes de Austria. Creo que en un par de días podré tener listos todos los papeles.

—¿Cuándo parte el barco?

—Todavía no se sabe. En las primeras semanas del año próximo. Tal vez en enero o febrero de 1939.

—¿Y cómo voy a sobrevivir en Hamburgo hasta entonces?

—Nuestra gente te cuidará. Tenemos un par de casas de seguridad en las que hemos escondido a unas cuantas personas perseguidas hasta que han conseguido huir. Vas a llevarle a Yankel un nuevo libro de claves. Hay indicios de que los servicios alemanes han podido descifrar algunos mensajes

La expresión "casa de seguridad" lo sacudió. A Ludwig le vinieron en tropel los recuerdos del humilde apartamento del señor Schmidt, el bello rostro de Inga, la sábana llena de sangre, la cuerda vacía que pendía ominosa de la viga. Cualquier palabra, cualquier imagen, le poblaba la memoria de aquellas visiones espantosas.

Dio las gracias con un expresivo movimiento de la cabeza. Le pareció que llevarle a Yankel el nuevo libro de claves, un diminuto documento del tamaño de una cajetilla de cigarrillos, era una forma mínima de agradecerles los enormes desvelos que Toledano y Ruth, su mujer, se habían tomado para ayudarlo.

***

El viaje a Hamburgo fue accidentado y torcido. Un largo recorrido de una semana en diversas clases de vehículos. El propósito consistía en rodear Alemania por las fronteras del oeste. Pudieron hacerlo a través de Polonia, en la frontera opuesta, pues se trataba de un trayecto menor, pero optaron por la vía más larga que era, en ese caso, la más segura. Toledano se lo entregó a un colaborador en la frontera suiza, y éste, un hombre silencioso y pequeño, encorvado por los años, lo llevó hasta Francia, donde un anciano con barbas, que tampoco le dio su nombre a Ludwig, lo trasladó a Bélgica, y de ahí a Holanda, en compañía de una mujer agradable y risueña, pero muy discreta. El propósito era evitar en lo posible el territorio alemán, hasta llegar al norte de Holanda, donde pasaría la frontera por una zona no vigilada rumbo a Hamburgo. Para su sorpresa, en suelo alemán lo esperaba un joven con una motocicleta con un sidecar. Ese joven, Abelard, que conducía hábil y temerariamente aquel artefacto de tres ruedas, no sólo sería el encargado de llevarlo hasta Hamburgo en un accidentado trayecto en el que varias veces pensó que perdería la vida, sino de alojarlo en la casa que le serviría de refugio hasta la partida.

La casa de seguridad en Hamburgo, a la que llegó al atardecer en un domingo semidesierto, resultó ser el cuarto trasero de una pequeña tienda de antigüedades construida a mediados del siglo XIX, sin ventilación, dotado de un humilde inodoro turco —un agujero en el suelo revestido de azulejos, flanqueado por dos pequeños promontorios sobre los que debía acuclillarse—, un espejo y un lavabo. Se trataba, sin duda, de una habitación originalmente concebida como pequeño almacén o para albergar a algún sirviente pobre, pero, al menos, la tienda estaba muy cerca del *Rathausmarkt,* en el distrito central de la ciudad, lo que hubiera sido una localización perfecta si David Benda hubiese podido salir a pasear, lujo que le estaba totalmente vedado. Aunque la documentación que Toledano le había fabricado era excelente, no tenía sentido correr riesgos innecesarios.

Abelard, amable y conversador imparable sobre temas insustanciales, era el sobrino del dueño, un señor llamado Walter, de unos sesenta años, soltero, discretamente amanerado; un hombre sin sonrisas que siempre elegía temas graves para charlar. Éste no tardó en contarle que estaba en la ciudad más liberal de Alemania, un puerto abierto al comercio y brazo clave de la Liga Hanseática en tiempos medievales, lo que había marcado a sus habitantes haciéndolos diferentes a sus compatriotas. Aunque algunos sospechaban que se trataba de personas con antecedentes judíos —le explicó Walter—, los protegía el hecho de que jamás practicaron religión alguna, a lo que se agregaba el fenotipo "ario" de tío y sobrino —ambos eran altos, sonrosados y tenían ojos azules— y un apellido políticamente ambiguo que podía ser o no judío: Schwartz.

Ludwig, quien con toda naturalidad ya se hacía llamar David Benda, colocó sus escasas pertenencias bajo el camastro: el viejo caballete —en cuya gaveta secreta conservaba el anillo de su madre y el cuaderno con las claves— y una bolsa que apenas contenía dos mudas de ropa, el cepillo de dientes, una navaja para afeitarse y el cuchillo con el que no pudo degollar a Schultz, acaso para recordarle el compromiso que tenía pendiente consigo mismo y con la memoria de Inga y de su padre.

David se descalzó y, sin siquiera quitarse el abrigo, trató de conciliar el sueño. No pudo. Sentía una extraña agitación, un raro cansancio que no le permitía dormir. Por primera vez pasó balance de su corta vida. Tenía veintitrés inútiles años, pero los sentía como si fueran cincuenta. Los últimos seis habían sido una pesadilla. En ellos, la comodidad de su hogar y la paz social se habían esfumado en la medida en que se crispaba la convivencia política del país como consecuencia de los descalabros económicos y el fortalecimiento de las tendencias fascistas y comunistas que desgarraban la sociedad. ¿Qué sería de sus padres? El rostro de Hannah, su madre, ocupó de pronto su memoria. Quiso recordar cómo lo besaba cuando era chico, el desayuno que le llevaba a la cama, la ternura habitual con que lo trataba. Ella le enseñó a pintar, le corregía los trazos, elegía sus pigmentos. Era tan grato recorrer los sábados las tiendas de arte para escoger lienzos y crayones mientras sentía su mano cálida, su piel cariñosa. ¿Estaría viva todavía? No era una persona saludable. Se comentaba que en los campamentos de prisioneros había mortíferas epidemias de tifus. ¿Y su padre? ¿Cómo podría vivir separado de su mujer? Más que un matrimonio, eran dos personas fundidas en una por el amor. Si su madre moría de alguna infección, su padre desaparecería de inmediato por el dolor inmenso de no tenerla. "El recuerdo es el único paraíso del que no pueden expulsarnos", escribió Nietzsche. Temió que la memoria era más peligrosa todavía: es el único infierno del que no podemos evadirnos. Estaba condenado a vivir con recuerdos muy hirientes, incluso los buenos, que quisiera arrancar de su conciencia para que no lo atormentaran, paradójicamente, trayéndole la certeza de que la felicidad existía y la había perdido para siempre.

David Benda —ya era, irrevocablemente y para siempre David Benda—, en efecto, todo lo había perdido: los padres y amigos, a quienes tal vez no volvería a ver; Inga, la mujer que amaba, la madre del hijo que ni siquiera llegó a asomarse a la vida; la casa de su infancia; la ciudad en la que había crecido, con sus parques y sus elegantes avenidas. Acaso, también había perdido el idioma en el que se expresaba, porque, si todo salía bien, lo que estaba por verse, llegaría a una isla remota en la que se hablaba español, y en la que sólo conocía a una persona: Yankel Sofowicz, un polaco con el que apenas había conversado tres o cuatro veces y que era, como él, un refugiado político sin raíces en Cuba, golpeado por la desdicha.

Tal vez un día pasaría la locura nazi y podría regresar a Austria, pero, ¿valdría la pena? ¿Tendría sentido soñar con la vuelta a un país del que había sido expulsado injustamente? ¿Qué clase de sociedad era ésa en la que había tanta gente capaz de maltratar y asesinar a las personas por su origen, por su religión, por sus preferencias sexuales? No se trataba de un grupito de fanáticos: eran millones de alemanes y austriacos enfermos de odio, capaces de delatar, acosar y destruir a personas indefensas, inspirados por ideas estúpidas sobre la superioridad racial enarboladas por un tipo medio loco que gritaba y gesticulaba como un poseso desde la tribuna. ¿Querría volver algún día a ese país? Siempre se vio a sí mismo como un austriaco, qué otra cosa podía ser sino eso, pero de pronto descubrió que el pueblo al que creía pertenecer lo percibía como una criatura extraña y dañina y lo expulsaba de su seno inapelablemente.

Sin embargo, ¿no estaba él también enfermo de odio? Su más recurrente pensamiento era poder matar a Volker Schultz. Se imaginaba escenas en las que le volaba la cabeza de un balazo o en las que lo estrangulaba con sus propias manos. El odio a Schultz le servía para conocerse a sí mismo y para comprender que nunca antes había sentido ninguna emoción negativa tan intensa como esa oscura pulsión por vengarse que le inspiraba el asesino de Inga. Como todas las personas, alguna vez había tenido el deseo de abofetear a alguien, o de insultarlo, pero jamás había padecido esa imperiosa necesidad de destruir a otro, de aplastar a un enemigo, pensamiento que lo cargaba de adrenalina y le tensaba los músculos de la cara. Algún día lo lograría.

Austria, ciertamente, lo había traicionado. Pero ¿no era Austria también la patria de Inga? ¿No era la de Hans Schmidt, su pobre padre, aquel espíritu libre y generoso? ¿No se jugaron la vida por protegerlo y la perdieron? ¿No era acaso la patria de Bertha, esa humilde vecina de los Schmidt, horrorizada, como él, con las atrocidades de los nazis? ¿No era injusto juzgar a todos los austriacos y a todos los alemanes por las acciones de Hitler y su camarilla, o por los crímenes de Volker Schultz, un tipo seguramente idéntico a todos los matones de ésa y de todas las tribus desalmadas?

Tal vez todas las sociedades eran igualmente violentas si les desataban las manos a sus peores gentes. Al fin y al cabo, como solía recordarle su padre, una persona que no se hacía ilusiones con la naturaleza humana, estas monstruosidades que hoy les hacían a los judíos no eran nuevas. Matar está al alcance de cualquiera. A los judíos los habían quemado, mutilado y empalado, además de los alemanes, los ingleses, los españoles, los italianos, los griegos, los árabes, los polacos, los rusos, los turcos. Asesinar judíos fue una diversión muy especial para los cruzados y para los ejércitos papales. Encerrarlos en guetos y prohibirles tener tierras o ejercer ciertas profesiones fue una práctica común en Europa desde épocas medievales hasta que los ejércitos de Napoleón rompieron esas cadenas, pero jamás desterraron el antisemitismo del corazón de muchas personas.

Pero, como también le recordaba su padre, siempre tan justo y ecuánime, ¿no era la historia de Israel, la que recoge la Biblia, la de un pueblo furioso y guerrero, regido por reyes implacables que exterminan enemigos, incluidos niños y mujeres inocentes? "Moisés, mi inevitable compatriota —le decía riendo—, recibía las tablas de la Ley de manos de Dios con el claro mandato de *no matarás*, e inmediatamente traicionaba esas reglas ordenando la ejecución de los idólatras". Los seres humanos eran demasiado peligrosos.

Con ese melancólico pensamiento, David Benda se quedó, al fin, profundamente dormido.

***

Parecía que no terminaba nunca el suplicio de vivir en aquel escondrijo. El señor Schwartz, para que se entretuviera, le compró una buena provisión de pinceles, óleos y lienzos que David utilizó para hacer un magnífico retrato de Abelard, el sobrino, y del propio Walter, en una tela que tenía un metro de ancho por dos de largo. A Abelard lo retrató al volante de su motocicleta; a Walter, a su lado, sentado en el sidecar. En un segundo plano se veía a una joven y bella mujer que paseaba con un niño de la mano, mientras al fondo podía adivinarse el puerto de Hamburgo. Walter, que se había pasado la vida comprando y vendiendo pinturas de diversos maestros, quedó absolutamente maravillado del talento de su joven protegido.

—Esto es fantástico. No sabía que podías pintar de esa manera. Tú tienes un extraordinario futuro —le auguró—. ¿Y quién es esa mujer que pasea con un niño de la mano?

David se quedó callado por unos instantes.

—Muchas gracias por esos elogios. En realidad, me gusta mucho el retrato. Veo como un reto poder interpretar el carácter de las personas y conseguir que aflore en la pintura. Eso es lo que siempre intento.

Había evadido responder quiénes eran la muchacha y el niño. El señor Schwartz volvió a la carga sin saber que tocaba una fibra muy sensible:

—Pero ¿quiénes son la muchacha y el niño?

David volvió a escaparse:

—¿Dónde está Abelard? Tenía mucho interés en ver el cuadro terminado.

Walter no se dio por vencido:

—Abelard fue a la oficina de la naviera para ver cuándo zarpa el barco que te trasladará a Cuba. Ya pagó los ochocientos marcos que costaba el pasaje en primera. Se habían agotado los de segunda. Pero no me has respondido: ¿quiénes son la muchacha y el niño? —insistió.

David respiró profundamente:

—La muchacha es Inga. Era mi novia. La violaron y la mataron unos nazis borrachos. Estaba embarazada. Éste es el niño que nunca tuvo. Los pintores tenemos el privilegio, como los escritores, de corregir la realidad cuando ésta es espantosa.

El señor Schwartz se quedó en silencio y lamentó que su curiosidad lo hubiera llevado hasta esta historia desagradable. Luego, para cambiar el curso dramático de la conversación, hizo una pregunta inesperada:

—¿Qué crees de Alberto Durero?

A David se le iluminó el rostro:

—Es el gran maestro del Renacimiento alemán. El más grande.

Lo adoro. He estudiado sus autorretratos como si fueran la Biblia. ¿Por qué me lo preguntas?

—Porque te voy a hacer un regalo.

Diciendo esto, salió de la habitación y a los pocos instantes regresó con un viejísimo libro y se lo entregó a David.

—Toma, es tuyo. Es un incunable.

David Benda lo tomó con cuidado y leyó la carátula, impresa en la tipografía típica del siglo XVI: *Vier Bücher von menschlicher Proportion* por Alberto Durero.

—Esto es una maravilla —atinó a decir con cierto nerviosismo. Puso el libro sobre la mesa de noche y le dio un abrazo a Walter.

—Lo es. Pero en tus manos estarán mejor que en las de nadie. Como están las cosas no creo que pueda venderlo y, además, tengo el presentimiento de que pronto comenzará otra guerra. Yo participé en la Guerra del Catorce y sé lo que todos padecimos. Ésta será peor y probablemente no sobreviviré.

Llegó Abelard excitado. Entró en la habitación risueño, exultante:

—Marchas dentro de un par de días. El 13 de mayo zarpa el barco *Saint Louis* rumbo a La Habana. He tenido que sobornar a medio mundo, pero te vas.

David percibió una sensación extraña: se dio cuenta de que debería estar muy feliz, pero no era eso lo que sentía. Ocultó su malestar y sonrió:

—Mil gracias, Abelard. Sin tu ayuda y sin la protección de Walter estaba condenado a muerte.

Abelard les hizo el relato:

—Además de los ochocientos marcos del costo del boleto, tuve que agregar otros doscientos sesenta por si se produce algún problema y el barco tiene que regresar. No lo creen probable, pero están cobrando esa suma. A los diplomáticos cubanos hubo que pagarles trescientos dólares por la visa de turista. Dicen, con bastante desfachatez, que ciento cincuenta dólares son para el bolsillo de un tal Manuel Benítez, director de Inmigración. Sólo aceptan dólares.

No fue fácil conseguirlos. A los oficiales alemanes que dieron el permiso de salida les entregué doscientos cincuenta marcos. Tu camarote estará contiguo al de un señor llamado Aaron Pozner.

—¿Quién es él? —preguntó David.

—Según los oficiales de la Hamburgo-América, es un exprisionero de Dachau que pusieron en libertad hace tres semanas con órdenes de que se marchara inmediatamente del país. Pensé que tal vez sabría algo de tus padres. Se pondrá en contacto contigo otro pasajero amigo de Toledano, el doctor Isaac Berger. Viaja con su hija Rachel.

—Creo que Toledano me lo había mencionado. ¿Todos los pasajeros son judíos? —preguntó David.

—Casi todos. Son como un millar. Ya hay mucha publicidad sobre el viaje.

—¿Es un buen barco?

—De lo mejor que tiene la línea. Bastante nuevo. Es un trasatlántico grande. Tiene ocho pisos. Es lujoso, con piscina, cine, restaurantes. Requiere una tripulación de 235 personas. Suele viajar Hamburgo-New York y Hamburgo-Halifax en Canadá. Han hecho algún viaje al Caribe, pero no a La Habana.

—¿Cuánto dura la travesía?

—Unas dos semanas. Serán las dos mejores semanas de tu vida —rio Abelard—. Se te olvidarán todas las penas.

—¿No hubo problemas con los documentos?

—Ninguno. La policía política no puso obstáculos. Ya eres para siempre el señor David Benda. Por el contrario: están dándole la mayor publicidad posible. Por ahora quieren que todos los judíos se marchen de Alemania y Austria.

—¿Por qué "por ahora"?

—Porque muchos países les están poniendo obstáculos a la inmigración de los judíos. Este rechazo de alguna manera confirma la posición de los nazis: "¿Ven? Nadie los acepta. No sólo somos nosotros".

—Celebremos tu partida —dijo Walter abriendo unas botellas— como solemos hacer los alemanes: con una buena cerveza.

—¿Somos alemanes? —preguntó David en un tono en el que se mezclaron la ironía y la melancolía.

Los tres comenzaron a beber en silencio.

7

EL *SAINT LOUIS* NAVEGA HACIA LA MUERTE

Al capitán Gustav Schröder no le gustó nada que una gran bandera nazi ondeara sobre su barco, pero no pensaba pedir que la sustituyeran por la de Alemania o por el pabellón de su propia compañía. Le hubieran dicho que Alemania y el nazismo eran lo mismo, y no estaba dispuesto a enfrascarse otra vez en esa estúpida discusión. A esas alturas de la historia, era demasiado peligrosa. Ya Hitler controlaba todos los resortes del poder, desde que en 1933 lo habían elegido Canciller, y el partido, la patria y el *Führer* se habían fundido en una misma cosa. Eso era el totalitarismo y resultaba más saludable aceptar la realidad que enfrentarse a ella.

Schröder tenía cincuenta y cuatro años, llevaba navegando desde los diecisiete y creía haberlo visto todo. Durante su vida, Alemania, de la mano de Bismarck, en el último tercio del siglo XIX se había unificado y convertido en la nación más poderosa del planeta, hasta arruinarse totalmente durante la Guerra del Catorce. Él había presenciado el fin del imperio alemán y de la monarquía, el hundimiento de la República de Weimar y, finalmente, la lamentable ascensión al poder del nazismo, esto último como consecuencia del desbarajuste económico y de la devaluación monstruosa no sólo de la moneda, sino muy especialmente de los principios democráticos.

Desde lo alto del puente de mando del *Saint Louis,* el buque insignia de la línea Hamburgo-América, Schröder miró con desagrado la forma áspera con que la policía política examinaba los documentos de viaje y trataba a los 937 pasajeros judíos en la medida en que iban entrando a la nave. Contrario a los viajeros habituales, éstos apenas portaban equipaje y no había señales en sus rostros que reflejara el menor vestigio de alegría. En silencio, temblorosos (incluso los niños se mantenían callados, algo realmente insólito en la historia de aquellos barcos construidos para el turismo más placentero), obedecían dócilmente las indicaciones de las autoridades, para evitar que les prohibieran embarcarse. Les habían confiscado las joyas al partir, salvo las que consiguieron esconder en sus ropas íntimas, y apenas les permitían llevar unos pocos marcos o algunos libros para entretenerse durante el trayecto.

Se le acercó Dagobert Meyer, viejo amigo y primer oficial, lo más parecido a un hombre santo que había conocido en la vida, seminarista en su juventud, de donde le quedó el apodo de "Benedictino", vocación que abandonó tras enamorarse de una estudiante de Derecho y liberarse para siempre de la crueldad del celibato.

—No se preocupe. Todo saldrá bien. Hoy es 13 de mayo de 1939. Hace exactamente veintidós años, el 13 de mayo de 1917, la virgen se apareció en Fátima, Portugal, para salvar al mundo. No es una casualidad que hoy zarpemos con esta pobre gente. Es un designio divino.

Schröder sonrió y le colocó una mano amistosa en el hombro mientras movía la cabeza con el gesto universal de no-tienes-remedio.

—¿Ya están reunidos los tripulantes?

—Los 231. No quiero que falte ninguno. Los convoqué al salón principal. No pude evitar que también asistiera Otto Schiendick.

—¿Quién es ése? —preguntó el capitán Schröder con un gesto de desagrado.

—Un nazi fanático. Es el delegado del Partido Nacional Socialista en el barco. Me han contado que también es el hombre de la Abwehr, la policía secreta, pero no está solo. Viajan con él otros tres agentes.

—¿Fue quien exigió que el buque navegara con la bandera nazi por insignia? —preguntó Schröder.

—Así es. Ahora nos obligó a colocar en el salón principal un gran retrato de Hitler. Quiere humillar a nuestros pasajeros.

—Para los nazis éste es un viaje de propaganda. Desean demostrarle al mundo que los judíos no son maltratados en Alemania, pero sí invitados a abandonar el país.

—Tengo un mensaje para usted. Cuando recibía a los pasajeros en el muelle, uno de ellos, de aspecto distinguido, que viaja con su hija, una joven preciosa, me dio este sobre.

El capitán lo abrió con curiosidad:

Querido capitán Schröder, soy el doctor Isaac Berger. Viajo con mi hija Rachel. Lamento volver a verlo en estas circunstancias tan dramáticas. Lo recuerdo con mucho afecto de épocas mejores. Me gustaría conversar con usted si encuentra tiempo para recibirnos. Atentamente, IB.

Al capitán Schröder súbitamente se le pobló la cabeza de recuerdos. Berger era un extraordinario neurólogo y siquiatra de Hamburgo al que había visto reiteradamente cuando comenzó a padecer de unas graves depresiones que lo tuvieron al borde del suicidio. En aquel entonces, por medio de largas conversaciones, a las que el médico denominaba logoterapia, y administrándole una sustancia blanca experimental (probablemente litio) logró sacarlo de la crisis y, literalmente, salvarle la vida. Según parece, el origen de ese episodio, que no volvió a repetirse, estaba en un desequilibrio químico cuyas causas eran desconocidas.

Pero las relaciones fueron más allá del vínculo médico-paciente. El doctor Berger era un aficionado a la historia naval y poco a poco fueron convirtiéndose en amigos, especialmente cuando ambos descubrieron la devoción común por la vida del portugués Enrique el Navegante y por la escuela de cartógrafos mallorquines, temas minuciosamente ignorados por los alemanes. En vista de esas coincidencias, el doctor Berger lo invitó a su casa para que conociera a su corta familia, compuesta por su mujer, Doris, una aristocrática dama emparentada con los Rothschild, y su hija, entonces una linda y juguetona niña que le pedía que le hiciera cuentos de sus viajes por el mundo. La pequeña, claro, era Rachel. Doris, según supo en su momento, murió rápidamente de un cáncer en el cerebro frente a lo que nada pudo hacer la sabiduría de su marido.

—Por favor, Dagobert, asígnele el mejor camarote al doctor Berger y dígale que lo recibiré esta noche en mi comedor privado para cenar junto a su hija. Es, realmente, un gran amigo con el que estoy en deuda.

***

La tripulación dejó de hablar cuando el capitán Schröder entró en el gran salón. No era fácil mantener callados a más de doscientos marinos y personal de servicio, pero el capitán, pese a ser un hombre enjuto, de bigotillo fino y anatomía escasamente intimidante, imponía su autoridad con una mirada severa y, por qué no, por su fama de hombre justo que trataba a sus subalternos con respeto y cierta aristocrática distancia teutona que definía el tipo de relación que normaba los vínculos entre los oficiales y el resto de la marinería.

Schröder ocupó la pequeña tribuna. A su espalda lo escoltaba una foto grande de Adolf Hitler con la mano en alto.

—Oficiales y tripulación —comenzó con cierta solemnidad y en un tono de voz poderoso para poder llegar al fondo del salón—. Dentro de treinta minutos comenzaremos un viaje muy peculiar.

Usualmente, el *Saint Louis* navega hacia Halifax, en Canadá, o hacia New York, llevando pasajeros alemanes o de cualquier nacionalidad que suelen viajar en busca de diversión, en calidad de turistas, u hombres de negocio. En esta oportunidad, nuestros huéspedes son refugiados que abandonan Alemania debido a su origen étnico o a su religión. No me toca a mí juzgar el aspecto político o social de esta situación. Llevamos a bordo novecientos treinta pasajeros judíos y siete no judíos. Por las razones que sean, estas personas han decidido marcharse de Alemania, incluso de Europa. Todos han pagado precios regulares por su boleto y merecen ser tratados exactamente igual que cualquier otro pasajero que aborde uno de nuestros buques.

—Protesto, capitán —se oyó una voz estridente, con un agudo tono de falsete—. Soy Otto Schiendick, jefe en este barco de la célula del Partido Nacional Socialista. Usted no puede tratar a los judíos como si fueran alemanes convencionales porque no lo son. El Reichstag ha dictado leyes muy claras para establecer que los judíos son distintos y deben, por lo tanto, ser tratados de manera diferente. No tiene sentido que la tripulación alemana atienda a esta gente como si fueran sus criados. Hoy nuestras leyes prohíben que los judíos sean servidos por los arios.

El silencio era como un presagio de crisis. La expresión "esta gente" había sido dicha con el mayor desprecio. Los tripulantes miraron fijamente al capitán Schröder en busca de una señal de miedo. No la encontraron y esperaron, tensos, su respuesta.

—Señor Schiendick, tan pronto este barco comience a navegar, la única identidad que reconoceré será la de pasajeros que le han pagado a mi compañía por un servicio de primera en un barco de calidad. Si el origen de ellos es judío, o no judío, para mí carece de importancia. Comencé a navegar a los diecisiete años y en esta compañía he llegado a capitán transportando decenas de miles de personas sin jamás preguntarles si eran cristianos, judíos o ateos. Un barco, aunque lleve bandera, no es una nación, sino un espacio en el que el azar reúne a unos pasajeros que no tienen por qué heredar los conflictos y los prejuicios que dejaron en tierra firme. Todo eso se queda en el puerto.

—Pues se equivoca, capitán Schröder. Este barco es la prolongación de Alemania y aquí imperan sus leyes. Por eso colgamos en este salón el retrato de nuestro *Führer*. Usted no está exento de cumplir las leyes del país.

—Yo no veo como algo inconveniente que este salón esté presidido por el retrato del canciller Adolf Hitler. El señor Hitler fue elegido democráticamente y yo no soy quién para oponerme a esa decisión. No me interesa la política. No estoy pidiendo respeto y buen trato para unas personas porque sean judías o cristianas, sino porque son nuestros huéspedes y esta compañía tiene un reglamento desde hace décadas, muy anterior al Tercer Reich, en el que se especifica cómo se debe tratar a los pasajeros, sin tomar en cuenta la edad, el sexo, la religión o el color de la piel. Cada boleto vendido a estas personas es un contrato entre mi compañía y ellas. No hay boletos para judíos. Usted quiere que yo trate a estas personas de una manera diferente a lo que la Hamburg Amerikanische Packetfahrt Actien Gesellschaft usualmente depara a todos sus clientes. Eso es ilegal y le digo, tajantemente, que no lo voy a hacer. En Estados Unidos existe la segregación racial, pero cuando los norteamericanos negros y blancos abordan mi barco en New York, reciben el mismo trato.

La voz de Schröder sonó fuerte, sin miedo. Pero la de Schiendick alcanzó un tono aún más alto y con mayor enojo:

—Pues le adelanto que voy a ver en La Habana al señor Louis Clasing, el representante de su compañía en ese país, también patriota y militante de mi partido, para darle las quejas de su comportamiento antialemán. Entre todos estamos construyendo un país distinto y orgulloso, y gentes como usted son los verdaderos enemigos del pueblo.

—Haga lo que le dé la gana, señor Schiendick —gritó descompuesto el capitán Schröder—. No me voy a dejar intimidar por sus bravatas. Tripulantes y oficiales —volvió a tronar— tienen órdenes precisas de tratar a todos los pasajeros con la corrección de siempre, sin tener en cuenta su etnia. Éste es mi barco y aquí se hace lo que yo ordeno, y yo no ordenaré otra cosa que lo que señala el reglamento.

Las palabras de Schröder fueron seguidas de un total silencio. Nadie se movía de su puesto. De pronto, su segundo de a bordo, Meyer, comenzó a aplaudir fuerte y acompasadamente. Cualquier observador imparcial habría percibido que se le veía profundamente conmovido. Le siguieron otros oficiales. A continuación, el aplauso era general. Otto Schiendick los miró con desprecio, levantó el brazo ritualmente, gritó *Heil Hitler* y salió dando un taconazo. Destilaba odio.

***

A David Benda le resultaron muy gratas la caminata hasta su camarote y la brisa fría que batía la atmósfera y le azotaba el rostro con suavidad. Notó, sin embargo, que las piernas le temblaban ligeramente. Fue entonces cuando advirtió el largo tiempo que había pasado oculto y casi inmóvil en aquella oscura habitación que le proporcionaron el señor Schwartz y su sobrino Abelard, dos personas por las que llegó a profesar un sincero afecto. Felizmente, los oficiales que examinaron sus papeles, y con los que no cruzó palabra alguna, no le requisaron su extraño y viejo caballete de madera, en el que venían enrollados un par de lienzos en blanco, varios pinceles y unos cuantos tubos de óleo, y en cuyo cajetín secreto permanecía escondida la sortija de diamante obsequiada por su madre, único "capital" con el que desembarcaría en La Habana.

Le habían asignado el camarote A-11 en una de las zonas nobles de la nave. Como todas las habitaciones del barco, ésta contaba con baño privado, ducha y una funcional y elegante mesilla de trabajo. A David, tras los meses de miseria que había atravesado, el pequeño cuarto le pareció suntuoso. Como le había explicado

Abelard, junto al suyo quedaba el del otro pasajero, el señor Aaron Pozner, un hombre delgado y de rostro anguloso sin rasurar, vestido pobremente, con rasgos nobles, pero con las manos curtidas por el trabajo.

Cada camarote contaba con un pequeño armario para efectos personales. A David le tomó menos de un minuto llenar el suyo con las tres mudas de ropa que el señor Schwartz se había empeñado en comprarle ("ligeras, para el clima infernal de La Habana", le había dicho), a lo que agregó el tesoro que más apreciaba: el incunable de Durero obsequiado por el anticuario.

David golpeó suavemente con los nudillos en la puerta del vecino. El señor Pozner le franqueó la entrada. Se presentaron amablemente, con un ligero apretón de manos y David fue directo al grano con una evidente muestra de ansiedad:

—Me contaron que estuvo internado en Dachau… —dijo en demanda de un relato que sabía que sería muy doloroso.

Aaron Pozner se sentó lentamente al borde de la cama antes de comenzar a hablar. Escogió instintivamente un tono bajo, con la mirada clavada en el suelo, como el de quien va a contar una historia íntima y punzante:

—Veo que las noticias viajan más rápidamente que este barco. Aquello es un infierno. Es terrible lo que sucede …

Hizo una pausa. Trató de seguir, pero no pudo. Rompió a sollozar y ocultó el rostro entre las manos. David, para aliviar la tensión, se acercó a la claraboya de la habitación. Quiso ver cómo las luces de la ciudad se alejaban de su vista y darle tiempo a Pozner para que se recompusiera. El oleaje apenas se sentía en aquella hermosa mole de hierro muy bien construida por la formidable industria naval alemana.

Pozner continuó su relato:

—Me detuvieron en noviembre, la noche del gran pogromo, sólo porque era judío, enseñaba hebreo y visitaba frecuentemente la sinagoga. Me sacaron de mi casa a golpes, delante de mis dos hijos, y me enviaron a Dachau. Cuando me arrestaron me gritaban judío de mierda, rata, gusano. Mi hija mayor, la de nueve años, trató de ayudarme y le dieron una bofetada que la lanzó contra la pared con el rostro ensangrentado. Le imploré que no se defendiera ni me defendiera. Gritaba de dolor y rabia.

—Supongo que Dachau es terrible —afirmó David sin otro propósito que animarlo a continuar hablando del campo de concentración.

Pozner calló por unos instantes. Luego siguió moviendo la cabeza ligeramente, como subrayando la incredulidad:

—Terrible es poco. He visto castrar a un prisionero con una bayoneta porque pidió que lo viera un médico cuando llevaba dos días sin orinar. "¿Es ahí donde te duele?" le gritó aquel salvaje mientras el prisionero se retorcía de dolor.

—¿Un judío?

A Pozner le sorprendió la pregunta. Pensó unos instantes y respondió con certeza:

—No, se trataba de un joven socialista. Allí hay una mezcla de presos políticos, judíos, homosexuales, y hasta algunos asesinos y asaltantes que utilizan contra los otros prisioneros. Éste había sido líder estudiantil. Pero vi crucificar a un judío mientras se burlaban y le gritaban que ahora sabría lo que sufrió Jesús. También vi sodomizar a otro judío con el cañón de un fusil y luego le dispararon y lo reventaron. Había sido un abogado prominente en Berlín.

David, con terror, se atrevió a preguntar por su padre, sin revelar el parentesco:

—¿Conoció a un médico austriaco, el doctor Moses Goldstein?

Pozner se quedó pensando un buen rato:

—Sí. Oí hablar de él con admiración. Llevaron muchos austriacos. Los alemanes eran más severos con los austriacos, no sé por qué. El campamento es muy grande. Yo estaba en la barraca 13 y son sesenta y nueve. Hay miles de prisioneros. A la mayor parte de los austriacos los encerraron en las últimas barracas. Los mezclaron con prisioneros comunes.

—Fue detenido con su mujer, Hannah Goldstein. ¿Están cerca? ¿Pueden verse?

Pozner lo miró a los ojos antes de contestarle:

—Allí no había mujeres. Las separaban de sus maridos. A las mujeres las mandaban a diferentes sitios.

David sintió como una daga en el corazón. Sabía que sus padres no sobrevivirían a la angustia de la separación y a la certeza de que el otro sufría esos tormentos. Contuvo las lágrimas para no desviar la conversación a su propio dolor.

Pozner no dejaba espacio a la esperanza:

—Es muy difícil que sobrevivan. Aunque nunca conversé con él, y no sé cómo es físicamente, oí hablar del doctor Goldstein. A poco de llegar se hizo famoso entre los prisioneros porque se atrevió a operar a un preso que padecía un absceso gigantesco en el abdomen. No tenía otro bisturí que la tapa afilada de una lata de melocotones esterilizada con la llama de una vela, ni más antiséptico que una botella de alcohol, ni otro hilo de sutura que una fibra de cáñamo, pero el enfermo estaba a punto de morir. Lo operó sobre un jergón lleno de chinches. Asombrosamente, lo salvó, pero fue inútil: dos meses más tarde el pobre hombre murió de tifus. Todo el mundo repetía esa historia en Dachau. ¿Es pariente suyo?

David sintió unos enormes deseos de decirle que era su padre, un hombre admirable al que adoraba y, en efecto, un cirujano casi mágico, pero ya era David Benda para siempre y no quería revelar las razones por las que había cambiado de identidad.

—Él y su esposa eran amigos muy cercanos de mi familia —mintió David.

—¡La familia! Yo he dejado atrás a mi mujer y a mis hijos, pero los rescataré —dijo Pozner en un tono sombrío.

—¿Por qué no viajan con usted?

—Porque no teníamos dinero. Yo estaba internado en Dachau y hace dos semanas mi mujer logró, por medio de unas amistades, el milagro de que me sacaran del campo. Tuvo que vender los muebles para sobornar a un funcionario de la SS. Sólo había dinero para un boleto y para una visa. Me dejaron ir con la condición de que me fuera cuanto antes de Alemania. Voy a Cuba a trabajar para reunir dinero y poder rescatarlas. Mi mujer logró conseguirme la visa y el boleto en unos días. Fue un milagro. No puedo soportar que mis hijas crezcan en ese ambiente.

Los dos hicieron silencio simultáneamente.

—Voy a caminar un rato por cubierta —dijo David abatido.

***

Primero, el capitán Schröder le dio un abrazo muy cálido al doctor Isaac Berger tan pronto entró en su pequeño comedor privado. Luego besó a Rachel en la mejilla sin poder evitar el justo cumplido:

—Rachel, Rachel, te has vuelto una mujer hermosísima —le dijo admirado de aquella belleza de cabellos negros encrespados.

—Ya cumplió veinte años —apostilló su padre—. Es tan bella como fue su madre.

—Ojalá fuera la mitad de bella —dijo Rachel mientras sonreía.

—Y tan inteligente y perceptiva como ella —agregó Berger.

—¿Tiene vocación para la medicina, como su padre? —preguntó el capitán genuinamente interesado.

—Sí, me gusta mucho —respondió Rachel—. Pero me echaron de la universidad en segundo año por mi condición de judía. Afortunadamente, también me interesan la danza y la actuación.

—¿El ballet clásico?

—No. De niña me llevaron a una academia de ballet, pero prefiero la danza moderna.

—Eso está mejor —dijo Schröder con una sonrisa de alivio—. El ballet clásico es muy aburrido. Nunca entendí cómo dar esos curiosos brinquitos se convirtió en un arte refinado.

—Coincidimos —afirmó sin convicciones el doctor Berger para halagar a su anfitrión.

Schröder los invitó a sentarse a la mesa y, como suele ocurrir en los reencuentros, pasaron revista a los amigos comunes y a las etapas desconocidas de la vida del otro durante el periodo que perdieron contacto. Hace mucho tiempo que desaparecieron las depresiones. Debió ser un fenómeno fisiológico. A veces llegan y se van y uno no sabe exactamente por qué. Es un trastorno metabólico. Parece que se confirma que es una carencia de litio. Hay experimentos en Australia que lo aseguran. A mí me echaron del hospital y de la cátedra.

Luego la conversación se deslizó hacia asuntos triviales que revelaban cierta mutua reticencia a entrar en materia: el tiempo del Mar del Norte, siempre encapotado y traidor, mientras en el Caribe todo era luz y color, salvo en la etapa de huracanes. ¿Has sufrido algún huracán? Por supuesto. No teman, he pasado varias tormentas en este barco y se ríe de ellas. ¿Y el *Titanic*? Viajaremos muy lejos de los icebergs. ¿Saben que fue un barco de esta compañía el primero que auxilió a los sobrevivientes del *Titanic*? Tomaremos un espumoso de Baviera y un tinto francés de Borgoña. Los franceses siguen teniendo los mejores tintos del mundo. Y el mejor champán. Eso no sé. ¿Has probado el cava catalán? Extraordinario, pero no son comparables. El doctor Berger, de pronto desvió la conversación al tema espinoso que ambos merodeaban sin atreverse a desplegar:

—¿Sabes que este viaje es una maniobra propagandística de Goebbels? El propósito es que el barco no llegue nunca a su destino.

Schröder frunció el seño preocupado.

—Algo he oído, pero la compañía no cree que sea cierto. El gobierno le ha dado publicidad al viaje para presentarlo como una prueba de que los judíos abandonan Alemania con todas las comodidades.

—Nuestra gente —dijo Berger—ha averiguado que el propósito es que no los dejen desembarcar en Cuba. Así se confirma que nadie quiere a los judíos.

Schröder no sabía exactamente a quienes aludía su amigo cuando mencionaba a "nuestra gente". ¿Se refería a los judíos en general, a un servicio de inteligencia o a una organización clandestina judía de esas que el gobierno denunciaba constantemente? Optó por no precisar. En todo caso, le pareció una maniobra política demasiado alambicada para ser cierta.

Rachel intervino en la conversación.

—Papá, puede ser que el gobierno quiera montar esa operación de desprestigio a los judíos, porque les daría la razón a los nazis cuando dicen que nosotros somos gente indeseable, pero tenemos visas legítimas. Pagamos por ellas. Esas visas no van a desaparecer.

—Exacto, pagamos por ellas. El problema es que quienes venden visas a refugiados desesperados, como nosotros, por un precio mayor que el que marca la ley, son capaces de vender la anulación de las visas.

Las palabras de Berger tenían un tono de preocupación. Él sabía, por su vinculación con Toledano, que el gobierno alemán se movía frenéticamente en Cuba para lograr ese objetivo. Los nazis tenían adeptos en la Isla, había un par de diarios que publicaban propaganda nazi. Sobornaban a políticos y a periodistas. Tenían contactos en el gobierno. Incluso, estaba en gestación un partido nazi a cargo de un tal doctor Juan Prohías que vomitaba su odio antisemita por las estaciones de radio.

Schröder le hizo una seña al camarero para que sirviera la comida. Crema de calabaza, salmón al horno y vegetales. Siempre había creído en la calistenia, los alimentos saludables y los ayunos periódicos. Culminarían, eso sí, con la tarta de chocolate y el café. Eran imprescindibles.

—Yo coincido con Rachel —dijo el Capitán—. Una vez que lleguemos a La Habana es muy difícil que no les permitan desembarcar. Sería un enorme escándalo internacional.

Llamaron a la puerta. Era Dagobert Meyer, el primer oficial. Schröder le recordó a Berger que había sido el portador de su nota, lo presentó y, como siempre hacía, explicó, entre risas, pues le causaba cierta gracia, que le decían "el Benedictino" por su bondad y porque había sido seminarista hasta que la imposibilidad de mantener el voto de castidad, porque una mujer lo enloqueció, lo alejó del sacerdocio. Traía un mensaje urgente.

—¿Qué dice el cable? Mis amigos son de entera confianza. Puedes hablar sin temor.

—Lo acaba de enviar la compañía. Es una orden para que acelere al máximo posible. Otros dos barcos han salido rumbo a Cuba cargados con refugiados judíos y en la Isla crece el sentimiento antiinmigrantes. Si llegan antes que el *Saint Louis,* lo cual es posible debido a que son más pequeños, tal vez los dejen desembarcar a sus pasajeros, pero no a nosotros.

—¿Cuántos refugiados judíos llevan? —preguntó el capitán en un tono que delataba preocupación.

—Unos doscientos o doscientos cincuenta. Nosotros llevamos casi mil.

—Pues bien, aceleraremos, pero estas máquinas, por muy buenas que sean, tienen unas limitaciones. El viaje durará dos semanas, un día más, un día menos, de acuerdo como se comporte el mar.

—Hay algo más —dijo Berger bajando el tono de voz con un instintivo gesto de precaución—. Con nosotros viaja un pasajero que, pase lo que pase, tiene que permanecer en La Habana.

—¿Quién es? —preguntó Schröder extrañado.

—Sólo sé que es un joven pintor llamado David Benda.

—¿Qué sucede con él? —fue Rachel la que intervino, sorprendida de que su padre no le hubiera contado nada.

—No tengo la menor idea —dijo el doctor Berger—. Un viejo amigo me lo recomendó. La misma persona que me hizo llegar el dinero necesario para la visa y los boletos. Me dijo que de ninguna manera debía regresar a Europa. Cuando traté de averiguar las razones fue muy parco.

—Solucionemos la duda. Dagobert, ¿sabes en cuál camarote se aloja?

El Benedictino extrajo una lista del bolsillo interior de la chaqueta y la examinó por unos segundos:

—David Benda, A-11.

—Por favor, Dagobert, ve a buscarlo e invítalo a tomar café con nosotros. Así salimos de dudas.

***

—Buenas noches, soy David Benda —dijo sonriendo y extendiéndole la mano al capitán, con el gesto preciso de quien quiere ser amable, pero no sabe exactamente por qué lo han llamado.

—Buenas noches, señor Benda. Le presento a mis amigos el doctor Isaac Berger y a su hija Rachel. Son, como usted, pasajeros. Al primer oficial, Dagobert Meyer ya lo conoció. Le pedimos que lo invitara a tomar café con nosotros.

David les dio la mano cortésmente. No pudo evitar detener su mirada en el bellísimo rostro de Rachel.

—Muchas gracias por la invitación. Me siento muy halagado, capitán. ¿Puedo saber a qué se debe?

Habló Berger:

—Tenemos un amigo común que me pidió que lo ayudara: el señor Toledano. Me dijo que usted debe llegar a La Habana de todas maneras. Se lo conté a mi amigo el capitán Schröder y se quedó intrigado.

—En realidad, todos vamos a llegar a La Habana —dijo David.

El capitán y sus invitados se cruzaron una mirada de complicidad.

—Eso esperamos —dijo el capitán—, pero en los tiempos que corren cualquier cosa es posible.

—Dice nuestro amigo Toledano que usted no debe regresar a Europa bajo ningún concepto —afirmó Berger mientras su hija observaba cuidadosamente. Ahora era ella quien miraba con interés a David Benda. Lo encontró muy atractivo.

David pensó en la acusación por asesinato que pendía sobre él y la misión que le había encomendado Toledano de llevarle la nueva clave a Yankel.

—No es nada especial —mintió—. A Toledano le gusta mucho mi pintura y cree que debe protegerme. Él y su mujer son muy paternales. Es sólo eso. Entre nosotros se desarrolló una relación cuasi familiar.

—¿Qué clase de pintura? —preguntó Rachel, evidentemente deseosa de hacerse notar y entablar conversación con David.

—Retratos. Soy retratista. Naturalmente, puedo hacer paisajes o lo que sea, pero lo que disfruto es el retrato. Es lo que más me gusta.

—¿Sólo eso? ¿La amistad entre usted y el señor Toledano sólo se funda en la pintura? ¿No hay más secretos? —preguntó Schröder desencantado.

—Sólo eso, capitán —dijo David con total aplomo.

—No es poca cosa en estos tiempos —agregó el doctor Berger con cierta incrédula melancolía.

**

De una manera espontánea, absolutamente predecible, David y Rachel se convirtieron en amigos inseparables. Almorzaban y cenaban juntos en el gran comedor del barco —unas veces acompañados del doctor Berger y otras solos—, veían películas en la sala de proyecciones —adoraban las de Fritz Lang y Ernst Lubitsch—, paseaban por la cubierta, danzaban en los tés bailables que todas las tardes se organizaban en el salón de música —costumbre inglesa que habían adoptado en todo el continente.

—Tú eres una bailarina casi profesional y yo soy muy torpe —se excusaba David riendo.

—El foxtrot es muy sencillo. Es casi como un vals, pero menos formal. Acércate más. Así. Dos pasos largos adelante. Dos pasos cortos al lado. Ahora atrás. El foxtrot lo inventaron para bailar en pequeños espacios. El vals es para bailar en palacios. El foxtrot es el vals de los pobres.

—Maestro —le pidió Rachel al director de la pequeña orquesta—, ¿sabe alguna pieza cubana? Si vamos a vivir allí es bueno conocer su música.

El director de la orquesta consultó con los músicos. Conocían tres canciones. Dos de ellas estaban traducidas y podían cantarlas en alemán: "Quiéreme mucho", de Gonzalo Roig, y "Estás en mi corazón", de Ernesto Lecuona. De la otra, "El manisero", de Moisés Simons (se apresuró a decir, con simpatía, que se trataba de un compositor judío), se limitarían a interpretar la música.

En cambio, no se atrevían demasiado con el *jazz*. Tocaban una que otra pieza. Les encantaba, pero los nazis lo habían prohibido. Les parecía una manifestación artística despreciable propiciada por los negros norteamericanos, una raza inferior. A todos ellos, a los músicos, los golpeó e intimidó el suicidio en 1939 de Mitja Nikisch, director de la popular Tanz Orchester, cuando la policía política desbandó a su *ensemble* y le prohibió volver a tocar.

Rachel y David reían mucho. Tras años de tensiones y miserias, aunque atrapados en un barco en medio del océano, se sentían libres de la permanente sensación de angustia que afectaba a todos los judíos europeos, y esa sensación se transformaba en una dicha compartida que los acercaba estrechamente.

Una tarde los pasajeros le hicieron coro a Rachel mientras ejecutaba un espectacular solo de *tap* acompañada por la orquesta. David, admirado, la veía golpear el suelo rítmica y ágilmente, con una habilidad extraordinaria. Cuando se sentaron a descansar en los butacones de cubierta protegidos por una cálida manta de lana, mientras varios niños corrían haciendo travesuras, David le hizo una confesión dolorosa:

—Se me había olvidado la felicidad —y se quedó mirando fijamente a Rachel. A todas luces, la relación se desplazaba hacia zonas opacas y sensibles de la intimidad.

Rachel le correspondió con los ojos, pero le preguntó algo inesperado que deseaba saber desde el momento en que lo conoció:

—¿Por qué eres tan desdichado? ¿Dejaste una novia en tierra?

David meditó la respuesta. Optó por responder sin precisiones.

—Es muy difícil que los judíos no se sientan desdichados en los tiempos que corren, pero digamos que tuve una novia.

Su semblante cambió, nublándose súbitamente.

—¿Rompieron?

David lo negó con la cabeza.

—¿Ella era judía y emigró? Es muy frecuente —dijo Rachel en demanda de más información sobre la intimidad de su nuevo amigo.

David volvió a negar con la cabeza, con una mirada absolutamente triste. Luego agregó:

—No era judía. Murió.

Rachel, aunque advirtió que David no quería hablar del asunto, se atrevió a preguntar:

—¿Cómo murió?

—La mataron. Por favor, no me preguntes más. Todo eso es muy reciente. No me gusta hablar del tema. Tal vez murió por mi culpa.

—No sé lo qué pasó, y ni siquiera quiero que me reveles los detalles, pero recuerda que los únicos responsables son los asesinos.

Rachel lamentó haber conducido la conversación por esos vericuetos. Notó los ojos humedecidos de David. Le tomó una mano dulcemente. Se quedaron callados. Se le ocurrió que se estaba enamorando.

***

En su camarote, David se quitó la chaqueta, se descalzó, y se tiró vestido sobre la cama, colocando sus manos bajo la nuca.

Todo es muy extraño. Pensé que nunca cederían los obsesivos recuerdos de Inga, mi amada Inga, el horror de su muerte, el suicidio de su padre y mi odio invencible a Volker Schultz. Es terrible cuando ciertas imágenes se apoderan de tu cerebro y sólo te llegan voces doloridas sobre las que pierdes toda clase de control. Es espantoso ser prisionero de una memoria cruelmente selectiva que llama a tu conciencia cuando ella espontáneamente elige. Hasta llegué a creer, llegué a temer, que esa relación con Inga truncada por el asesinato, y el del hijo que habíamos engendrado, dominarían para siempre mi psiquis. Me parece increíble que tan cerca del momento de su muerte me atraiga otra mujer. La pena es eso: un fantasma interior que te habita y devora parasitariamente. Cada evocación de Inga venía acompañada de una insoportable sensación de culpa. Inga y su padre habían muerto por protegerme. Inga había sido asesinada porque nos enamoramos. Murieron porque yo no estaba en la casa el día en que Volker y su pandilla de criminales fueron a buscarme. Si yo hubiera estado allí me habrían detenido, o me habrían eliminado, y acaso habrían calmado su necesidad de sangre, su hambre de violencia. Saber que una persona muy querida ha muerto por nuestra culpa es algo terrible. Rachel acertó. Rachel es extremadamente perceptiva, además de bella. ¿Es más bella que Inga? No debo hacerme esa mezquina pregunta. Lo es de una manera diferente. Me gusta. ¿Me gusta tanto como Inga? Otra pregunta miserable. Cuando bailamos y la tengo en mis brazos siento una extraña ambivalencia. ¿Cómo es posible sentirme atraído por otra mujer tan rápidamente? ¿No es eso una oscura traición a la memoria de Inga, a nuestro amor? Disfruto abrazando a Rachel, pero inmediatamente la memoria me castiga trayéndome la imagen de Inga y la felicidad se transforma en una desagradable sensación de doblez. Ser feliz es una suerte de apostasía, de abandono de unos vínculos que debían ser eternos. ¿Podré alguna vez ser feliz?

Rachel entró sigilosamente en su camarote. Su padre dormitaba. Roncaba levemente con ese tenue zumbido que a veces se convertía en un rugido en demanda de oxígeno. Lo miró con ternura. Tras morir su madre, la había sustituido en la forma de amarlo. Pasó de protegida a protectora, de hija a esposa y madre. Su padre había sido siempre un hombre bueno y comprensivo. Era su asidero sobre la tierra. Tal vez el único reproche era paradójico: nunca ejerció sobre ella la autoridad con la firmeza que hubiera necesitado. Se desvistió y se puso el pijama en el cuarto de baño, para no hacer ruido. Antes de dormir, meditó por un buen rato.

David es un hombre admirable. Me atrae. Es muy buen mozo. Me gusta como mira, como habla, como me abraza cuando bailamos. No baila muy bien, pero lo intenta para complacerme, y me parece que disfruta cuando otros pasajeros me felicitan por mi habilidad para la danza, aunque creo que le avergüenza mi desparpajo, mi falta de pudor. Noté cómo se sonrojaba cuando bailé *tap*, o cuando subí al pequeño escenario y me atreví a cantar *Cheek to cheek*, una canción que la juventud alemana había escuchado en una película reciente de Fred Astaire y que yo me aprendí porque vi el filme cuatro veces para estudiar los pasos y el estilo del bailarín americano. Le conté, con cierta malicia, lo admito, algo que me habían explicado en las clases teóricas de danza: el baile es una celada que hombres y mujeres se tienden para acercarse sexualmente. Es una trampa de la especie para cazar compañeros. Me preguntó si yo estaba tratando de cazarlo. Le dije que tal vez. Sonrió divertido y me miró a los ojos con una intensidad inusual. Me encanta hacerlo reír. Es un hombre torturado y mi alegría lo alivia. Me atrae esa zona abismal de su personalidad. Me dijo que le sorprendía mi madurez intelectual y emocional. Yo no hablaba como una muchacha veinteañera, me aseguró. Le respondí que él tampoco se comportaba como un hombre joven. Ambos convinimos en que tal vez el nazismo y la persecución nos había hecho madurar antes de tiempo. Le conté que acaso la muerte de mi madre, inesperadamente, también me había agregado muchos años. Sé que al día siguiente del entierro, de una manera automática, me sentí responsable de mi padre y de la casa. Yo no lo decidí. Lo decidió por mí la naturaleza, como si esa noche mi cerebro hubiera cambiado de forma o de textura. Me gustan mucho sus comentarios cuando vemos películas. Amo a los hombres que disfrutan del cine. Su crítica de *El gabinete del doctor Caligari* es propia de una persona muy creativa. No se me había ocurrido esa interpretación. Según David, medio en broma y medio en serio, el doctor Caligari, sin proponérselo, porque la película es de 1920, muy anterior a la pesadilla del Tercer Reich, bien puede encarnar al enloquecido Adolf Hitler. Creo que yo también le gusto a David. ¿Se atreverá a decírmelo? Varias veces he advertido que ha estado a punto de besarme, y yo de permitírselo, pero nada ha ocurrido. Hay algo que lo frena. Tal vez se trate de esa novia que le mataron. Admito que eso me ha provocado cierto desconsuelo.

***

Desde que el capitán Schröder vio entrar a Dagobert Meyer en su despacho supo que las noticias no eran buenas. No podían serlo porque todo parecía confabularse contra el buen fin de aquel viaje tan accidentado. El día anterior tuvieron que lanzar al agua el cadáver de Moritz Weiler, un pasajero que había embarcado muy enfermo. Hecho doloroso que no logró aplacar el fanatismo crónico del nazi Otto Schiendick, quien propuso que envolvieran el cuerpo del difunto en una bandera nazi, agravio al que Reicha, la viuda, se opuso con gran vehemencia, amenazando con lanzarse ella por la borda si le imponían ese símbolo odiado a su pobre marido. Finalmente, tras unas desagradables negociaciones, utilizaron una bandera de la línea marítima, lo que mereció un sarcástico comentario de Schiendick hecho en la proximidad de la viuda sin otro propósito que herirla: "Los judíos son tan despreciables que ningún país les prestaría su bandera como sudario". Esa noche, por cierto, un marinero, que no era judío, se suicidó tirándose al mar. El cuerpo no apareció en medio de esa oscura noche de mayo. Según el testimonio de sus compañeros, estaba profundamente deprimido.

—Acaba de llegar un cable de Hamburgo. El gobierno cubano se negará a aceptar a los pasajeros judíos.

—Pero tienen sus visas. Han pagado por ellas. ¿Cómo pueden rechazarlos?

—Tienen unos permisos para desembarcar que no son exactamente visas. No les permiten quedarse en el país. Hace unos días el presidente cubano, Laredo Bru, según este cable —Meyer blandió un papel con la transcripción del comunicado—, dictó un decreto ordenando que cualquier persona que desee residir en Cuba, aunque sea por corto tiempo, debe depositar quinientos dólares para demostrar que no será carga pública. Parece que está bajo presión de sus adversarios políticos.

—¿Quiénes son esos adversarios?

—Según este cable, en Cuba hay una fuerte atmósfera nacionalista alentada por las corrientes pronazis. Ha habido manifestaciones en las calles contra la llegada de más judíos. Hace unos días desfilaron unas cuarenta mil personas vinculadas a un partido que, dice el cable, se hace llamar Auténtico. Debe ser que hay otro grupo con el mismo nombre. Las arengaba un tal Primitivo Rodríguez, pero el líder del grupo es el doctor Grau San Martín, un médico que ya fue presidente. Vale la pena leer el informe. Es todo un tratado sobre el nacionalismo cubano.

—Tenemos otro problema: en La Habana nos esperan doscientos cincuenta pasajeros que han comprado y pagado sus boletos para viajar a Europa. ¿Qué hacemos con ellos? No hay espacio para alojarlos si al menos no desembarcan un número igual de personas.

—Eso es impensable. Para estos judíos sería terrible regresar a Alemania. Les aguarda lo peor. Lo han vendido todo para poder embarcarse. Muchos no tienen a dónde regresar. No tienen casa, ni familias que los esperen.

—Tendré que informar a los pasajeros —dijo Schröder resueltamente—. Por favor, convoca al doctor Berger a mi despacho.

—Otra cosa, capitán: se recibió un cable cifrado para entregar a Otto Schiendick. Al poco rato regresó y me hizo una sola pregunta: ¿quién era David Benda y en qué camarote se alojaba? Me limité a contarle que era un joven y amable pintor.

—¿Le dijiste cuál era su camarote?

—Naturalmente. No podía ocultárselo.

—Invite también al joven Benda. Que venga junto al doctor Berger.

***

A Rachel la halagó mucho saber que David le había pintado un retrato. Lo acompañó a su camarote para verlo. No le había pedido que posara, pero sí lo había visto hacer algunos apuntes en una diminuta libreta que llevaba. Era un óleo pequeño de unos treinta centímetros de alto por veinte de ancho. Estaba montado sobre un extraño caballete.

—¡Es muy bueno, pero me pusiste un gorro rojo que no he utilizado nunca! —exclamó Rachel divertida.

—Es un homenaje a Eugene von Blaas, un pintor austriaco. Vi una exposición suya y me sorprendió el retrato de un adolescente andrógino con labios sensuales que llevaba un gorro como ese. Tal vez la modelo había sido una muchacha. Tal vez un niño. No es posible saberlo. Era magnífico.

—Y yo te recordé al adolescente andrógino —aseveró Rachel impostando cierto enfado.

—En modo alguno. Lo único que comparten son los labios sensuales y la cabellera negra y encrespada. Pensé pintarte desnuda, como en un cuadro muy hermoso del francés Paul Desire Trouillebert, en el que una bella mujer sin ropa, sentada en una cama, parece que alimenta a una cobra, pero opté por un retrato más pudoroso.

Rachel tragó en seco y se sonrojó.

—¿Te hubieras atrevido a pintarme desnuda?

—¿Por qué no? Tal vez no te pediría que posaras desnuda, pero sí me atrevería a imaginarte desnuda.

Rachel experimentó una cálida sensación en la piel.

—¿Y por qué no me lo pedirías?

Fue ahora David quien se ruborizó ligeramente mientras aumentaba la temperatura emocional de la pareja.

—Tal vez debí hacerlo —le respondió.

—Tal vez habría accedido —contestó Rachel mirándolo directa y coquetamente a los ojos.

—Aunque tiene mucho encanto pensarte desnuda. Hay otro retrato de De Blaas en el que una chica se baña en la playa. Hubiera sido hermoso colocarte sin ropa a la orilla del mar.

—¿Cómo soy yo desnuda? —preguntó Rachel sin esconder excesivamente la provocación.

—Es evidente: piel blanca, senos pequeños y firmes, cintura estrecha, sin apenas vientre, nalgas y piernas bien formadas, cuello largo y fino, orejas pequeñas. Dada la fortaleza de tu cabello negro, sospecho que tienes una ligerísima huella vellosa entre la cintura y el pubis. Una ligera sombra que se descubre al tacto cuando uno pasa por ella la yema de los dedos.

Mientras decía estas palabras, David sostenía la mano de Rachel y con sus dedos recorría levemente la vellosidad del brazo derecho de la muchacha.

Rachel se estremeció.

—¿Me encuentras sensual? —la pregunta llevaba implícita una carga de seducción.

—Claro. Eres una mujer muy atractiva.

Las voces de ambos habían cambiado, transformándose en un murmullo íntimo.

David se acercó a Rachel y le levantó la barbilla con la mano. En un tono más íntimo le dijo:

—Eres muy bella. Me gustas.

Acercaron sus labios y comenzaron a besarse. Primero suavemente, luego con pasión y deseo. Los dos cuerpos se apretaron, como intentando fundirse. Luego se sentaron al borde de la cama y continuaron besándose. Rachel se acostó y David, mirándola en silencio, le acarició los pechos y comenzó a desabotonarle la camisa. Ardían.

Llamaron a la puerta del camarote.

David hizo un gesto de contrariedad. Rachel recobró la compostura, se arregló el cabello con la mano y rápidamente se sentó en la butaca con una revista, como si leyera. David respondió que enseguida abriría.

Entreabrió la puerta. Era el oficial Dagobert Meyer.

—El capitán quiere hablar con usted de inmediato. Lo espera en su despacho.

Meyer descubrió a Rachel en la habitación. Sonrió levemente.

—El doctor Berger va a estar presente en la misma reunión. Tiene cierta urgencia, pero es confidencial.

—Por favor, dígale al capitán que estaré allí en unos minutos.

***

Rachel se peinó la desordenada cabellera, se arregló el vestido y salió de la habitación lamentando en silencio la interrupción de aquel momento mágico. David, finalmente, se había atrevido. En el camino se cruzó con Otto Schiendick. Lo miró con el rabillo del ojo. Lo odiaba, despreciaba y temía al mismo tiempo. El cabecilla nazi, escoltado por otros dos camaradas, se dirigía con paso rápido al camarote de David.

Lo encontró en la puerta, a punto de salir:

—Señor Benda, debe responderme unas preguntas —le dijo en un tono altanero.

David lo miró inexpresivamente.

—Usted dirá…

—¿Su nombre real es David Benda?

David sintió un intenso escalofrío.

—Así es, ¿por qué?

Schiendick sonrió irónicamente.

—¿Conoce usted a Ludwig Goldstein? —le preguntó taladrándolo con la mirada.

David frunció el entrecejo como quien busca un dato en la memoria.

—No recuerdo, ¿por qué me pregunta?

Schiendick calló por un instante. Volvió a mirarlo fijamente en busca de algún gesto delator.

—¿Conoce usted a Volker Schultz?

Benda simuló dudar durante un minuto largo, casi eterno.

—¿Es checo o alemán? —preguntó juntando toda la capacidad para fingir que poseía.

—Austriaco —respondió Schiendick con una expresión irónica.

Esta vez la contestación vino acompañada por un movimiento de cabeza.

—No, no creo conocerlo. Yo soy un alemán de los Sudetes, un checoalemán. ¿Por qué me pregunta?

Schiendick ignoró la demanda:

—Usted no es alemán ni checo. Usted es judío. ¿A qué se dedica?

David no podía mentir sobre lo que ya todo el mundo sabía.

—Soy pintor. Retratista.

—Exactamente como Goldstein —afirmó Schiendick en un tono casi triunfal.

David hizo un gesto que denotaba indiferencia: —La vida está llena de coincidencias —agregó.

Schiendick esgrimió la transcripción del cable que había recibido:

—Aquí dice que es muy probable que usted y Goldstein sean

la misma persona, en cuyo caso estoy en presencia de un asesino austriaco.

—Lee usted demasiada literatura policíaca —dijo Benda con una pasmosa tranquilidad—. Yo soy David Benda, checoalemán, de familia muy conocida en mi país, y no soy la persona que usted busca.

—Según este informe, no es eso lo que dice el camarada Volker Schultz. Él examinó las fotos de los pasajeros de este barco y afirma que usted es el asesino.

—Pues se equivocó de hombre y de nombre —dijo Benda con el ademán y el gesto de quien ha puesto punto final a la conversación.

—Le adelanto que usted no puede desembarcar en La Habana hasta tanto no se aclare este asunto.

Benda lo miró con desprecio, pero no respondió nada. Sintió unos deseos inmensos de tirarlo por la borda, pero se contuvo.

***

La atmósfera en el despacho del capitán Schröder era de crisis. Sobre la mesa, desordenados, había unos cuantos mensajes telegráficos.

—Adelante, señor Benda —se adelantó a decir el oficial Meyer.

Schröder fue directo al grano. No había tiempo para circunloquios corteses.

—Hace unos instantes pasó por aquí el señor Schiendick para advertirnos que usted es un asesino buscado por la policía austriaca.

David tragó en seco. Notó que todos —Schröder, Meyer y Berger— lo taladraban con la mirada en busca de algún gesto que revelara la verdad.

—No es cierto. Yo no soy un asesino.

—¿Pero es usted o no David Benda? —preguntó Schröder molesto.

David se quedó callado. El doctor Berger salió en su defensa:

—Toledano nunca me hubiera dicho que tratara de ayudar a un criminal.

Lo miraron en silencio. David optó por no dar demasiados detalles.

—Tienen que creerme: no soy un asesino. Algún día podré explicarlo todo.

El intercambio de miradas fue intenso. Sin decirlo, prevaleció la confianza en aquel joven amable y misterioso que no presentaba el menor síntoma de ser un criminal. El capitán Schröder, aun cuando comenzaba a cansarse de los contratiempos que solía provocar el personaje, siguió hablando como quien desiste de mayores indagaciones y acepta de buena fe la declaración de su conflictivo pasajero:

—Uno de los cables llegados desde La Habana dice que nadie podrá desembarcar. Ya el doctor Berger ha hecho contacto con las organizaciones judías de New York para tratar de convencer a las autoridades cubanas de que revoquen esa decisión. Ha salido rumbo a Cuba un abogado llamado Lawrence Berenson que conoce a medio gobierno. Según el informe, habla español y ha vivido en Cuba en el pasado.

El señor Meyer intervino en la conversación:

—Aunque casi la totalidad de los pasajeros no podrá desembarcar, al menos por ahora, parece que ciertos funcionarios subirán al barco a hablar con algunos de ellos. Nos llegó una lista en la que aparece su nombre, David Benda. Vendrá a verlo una persona llamada Julio Lavasti acompañado por el hijo del director general de Inmigración, un tal Manuel Benítez. Aparentemente se trata de un comandante.

David recordó de inmediato la historia del doctor Lavasti, el amigo cubano de Toledano. El hombre que había estado exiliado en Alemania y hoy protegía a Yankel Sofowicz en La Habana. Había oído hablar tanto de él que le parecía conocerlo. No había duda de que Toledano continuaba actuando con eficacia.

***

27 de mayo de 1939. Era la mañana de un sábado especialmente cálido y luminoso. Los pasajeros se arremolinaban en cubierta para contemplar el hermoso litoral habanero flanqueado por el Castillo del Morro. Unos binoculares prestados por un oficial circulaban de mano en mano. Los niños se asombraban del aspecto de los cocoteros y de los negros. Algunos de ellos era la primera vez que contemplaban personas de piel oscura. Desde tierra firme, cientos de transeúntes se agolpaban en el Malecón con el objeto de observar el bello barco *Saint Louis,* anclado en medio de la bahía porque el gobierno le había negado permiso para atracar en el muelle.

Una lancha se acercó al buque y por un altavoz solicitó desplegaran la escalerilla de acceso. Pronto, con gran agilidad, subieron tres personas a bordo. Los esperaban el capitán Schröder y el primer oficial Meyer.

—Soy el comandante Manuel Benítez, hijo del director general de Inmigración —dijo el cubano extendiendo la mano. Hablaba suficiente inglés para hacerse entender. Era un tipo alto y guapo, con aspecto de galán de cine y sonrisa fácil. Debía tener menos de cuarenta años. En algún momento diría, en efecto, que había sido extra en alguna película de Hollywood—. Me acompañan el doctor Julio Lavasti y el teniente Morán, mi asistente. El doctor Lavasti, que habla alemán, viene en una misión personal. Ya les explicará.

En el camino hacia el despacho del capitán Schröder se completaron las presentaciones. Lavasti reveló que era internista en un antiguo hospital de La Habana y Benítez se encargó de explicar que el teniente Morán, una persona mayor que apenas hablaba, era un viejo oficial del ejército cubano que, siendo un adolescente, había peleado junto a su padre en la última guerra de independencia, a fines del siglo XIX, en el estado mayor del general Maceo, observación que le obligó a explicar a los perplejos alemanes quién era el tal Maceo.

Una vez en el despacho de Schröder comenzó el intercambio de información. La situación era grave. El gobierno del presidente Laredo Bru había decidido cerrarle las puertas a la inmigración de judíos y de todo aquel que no pudiera demostrar que no sería una carga para el erario público. En los últimos dos años habían entrado más de dos millares de refugiados y la oposición se había quejado amargamente. El país vivía una etapa intensamente nacionalista agravada por el alto índice de desempleo. Los extranjeros no eran bienvenidos. Había unas elecciones próximas y el gobierno que se mostrara hospitalario con los extraños pagaría por ello un precio.

—¿Cómo pueden mis pasajeros probar que no van a ser una carga? —preguntó Schröder con enfado.

—El gobierno ha dispuesto que tienen que depositar quinientos dólares por persona y demostrar cómo van a pagar los gastos de asentamiento.

—Pero eso es imposible —intervino Meyer—. Estas personas no tienen dinero. Les quitan todo lo que poseen cuando emigran.

—Las organizaciones judías en Estados Unidos se ocupan de recaudar ese dinero —respondió Benítez.

—Tengo entendido que Estados Unidos está presionando al gobierno de Cuba para que admita a este grupo de judíos —dijo Schröder.

Benítez sonrió con un gesto irónico.

—No es cierto. Los diplomáticos gringos han dicho algo, pero es un gesto para la galería. En realidad, no nos han pedido que los aceptemos, pero tampoco que los rechacemos. Temen que, si nos negamos a admitirlos, traten de quedarse en Estados Unidos. Muchos de los pasajeros tienen que esperar sus visas, y para ésos Washington pide una suerte de clemencia. Para los que ni siquiera han comenzado el trámite, Estados Unidos prefiere que no permanezcan en Cuba. No quiere que ingresen clandestinamente a su país. Cuba está a sólo ciento cincuenta kilómetros de Estados Unidos.

—Si Cuba no los admite, los aceptará Estados Unidos, pese a lo que usted afirma —aseguró Schröder.

Benítez demoró en responder. Cuidó mucho sus palabras.

—No lo creo. Estados Unidos tiene una situación parecida. Habrá elecciones pronto y tampoco quieren a los judíos. Allí el antisemitismo es más fuerte que aquí.

Lavasti terció. Schröder lo observó cuidadosamente mientras hablaba. Le sorprendió que lo hiciera elocuentemente en un alemán aceptable y veloz, aunque ya había explicado que estudió medicina en Berlín a principios de los años treinta.

—Tal vez los admitan en Isla de Pinos. Es una isla grande al sur de Cuba.

—Entonces no hay nada inapelablemente decidido —dijo Meyer.

Benítez los interrumpió:

—Puede ser, pero la actitud del presidente, cuando ha discutido el tema con mi padre, ha sido mucho más negativa. Ellos no son exactamente amigos. Son viejas rencillas entre militares. El presidente lo acusa de haberse enriquecido con el tráfico de inmigrantes. Este incidente es tanto contra mi padre como contra los pasajeros de su barco.

—¿Se ha enriquecido su padre?

La pregunta la hizo Meyer en un tono de reprobación del que se arrepintió de inmediato. Benítez lo miró con desdén. Respondió con una mezcla exacta de sarcasmo y realismo político.

—Es probable, pero también ha beneficiado a muchas personas. Si hubiera seguido fielmente las reglas, miles de refugiados jamás habrían llegado a Cuba. El interés económico personal a veces coincide con el interés moral colectivo. Él no es un filántropo, y ni siquiera un idealista, pero tampoco es un monstruo. Ya han llegado a Cuba, pagando, unos dos mil refugiados judíos. Mi padre se limitaba a venderles los permisos de desembarco a los intermediarios por ciento cincuenta dólares. Yo servía de contacto con el bufete de abogados de New York que se ocupa de eso. Ellos, los abogados, los revendían por cifras mucho más elevadas. En estos tiempos el tráfico de judíos es un negocio que ha enriquecido a mucha gente.

A Schröder le pareció que el señor Benítez era un gran cínico, pero dotado de simpatía personal y una cierta astucia para la argumentación. Intervino en un tono impaciente.

—Bueno, qué les trajo a bordo de mi barco.

—Tengo órdenes de llevarme a tierra a uno de sus pasajeros —dijo Benítez resueltamente—. El presidente Bru ha hecho una excepción a petición de su amigo Lavasti. Se llama David Benda. Si no hay inconveniente debe viajar a tierra en nuestro bote. No sabemos qué tiempo más el *Saint Louis* estará fondeado en la bahía.

—Por nosotros no hay el menor obstáculo —dijo Schröder—. Meyer, acompaña a los señores al camarote de Benda para que recoja sus pertenencias.

***

A David le sorprendió la comitiva de tres cubanos que entró en su camarote presidida por el oficial Meyer. A Julio Lavasti, tras las presentaciones de rigor y la afectuosa invocación de Toledano, el amigo común, le tocó darle la explicación en alemán. Debían marchar cuanto antes.

Mientras David escuchaba el planteamiento, pensaba en Rachel y en su padre, el doctor Berger. De pronto, con un gesto grave, interrumpió resueltamente a Lavasti:

—Yo no puedo abandonar el barco sin un par de personas. En realidad viajo con ellos —mintió.

Lavasti palideció.

—Usted no me puede hacer eso —dijo casi gritando, tono de voz para el que el alemán es el idioma perfecto—. Me ha costado un inmenso trabajo convencer al presidente Bru para que hiciera una excepción. Tuve que apelar a la memoria de mi padre, amigo de Bru hasta su muerte. Tampoco puedo decirle a Toledano que la persona que me recomendó es un insensato.

—Pues yo no me voy sin Rachel y sin su padre —insistió David con firmeza.

El ambiente se tensó y desaparecieron las sonrisas. Todas las miradas se posaron en Benítez. Era él quien único podía autorizarlo. Benítez respondió en un tono inflexible:

—El presidente Bru me ordenó que trajera a tierra al señor Benda y a nadie más.

Lavasti solicitó permiso para hablar a solas con Benítez. Se reunieron en una esquina del camarote y en voz muy baja le dijo:

—Aquí sólo hay una persona que manda más que el presidente: tu amigo el general Batista. Laredo Bru es el presidente porque Batista quiso. Batista es el "hombre fuerte" del país y todo el mundo lo sabe.

Benítez movió la cabeza como desaprobando la idea, pero enseguida agregó una observación en el sentido contrario:

—Todo depende de que se le pueda hacer un buen obsequio. Es muy sensible a los argumentos económicos.

Se acercaron al resto del grupo.

—¿Usted tiene dinero? —le espetó Julio Lavasti a David Benda—. ¿O tiene alguien que le haga llegar de inmediato una buena suma de dinero?

David dudó antes de responder.

—No tengo dinero, pero tengo un par de cosas que tal vez valen lo suficiente.

—¿Qué son esas cosas? —preguntó Benítez con escepticismo.

Benda se acercó al caballete y del cajoncillo oculto extrajo la sortija de diamante que le obsequió su madre. Se la entregó a Benítez. Benítez examinó la prenda con mucho cuidado.

—La piedra es grande y parece muy buena. ¿Y cuál otra cosa?

—Un incunable de Alberto Durero del siglo XVI.

—¿Quién es Alberto Durero? —preguntó Benítez. Julio Lavasti, que fungía de traductor, se apresuró a responder:

—Un pintor alemán del Renacimiento.

Benítez desechó la idea de inmediato con un movimiento de las cejas. ¿Un libro viejo? ¿A quién se le ocurre ese disparate?

—Seguramente mi amigo preferirá la sortija. Pero ante todo debemos hablar con padre e hija y luego con las autoridades cubanas. Yo no puedo llevarlos a tierra sin permiso de la superioridad.

***

De esa conversación se encargó David, en presencia de los cubanos, dentro del camarote del doctor Berger. Rachel y su padre estaban de acuerdo en desembarcar. En realidad, felizmente de acuerdo. Ambos bajarían a tierra en un próximo viaje de Benítez y Lavasti, tal vez al día siguiente, cuando Batista les otorgara el permiso para permanecer en Cuba. David se despidió de Rachel con un beso apasionado. Rachel le dio las gracias en medio de una cascada de sollozos. El doctor Berger, conmovido, se apartó del grupo con los ojos aguados.

Antes de asomarse a la escalerilla, David repartió abrazos a diferentes pasajeros que se le acercaban a despedirlo. El de Aaron Pozner fue más largo de la cuenta. Todos veían su partida como un síntoma de la solución que se avecinaba. Pozner, que venía del infierno, temía, en cambio, que ese fuera el principio del retorno. Cuando David estaba a punto de comenzar a descender se oyó un grito estentóreo:

—¿A dónde cree usted que va? Usted no puede abandonar el barco.

Era Schiendick, rodeado de sus camaradas del partido nazi.

—Este señor se va con nosotros a Cuba —le respondió Lavasti con firmeza.

—No. Este pasajero debe regresar con nosotros a Alemania a aclarar varias cosas. Estamos en presencia de un asesino.

—Asesino o inocente este hombre se va con nosotros de inmediato —insistió Lavasti.

Schiendick sacó una pequeña pistola y le apuntó a Lavasti.

—Este barco es alemán y aquí nosotros somos la autoridad —gritó con un chillido triunfal.

De pronto, un brazo le rodeó el cuello y sintió un aliento espeso contra su cuello y un metal frío contra su cabeza. Era el enorme revólver del teniente Morán.

—Lavasti, por favor, tome el arma de este imbécil y dígale que en veinte segundos le voy a pulverizar los sesos si continúa interfiriendo. Explíquele que estamos en aguas cubanas, y aquí se hace lo que a nosotros nos sale de los cojones.

Julio Lavasti tradujo, como pudo, la ominosa advertencia del teniente.

Schiendick se quedó petrificado y entregó sin protestar su Luger Parabellum. Aunque no entendía el idioma, coligió perfectamente que el viejo que le apuntaba a la cabeza hablaba en serio. David Benda se le acercó; mirándolo a los ojos fijamente y en voz muy baja le musitó algo en alemán que nadie escuchó, pero molestó profundamente al nazi:

—Dígale a Volker Schultz que algún día seré yo quien lo busque a él. Y adviértale que cuando lo encuentre lo mataré lentamente con mis propias manos. Yo no soy un asesino, pero lo sería gustosamente si la víctima fuera él.

Con gran agilidad, pese a colgar de su espalda el caballete y una vieja maleta de cartón, David descendió por la escalerilla. Le siguieron Julio Lavasti y Manuel Benítez. Tras ellos, mirando de reojo hacia la cubierta y sin enfundar su revólver, les seguía el teniente Morán.

Mientras la lancha atravesaba la bahía hacia la costa habanera, David Benda, experimentó una atroz fatiga debido a la intensa descarga de adrenalina. Pensó que ésa era una manera muy accidentada de comenzar una nueva vida.

SEGUNDA

PARTE

8

La vida comienza en Cuba

A David no le fue difícil descubrir la figura de Yankel Sofowicz en el muelle alfileteado por numerosas lanchas de madera de los pescadores de la zona, pequeñas y endebles como cajas de cerilla. ¿Casa Blanca era sólo eso? Lo que vio le pareció muy pobre y algo sucio, quizás por el rancio olor a marisco podrido que invadía el ambiente. Inconscientemente, había asociado el nombre del villorrio cubano a la ciudad española del norte de África y a la vivienda del presidente norteamericano. No se le ocurrió pensar que el pueblecito habanero llamado Casa Blanca era un caserío de humildes pescadores atravesado por una calle central, apenas dignificado por un edificio grande, conocido como Tiscornia, situado en la ladera de una colina.

—En Tiscornia es donde alojan a los inmigrantes sin documentos, pero no tendrás que pasar por eso —dijo Lavasti—. Benítez se ocupará de los trámites.

El abrazo a Yankel Sofowicz fue prolongado y muy afectuoso. Lo encontró más delgado y le pareció más alto de lo que lo recordaba, aunque tal vez fuera el efecto de la larga camisa blanca que llevaba, esa ubicua guayabera que parecía uniformar a muchos cubanos. Aunque en Viena no habían tenido tiempo de hacerse íntimos amigos, ahora los unía el hecho de compartir un pasado común y coincidir ambos en un suelo extraño.

Los esperaban dos autos negros conducidos por soldados de uniforme. En uno partiría Benítez. El otro, en el que los acompañaría Julio Lavasti, los llevaría, según le contaron, a "la pensión de Charo", donde ya residía Yankel desde su llegada a la Isla.

Antes de despedirse de Benítez, David quiso puntualizar el asunto pendiente.

—Quedamos en que usted habla con Batista y mañana recoge en el barco al doctor Berger y a su hija Rachel.

—Exacto. Volveré con Julio y con el teniente Morán, por si acaso. Y si todo sale como tengo previsto, mañana podrá usted reunirse con la muchacha y con su padre.

En el camino, David, pintor al fin y al cabo, primero observó la luminosidad tremenda de La Habana, y en seguida se sorprendió del olor peculiar que se percibía en el ambiente, donde, en una atmósfera caliente y húmeda, se mezclaban el mar y la brisa dulzona de algún ingenio azucarero, el intenso verdor de una vegetación sin demasiadas flores, en la que destacaban unos árboles esbeltos como guardianes —las palmas reales— y, de vez en cuando, el estallido precioso de los flamboyanes con sus extraordinarias flores rojinaranjas.

—¿Qué parte de la población es negra? —preguntó David, curioso ante lo que le parecía un grupo abrumadoramente mayoritario en las calles por las que transitaba el auto.

—En todo el país, aproximadamente el treinta por ciento, pero en La Habana tal vez alcance el cuarenta o cincuenta. Es también el sector más pobre de Cuba. Los negros parecen más porque una parte sustancial de sus vidas transcurre en la calle.

A David no le extrañó este último comentario. Desde la cubierta del barco ya había observado a enjambres de niños negros que se lanzaban a nadar en la bahía, prácticamente desnudos, buscando las monedas que les arrojaban los turistas. Ahora, en el interior de la ciudad, abundaban los muchachos y alguno que otro adulto sin zapatos. Julio Lavasti pareció adivinar sus pensamientos:

—La esclavitud duró hasta hace poco tiempo en Cuba. Por eso la población de origen negro es más pobre y está peor educada. En la pensión de Charo, donde te quedarás provisionalmente junto a Yankel, el cocinero es un negro viejo que nació esclavo. Se llama Mauricio Kindelán. Su dueño era el abuelo de Charo, don Pedro Kindelán. A estas alturas, Mauricio es como una especie de pariente, aunque es el criado, claro. El abuelo de ella tenía la costumbre de darles su apellido a los niños esclavos nacidos en su casa. Mauricio siempre se mantuvo dentro de la familia.

—¿Nunca se casó? —preguntó David, interesado en el relato de un exesclavo que optó por seguir en el seno de la familia que era su dueña original.

Yankel Sofowicz sonrió, intervino en la conversación, y le respondió:

—No creo que le interesara casarse. Es un marica consumado. Es muy loco y simpático. Mientras trabaja, porque trabaja muchísimo, se pasa el día cantando coplas españolas y baila por toda la casa. A veces se viste de cantaora con una bata roja con lunares blancos. Dice que es Concha Piquer. Otras veces se viste como una famosa soprano cubana, afirma que es Rita Montaner, y canta "El manisero".

—¿Y quién es Charo? —preguntó David.

—Es la dueña de la pensión —contestó Julio—. Los Kindelán fueron una familia muy rica, pero lo perdieron todo en los años veinte, cuando se desplomó el precio del azúcar. Rosario, a la que todos llaman Charo, es la única que queda viva. Eran cinco hermanas. Conservó un enorme piso de la familia y lo convirtió en una pensión familiar. Ya está mayor, pero es vigorosa y agradable.

—¿No tiene marido, hijos, hermanos? —David quería entender exactamente a qué lugar se dirigía.

—Tuvo un hijo, Juan Manuel, que fue mi compañero de estudios, pero lo mató la policía durante una manifestación contra el gobierno de Machado. Charo me quiere mucho porque, según me dice siempre, le recuerdo a Juan Manuel —afirmó Julio Lavasti en un tono tranquilo que desvirtuaba la gravedad de la información.

—¿Y el marido?

—No hubo marido. Charo tuvo un novio español que la dejó embarazada. Regresó a su país y allí lo enviaron a la guerra de Marruecos. Nunca más se supo de él. Se enroló en la Legión Extranjera. Ella dice que su hijo era idéntico al padre.

El fin de la anécdota coincidió con el arribo a la casa. Les abrió la puerta un negro viejo, risueño y amable, notablemente afeminado, que les dio la bienvenida. Era Mauricio, naturalmente. Tras él compareció Doña Charo. Se trataba de una mujer de unos sesenta años, aristocrática y hermosa, de ojos claros, en cuya blusa flameaba un medallón floreado pintado a mano. David, inconscientemente, la asoció con su madre.

La pensión estaba situada en la segunda planta de un palacete grande que, en su momento, había sido lujoso, en la calle Baños esquina Trece. Era obvio que le habían construido una escalera exterior para independizar ambos pisos. "La pensión de Charo", como se conocía el hospedaje, tenía la apariencia de ser un lugar limpio y con clase, rasgos que, seguramente, coincidían con los de su propietaria.

—Aquí vas a sentirte como en tu casa —le dijo Lavasti—. Mañana vendré con el comandante Benítez. Si todo sale bien, podrás reunirte con tu novia y con el padre.

—No es exactamente mi novia —rectificó David—. Pero tal vez lo sea en el futuro.

—Es igual. Cenaremos en casa para que conozcan a mi hermana Mara. Ella habla francés perfectamente. Es muy inteligente y tiene un gran sentido del humor. Se podrán entender sin dificultades. Te va a interesar por tu condición de pintor. Mara es la gerente del negocio familiar que fundaron nuestros abuelos en la época de la colonia española, y luego pasó a nuestros padres, ya los dos fallecidos. Se trata de una mezcla entre tienda de objetos relacionados con pintura y escultura, galería de arte y salón de reuniones. Casi todos los artistas de La Habana compran ahí sus materiales y muchos exhiben y venden sus obras.

—¿Cómo se llama la tienda? —preguntó David.

—Galería Hermanos Bécquer —respondió Julio—. Mi abuelo era un poeta romántico que amaba la poesía de Gustavo Adolfo Bécquer, una especie de Heine o de Rilke español —explicó para hacerse comprender—, y admiraba la pintura de su hermano, Valeriano Bécquer, así que los juntó a los dos en el nombre del establecimiento e instituyó la divertida costumbre, que dura hasta nuestros días, de reunir unas amenas tertulias literarias en las noches del primer sábado de mes. Dentro de unos días toca una de esas reuniones. Va a hablar Ernest Hemingway, un notable escritor norteamericano que acaba de llegar de España y de la Guerra Civil. Va a contar su experiencia. Parece que es estremecedora. Ha dicho que ha decidido venir a vivir a Cuba.

Tras esta noticia, Julio se despidió.

Cuando Yankel y David se quedaron solos en la habitación de la pensión, mientras el pintor colocaba sus pocas ropas en el armario, la conversación tomó un rumbo diferente, mucho más íntimo.

—¿Cómo dejaste a Toledano?

—Entusiasmado y lleno de planes, como siempre.

—Él me contó que tuviste que huir y cambiar de nombre.

—Ante todo, te cuento que te traje un nuevo libro de claves. En cuanto a mi nombre, así es. Ya soy y seré para siempre David Benda. Ludwig Goldstein murió y nunca resucitará. Ni lo menciones. Me ha pasado algo curioso: cuando escucho o escribo ese nombre me parece que se trata de otra persona ajena a la que le ocurrieron cosas terribles.

—Mi proceso ha sido diferente. Yo no olvido lo sucedido la tarde en que exterminaron a mi familia y a toda la aldea. Tampoco se me borra de la cabeza mi amigo Baruj Brovicz, herido en el pecho pidiéndome que escapara de aquella pesadilla. Pero la vida continúa y aquí trato de seguir las instrucciones de Toledano. Me resultó difícil conseguir todas las piezas para armar el radio y el transmisor. Por ahora todo se reduce a hacer contactos y ayudar a personas en desgracia. Él piensa que la guerra es inminente y entonces tendremos que pasar a otro plano. Prueba esta pequeña taza de café. Es la costumbre nacional. Es muy fuerte y lo beben constantemente cargado de azúcar. El de Viena era más suave. Creo que todos están un poco locos por la cantidad de cafeína que ingieren.

—¿Cómo son los cubanos?

—No tenía idea hasta que llegué. Son cariñosos y expansivos. Hablan muy alto, a gritos, y parece que riñen. En las reuniones es difícil que conversen por turnos. Inmediatamente te cuentan su vida y sus intimidades. También son infantilmente agresivos. Se pelean a los puños por cualquier nimiedad. A veces por un tropezón en la calle.

—He visto en el camino que hay muchas mujeres bonitas.

—Sí, y eso es motivo de muchas riñas. No debes observar a las mujeres ajenas fijamente porque eso puede conducir a una agresión del compañero. Me pasó a mí a los pocos días de llegar. También las hay feas. Por supuesto. Eso es inevitable. Hay de todo, pero prevalecen las mujeres bonitas. La mezcla de españoles, negras y algunas chinas ha dado una combinación hermosa.

—¿Es fácil sobrevivir económicamente en el país?

—Es difícil, pero hay oportunidades. Como dominaba el oficio de sastre, conseguí trabajo rápidamente. Julio me ayudó. Es una persona muy servicial. Me presentó a un judío de origen lituano, Jacobo Kravich, que me dio una oportunidad en su sastrería. Julio lo conocía de la lucha contra Machado. Fue un hábil terrorista. Es un tipo generoso que quiso ser ingeniero y luego médico, pero acabó siendo propietario de un taller grande de confección de ropa y de una sastrería selecta. Me ha cedido una discreta habitación en el taller para guardar la radio y los equipos de telegrafía.

—¿Y los pintores? ¿Tenemos oportunidades?

—No sé. Dentro de la comunidad judía lo que más abunda en este momento es el tallado de diamantes y de cristales. Es un oficio que han traído los judíos que vienen de Holanda.

—No pienso ejercer el oficio de retratista sólo dentro de la comunidad judía. Eso me vi obligado a hacerlo en Austria, pero no aquí.

—Tendrás que preguntarle a Julio, o a su hermana Mara. Supongo que sí, que habrá oportunidades. Un buen retratista siempre se abre paso si tiene relaciones. Yo no las tengo. Pero las tienen Julio y Mara y te van a ayudar. Son muy solidarios. Conocen a todo el mundo.

—¿Qué tal es Mara? —preguntó David.

—Es una mujer agradable y bonita. Me parece muy inteligente. Tiene unos ojos preciosos. Parece que tuvo un contratiempo amoroso recientemente, pero no conozco los detalles.

—Y tú, ¿has tenido tiempo de enamorarte?

—En el taller he conocido a una muchacha cubana muy agradable. Entró como aprendiz. Ella me enseña español y yo le enseño el oficio. Yo he avanzado mucho más que ella.

—Tú eres más inteligente.

—En lo absoluto. Creo que es mejor maestra que yo.

—¿Cómo se llama?

—Alicia.

—¿Es judía?

—No es judía. Es cubana y cristiana, pero sin fanatismo. He aprendido que aquí la religiosidad es muy superficial.

—¿Te importa?

—En lo absoluto. Alicia me ha enseñado a bailar rumba, pero no lo hago bien. Dice que tengo dos pies izquierdos. No le importa.

Afirma que polaco que sabe bailar no es polaco. ¿Sabes que en Alemania prohibieron la rumba?

—No me extraña. Los nazis lo han prohibido todo. Me alegro de que tu novia Alicia no sea judía. Esa obsesión de clasificar a la gente por su origen me parece muy peligrosa. ¿Es bonita?

—Muy guapa a la manera cubana. Cabellera negra, un rostro bello, ojos grandes y expresivos, cierto toque mestizo, caderas amplias, extrovertida. ¿Y tú, te has enamorado?

—Tras la muerte de Inga pensé que eso no ocurriría otra vez, pero en el barco conocí a una mujer fabulosa, Rachel. La verás mañana.

—¿Mañana? Ojalá, pero en este país nunca se sabe qué va a ocurrir mañana.

—Van a hablar con Batista. Es el que manda.

—Es difícil saber si manda él o el embajador norteamericano.

—No seas pesimista —dijo David.

Cuando Yankel abandonó la habitación ya era de noche. David Benda abrió el balcón y sintió la caricia grata de la brisa marina. Le habían explicado que el mar no estaba muy lejos. La primera impresión de la ciudad y de su gente había sido buena, aunque mixta. Le gustó el perfil urbano que había encontrado, y percibió que los cubanos eran hospitalarios y abiertos con los recién llegados, pero lo hirió cierta suciedad y el número notable de pordioseros —niños, mujeres y hombres— que había visto en el camino. Todo era tan diferente a Viena o a Hamburgo. ¿Se acostumbraría a esa nueva realidad? Se desvistió y se acostó en la cama mullida cubierta por sábanas de hilo fino que olían a jabón. Le pareció curioso el contraste entre la limpieza inmaculada del interior de la pensión con la suciedad de las calles. ¿Sería un rasgo general de esa sociedad o sólo una excepción? Era su primera noche en Cuba, en La Habana. ¿Qué le depararía ese nuevo y extraño país? ¿Le gustaría a Rachel? ¿Sería un buen lugar para echar raíces y criar una familia o apenas un recodo en el camino antes de iniciar el regreso a Europa, cuando las circunstancias lo permitieran? Antes de cerrar los ojos, demolido por el sueño, se le ocurrió que había iniciado una etapa incómoda de provisionalidad. Las personas normales no se preguntan todos los días dónde van a vivir y dónde quieren ser enterradas. Las personas normales ni siquiera se percatan de que tienen raíces. Pero él no era una persona normal.

***

David descubrió la frugalidad del desayuno cubano —café con leche y pan con mantequilla— en el pequeño comedor de la pensión, junto a Yankel, mientras el negro Mauricio desde la cocina, con más emoción que talento, cantaba a todo pulmón una copla, "La bien pagá", que, según la traducción libre de Yankel, contaba la historia de una puta exitosa y un tipo resentido porque había tenido que abonarle sus servicios.

—Dormí con dificultad. Me despertaba frecuentemente.

—Es natural. Y soñarás que estás en Viena y no puedes salir. Nos pasa a todos. Viajamos dentro de una celda. Nos acompaña.

—¿A qué hora vendrán Rachel y Julio?

—Planeaban estar aquí a las doce. Anoche, después de conversar contigo, llamé a Julio. Había hablado con el comandante Benítez y la reacción no era buena. Benítez no le había querido explicar por teléfono, pero, según él, la conversación con Batista no había sido totalmente satisfactoria.

—¿Qué quiere decir eso?

—No lo sé. A veces no entiendes a los cubanos. Les cuesta afirmar o negar tajantemente. Es algo de su cultura.

Tras el desayuno, David se sentó en la terraza bajo una sombrilla a esperar la llegada de Rachel y su padre, pero sin poder evitar el presentimiento de que todo iría mal.

No fue a las doce del mediodía, como habían pactado, cuando se aproximó el auto del comandante Benítez, sino a las dos de la tarde. David lo vio llegar desde la terraza. Dos personas calladas y circunspectas descendieron del vehículo: el comandante Manuel Benítez y el doctor Julio Lavasti. David supo que algo, o todo, había salido mal.

Se reunieron en la mínima sala de estar. El comandante Benítez comenzó a hablar en inglés pausadamente, como si estuviera psicológicamente agotado, mirando en todo momento a David.

—La conversación con Batista fue muy desagradable. Me contó que el presidente Laredo Bru se le había quejado de la manera en que mi padre maneja la oficina de Inmigración. Según Bru, está llenando de judíos y chinos el país para ganar dinero.

—Y entonces se negó a aceptar a Rachel y al doctor Berger… —agregó David impaciente, como para llegar al fondo de la historia.

—No exactamente —dijo Benítez haciendo un gesto con la mano demandando calma—. Después de mucho discutir y debatir conmigo, y de decirme que era políticamente suicida seguir admitiendo inmigrantes en una época en que la mayor parte de los cubanos los rechazaban, parecía decidido a hacer una última excepción, pero Batista prefirió llamar a Bru para notificárselo. Tal vez fue un error.

—Y Bru se negó… —dijo David con una expresión desolada.

—Exacto. Incluso, llegó a amenazar, veladamente, por exagerado que parezca, con renunciar al cargo de presidente "si el *cabito* Manolo —así llama a mi padre— continuaba violando la ley". Batista, con su afán de contemporizar, le dijo que él quería autorizar esos dos permisos de inmigración, pero sólo si todos estaban de acuerdo.

—¿Y qué ocurrió entonces?

—Sucedió algo típico de las pugnas burocráticas. Al presidente Bru se le ocurrió reducir los dos permisos a sólo uno. Así complacía a Batista y derrotaba a mi padre, que era lo que realmente le importaba.

Julio Lavasti continuó el relato en alemán:

—Nos reunimos en el camarote del capitán Schröder. Fue una conversación muy dura. Rachel se deshizo en llantos. Su padre también. El doctor Berger le pidió a su hija que se quedara en Cuba, dado que se reunirían más adelante.

—¿Qué contestó Rachel? —preguntó David acuciado por la incertidumbre.

Julio continuó hablando:

—Dijo que, en ese caso, seguiría junto a su padre y ambos tratarían de reclamarte a ti tan pronto estuvieran en Estados Unidos. No había manera de separar al padre de la hija o viceversa.

David se dirigió al comandante Benítez:

—Fue una crueldad horrible colocar a un padre y a una hija en esa situación. Uno de los dos tenía que abandonar al otro. Uno de los dos tenía que ser desleal.

Benítez bajó la cabeza con un gesto de humilde aceptación y respondió:

—Lo sé. Ahora lo sé. Ayer, cuando discutía el tema con Batista, no nos dimos cuenta de la barbaridad que estábamos cometiendo. Espero que Batista perciba la crueldad que le planteó Bru.

—¿Qué posibilidad real hay de que el buque pueda desembarcar a los pasajeros en Estados Unidos si Cuba los rechaza finalmente?

Benítez meditó la respuesta por unos instantes. Luego, en un tono grave, comenzó a explicarse:

—El gobierno de Cuba no va a aceptarlos, a menos de que depositen medio millón de dólares de fianza. El presidente Laredo Bru quiere utilizar este incidente como un escarmiento, especialmente contra mi padre. Mi opinión es que el barco tendrá que regresar a Alemania. Ya los voceros de Hitler lo están anunciando con regocijo. Para ellos será un triunfo propagandístico. Dirán que nadie quiere a los judíos.

Julio Lavasti, antes de despedirse, volvió a intervenir:

—Rachel me pidió que te diera esta carta. Solicitó unos minutos para redactarla en la soledad de su camarote. Me la entregó en este sobre cerrado.

Se despidieron. Otra vez en la terraza, David observó el auto cuando partía. Con una tristeza infinita rasgó el sobre y se dispuso a leer la carta de Rachel, escrita con trazos limpios y ordenados sobre el papel timbrado del *Saint Louis*.

Amado David,

Es extraño que te llame "amado" tras sólo un beso y unas caricias furtivas, pero es así como te percibo. Siento que te amo. Incluso, creo que necesitaba amar cuando llegaste a mi vida. Han sido tan duros estos años para todos nosotros, los judíos, que amar a otro ser humano en medio de este vendaval de odio se había convertido en una necesidad espiritual para mí.

Tal vez los hombres no entienden esa fuerte pulsión interna que nos lleva a las mujeres a dar y a buscar ternura. No importa. Quizás tiene algo que ver con la maternidad. Quién sabe. Yo encontré en ti, en esas dos semanas que pasamos juntos en el barco, el hombro que necesitaba para descansar y el brazo cálido que me ciñera la cintura mientras bailábamos. Muchas gracias por todo lo que me has dado.

Guardo como un recuerdo imborrable tu imagen y tu voz en el camarote del capitán Schröder, la primera vez que te vi. Te encontré tan apuesto e interesante que me costó trabajo ocultar esa emoción bajo un manto de educada indiferencia. Supongo que tú también te diste cuenta. Es casi imposible esconder esas reacciones. Me encantó que me miraras con interés. Hasta mi padre, que es un hombre distraído, me lo dijo cuando estuvimos solos. ¿Te gustó? Me preguntó. Mucho, le dije. Creo que es recíproco, me respondió.

Después de ese primer impacto vino la experiencia de conocerte más a fondo, de descubrir tu graciosa incompetencia para el baile, lo que me permitía serte útil, dirigirte, darte algo de mí. Incompetencia compensada por tu sentido del humor, tu capacidad para pintar, tu inteligencia para interpretar el cine y la literatura, y para conversar siempre sobre temas ajenos a ti, porque ése es otro rasgo tuyo muy valioso: te interesa la mujer que tienes enfrente. Quieres conocerla, no impresionarla, y eso se agradece.

Te diré algo que es más propio de una carta escrita por un hombre. Es tan fácil enamorarse de ti que lo sorprendente es lo contrario: cómo no amarte. Cómo no amarte cuando te descubrí mirándome arrobado cuando yo estaba en la piscina con esa pamela que te parecía preciosa y ese traje de baño negro que tanto elogiaste. Cómo no amarte cuando me leías una estrofa preciosa de algún libro de versos o aquel párrafo deslumbrante de un novelista que decía cosas ingeniosas que querías compartir conmigo. Son estos detalles, David, los que nos cautivan a las mujeres.

Paso ahora a la parte sensible y dolorosa de esta carta. Ya te dije que te amo. Ahora quiero explicarte por qué pongo en riesgo ese amor. Yo no puedo dejar solo a mi padre. Mi madre murió y a mí, hija única, me tocó la responsabilidad de cuidarlo, de estar con él, de salvarlo de la depresión y de sí mismo, porque varias veces habló del suicidio como un desenlace inteligente ante tanto dolor. Mi compañía es lo que lo mantiene vivo y, a veces, feliz, aun en estos tiempos en los que la felicidad parece estar vedada a los judíos. Mi padre lo ha perdido todo: su mujer, su profesión, sus amigos, su país. Si me pierde a mí, se muere de amargura.

La vida me ha colocado en la terrible disyuntiva de elegir entre un hombre al que comienzo a amar llena de ilusiones, que me llena de felicidad, y un padre al que he amado siempre. He hecho lo que he creído más justo, no lo que hubiera deseado. Mi impulso es quedarme contigo para compartir un futuro probablemente muy grato o menos miserable de lo que ha sido nuestra juventud hasta ahora. Mi decisión, sin embargo, es permanecer leal a un pasado seguramente siniestro, porque nada bueno puede engendrarse en lo que hemos vivido.

Yo no sé si lograremos desembarcar en Estados Unidos o si podré reunirme pronto contigo. Lo dudo, pese a que le doy ánimo a mi padre. Desde que soy una adolescente, la vida me ha enseñado que el día de mañana siempre será peor que hoy. La experiencia me ha hecho pesimista. Para nosotros, los judíos, no ser pesimistas es negar la realidad. ¿Que eso puede cambiar? Seguro, pero no está en mis manos lograrlo. El destino no tiene que ser siempre implacable. Sé, sin embargo, otra cosa muy importante. Te llevaré siempre en mi corazón. Recordaré tu imagen día tras día, repetiré en voz baja tus palabras, reviviré en mis noches, en todas ellas, los pocos besos y caricias que nos dimos, pero me imaginaré todo el placer que nos ha faltado por vivir para que nunca te borres de mi memoria.

Ya te he dicho que amarte me complace. Lo haré siempre,

Tu Rachel.

David guardó la carta en el sobre. Tenía la mirada acuosa del que sufre intensamente. Se fue a su habitación. Quería estar solo. En el corto trayecto, el negro Mauricio, tal vez viéndolo muy triste, le dedicó una sonrisa amable y permaneció en silencio.

9

LA TERTULIA

━━━◆━━━

Era el primer sábado del mes. La noche de la tertulia habitual. Mara Lavasti, mientras recorrían las instalaciones de su empresa, comenzó su amistad con David Benda hablando en un francés elegante y adoptando el tono didáctico de una guía turística. Lo había citado una hora antes para darle ese *tour* especial. Sabía, por su hermano Julio, que el europeo recién llegado —no tenía claro si era austriaco, checo o alemán— era un pintor talentoso. La sorprendió comprobar que, además, era joven, apuesto y atlético, configuración no muy frecuente entre los artistas de la Isla.

La Galería Hermanos Bécquer estaba situada en un hermoso caserón de la calle Prado. David se sintió en la gloria y recordó los días felices en los que iba de la mano de su madre a las tiendas de arte que abundaban en Viena. Ésta, que por primera vez visitaba en La Habana, nada tenía que envidiar a las mejores de su ciudad natal. Al margen de los enormes ventanales de medio punto, protegidos por hermosos vitrales firmados por un tal H. Calzada, le impresionó lo bien abastecida y ordenada que estaba la parte comercial. Abundaban los rollos de lienzo de algodón y lino de distintos calibres y calidades, los bastidores de madera de pino, los tubos de óleo Grumbacher y Winston & Newton, los acrílicos Golden y las acuarelas Da Vinci, resmas de papel Arche perfectamente apiladas, crayones para litografías, planchas de cobre o zinc para grabados, mil tipos de pinceles y brochas, caballetes, lápices de grafito y más de un centenar de molduras para cuadros, algunas muy barrocas importadas de México y otras lineales y modernas traídas de New York, le informó Mara.

—Es una tienda fantástica. Nunca me imaginé que en La Habana hubiera un establecimiento como éste.

Mara sonrió.

—Éste es un país insólito, mitad campesino y mitad urbano y burgués. Sobreviven las dos tradiciones. Hace poco un pintor con mucho talento y sentido del humor, Arturo R, así firma, una especie de Marc Chagall, me trajo un cuadro en el que representaba una pelea de gallos, pero todos los asistentes a la valla vestían de frac. Era una buena síntesis del país. La Habana siempre ha tenido vocación de gran ciudad europea, pero sin abandonar la bandurria y el caballo. En el siglo XIX un gobernador español, Tacón, construyó el teatro operático más grande de América. Quería creer que estaba en París.

—Por supuesto, es obvio que te gusta mucho la pintura.

—Mucho. Estudié literatura, filosofía e idiomas, y lo disfruté tremendamente, pero me hubiera encantado ser pintora. Es una profesión en la que no abundan las mujeres. Aquí hay una extraordinaria artista, Amelia Peláez, pero es la excepción.

—Te propongo un trato. Mi amigo Yankel Sofowicz, a quien conoces porque tu hermano Julio también lo recibió y protege, hizo un acuerdo con su novia Alicia. Él le enseña el oficio de sastre y ella le enseña español. Si quieres, yo te doy clases de pintura y tú me las das de español. Necesito aprender la lengua rápidamente para ganarme la vida.

Mara rio. Le pareció curiosa la evocación cruzada de Yankel y su novia Alicia, junto a ella y David, pero evadió este aspecto.

—Te será más fácil aprender español, porque hablas francés, que a mí pintura —dijo como aceptando tácitamente el acuerdo que David le planteaba—. Pero para ganarte la vida tienes sólo que pintar bien, no hablar, y según Toledano, el amigo de mi hermano Julio, eres un gran artista.

—No le hagas caso a Toledano. Son cosas que dicen los amigos. Sólo tenemos que ponernos de acuerdo en la hora.

—La galería cierra a las seis de la tarde. Por mi parte, puede ser todos los días. Hay un tranvía que te recoge a dos calles de la pensión de Charo y te deja en la esquina de nuestra galería.

La tertulia se llevaba a cabo en la enorme y diáfana azotea del palacete. Unas sesenta sillas colocadas en semicírculo en torno a dos butacas centrales —la del invitado y la del presentador— creaban un cálido ambiente confidencial. Se oyó un ruido de voces. Eran los tertulianos que comenzaban a llegar. Mara le presentó a unos pocos, en la medida que alcanzaban el recinto. Según le había advertido, sólo se detendría en los más interesantes. Lo hizo colocándoles ciertos adjetivos amables y descriptivos, luego matizados en voz baja con algún comentario picante o irreverente cuando se alejaban, detalle que sorprendió gratamente a David, quien no esperaba que tras el dulce rostro de su nueva amiga se escondiera un carácter ácidamente divertido.

Alejo Carpentier, gran promesa. Ha escrito una novela afrocubana, *Écue-Yamba-Ó*. No es un buen libro. Tiene más vocación de ser francés que de ser escritor. Lo acompaña Eva Fréjaville, una bella francesa, hija de un crítico notable de París. Alejo, dicen, practica la erre velar para subrayar su origen europeo, pero es posible que sea un defecto físico. Una especie de frenillo. Ama la música. Natalio Galán, excelente compositor, músico y musicólogo. Es el tímpano de Carpentier. Administra, nutre y modula los conocimientos de música de Alejo. Lino Novás Calvo. Extraordinario escritor. Tan pronto comprendas el español tienes que leer *Pedro Blanco, el negrero*. Es la mejor novela cubana del siglo. La publicó en Madrid en una gran editorial, algo que molesta al resto de los escritores. Tiene una prosa rápida, relampagueante. Sus cuentos son muy notables. Lo mata su humildad. Es el antidivo. Todos los artistas quieren destacar. Él desea pasar inadvertido. Acaba de sufrir un susto tremendo en España. Quizás hoy quiera hablar de eso. Nicolás Guillén. Simpático y dicharachero. Talentoso. Su último libro, *Cantos para soldados y sones para turistas* es una discreta maravilla. Es un profesional de la negritud. Mi hermano Julio no lo quería porque Nicolás era partidario del dictador Machado y tuvo que esconderse cuando lo derribaron, pero otro poeta, Rubén Martínez Villena, intercedió por él. Tal vez por eso Nicolás se ha hecho comunista recientemente. Quiere que lo perdonen. En este país, al contrario de lo que sucede en el resto del mundo, no ser revolucionario es sospechoso. A Nicolás le gusta creer que es el fundador de la poesía afrocubana, pero fue Alfonso Camín, un español fabuloso que no ha venido esta noche porque debe estar acosando a alguna dama. Quizás a la famosa Macorina, a la que le ha dedicado un poema. ¿Quién era Macorina? Una mujer liberada y de cintura caliente. Fue la primera mujer que condujo un auto en La Habana. Ésta es Sara Hernández Catá, periodista. Viene con sus dos Enriques, sus amigos escritores, Enrique Labrador Ruiz y Enrique Serpa. Su padre, Alfonso Hernández Catá, diplomático, es un gran cuentista. Los dos Enriques son muy buenos narradores. Como Sara no sabía si admirar más la prosa deslumbrante de Labrador, carente de historias interesantes, o las historias interesantes de Serpa, carentes de buena prosa, decidió amarlos a ambos. La Habana es así. Secretamente tolerante con las transgresiones. Labrador dice que lo contará todo en una novela gaseiforme, así le llama a su estilo, que titulará *La cosa de la moza que era musa*. Creo que bromea. Lydia Cabrera es una folclorista magnífica y una buena cuentista. Hasta ahora he tenido que leerla en francés. Sus *Cuentos negros de Cuba*, publicados en París, son interesantísimos. Es asombroso el tipo de confianza que crea cuando entrevista a los sacerdotes yorubas. ¿Qué es eso? Una religión

afrocubana muy compleja. Tiene sus creencias, su estructura, su teo-
gonía. Se ha mezclado con el catolicismo, para desesperación de los
curas. Aquí ya nadie sabe si San Lázaro es una deidad africana o un
santo cristiano. Cada cierto tiempo el Vaticano hace una redada para
excluir a los santos africanos. Pero Lydia no sólo congenia con los
negros brujos. Cuando Federico García Lorca estuvo en Cuba se
hicieron amigos, y él le dedicó un poema del *Romancero gitano*, "La
casada infiel". Lo dedicó "a Lydia Cabrera y a su negrita". Nunca he
sabido quién es esa negrita. Lydia es una seductora nata de hombres
y mujeres. Cuentan que la princesa Marie Bonaparte la amaba loca-
mente. Nunca supe si era cierto. Es una persona fascinante. Sedujo
a una muchacha en su viaje de luna de miel. Cuando llegaron a
puerto el novio abandonó el barco solo y perplejo. Eso es una
proeza. Roland Simeón es un joven pensador trotskista. Muy brillante y apasionado. Fue un tipo de acción durante la lucha contra
Machado. Se jugó la vida. Estuvo preso en el Castillo de San Seve-
rino, en Matanzas, y lo torturaron. No sé si llegará a escribir, porque
está muy metido en la política, pero es un personaje muy prometedor. En la nota que me envió dice que se fue como voluntario a la
Guerra Civil española. Estuvo muy activo en Cataluña con las milicias de un grupo radical que se llamaba Partido Obrero de Unificación Marxista, el POUM. Es la primera vez que viene a estas tertulias.
Se hizo invitar porque quiere formularle una pregunta al americano.
Le noté cierta hostilidad hacia Hemingway. Ah, Lezama Lima. Si tú
supieras. Es el joven obeso que fuma tabaco y habla pausadamente.
Tiene título de abogado, pero debían habérselo dado de gongorista
metafísico. Hasta ahora ha publicado un poemario, *La muerte de Narciso*, increíblemente barroco, pero ya es una leyenda entre los ini-
ciados. Acumula una cantidad asombrosa de información y come
como cien huérfanos. Conoce muy bien la obra de Mallarmé y Rim-
baud. Vive en la calle Trocadero, en La Habana vieja. Tengo que
llevarte a su casa. Es una locura. Le llama a su habitación "el oráculo
de Delfos" y es verdad. Desde ahí pontifica. Vive rodeado de libros.

A pesar de su juventud, tiene algo de gran sacerdote. Dice que es católico a su manera, que es otra manera de no ser católico. Mezcla la sensualidad y la austeridad. Jorge Mañach es el delgado con gafas, el de bigote fino. Es un pensador serio, liberal y moderado en un país que no está para estos trotes. Oirá con cuidado lo que Hemingway nos va a decir, tomará notas y escribirá sus propias conclusiones. Siempre lo hace. Me maravilla su voluntad de ser justo. Si decide intervenir dirá algo inteligente. Es nuestro Ortega y Gasset, a quien admira profundamente. Carlos Enríquez es el gran pintor de lo cubano. Ha conseguido recrear el torbellino en medio de la manigua. Está obsesionado con los caballos y con las tormentas. También escribe, y lo hace muy bien. Se ha ido a vivir a una pequeña finca, cerca de La Habana, a la que llama El Hurón Azul. ¿Por qué? No es una metáfora surrealista. Es algo más prosaico. Porque tiene tras la puerta la piel de un hurón teñida de azul. Sus desnudos escandalizaron a la burguesía local. Demasiado realistas, dijeron. Es muy mujeriego. ¿Ves como coquetea con Eva Fréjaville, la mujer de Carpentier? Sí, y ella con él. Víctor Manuel García es nuestro Gauguin. Te encantará conocerlo. Fue el primer pintor cubano que abandonó el academicismo. Eliminó su apellido García porque era demasiado vulgar. Es un bohemio al que le interesa más pintar que vender. Está obsesionado con el rostro ovalado de una mujer a la que pinta incesantemente. Junto a él está Fidelio Ponce de León, Ponce, como le llamamos todos. Ponce, en cambio, abandonó el "de León" porque era demasiado aristocrático. Decía que era nombre de conquistador y de mataindios. Es un gran pintor y un gran alcohólico. Fíjate como no se le acercan demasiado. Está tuberculoso. A veces le regalamos los lienzos y la pintura para que haga su trabajo. Luego cambia los cuadros por comida, o, casi siempre, por ron y cerveza. La costumbre de comprar pintura a los artistas cubanos no está muy afianzada entre los ricos de este país. Prefieren a los artistas españoles. En Cuba hay una buena colección de Sorollas. El último que acaba de llegar es Wilfredo Lam, el *Chino* Lam. Su padre era chino y su madre una mulata cubana de Sagua la

Grande, un simpático pueblito que nada tiene de grande. Lam viene de París, en donde ahora vive. Se nos ha convertido en francés. También pasó por la Guerra Civil española, pero levemente. Posee un enorme talento y ha evolucionado, como Picasso, del realismo de sus primeros años a unas imágenes figurativas sensuales y coloridas. Se ha hecho amigo de Picasso. Carlos Enríquez, que es muy travieso y muy divertido, dice que Lam es el Juan de Pareja de Picasso. ¿Recuerdas? Juan de Pareja era el mulato esclavo de Velázquez. ¡Claro que lo recuerdas! El que le limpiaba los pinceles y le mezclaba los pigmentos. Velázquez lo retrató, lo inmortalizó y luego le dio la libertad. Según Carlos Enríquez, hasta que Picasso no le haga un retrato a Lam, ni siquiera le va a dar la libertad. Es una maldad de artista. En realidad, se admiran mutuamente. Los dos valen mucho. Te presento a Virgilio Piñera. Es un cuentista y dramaturgo excepcional. Virgilio, David es un nuevo amigo, pintor, que acaba de llegar a Cuba. Todavía no habla español, pero yo se lo voy a enseñar. A cambio, el me enseñará a pintar. No te rías. Como tu francés es de primera te ruego que te sientes junto a David y le traduzcas en voz baja. Hemingway va a hablar en español.

—Encantadísimo —dijo Virgilio mirando intensamente a David Benda, y luego agregó, riendo, una frase tan ambigua como el dulce gesto feminoide con que la pronunció—. Todo lo que quiera o me pida este joven pintor será inmediatamente satisfecho.

David le agradeció la amabilidad con un movimiento de cabeza y una leve sonrisa, pero no pudo evitar sonrojarse.

—El chico que pasa la bandeja con las tazas humeantes de café se llama Rolando López Dirube —dijo Mara—. Acaba de quedarse sordo por una rara enfermedad. No ha cumplido los doce años, pero he visto algunos de sus dibujos y me parece genial.

Mara y Hemingway ocuparon las butacas centrales mientras el público se acomodaba. La noche, fresca y estrellada, predecía un evento agradable. Como era usual en las tertulias, le tocó a Mara hacer la presentación del invitado, Ernest Hemingway.

Afirmó que era un lujo y un honor tener aquella noche en la Galería Hermanos Bécquer a uno de los narradores norteamericanos más interesantes del momento. Su primera gran novela, aparecida en 1929, *Adiós a las armas*, en la que contaba algunas de sus experiencias en la Guerra del Catorce —que para los norteamericanos fue la "guerra del diecisiete", aclaró—, que fue reclutado como camillero de la Cruz Roja, seriamente herido mientras realizaba su tarea humanitaria, con toda justicia lo había lanzado a la fama. Luego siguió *Muerte en la tarde,* publicada en 1932, donde, además de mostrarse como un gran conocedor del mundo taurino, demostraba un afecto especial por la cultura española, del que ahora se beneficiaban los cubanos. Su último libro era *Las nieves del Kilimanjaro*, divulgado en 1936. El Kilimanjaro —agregó, tal vez sin venir a cuento— es una altísima montaña africana que en masai quiere decir "la casa de Dios". Resultaba estupendo que Hemingway, después de tantas aventuras hubiera elegido vivir en Cuba, la otra casa de Dios. Desde hacía varios años lo había hecho de forma intermitente en el Hotel Ambos Mundos, en La Habana, en donde lo había conocido en la habitación 511 el día que lo visitó junto al joven poeta y periodista Gastón Baquero con el objeto de hacerle una entrevista para el *Diario de la Marina,* cita a la que ella acudió de contrabando disfrazada de fotógrafa, pero con la intención real de conocer al escritor. Pese al fraude —rio cuando lo dijo—, las fotos quedaron bien y se forjó un lazo cordial entre ella y Hemingway que ahora le permitía revelar dos noticias. La primera, que el novelista pensaba adquirir una casa cerca del mar habanero, otra de sus pasiones, para radicarse en Cuba de forma permanente. La segunda, una verdadera primicia: que el escritor estaba terminando una novela muy prometedora sobre la Guerra Civil española, que titularía *Por quién doblan las campanas*, verso del poeta inglés John Donne. Hemingway, dijo, había sido corresponsal de un diario canadiense en ese conflicto, pero sus estupendas crónicas sobre la Guerra Civil española se habían divulgado por todo el mundo, incluso en La Habana. Esa noche, precisamente, hablaría de ese triste episodio.

Tras las palabras de Mara, amables y descriptivas, como casi todas las presentaciones, Ernest Hemingway, sin preámbulo, agradeció lo que se había dicho, afirmó que la tarea de los escritores es escribir y no hablar, pero la invitación, proveniente de una persona a la que apreciaba, llegaba en un momento en que valía la pena aventurarse a hacer ciertas predicciones, desgraciadamente muy dolorosas.

Hemingway era un hombre fornido y bien parecido, de pelo negro espeso y lacio, de expresión muy seria, dotado de una voz aguda en disonancia con quien va a decir algo trascendente, escoltada por una mirada incómoda, acaso porque se detenía más de la cuenta en los ojos de sus interlocutores, o tal vez porque no había en ella la menor dosis de empatía.

Lo que dijo fue alarmante. Pocas semanas antes, como todos sabían, después de tres años de una espantosa lucha —en la que acaso habían muerto un millón de personas, incluidos unos cuantos millares de voluntarios internacionales, muchos de ellos norteamericanos combatientes de la Brigada Abraham Lincoln—, había concluido la Guerra Civil en España con la derrota de la República a mano de los fascistas. Occidente, sin excluir a Estados Unidos, su propio país, había abandonado a España en un momento crucial, algo de lo que todos tendrían que arrepentirse. El parte final de la guerra, escrito pocas semanas antes por el propio general Francisco Franco, jefe militar y político del mal llamado "bando nacional", hablaba de un ejército republicano "cautivo y desarmado". Según las noticias de Hemingway, se sucedían las ejecuciones en masa contra los militares apresados, tras juicios sumarios sin garantías de ninguna clase, mientras decenas de miles de civiles habían huido a Francia, donde los tenían internados en campos de refugiados custodiados por soldados senegaleses al servicio de París. La situación en los Pirineos era una mezcla entre la pesadilla y el caos absoluto.

Tras describir ese último minuto de la contienda, pasó a un análisis muy preocupante de lo que significaban esos hechos. Para el escritor, la tragedia española, provocada por un cuartelazo militar apoyado por la derecha y la Iglesia católica contra un gobierno legítimo, era sólo el comienzo de un fenómeno mucho más grave: el inicio de una guerra mundial en la que los nazis alemanes, los fascistas italianos y los falangistas españoles, todos lobos de una misma camada (esa fue la metáfora que utilizó), con sus camisas pardas, negras y azules, tratarían de apoderarse de Europa. Sería, advirtió, mucho peor que la Guerra del Catorce en la que él tuvo la desgracia de participar.

España había sido el campo de entrenamiento de esa guerra que vendría. En Guernica, nazis y fascistas habían sellado una alianza que era el ensayo general para el futuro matadero. El poblado vasco demolido por la aviación alemana —hecho que su amigo Picasso había inmortalizado en un mural estremecedor— y los 60,000 soldados italianos que pelearon febrilmente en Guadalajara y Extremadura contra la República (el doble de los internacionalistas de todo el mundo que fueron a defender la democracia, apenas unos 30,000 voluntarios y 20 veces más que los 2,500 americanos compatriotas suyos que militaron en el bando de los calificados como "rojos"), daban cuenta del grado de compromiso y la determinación de los fascistas.

Según Hemingway, eso a lo que llamábamos Occidente pasaba por una terrible etapa de peligro que hubiera podido evitarse si no se hubiese traicionado a los españoles de la manera vil en que lo hicieron las potencias occidentales. Esa mezquina ausencia propició cosas tan lamentables, terminó diciendo, como el fusilamiento de Federico García Lorca, tal vez el mejor poeta de España en lo que iba de siglo.

Roland Simeón le pidió la palabra a Mara con un gesto insistente. Mara se la concedió. Se puso de pie para que todos lo oyeran, se retiró el cerquillo de la frente, y pausada pero firmemente dijo que acababa de llegar de la guerra de España, donde había dedicado dos años de su vida a combatir a los fascistas junto a las milicias del

POUM, una organización marxista de izquierda con gran implantación en Cataluña. Era, aclaró, uno de los mil cubanos que habían ido a España a enfrentarse al fascismo, tal vez la nación que más internacionalistas había aportado si tenían en cuenta la población del país. Había sido herido en el frente de Huesca, en Aragón, y quería exponer su punto de vista. Afirmó que nada de lo que había dicho el señor Hemingway era falso, pero se trataba de una verdad voluntariamente sesgada. Según él, la derrota de la República, más que al apoyo de alemanes e italianos al franquismo, se debió a la división de los elementos leales al Gobierno, y muy especialmente a la insidiosa actuación de los soviéticos y del Partido Comunista, cuyos matones, unos tipos sectarios y sin escrúpulos, se dedicaron a exterminar a los camaradas que no respondieran exactamente a los dictados de Moscú, como les ocurrió a muchos anarquistas y a la dirigencia y parte de los cuadros del Partido Obrero de Unificación Marxista, el POUM, al que él pertenecía. "El asesinato emblemático perpetrado por estos canallas —dijo mientras le temblaba la voz— fue el de Andreu Nin, el líder catalán de esta agrupación, a quien los soviéticos tuvieron la desfachatez de acusar de espía de la Gestapo, torturarlo y matarlo". Para quien quiera saber la historia de los combatientes del POUM, debían leer —dijo— *Homenaje a Cataluña* del británico George Orwell, persona a la que tuvo el honor de conocer y con quien compartió las trincheras y los peligros.

Con evidente teatralidad, Simeón hizo una larga pausa que creó cierta expectación, para enseguida asegurar que nada de lo que había dicho podía sorprender a Hemingway. El escritor norteamericano sabía muy bien que los agentes de Stalin en España habían asesinado al filólogo José Robles Pazos, amparados en la miserable invención de que se trataba de un confidente de los alemanes. Mentira que Hemingway había preferido silenciar para no irritar a la izquierda, lo que motivó el distanciamiento entre él y John Dos Passos, dado que Robles había sido traductor y amigo íntimo del autor de *Manhattan Transfer*, la gran novela de Dos Passos. Antes de sentarse, Simeón, en medio de un grave silencio, formuló dos preguntas en un tono más entristecido que agresivo: "Dígame, señor Hemingway, ¿por qué no cuenta toda la verdad sobre lo que ha ocurrido en España? ¿Es por eso que John Dos Passos se ha distanciado de usted?".

Antes de que Hemingway, visiblemente molesto, respondiera y la reunión se convirtiera en una feroz e inútil discusión, Mara intervino hábilmente y le dijo a Simeón que aquellas tertulias no eran tribunales para juzgar a los escritores y artistas, sino para escuchar cortésmente sus testimonios. Tras destensar la situación y rogarle a Hemingway que ignorara el incidente y la pregunta, le pasó la palabra a Lino Novás Calvo, a quien le pidió que relatara la ordalía que había vivido en España recientemente.

Novás se ajustó los lentes con un gesto nervioso acorde con su timidez y comenzó por declararse admirador de la obra de Hemingway, al extremo de compararlo a Faulkner, pasando en seguida a contar que había llegado a España antes de la guerra con el propósito de abrirse paso como escritor. Al fin y al cabo, aunque se sentía cubano, aclaró, había nacido en Galicia de padre y madre españoles. Una vez en la Península, se acercó a los grupos anarquistas y comenzó a colaborar con la prensa. Cuando estalló la guerra se unió por un tiempo al Quinto Regimiento que dirigía Valentín González, *el Campesino*, la misma unidad militar en la que había luchado y perdido la vida Pablo de la Torriente Brau, de quien había sido amigo, cuyo recuerdo como periodista y como persona siempre lo acompañaría.

El incidente al que se refería Mara, siguió diciendo, fue la absurda imputación de colaborar con el enemigo fascista que le habían hecho durante el Segundo Congreso Internacional para la Defensa de la Cultura celebrado en 1937, donde un ensayista español, Carmona Menclares, se constituyó en fiscal y lo acusó de haber escrito ciertas crónicas sobre el levantamiento de los mineros asturianos en 1934, dos años antes de que comenzara la Guerra Civil, lo que motivó que pidiera su fusilamiento. Toda una noche estuvo en los sótanos del Palacio de Spínola a la espera del pelotón de la muerte.

Afortunadamente, las gestiones de Pablo Neruda, Rafael Alberti y María Zambrano impidieron el crimen.

La experiencia, según Lino, quien optó por ser breve, había actuado en él como un revulsivo. A partir de ese momento, su valoración de la vida y la muerte, de la revolución, del comportamiento de las masas y del sentido común de los intelectuales había cambiado y lo había hecho sospechar de procesos que no estuvieran guiados por las instituciones y sometidos a reglas justas, como le había escuchado decir a Ortega y Gasset, el mayor pensador de España.

Mañach pidió la palabra para matizar la intervención de Hemingway. La Guerra Civil —dijo en un tono educado que denotaba su exquisita formación— no era exactamente el enfrentamiento entre una República democrática y unos militares fascistas al servicio de la burguesía y el catolicismo. Eso era demasiado esquemático para ser cierto. Tampoco era, como pretendía la derecha, una batalla para preservar la libertad amenazada por el comunismo. Fue otra cosa, típica de la Europa de estos tiempos difíciles en los que se han olvidado las virtudes liberales, provocando con ello el clima de locura desatado por los elementos más radicales del país. Antes del estallido del conflicto, anarquistas y comunistas habían quemado conventos, profanado iglesias y cometido numerosos crímenes, algunos contra la existencia de la propia República, como el levantamiento de los mineros en Asturias en 1934 a que había aludido Lino Novás Calvo. También era cierto —agregó— que en el otro bando, existía la Falange de José Antonio Primo de Rivera afiliada al lenguaje de los fascistas. Pero, más allá de la lucha de clases o de intereses económicos, en el país se había dado un enfrentamiento brutal entre dos tendencias alimentadas por la tradición de intolerancia que existía en la cultura española. Era un problema de valores que no se podía entender solamente desde las categorías políticas.

Al final, vino a decir Mañach, ese cuadro de luces y sombras, de ausencia de principios democráticos en la derecha y en la izquierda, se deduce del comportamiento de intelectuales como don Miguel de

Unamuno, exrector de la Universidad de Salamanca, quien, horrorizado por la conducta de los extremistas de izquierda, en un inicio le dio su apoyo al levantamiento de Franco, pero luego se lo quitó ante los excesos del bando de los nacionales, evolución parecida a la de Pío Baroja, Ortega y Gasset y Azorín. Todos ellos se espantaron del absurdo asesinato de Lorca, cometido por la derecha, pero también de la muerte del ensayista Ramiro de Maeztu o de la del divertido dramaturgo Pedro Muñoz Seca, fusilados por los rojos, pese a no haber cometido otro crimen que el ser conservadores.

Con las palabras de Mañach, aplaudidas tímidamente por algunos de los presentes, concluyó la tertulia en medio de un ambiente mucho más tenso y silencioso que cuando comenzó. Hemingway fue el primero que se marchó apresuradamente, para no tener que someterse a decenas de despedidas parciales. David y Mara, desde el balcón de la azotea, vieron cómo los participantes se perdían con paso rápido en la bulliciosa noche habanera amenizada por diversas orquestas que interpretaban boleros y danzones en los airelibres del Paseo del Prado.

—¿Qué te ha parecido la experiencia? —le preguntó Mara cuando estuvieron solos.

—Muy interesante —respondió David—. Mi primera sorpresa es la importancia que tienen España y la Guerra Civil española entre ustedes los cubanos. No se me ocurre que en Viena o en Berlín un grupo de intelectuales y artistas se reúna para discutir algo así, pese a que la batalla se dio en Europa. Tal vez en París, pero en ningún otro sitio. La segunda, es el alto nivel de las intervenciones. Quienes hablaron lo hicieron con propiedad, si la traducción de Virgilio Piñera ha sido exacta. Tú estuviste magnífica como moderadora, pero me encantaron las caracterizaciones previas de los invitados. Veo que tienes un sentido del humor un poco cáustico. Eso no es frecuente entre las mujeres.

Mara asintió con la cabeza.

—Supongo que sí. Me ha traído algunos contratiempos. También es verdad que las cosas de España entusiasman a los cubanos.

Muchos somos hijos o nietos de españoles. Para nosotros España es algo nuestro. Por cierto, ¿qué te pareció Hemingway?

—No me gustó demasiado su actitud. Lo que dijo era verdad, pero oía a los demás con cierto aburrimiento. Por sus gestos me pareció un tipo arrogante e impaciente.

A Mara le brilló la mirada.

—No fue fácil lograr que viniera. Él odia este tipo de reuniones. Es una persona muy reservada. Mi primera clase de español tal vez será para contarte lo que pienso de Hemingway. ¿Te parece bien el próximo lunes?

10

MARA Y LA VIDA

La primera lección no fue exactamente sobre Hemingway. Mara, junto a David, volvió a recorrer la tienda enseñándole los objetos de su oficio —lienzos, pinceles, pigmentos, papeles, bastidores— y explicándole cómo se denominaban en español, idioma, como lengua romance que era, cercano al francés.

—Tú hablas mucho español, pero no sabes que lo hablas. Gran parte del vocabulario francés tiene su equivalente en español. Es un camino que ya tienes recorrido. Mi primera lección es descubrirte el vocabulario que ya sabes, las estructuras gramaticales que ya conoces. Eso te dará seguridad. Vas a aprender nuestro idioma desde el francés, no desde el alemán.

A David le pareció razonable. En realidad, todo lo que decía Mara le parecía razonable.

—Cuéntame un poco de ti, Mara. Dímelo primero en francés y luego en español. Así iré aprendiendo.

—¿De verdad te interesa conocer mi vida? Es raro. Los hombres suelen preferir hablar de ellos que escucharnos. Tengo veintisiete años, soy un poco mayor que tú. Estudié, como te dije, filosofía, historia, idiomas. Éste es el color de mi pelo. Siempre he sido delgada. Las piernas las heredé de mi madre. Gracias por el piropo. El secreto es caminar mucho y evitar la comida cubana. Es un sistema artificial de engorde. Es muy peligrosa. Mi título universitario es de Doctora en Filosofía y Letras, pero nuestros doctorados nada tienen que ver con los de Alemania o Austria. Son simples licenciaturas. Es una universidad muy poco rigurosa. Nada que ver con las alemanas, según me ha contado Julio. Por cierto, ¿eres checo, alemán o austriaco? Estoy confundida. Digamos que soy austriaco, aunque mi pasaporte es checo. En Checoslovaquia hay muchos alemanes. O muchos alemanes nacidos en Checoslovaquia. Pero soy yo quien hace las preguntas. ¿Por qué, si estudiaste Filosofía y Letras, diriges esta empresa familiar? Es muy buen negocio y a mí me gusta este mundo. Estás en contacto con gentes interesantes y creativas. Disfruto lo que hago. Soy la tercera generación de propietarios. La otra posibilidad era ganar una cátedra y ponerme a enseñar. Eso me parecía muy aburrido. Desde que era niña sabía que me tocaría la responsabilidad de dirigir esta empresa. ¿Por qué no Julio? Lo he conversado mucho con él. A Julio, mi hermano, que es el primogénito y me lleva unos años, nunca le han interesado los negocios. Le encanta su profesión de médico, pero sospecho que su vocación más fuerte es la política. Él recibe parte de los beneficios de la Galería. ¿Julio tiene familia? Sí, está casado. Tiene un hijo de cuatro años, Ricardo, a quien adoro. Nació tras un parto demorado y su cerebro careció de oxígeno durante unos instantes. Por lo menos eso es lo que dicen. Es como un hijo para mí. Es muy inteligente y bonito, pero camina con algunas dificultades. Su madre, Maritza, vive para atenderlo. Le echo una mano cada vez que puedo. No, no estoy casada. Lo estuve, pero fracasé. Me casé muy joven, a los veintiuno. Aquí las mujeres se casan muy jóvenes. Las guajiras comienzan a formar sus familias a los quince. Una guajira es una campesina. ¿Tú estás casado? Entiendo que seas soltero. Eres muy joven. A los dos años se había hundido la relación con mi marido. Él era un buen tipo, pero me aburría. Había sido atleta en la universidad. Creo que nunca superó esa pequeña gloria de correr más que otra docena de jóvenes sudorosos. Es abogado. Se volvió a casar. Me lo encontré hace poco y me dijo que está feliz. No, no me molestó que estuviera feliz. Me alegró. Yo también soy feliz a mi manera. Le pregunté, con cierta morbosidad, si no se aburría con su mujer y me confesó que sí, pero que ambos habían aprendido a disfrutar del aburrimiento. No lo entiendo. Me llevaba unos cuantos años. Era fuerte y tenía un rostro hermoso, pero nunca comprendió que a las mujeres el amor no nos entra por los ojos, sino por los oídos. Los hombres bellos suelen servir un rato en la cama, pero luego aburren. El noventa y nueve por ciento del tiempo transcurre fuera del lecho, salvo cuando nos enfermamos. Tú también eres fuerte y bello, David, no lo olvides. Rieron. ¿Fue duro el divorcio? No, no fue traumático. Llevábamos varios días pensando lo mismo sin decirnos nada. Nos sentamos amigablemente a conversar. Lo dijimos a la vez: "Quiero el divorcio". Nos echamos a reír ante la coincidencia. No tuvimos hijos. Los evitamos desde el principio. No sé, pero puede ser que ambos sospecháramos que la nuestra era una relación provisional. En dos años se había agotado la pasión. ¿No habría otra mujer? No hubo otra mujer ni otro hombre. Fue el aburrimiento. Sí, ya sé que pasa mucho, pero dos años es un tiempo muy breve. El matrimonio no puede ser una institución para bostezar constantemente. Mis padres tuvieron una intensa vida afectiva durante muchas décadas. Mamá se conservó muy bien. Tenía unos ojos azules muy bonitos. Papá decía que había tenido la cortesía de mantenerse bella pese a los años transcurridos. Papá era ingeniero, pero heredó la tienda y nunca ejerció su profesión. No era muy laborioso, pero ese rasgo de su carácter no le causaba el menor sentimiento de culpa. Decía que la culpabilidad frente al ocio eran "mariconadas anglosajonas". Mariconadas es una vulgaridad, David. No debí mencionar esa palabrota. Cosas de maricones, de homosexuales. Cuba es un país machista en el que se burlan mucho de los maricones. Papá nombró a un administrador de la galería. Papá era un gran vividor, en el buen sentido de la palabra. Disfrutaba del paladar, del oído, de la brisa. Gozaba la vida. Mamá era diferente. Más responsable, más sufridora. ¿Yo? Tal vez una síntesis de ambos. Primero murió el administrador y a los pocos meses falleció mi padre. Mi madre lo siguió al poco tiempo. ¿Has oído decir que las parejas viejas desaparecen casi juntas? Mamá tuvo un paro cardiaco a los veintiocho días exactos de enterrar a papá. Yo me hice cargo enseguida de la empresa. A papá le encantaba leer, escuchar música y pescar en su lancha. Julio, mi hermano, heredó la pasión por el mar y la lancha. Papá era lector de Vargas Vila, un escritor colombiano muy escandaloso que pasó por aquí, y se hartó de fumar marihuana y de tener amantes. Nunca lo entendí. ¿Escandaloso? Es-can-da-lo-so. Te acostumbrarás a la palabra. Aquí hay mucha gente escandalosa. Claro que no sabes quién es Vargas Vila. Tal vez no vale la pena averiguarlo. Sí, es una lancha grande. Papá la llamó *Turquino*. Es el nombre de una montaña cubana. Julio suele utilizarla. Nada que ver con los Alpes. Julio es un buen capitán. ¿De dónde sale ese *Turquino*? Originalmente se llamaba *Tarquino*, como el monte italiano. No sé cuándo corrompieron el nombre. En esta isla todo se corrompe con el tiempo. El palacio legislativo en La Habana se llama Capitolio por la colina capitolina romana. ¿Te imaginas? Son aires de grandeza. Tenemos una casa en Varadero. Es pequeña, pero muy hermosa. Debes conocer esa playa. Te voy a llevar. Es preciosa. Mi padre se apasionaba con el ajedrez. Le hizo tablas a Capablanca en una simultánea que jugó en La Habana. Sí, Capablanca se enfrentó a muchos ese día. Creo que eran cien. Papá juraba que sólo él le hizo tablas. Seguramente exageraba. Decía que la radio era la mejor invención de la historia, pero sólo para escuchar música. ¿Quién es Rachel? Mi hermano Julio me dijo que es una novia que dejaste en el barco *Saint Louis*. No exactamente, pero estaba en el proceso de serlo. Nos conocimos durante la travesía. Era la persona más alegre que he tratado. Tenía la facultad de contagiar la alegría. En estos tiempos es difícil ver judíos dichosos. A veces he llegado a preguntarme si los judíos tenemos derecho a sentirnos alegres. Ya sé que es una tontería, pero cuando descubro que me siento bien y feliz tengo cierto sentimiento de culpa. ¿Por qué? Tal vez por mis padres. Cuando me fui de Europa estaban en un campo de concentración. No sé si están vivos. A estas alturas tampoco sé si Rachel está viva. En definitiva, Estados Unidos no dejó que el barco *Saint Louis* atracara allí y todos los judíos tuvieron que regresar a Europa. Me han dicho que Francia y otros países los han aceptado, pero si estalla la guerra nadie sabe qué ocurrirá con ellos. Yo no he vuelto a saber de Rachel. Tal vez nunca más vuelva a saber de ella. Tal vez nunca más vuelva a saber de mis padres. Es muy extraño cuando de pronto desaparecen tus seres queridos. ¿Es bonita? Sí, Rachel es bonita. Trató de enseñarme a bailar. Ésa era una tarea muy difícil. La relación se interrumpió cuando comenzábamos a enamorarnos. Vivimos dos semanas muy extrañas, sin peligros, sin miedos, dedicadas a conocernos. Nunca tuvimos una relación íntima. Tal vez no hubo tiempo. Acaso habría sido diferente si el viaje hubiera durado otra semana. No sé si era virgen. No se lo pregunté. Era muy joven. Quizás lo fuera. No estamos de acuerdo, Mara. Se puede establecer un fuerte vínculo amoroso sin llegar a tener sexo. Yo venía de perder una relación muy intensa con una mujer a la que quise mucho. No creo que el amor sin sexo sea un sentimiento femenino. Las mujeres pueden amar sin llegar a la cama. Los hombres también. Te equivocas. No lo creo. La atracción sin sexo también puede ser masculina. La mujer incrementa el deseo del otro aplazando el momento del placer. Después de tu divorcio ¿volviste a enamorarte? Era obvio que te enamorarías. ¿Te enamoraste antes de tener relaciones íntima o después? ¡Qué preguntas haces! La Habana es una ciudad más hipócrita que pacata. Hablaremos de eso en la próxima clase. Te adelanto que fueron unas relaciones muy placenteras al principio, pero muy amargas al final. ¿Y tú, además de Rachel, te enamoraste alguna vez? ¿Inga? ¿Quién es Inga? ¿Murió?

Lo siento. Debe ser terrible. Alguien tan joven. ¿Fue más intensa la atracción por Rachel o por Inga? No me contestes. Ya es muy tarde. Dejémoslo para la próxima clase.

***

David leía una revista *Bohemia* en español, ayudado por un diccionario (era la tarea que Mara le había impuesto) cuando vio llegar a Yankel muy agitado a la pensión, pero no pudo adivinar su estado anímico por el semblante que traía, salvo que se trataba de un suceso importante.

—¿Qué ocurre? —le preguntó con inquietud.

Yankel respiró profundamente. Lo hacía en los momentos solemnes.

—Suceden varias cosas. Voy a comenzar por la más feliz. Me caso con Alicia. El viernes, dentro de tres días, iremos a la notaría y nos casaremos. Será algo muy discreto. Julio, Mara y tú serán mis testigos. El brindis lo hará el señor Jacobo Kravich.

A David le agradó la noticia. Yankel se veía contento.

—Magnífico, pero ¿por qué se casan tan apresuradamente?

—Le pedí que viviéramos juntos y me dijo que sólo si pasábamos antes por la notaría. Pese a su temperamento, es bastante conservadora, como la mayor parte de las mujeres de este país.

A David le hizo gracia que Yankel pontificara como si fuera un experto en las mujeres cubanas, pero no se lo dijo.

—¿Dónde van a vivir? —preguntó curioso, pensando que Alicia podía terminar en la pensión de Charo.

—De momento, en casa de sus padres. Tan pronto podamos, dentro de unos meses, alquilaremos un apartamento.

—Me parece muy bien, pero, ¿y qué ocurre si cambian las cosas en Europa? ¿Regresarías a Europa? ¿Te la llevarías?

Yankel vaciló antes de responder.

—Yo creo que nunca más regresaré a Polonia. El antisemitismo de los polacos es tan brutal como el de los alemanes, sobre todo en las zonas rurales. Mis padres fueron asesinados por polacos en aquel pogromo que te conté. Los quemaron vivos dentro de la sinagoga. Ahí también murió mi novia. El mundo que dejé era muy pobre, muy frío, muy cruel. Esto es muy diferente. Aquí la mayor parte de los cubanos ni siquiera sabe qué es un judío. A todos los extranjeros los llaman polacos, turcos o gallegos. La gente, la luz, el calor humano, son mejores en el trópico. Además, Alicia se moriría de tristeza en Polonia. A estas alturas, creo que hasta yo me moriría de tristeza en Polonia.

—¿Puedes mantenerla? Quiero decir, ¿puedes crear una familia, tener hijos y educarlos?

—Claro. Antes de dar este paso hablé con el señor Kravich, el dueño de la sastrería donde trabajo. Le dije lo que pensaba hacer. Me animó. Me hizo la observación de que por algo, desde hacía siglos, los europeos viajaban hacia América y aquí se quedaban. Casi nadie viajaba en la otra dirección. Me contó que él tenía los mismos temores y las mismas dudas cuando llegó a Cuba, pero la decisión de emigrar había sido la mejor que tomara en su vida. Quiere asociarse conmigo para crear una fábrica de uniformes. Él pone el dinero y yo la dirigiría. Iríamos al cincuenta por ciento. Le pregunté por qué no se quedaba con la mayoría de las acciones, en vez de la mitad, y me dijo que así nos obligábamos a ponernos de acuerdo siempre. Ya estaba muy viejo para pelear con un socio.

—¿Uniformes?

—Uniformes. Uniformes para policías y soldados, para escolares y bedeles, para enfermeras. En Cuba hay mucha gente uniformada. Se mueve mucho dinero en ese mundo. Las telas las importaríamos de Estados Unidos y de Cataluña. Kravich me dijo que los colombianos también comienzan a producir buenos tejidos. Ésa es otra posibilidad.

—Parece una gran oportunidad. Te felicito. ¿Y cuáles son las otras noticias? —preguntó David ansiosamente.

Yankel se puso muy serio, se reclinó en el sillón y calculó muy bien sus palabras.

—Recibí un largo mensaje de Toledano. Estuve horas descifrándolo. Los alemanes van a ocupar toda Checoslovaquia. Un hombre muy cercano a Toledano envió un mensaje urgente en el que asegura que en ese pacto entre la URSS y Alemania hay unas cláusulas secretas donde se reparten una zona de Europa central.

—¿Reparto? ¿Cómo es el reparto? —preguntó David extrañado.

—Moscú se va a quedar con los países bálticos y con un pedazo de Finlandia.

David frunció el entrecejo con un gesto de gran preocupación.

—Pero es absurdo que comunistas y fascistas se alíen —dijo, como negando esa posibilidad—. ¿Qué ganan los comunistas?

—No está muy claro. La URSS está creando una coraza para proteger su flanco europeo. Mi padre siempre decía que fascistas y comunistas eran primos hermanos. Contaba que Lenin era un admirador de Mussolini, aunque el italiano perseguía a los comunistas.

—¿Te dijo algo más?

Yankel hizo silencio y miró fijamente a los ojos de David con el gesto de quien va a hacer una revelación dolorosa. Optó por no recurrir al rodeo.

—Toledano ha recibido la información de que tus padres han muerto. No sabía como decírtelo.

David se quedó callado, tratando de procesar la información. No la esperaba, al menos en ese momento. Contuvo el llanto y sintió como si una mano le apretara la garganta.

—¿Cómo murieron? —dijo juntando las dos palabras con un hilo fino y triste de voz.

—Una epidemia de tifus afectó a las barracas de hombres y mujeres. Más de mil personas perecieron en una semana.

—¿Está seguro Toledano? ¿Cómo lo supo? —demandó David tratando de abrigar una esperanza. Sus brazos colgaban por fuera del butacón como si estuviera muerto.

—Está seguro. Uno de los supervivientes de la epidemia fue llevado a un hospital y allí sobornó a un oficial corrupto y compró su libertad. Llegó a Viena. Toledano pudo hablar con él y luego lo hizo trasladar clandestinamente a Suiza. Conocía a tu padre y a tu madre. También era médico. No tenía dudas.

David, abatido, se quedó en silencio, con la mirada perdida. Yankel le puso una mano en el hombro. "Creo que es bueno que trates de dormir", le dijo. David asintió mecánicamente con la cabeza. Sentía unas inmensas ganas de llorar. Esa noche, antes de tratar de conciliar el sueño, olvidó su escepticismo religioso, prendió dos velas, se rasgó levemente el pijama en señal de duelo, como su madre le describía la Keriá, y rezó el Kadish con un fervor y una intensidad sorprendentes, aunque le faltara el coro de los diez correligionarios que se requieren para elevar esta plegaria, ese *minián* solidario que fragmenta la pena para que toque a menos. David la absorbió toda para sí. Se sintió absolutamente solo en un universo extraño y ajeno.

Y SE HIZO LA RUTINA

La ceremonia de casamiento en la notaría fue breve y burocrática. Cuando terminó, los novios se besaron alborozados.

Todos lucían ropas nuevas. Alicia, radiante, llevaba un traje de satín color crema, lo que contrastaba con su piel aceitunada, y cargaba en sus manos un ramo de rosas blancas. Mara, muy hermosa y sensual en su vestido rojo, tenía un elaborado peinado. El señor Kravich se había ocupado de obsequiarles trajes, camisas y corbatas a Yankel y a su amigo David, para que estuvieran elegantes el día de la boda.

Tras el brindis con champán, Kravich se empeñó en ofrecerles a los novios y a sus invitados una recepción en el Centro Hebreo de la calle Egido, cerca de los restos de la muralla que en el siglo XIX había rodeado a La Habana, como a unas ocho calles de la notaría, sitio al que la comitiva se encaminó en fila india por las estrechas aceras, sorteando los detritus de los perros y el agua estancada de los charcos, como si fuera un pequeño ejército de personas elegantes perdidas en un planeta totalmente ajeno y diferente.

A Kravich le encantaba la historia y siempre lograba vincularla a la tradición judía. Tenía una sorpresa preparada: una joven cantante hebrea apellidada Béhar, acompañada por una guitarra, entonó una melancólica balada sefardí, *Ven kerida, ven amado,* en honor a los enamorados. Todos rieron y volvieron a corear un divertido que-se-besen-los-novios. Alicia y Yankel los complacieron.

***

Con el paso de los días, a David le sorprendieron dos gratos fenómenos estrechamente vinculados. Aprendía a hablar español a una velocidad notable y la ciudad y el entorno se le hicieron rápidamente familiares. Si durante las primeras semanas, el paisaje y el paisanaje, el olor de la ciudad, la comida y la música, y hasta el peculiar sentido del humor de las personas, le resultaban extraños y le transmitían la sensación de que jamás sentiría como suyo aquel mundillo caribeño tan diferente a su Viena natal, un día, sin saber exactamente por qué, amaneció con la sensación de que comenzaba a integrarse a Cuba y a su gente de una manera natural. ¿Cómo se percató de ese proceso? Tal vez, porque se dio cuenta de que eran menos frecuentes sus recuerdos europeos, incluidos los sueños, dado que ya anclaban en la nueva realidad cubana.

Como casi todos los inmigrantes, David entraba en la sociedad por una puerta lateral. Quizás era emocionalmente más seguro. Kravich le explicó el mecanismo: los extranjeros necesitan, al menos al inicio, compartir sus experiencias con personas de origen parecido. No era una casualidad que muchos judíos se agruparan en las calles Muralla, Bernaza, Sol o Luz. Buscaban, pues, amparo al calor de los iguales. A él, que llegó a Cuba con un pasaporte polaco en los años veinte huyendo de la represión y el antisemitismo, le tocó vincularse a los libaneses que seguían el mismo recorrido, pese a ser cristianos maronitas, o a los sirios de la provincia de Alepo, algunos de ellos árabes de fe islámica. Los unía la condición de inmigrantes y, de cierta manera, el odio a los poderes imperiales.

Para David Benda, la zona de acogida (así le llamaba Kravich), era la de otros judíos que, como él, habían llegado a la Isla huyendo de sus particulares persecuciones antisemitas. Unos procedían de Europa central, otros del norte de África o del vecindario turco, pero esas diferencias eran menores que las que los separaban de los cubanos. Al principio, de la mano de Yankel y de Kravich, a quien llegó a cobrarle afecto, visitó todas las asociaciones judías de La Habana, incluidas las femeninas, para conocerlas de cerca, y hasta leyó un libro de cuentos recientemente publicado, *En tierra cubana*, escrito por Abraham Dubelman, descubriendo, de paso, que existían una interesante literatura cubanojudía, escrita en *yiddish* y las mismas divisiones entre los judíos que había conocido en Austria.

Había grupos irregulares de empresarios hebreos, asociaciones de hebreos comunistas, y hasta comunistas europeos integrados en la vida política cubana, como Fabio Grobart una especie de no tan secreto delegado del Comintern soviético, directamente ligado a Stalin, enviado a Cuba para organizar un partido comunista que estuviera alineado con Moscú, algo que ocurrió en 1925. Fue Grobart, muy emocionado, quien le contó a David la historia de dos jóvenes judíos polacos comunistas, asesinados en la Isla: Noske Yalob, a quien la policía política de Machado había lanzado a los tiburones en 1928, y Jaime Greinstein, un joven estudiante fusilado por los militares de Batista en 1935 tras un juicio sin garantías ni justicia llevado a cabo en un cuartel en la provincia de Oriente.

David no tardó en advertir algo que su amigo Julio Lavasti le subrayó con respecto a todos los inmigrantes: se debaten entre la crítica mordaz a la sociedad que los ha recibido y la necesidad de pertenecer e integrarse al mundillo que detestan. Lavasti, siempre en su carácter de médico empeñado en colocar etiquetas (como él se mofaba de sí mismo), le llamaba "la dualidad esquizofrénica del extranjero". Y era cierto. Cuando los judíos hablaban entre ellos solían burlarse de la falta de aptitud para el trabajo de los cubanos, de la impuntualidad y de lo mucho que gritaban, pero enseguida comentaban con orgullo los elementos supuestamente judíos que habían enriquecido al país y la gratitud que todos le debían a la patria de acogida.

A David, buen observador, le resultaba fascinante que la misma persona que criticaba ácidamente los defectos que les atribuían a los cubanos ("estos tipos vagos sólo piensan en bailar, tomar ron, pelearse y acostarse con mujeres"), a los pocos minutos afirmaba, con orgullo, que nadie había salvado más vidas y evitado más epidemias que el hacendado Luis Marx, un judío cubano cultivador de tabaco que había introducido el uso de los mosquiteros en las zonas rurales del país, mientras otro judío, aunque converso, el americano Frank Steinhart, había llevado a la Isla los tranvías y la modernidad, haciéndose rico de paso, como era lógico que ocurriera.

***

La amistad entre Mara y David se fue estrechando con el paso de los meses y con las maratónicas conversaciones que sostenían, como si ambos tuvieran la necesidad casi patológica de comunicarse y conocerse. De acuerdo con lo previsto, ella le enseñaba a conversar en español (el francés como lengua intermedia desapareció a las pocas semanas) y él le enseñaba a pintar, lecciones que se impartían simultáneamente mientras se trenzaba entre ellos un curioso vínculo humano que cualquier fino observador hubiera calificado de "cautelosa atracción".

David comenzó por el dibujo, primero explicándole los fundamentos básicos de la composición, y luego agregó ejercicios elementales en los que alternaban lápices, crayones y plumillas con los que Mara reproducía elementos ornamentales básicos, mientras él le corregía los errores. Según David, el dibujo, como todo, exigía práctica. Mientras más se dibujaba, mejor se dibujaba, pero podía llegar un punto, creía, en el que la mano se "enviciaba" por la repetición y eso tampoco era bueno.

Tras las clases de dibujo vinieron las técnicas más difíciles de acuarela y óleo, el uso de los distintos tipos de pigmentos, la magia de las mezclas para lograr ciertos colores y tonalidades y una breve incursión en la monotipia. La tesis de David era que los buenos pintores, aun los abstractos, debían comenzar por el dibujo realista y luego evolucionar en la dirección que les dictara su instinto. "Primero hay que pintar como los clásicos" decía, "para luego tener derecho a abandonarlos".

Mara no estaba de acuerdo. Para ella, aunque se sometía a las clases de su maestro, no tenía sentido aprender técnicas y formas de pintura que no utilizaría jamás. "Es como obligarte a construir una casa con tablas de madera y lodo", opinaba, "con techo de hojas de palma, antes de poder fabricar una vivienda moderna de ladrillo con estructuras de acero. El arte no puede ser acumulativo. ¿Para qué pintar como Tiziano si quieres que tu obra se parezca a la de Picasso? Para aprender español no tienes que comenzar por dominar el latín. Eso es ridículo".

Cuando Mara trasladaba el argumento a la literatura le parecía aun más obvio. "Si Hemingway intentara escribir como Milton o Lino Novás Calvo como Cervantes, les saldría una cosa ilegible. Hay que inspirarse y hasta imitar a los contemporáneos que admiramos, no a los clásicos", afirmaba. A lo que David respondía con un discutible argumento de autoridad: "Yo sólo puedo explicarte la manera como se enseñan en Europa las Bellas Artes". Pero enseguida agregaba un elemento fisiológico más convincente: "El ojo, el cerebro y la mano se complementan y retroalimentan; es un proceso de educación creciente. Uno pinta con el ojo, luego con el cerebro y por último con la mano".

Los dos disfrutaban de discusiones que se fueron alejando rápidamente del terreno artístico para entrar en temas mucho más personales. Mara, pese a tener sólo veintisiete años, pensaba que era imposible la felicidad permanente de cualquier pareja. Para ella, y ésa era su experiencia, el amor era una rara obsesión de corta duración que se agotaba, con suerte, a los dos años de haberse iniciado, o a lo sumo tres, pero podía durar todavía menos. Tras esa etapa llegaba un tipo de relación que Mara nunca había sabido sobrellevar. Los hombres, decía, en general valen poco, y no concebía plantearse una relación conyugal hasta que la muerte los separara, como amenazaba la Iglesia. Para ella, lo que realmente separaba a la pareja no era la muerte, sino la vida, el hastío, el cotidiano tedio de la convivencia en pareja. David, en cambio, desde su accidentada experiencia, le aseguraba que no podía contradecirla y confirmar el inevitable desamor que Mara le anunciaba, porque jamás había podido amar a una mujer siquiera dos años consecutivos. De Inga jamás pudo hastiarse, porque la habían asesinado a los pocos meses de haber establecido una relación amorosa que él recordaba como algo muy grato e intenso; y de Rachel, tampoco, porque apenas había tenido tiempo de amarla realmente, aun durante el tiempo que estuvieron juntos, pues el vínculo apenas había trascendido la atracción y algunos escarceos furtivos. Sus otros amores, pasajeros y estudiantiles, no habían pasado del primer chisporroteo emocional. Nada que valiera la pena recordar.

David fue descubriendo en Mara a una mujer escasamente convencional, muy inteligente, dueña de opiniones a veces alarmantes, escéptica en torno a las posibilidades de alcanzar la felicidad dentro de la pareja, pero, aparentemente, dichosa con el tipo de vida que llevaba al frente de la Galería Hermanos Bécquer, aunque no estuviera acompañada por una pareja sentimental. Era evidente, sin embargo, que escondía algún secreto que estaba en la raíz de ese descreimiento vital que padecía. A las pocas semanas de alternar las clases con intensas sesiones de conversaciones íntimas, Mara le contó una historia que acaso explicaba sus conflictos íntimos.

Se trataba de su segunda experiencia conyugal —aunque nunca estuvieron legalmente casados—, amargamente concluida unos meses antes de la llegada de David Benda a La Habana. Poco después de su divorcio había conocido a un arquitecto mundano y muy bien parecido llamado Patricio Belt ("una especie de Rodolfo Valentino cubano, con el cabello negro, lacio y engomado, hijo de un capitán de la marina inglesa que encalló en Cuba para siempre", aclaró). Era diez años mayor que ella, y sostuvo con él una relación física e intelectualmente muy agradable, muy diferente a la que acababa de dejar, dado que el personaje era un tipo lleno de imaginación y fantasía con el que le gustaba compartir la cama, la mesa y mil conversaciones estimulantes.

Tan prometedor era el vínculo que no tardaron en vivir bajo el mismo techo, en una espléndida casona de El Cerro, uno de los grandes barrios residenciales de La Habana, mimosamente reconstruida por Belt dentro de los cánones de la bella arquitectura colonial de los cortijos andaluces. Sin embargo, había un rasgo en la personalidad de Patricio que Mara detestaba; y otro, aún más grave, que conoció muy tarde. Demasiado tarde.

A Patricio Belt le gustaba excesivamente tomar whiskey, ginebra, ron o cualquier bebida fuerte. Lo toleraba bien, pero hasta un punto, que solía arribar aproximadamente a las 10 de la noche, cuando comenzaba a comportarse de manera impertinente y se tornaba agresivo, como si su naturaleza se trasformara de forma macabra. En realidad estos espectáculos no ocurrían muy frecuentemente ("tal vez una vez al mes", dijo Mara), pero eran lo suficientemente desagradables como para que ella se planteara la ruptura total ante la posibilidad de que los episodios se convirtieran en un hábito diario. Mara no estaba dispuesta a convivir con un borracho, y mucho menos a padecer constantemente el temor a que la agresividad etílica de su compañero se convirtiera en una agresión física.

"Ojalá —dijo— hubiera roto en ese momento". El más grave problema de Patricio Belt no era el alcoholismo, sino su afición a las putas y a los prostíbulos. La costumbre ("porque no era exactamente un vicio incontrolable", aclaró Mara) había comenzado en la adolescencia, cuando su padre, el viejo Patrick Belt, él mismo un putero, como tantos marinos ingleses, había llevado a su hijo a un antro lleno de prostitutas en la calle Pajarito cuando éste cumplió trece años y mostraba todos los síntomas de una pubertad deseosa de iniciarse en el sexo.

A partir de ese momento, el joven Patricio, como era un bello adolescente, se convirtió en una especie de cliente consentido por las putas, algunas tan jóvenes como él mismo, que le ofrecían sus servicios y a veces —según le contara a Mara en una de sus maratónicas confesiones de alcoba— ni siquiera querían cobrarle porque acababan enamoradas de él, gesto que lo halagaba, pero al que nunca accedió por temor a las represalias de los chulos que controlaban a las mujeres.

A Mara no la escandalizaban esos episodios de iniciación juvenil en el sexo que le contaba Patricio, porque sabía que su hermano Julio, como tantos varones cubanos, había recorrido la misma senda, dado que en el país era frecuente que los adolescentes, conducidos por el propio padre, pasaran por esa ceremonia iniciática de aprendizaje, pero le parecía intolerable que algunos hombres, ya adultos y experimentados, quedaran atrapados en el rito social de visitar burdeles y tener relaciones carnales con profesionales de la cama.

Aunque Patricio le había dicho que era cosa del pasado, pronto supo que no era cierto. Esporádicamente, continuaba visitando prostíbulos, circunstancia que ella descubrió de la manera más humillante: unas dolorosas llagas en la vagina y una prueba de laboratorio marcada por las temidas palabras en latín, *Treponema pallidum*, la bacteria que transmitía la sífilis. Confrontado con la enfermedad que Mara padecía, Patricio admitió que, en efecto, hacía menos de un mes, acompañado de otros amigos, había visitado un burdel y había mantenido relaciones con una mujer muy joven y muy cara que, además, le pareció muy limpia. Él contrajo la enfermedad y se la transmitió a Mara. Estaba, decía, profundamente apenado.

Mara le relató esta historia a David con el rostro bañado en lágrimas y la voz temblorosa. Era evidente que se trataba de algo muy doloroso. A partir de este episodio rompió con Patricio, por quien comenzó a sentir un rechazo muy intenso, en un primer momento extensivo a todos los hombres, pues le parecían unos cerdos. Inmediatamente, se puso en manos de una eminencia médica, el doctor Pedro Castillo, quien le suministró por vía intravenosa, por la yugular, unas dolorosas inyecciones de Neosalvarsán 914, un compuesto de arsénico muy eficaz para eliminar la bacteria que causa la sífilis. Desgraciadamente (esta fue la parte convulsa de la conversación), la infección le destrozó las trompas de Falopio y había quedado estéril. Lo irónico de todo aquello, agregó moviendo la cabeza, era que, precisamente cuando contrajo la enfermedad, estaba pensando en quedar embarazada, porque sentía unas ganas locas de tener un hijo de Patricio como prueba del amor que los unía. Ya no era posible, ni con Patricio ni con nadie, por culpa de ese imbécil, dijo muy conmovida, y siguió llorando inconsolablemente.

David, para tratar de quitarle dramatismo a la revelación que Mara le había hecho, trató de calmarla contándole que era hijo de médico, y que su padre colgaba en su consulta un retrato dedicado de Paul Ehrlich, el profesional que más admiraba, científico judío que había descubierto la cura de la sífilis por medio de ese compuesto basado en el arsénico. Tomándole las manos, mientras Mara continuaba llorando, le dijo, sonriendo, para quitarle hierro a la situación, que era bueno que supiera que esas inyecciones de alguna manera la acercaban más a los grandes pintores, porque el "Verde París", uno de los colores que más le gustaban a Paul Cézanne, Monet y Van Gogh tenía también un alto componente de arsénico. Le contó, además, que el Neosalvarsán, según le escuchó a su padre muchas veces, curaba para siempre la enfermedad y eliminaba todas las espiroquetas. Ella estaba totalmente libre del mal y podía hacer el amor sin temor de contagiar a nadie. En cuanto a la esterilidad, trató de consolarla con un argumento singular: la naturaleza había dotado a las hembras (no dijo "mujeres") con un fuerte instinto maternal, pero con la facultad de satisfacerlo depositando ese amor en otras criaturas. Ella, según había podido comprobar, amaba a Ricardo, el hijo enfermo de su hermano, con un amor claramente maternal.

—Yo no sé si deseo volver a hacer el amor —respondió Mara—. Lo que quisiera es una medicina que me devolviera la fertilidad, y ésa no existe.

David la abrazó tiernamente sin decir una sola palabra. Supo que Mara lo necesitaba.

***

El primer trabajo profesional que David pudo hacer en La Habana fue un retrato del joven poeta José Lezama Lima. Se lo pidió y lo pagó un culto millonario llamado Oscar B. Cintas, a quien conociera en la Galería Hermanos Bécquer por medio de Mara.

—Quiero presentarle a un extraordinario retratista —dijo Mara con cierta reverencia que demostraba la importancia del visitante a quien le hablaba.

Cintas era un hombre distinguido, calvo, exdiplomático, coleccionista de arte, que había hecho una considerable fortuna con el azúcar y los trenes.

—Me han dicho que usted posee un Rembrandt —exclamó David mientras le extendía la mano.

Cintas sonrió complacido.

—Y un Greco, y un Caravaggio. Amo la buena pintura. Mara me ha enseñado sus bocetos y apuntes y creo, en efecto, que usted, pese a su juventud, es un excelente retratista. Me gustó mucho su bosquejo de Lezama Lima. De eso quiero hablarle.

—Usted dirá —dijo David abriendo los brazos con el gesto universal de quien espera algo ansiosamente.

—Apenas he leído unos versos de este joven poeta, Lezama, pero me parece muy bueno. Barroco e intrincado, casi imposible de descifrar, pero lleno de fantasía. En Londres quieren hacer una exposición mixta de pintura y literatura y me han pedido que escoja y aporte un cuadro y un poema o un fragmento. No sé si me lo han pedido porque soy un experto o por ser el único filántropo de las artes que hay en el país, pero me comprometí a ayudar. He elegido *Muerte de Narciso* de Lezama Lima. Mara me hizo llegar la publicación y me gustó ese comienzo enigmático: *Dánae teje el tiempo dorado por el Nilo,/ envolviendo los labios que pasaban/ entre labios y vuelos desligados.* Tiene algo del Garcilaso que leí cuando era un mozalbete. Me gustó.

Cintas le preguntó a David cuánto cobraría por el retrato y éste le dijo, resueltamente, que dos mil dólares. Cintas, afirmó que le parecía caro ("el maestro Romach lo habría hecho por la mitad", dijo), pero no regateó. Exigió, eso sí, que fuera un óleo sobre lienzo de al menos un metro de alto por cincuenta centímetros de ancho, porque "ésas eran las medidas que le había exigido la galería londinense".

A David le encantó el trabajo encargado. Era su debut en Cuba como retratista profesional. La primera vez que acudió a la casa de Lezama, en la calle Trocadero, fue acompañado por Mara y le fascinó lo que encontró. En primer término, el propio Lezama, enfundado en una guayabera blanca de hilo, decorada por una mancha de café en la zona izquierda del vientre, portador de un enorme puro que algo tenía de arma amenazante, o, como él mismo dijo, de "falo volcánico que humea". Estaba sentado en un sillón negro de caoba, como todos los muebles del lugar, pesados y oscuros, similares al pasado colonial del país. Centenares de libros, mezclados con legajos de papeles y cuadernos ocupaban las estanterías y la superficie de las mesas. Sobre las repisas, le informó el poeta, junto a las imágenes de Mallarmé y José Martí, estaban las fotos de su padre, un militar feroz de aspecto marcial, la dulce madre, la hermana amada y preciosa ("se llama Eloísa, como la triste amante de Abelardo. ¿Sabe que este par de idiotas le iban a llamar Astrolabio al hijo de ambos?", agregó sin esperar respuesta). En las paredes colgaban cuadros de jovencísimos pintores, amigos del poeta, algunos muy talentosos. Lezama los fue señalando con el índice: "Mijares, Portocarrero, Lozano, Cundo". David Benda asentía admirado. A algunos de estos artistas los había conocido en las tertulias de la Galería Hermanos Bécquer, pero no había visto sus obras.

Si desde el punto de vista plástico el caótico mundillo de Lezama Lima era muy interesante para cualquier retratista, la enfermiza atmósfera que se respiraba en esa casa también resultaba inolvidable. Se mezclaban el olor intenso de la humedad, el papel, la tinta y la goma de los mil libros desordenados, algún escape de gas que afectaba al edificio, los puros —aromáticos mientras arden, pestilentes cuando se apagan—, las constantes tazas de café que circulaban, el tufo persistente de la manteca de cerdo con que freían los alimentos y acababa impregnado en las paredes. No era un ambiente agradable —y seguramente muy poco saludable, pensó David—, pero sí muy rico para los sentidos y, de alguna manera, estaba en un reino decadente y encantado.

Mientras conversaban, Lezama desgranaba citas cultas y recitaba de memoria estrofas de poetas europeos. Si usted es vienés tiene que conocer a Georgi Trakl. Celebro que lo admire. Es de los grandes. ¿Recuerda el poema titulado "A un muerto prematuro"? *Oh, el ángel negro, que furtivo salió del interior del árbol,/ cuando éramos dulces compañeros de juego en la tarde,/ al borde de la fuente azulada./ Nuestro paso era sereno, los ojos redondos en la frescura parda del otoño./ Oh, la dulzura púrpura de las estrellas.* David, entre admirado y divertido ante la monstruosa erudición del poeta fue tomando apuntes y haciendo notas, hasta que llegó a una idea concreta: pintaría a Lezama vestido con el hábito de los monjes capuchinos, totalmente rodeado de libros, bajo unas amenazantes estanterías a punto del colapso. Lezama estuvo de acuerdo y le contó que existía un cuadro famoso de Rubén Darío ("no tiene por qué conocerlo, señor Benda, pero es un poeta genial nacido en Nicaragua", le aclaró) en el que el pintor, un español llamado

Daniel Vázquez Díaz, lo dibujó en hábito blanco de fraile cartujo. Era una feliz coincidencia.

12

LA HECATOMBE HA LLEGADO

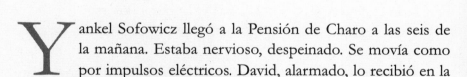

Yankel Sofowicz llegó a la Pensión de Charo a las seis de la mañana. Estaba nervioso, despeinado. Se movía como por impulsos eléctricos. David, alarmado, lo recibió en la habitación, mientras se vestía apresuradamente.

—Los alemanes acaban de invadir Polonia —dijo temblando—. El informe de Toledano es muy exhaustivo. Primero simularon un incidente en la frontera, como si los polacos hubieran atacado a los alemanes.

—¿Puede defenderse el ejército polaco? —fue la primera pregunta de David.

Yankel respondió con un dejo de desesperación.

—Según Toledano, los alemanes lo barrerán en unos días.

David, ya vestido, se sentó en el borde de la cama. Trató de saber más detalles.

—¿Y qué hacen los rusos?

—Dice Toledano que concentrarán sus ejércitos en el oeste para también atacar a Polonia. Stalin recurre a la misma coartada que Hitler. Hitler afirma que ataca para proteger a la minoría alemana de Danzing. Stalin dice que no se puede quedar con los brazos cruzados y debe proteger a las minorías rusas y ucranianas.

—Pero los ingleses y franceses habían advertido que le responderían a Alemania si ésta agredía a Polonia. Hay un tratado de mutua defensa firmado entre Inglaterra y Polonia.

—Y lo harán. Los ingleses van a atacar. Es la guerra mundial, David. De acuerdo con lo que dice Toledano, tenemos que prepararnos para luchar. Morirán millones de personas.

—¿Luchar? ¿Cómo? ¿En Cuba? —preguntó David en un tono irónico.

—Algo haremos —dijo Yankel con un gesto sombrío—. No sé qué ni cómo, pero algo podremos hacer. Él piensa que la guerra acabará incluyendo a América, como sucedió en la del Catorce. Le he dicho que puede contar con nosotros.

—Pero, ¿no decías tú que jamás volverías a Polonia?

Yankel pensó la respuesta mientras organizaba sus propias contradicciones.

—Tengo un deber como polaco y como judío. Aunque no vuelva, ayudaré en lo que pueda.

David Benda recordó a Volker Schultz, el asesino de Inga, y pensó que él también tenía una causa que defender y unas cuentas que cobrar, pero prefirió no decir nada.

***

David se sentó a esperar a Julio Lavasti en el lobby del Hotel Inglaterra. Julio lo había citado para hablarle de un trabajo muy especial tramitado por medio de la Galería: el coronel Fulgencio Batista, el hombre fuerte de Cuba, quería que el joven artista le hiciera un retrato. La petición la había traído nada menos que Manuel Benítez, quien le confió a Mara que estaban a punto de hacerlo general, si Batista ganaba las próximas elecciones. Dada la importancia social de Oscar B. Cintas entre la clase dirigente cubana, quien se había declarado "descubridor" de su talento, tras pintar a Lezama Lima se había regado la voz de que existía en la Isla un retratista excepcional recién llegado de Europa, lo que propició una serie de encargos en cascada.

Mientras leía el periódico con cierta crispación, porque estaba lleno de espeluznantes noticias del ataque a Polonia y los bombardeos sobre Varsovia, los ojos de David se posaron en una información de apenas diez líneas que le encogió el corazón y lo devolvió momentáneamente a Viena y a hechos muy dolorosos de un pasado reciente que comenzaba a desdibujarse: Sigmund Freud acababa de suicidarse en Londres. De acuerdo con el cable, el famoso fundador del psicoanálisis le había pedido a su médico Max Schur, quien lo había acompañado al exilio inglés, que le suministrara una dosis letal de anestésico para acabar con su vida, porque ya no podía ni quería seguir soportando los dolores que le producía el cáncer bucal padecido desde hacía muchos años. David pensó que el reciente inicio de la guerra en Europa, veintiocho días antes, tampoco había sido ajeno a la decisión de Freud. Demasiada locura. Demasiado dolor.

La llegada de Julio Lavasti lo devolvió a la realidad presente.

La conversación fue breve. Batista, según había pactado Benítez, estaba dispuesto a pagarle a la Galería diez mil pesos por el retrato, o diez mil dólares, puesto que el peso tenía el mismo valor que la moneda estadounidense. Era la cifra mayor que habían recibido por un cuadro o por una obra de arte en toda la historia de la empresa. La Galería se reservaría el veinticinco por ciento, como era su costumbre, y le entregaría el resto tan pronto cobrara la totalidad.

—¿De dónde saca tanta plata un coronel del ejército para pagar esa suma? —preguntó David con ironía.

—En Cuba los políticos y los militares, cuando llegan al poder, son los magos del ahorro —respondió Julio a medio camino entre el humor negro y el cinismo—. Pasar por el gobierno es la manera de acumular capital. Y lo más grave es que no hay una clara sanción moral para esa conducta. Es como si a los cubanos no les importara que sus políticos saqueen la Hacienda Pública. En todo caso, el coronel te espera mañana en su despacho en el cuartel de Columbia. Será a las diez y debes llegar a tiempo. Curiosamente, es una persona puntual en un país en el que te citan y nadie hace caso a la hora. Hasta les parece gracioso. Hablan de "hora cubana", como si los cubanos no estuvieran sometidos al reloj, como el resto de la humanidad.

***

El coronel Fulgencio Batista recibió a David Benda de completo uniforme, incluidas unas innecesarias correas, en su enorme despacho del campamento militar de Columbia, el mayor del país, en las afueras de La Habana, en un barrio llamado Marianao. Abandonó sonriente su escritorio para darle un afectuoso apretón de manos y le indicó que tomara asiento en el sofá de cuero. Él, como solía hacer, ocuparía el butacón grande de la izquierda. Un gran mapa militar de la Isla, lleno de banderillas que señalaban los diferentes cuarteles, cubría casi toda la pared.

—Bienvenido a mi guarida, señor Benda —le dijo jovialmente el coronel.

Frente a David estaba el "hombre fuerte" de Cuba. Era un militar de treinta y ocho años, de mediano tamaño, ágil, complexión fuerte, tez cobriza y una gruesa capa de cabellos lacios peinados hacia atrás, que le nacían en la frente y le cubrían avariciosamente toda la cabeza. Dos rasgos inmediatamente resaltaban del conjunto: miraba interesadamente a su interlocutor y al hablar sonreía con los labios y con la expresión de los ojos.

—Gracias por invitarme —dijo David mientras se sentaba y desplegaba sobre sus muslos el cuaderno de apuntes donde dibujaba ciertos trazos y frases cuya importancia sólo él entendía—. Ante todo, quiero agradecerle que me permitiera desembarcar y quedarme en Cuba. Fui uno de los pocos pasajeros del *Saint Louis* que tuvo esa suerte.

Batista advirtió que la frase llevaba cierto reproche, pero prefirió ignorar ese aspecto y retener la expresión de gratitud con que comenzaba.

—Me lo pidió el doctor Julio Lavasti, una persona a la que respeto mucho, y le ordené a mi amigo, el oficial Manolo Benítez, que lo trajera a usted a tierra. Lamento no haber podido extenderles el permiso a más personas.

David pensó que era inútil quejarse por algo que ya no tenía remedio. Si Batista hubiera permitido que Rachel desembarcara junto a su padre, la vida de los tres hubiera sido totalmente diferente.

—No quiero robarle mucho tiempo. Usted es el Jefe del Ejército y tendrá muchas cosas que hacer. Sólo quería conocerlo y charlar un rato para tratar de captar su mundo, su psicología, el entorno en el que vive. Lo hago siempre. Los retratistas necesitamos conocer esa atmósfera. Julio Lavasti me hizo llegar la portada de la revista *Time* de abril de 1937 en la que usted aparece sonriente. Es una buena foto. ¿Puedo hacerle varias preguntas?

—Las que quiera —dijo Batista como aceptando un reto.

—Hábleme un poco de su infancia.

Batista abrió una pitillera lujosa, extrajo un cigarrillo, y lo prendió con un elegante mechero, probablemente de oro.

—Provengo de una familia muy pobre de Banes, en la provincia de Oriente, la más alejada de La Habana. Mi madre se llamaba Carmela y mi padre Belisario, pero de mi padre mejor ni hablar. Nunca se ocupó de mí ni de mis hermanos. Por un tiempo hasta se negó a darme su apellido. De niño corté caña, serví de aguador, trabajé en los trenes como peón. Si le cuento la verdad, debo decirle que ingresé en el Ejército no por vocación para la guerra, sino para escapar del campo y del hambre.

—Eso se deduce claramente de su historial militar. Cuando estudia técnicas secretariales para convertirse en taquígrafo del Estado Mayor se hace evidente que usted no quería disparar cañones, sino un trabajo pacífico y sedentario —dijo David.

—Así es. Nunca he sido un hombre de acción y no me pesa reconocerlo. Dentro de unos meses, cuando oficialmente aspire a Presidente, voy a renunciar al Ejército. He descubierto que me siento mucho mejor entre políticos que entre militares.

—Por lo que dicen, tal vez usted sea el próximo presidente.

—Para eso, para la campaña es que necesito un buen retrato suyo. Lo colocaré en el palacio presidencial si salgo electo. La paradoja es que tal vez me convertí en el hombre fuerte del país precisamente por la debilidad de ser mestizo. Ser un hombre débil fue lo que me transformó en un hombre fuerte. Hasta ahora sólo habían gobernado los cubanos blancos y el país fue un desastre. Yo no era blanco, no era rico, no era general, no era un veterano de la Guerra de Independencia, porque nací en el 1901, no era un doctor; era un simple sargento taquígrafo. Era un pobre hombre y los revolucionarios que derrocaron a Machado, casi todos blancos y burgueses, pensaban que me podían manejar. Necesitaban a un pobre hombre para mangonearlo. Me apreciaban por todo lo que no era. Mis debilidades les convenían.

A David Benda le maravilló la feroz sinceridad de Batista, tan cercana a la catarsis, e internamente se felicitó por haber llegado a su despacho en el momento psicológico preciso de las confesiones.

—¿Y cómo ascendió súbitamente de sargento a coronel?

Batista volvió a sonreír.

—Es una anécdota curiosa. El 4 de septiembre de 1933 habíamos dado un golpe militar para desalojar del poder a un presidente provisional que había durado dos semanas y sólo complacía a Estados Unidos. Pero cuatro días más tarde la anarquía era total porque las Fuerzas Armadas se estaban desmoronando. El secretario de Gobernación, Guerra y Marina nombrado por la revolución era un periodista muy prestigioso llamado Sergio Carbó. Carbó sabía que los símbolos son muy importantes en el ejercicio del poder y había tenido noticias de que Estados Unidos no quería hablar con un sargento, así que fue hasta donde yo estaba y me llevó las tres estrellas de los coroneles. Me las impuso sobre la camisa sucia y sudada de soldado. Llevaba varios días sin dormir, tomando ingentes cantidades de café, cuando me convirtió en coronel. Ya los norteamericanos tenían con quién hablar y el Ejército recobró la moral muy rápidamente. Yo me quedé asombrado ante todo eso. Sentí una enorme responsabilidad.

—¿Cómo es su relación con los norteamericanos?

—Magnífica. No creo que me amen, pero les resulto útil. Soy su *son of a bitch*. Me lo dijo, amablemente, uno de sus diplomáticos. Yo tampoco los amo, pero me son útiles. Los primeros gringos que conocí fueron unos misioneros cuáqueros que me enseñaron las letras en Banes. Eran buena gente. Washington quiere orden en la Isla y yo se las proporciono. Ellos quieren seguridad para sus negocios y yo me ocupo de eso. Ven a Cuba como un protectorado de Estados Unidos, y eso a mí no me importa. Para poder gobernar este país es muy importante que la sociedad y la clase política perciban que tienes el apoyo de los yanquis. Ahora la embajada norteamericana insiste en que se restablezca la democracia y se convoque a elecciones, y lo voy a hacer. Me llevo muy bien con el gobierno de Roosevelt.

—¿Y con los comunistas?

Batista sonrió mientras prendía otro pitillo.

—Son mis aliados y mis amigos. Por mis orígenes humildes saben que nunca seré un enemigo de clase. Los comunistas me perciben como a un hombre de izquierda, y tienen razón. Soy un hombre de orden, pero de izquierda.

—Y si un día Estados Unidos entra en esa guerra que ha comenzado en Europa y Cuba se suma, ¿no le teme a las represalias alemanas?

—En lo absoluto. Ganamos mucho más de lo que perdemos. Para Cuba las guerras de Estados Unidos son una bendición. Nos benefician. Nos enriquecen. Durante la del Catorce llegaron a pagar diecinueve centavos por la libra de azúcar cuando regularmente valía menos de tres. No sólo la compraban para los americanos, sino para los ingleses y franceses, sus aliados. Le llamamos a ese periodo "la danza de los millones". Nuestro esfuerzo bélico fue muy poco. La marina de guerra cubana detuvo varios barcos alemanes de transporte y los entregó a Estados Unidos. Capturamos en la Isla a un par de germanófilos. ¿Conoce o ha fumado los puros H. Upmann? Son excelentes. Pues en aquellos años detuvieron al dueño. Supongo que lo condenaba el apellido.

Por la gesticulación de Batista (inclinó el torso hacia delante en el butacón y puso las manos sobre las rodillas) era obvio que la entrevista había llegado a su fin, pero todavía quedaba una pregunta, esta vez formulada por el coronel:

—Dígame, señor Benda, ¿ya tiene una idea clara de cómo pretende pintarme?

Ahora fue David quien quiso meditar muy bien sus palabras.

—Me parece que sí. Puede que la modifique cuando esté ante el lienzo, pero creo que lo vestiré de civil, de traje, sin corbata, al frente de un cañaveral. En un segundo plano habrá niños cortando caña, soldados cuidando la siembra, un americano sudoroso. Creo que puede quedar un cuadro muy interesante.

—Me gusta la idea —dijo Batista—. Pero antes de que se vaya quiero entregarle algo que le pertenece —metió la mano en un bolsillo y sacó un anillo con un gran diamante.

David Benda se quedó sorprendido, guardó la prenda, le explicó al coronel que había pertenecido a su madre, le agradeció que se la devolviera, y salió de la oficina con paso rápido. Era curioso este Batista. Podía moverse con soltura entre la codicia y la generosidad. Eran las doce del día y un sol inclemente calcinaba el pavimento.

13

Iniciación a la vida

⸻ ∞ ⸻

Mis nuevos amigos cubanos me llevaban al teatro, a todos los teatros, incluyendo uno burlesco, situado en el barrio chino, donde exhibían una vulgar y divertida versión del *Fausto* de Goethe, en la que Fausto era representado por un gallego, Margarita por una mulata obesa y el diablo por un negro pícaro que presumía en verso de tener un pene enorme. El Shanghai —así se llamaba— no tenía el encanto o la sofisticación de los *cabarets* de Berlín o de Viena, pero era gracioso y picante. Otras veces íbamos a la zarzuela, a ver y escuchar unas interesantes operetas generalmente bien ensayadas y mejor cantadas por compañías cubanas y españolas. Pero el espectáculo más sorprendente (que a mí me servía para afianzar mi dominio del español) era el de los charlistas y los recitadores. El charlista se sentaba en el escenario y hablaba durante dos horas consecutivas sobre temas que a él se le antojaban interesantes. El recitador, o la recitadora, porque a veces eran mujeres, declamaban poesías en tono engolado a las que los cubanos eran muy aficionados. Generalmente, después de cada poema, aplaudían con emoción y, a veces, hasta con lágrimas.

Fue en uno de esos recitales donde escuché a un actor melodramático escenificando un poema muy efectista de un tal Mur Oti, según el programa impreso, titulado "El duelo en la cañada". Comenzaba con un verso cursi y apasionado que al día siguiente, envalentonado por el hallazgo, utilicé para declararle a Mara que me sentía muy atraído por ella. Le dije, medio en broma y muy en serio, tras contarle que plagiaba a un poeta español recitado por un actor cubano: "¿Que cómo fue, señora? Como son las cosas cuando son del alma". Y entonces le expliqué que con cada conversación con ella, con cada discusión que habíamos tenido, me había ido enamorando de una forma para mí desconocida.

Hasta ese momento, la atracción que había experimentado por otras mujeres había sido el resultado de una especie de convulsión emocional casi instantánea, como si fuera una explosión hormonal provocada por la atracción, mientras el amor por ella se había desenvuelto de otra forma mucho más gradual y racional. Me gustaba mucho en el plano físico (en realidad era una mujer muy guapa), le dije, pero, por primera vez en mi vida el deslumbramiento se había producido como consecuencia de la admiración que sentía por su luminosa inteligencia y por la originalidad con que solía expresarse.

Plantear de esa manera mi atracción y mi deseo por Mara condicionó su respuesta. Hasta esa experiencia, casi todos mis vínculos amorosos anteriores habían evolucionado muy rápidamente hacia el plano físico, con besos y caricias que con cierta rapidez desembocaban en la cama, pero en esta oportunidad, la reacción de Mara, y mi propia reacción, fueron diferentes y las cosas sucedieron de otro modo. Mara, tras escucharme muy atentamente, se quedó en silencio. Traté de hacer un comentario, pero me pidió que yo tampoco hablara, colocándose el dedo índice sobre los labios. Luego me tomó las manos mientras unas lágrimas prolongadas comenzaron a brotar de sus ojos. Cuando se calmó comenzó a hablar fluidamente, en un tono pausado y sincero que no me atreví a interrumpir.

—Yo también te quiero, David. Yo también me siento atraída por ti, pero vengo de una relación que me ha dejado devastada. Tal vez esa frialdad cerebral que te ha cautivado es una actitud defensiva para no provocarte. Los hombres no suelen sentirse atraídos por el cerebro de las mujeres sino por sus pechos y sus nalgas. Creo que eres una excepción y eso me gusta. Cuando rompí con Patricio decidí no volver a enamorarme y cerrar para siempre el capítulo de las relaciones sexuales. Tomar esa decisión antes de los treinta años de edad era absurdo, pero peor era arriesgarme a otra ronda de frustraciones y dolor. Durante meses, la sola idea de tener sobre mí a un hombre desnudo me producía repulsión. Cuando me imaginaba los dedos de un varón dentro de mi vagina, o la tibia y viscosa sensación de su semen, experimentaba unas náuseas insufribles. Es, David, naturalmente, la secuela de la sífilis y la molestia de una cura, la única que existe, que consiste en envenenarte un poco para matar, de paso, a las bacterias, por medio de un líquido ardiente que te entra por la yugular como un torrente. Odiaba saber que me inyectaban un veneno para liquidar las malditas espiroquetas. Si Patricio se hubiera enfermado y me hubiera contagiado por culpa de una mujer a la que realmente amó, tal vez lo hubiera perdonado, porque esas emociones son incontrolables, pero se trataba de un hombre hecho y derecho, un profesional con un alto cociente de inteligencia, supuestamente enamorado de mí, y contrajo sífilis, y me la pegó, de una puta a la que acababa de conocer en un bayú de poca monta, a la que le compraba un poco de placer enfermo y sin amor con unos pocos pesos. Eso es muy humillante. Por un tiempo, secretamente, David, rechazaba a todos los hombres. Cuando los conocía, si me sentía atraída, repetía en mi conciencia, como un mantra, que se convertía en escudo, una frase muy vulgar de la que siempre me había burlado: "Todos los hombres son iguales". Iguales a Patricio: insensibles, irresponsables, inmaduros, dominados por el pene, mentirosos, incapaces de amar porque toda su afectividad está orientada hacia la autocomplacencia. Cuando te conocí, durante un tiempo, aunque no se me notara, te traté parapetada tras esa desagradable premisa. Tú eras similar a los otros. Quizás más educado y cortés porque venías de un mundo más sofisticado, pero igual. Como eras un hombre, no podías ser muy diferente a Patricio. Con el tiempo, sin embargo, me convencí de que estaba equivocada. Tú eras una persona sensible, capaz de amar, gobernada por el corazón, y te agradecí mucho que no intentaras conquistarme hasta ahora. Yo no estaba preparada. ¿Sabes lo que me acabó de seducir de ti? La ternura paternal con que cargaste a Ricardo la tarde en que lo llevamos al zoológico y la forma cariñosa con que le explicabas las costumbres de los animales. Me gustaban, también, tu alegría cuando encontrabas un poeta valioso y te apresurabas a compartirlo conmigo, o el cariño con que me entregaste los textos de Kafka de que tanto hablaba mi hermano Julio y yo nunca había leído. Para mí ésas eran pruebas de amor más importantes que un halago o que un regalo costoso, porque son parte de tus emociones y me las entregabas generosamente. Fue eso, David, tu predisposición a darme lo que disfrutabas, tu entrega emocional, lo que empezó a reconciliarme con los hombres. No todos los hombres son iguales, pensé, un tanto aliviada, y se me ocurrió que tal vez contigo podría encontrar un poco de felicidad. No todos son irresponsables e insensibles. Por eso, yo también me enamoré de ti.

Tras decir todo eso de una forma tan elocuente y organizada, que llevó a David a creer que lo había pensado muy cuidadosamente desde mucho antes, Mara le ofreció los labios para que la besara. Lo hizo. Fue muy agradable, muy dulce, pero notó que ella quería que la abrazara, que fuera tierno con ella, que estaba lista para el amor, pero todavía faltaba cierto tiempo para el sexo. A David no le importaba esperar.

***

—La descripción que acabo de recibir de Toledano es tremenda. El ataque de Alemania contra la URSS ha sido terrible.

David percibió que había cierta curiosa satisfacción en las palabras de Yankel.

—¿Te alegras de esa invasión? —le preguntó con un gesto de censura.

—No exactamente, pero estos miserables habían invadido Polonia de acuerdo con los nazis. Lo que ellos están sufriendo ahora lo sufrimos nosotros los polacos hace menos de dos años.

—¿Cree Toledano que los alemanes pueden triunfar rápidamente en la URSS, como sucedió en Francia? —preguntó David poniendo cierta incredulidad en la entonación.

—No. Él piensa, y me asegura que tiene un buen reporte de inteligencia sobre el tema, que la táctica de Stalin será pelear y replegarse, antes del colapso de su ejército, a la espera de que los salve el invierno.

—¿Leíste el reportaje de Lino en *Bohemia*? Los soldados rojos pelean con la pistola de sus propios jefes apuntándoles a la cabeza —dijo David.

Yankel asintió y transformó radicalmente el curso de la conversación.

—Siempre ha sido así. Los militares rusos ganan las guerras con montones de cadáveres. ¿Cómo van tus relaciones con Mara?

David se sorprendió. Es cierto que a veces intercambiaba confidencias con Yankel, pero no esperaba la pregunta en ese momento.

—Me va bien, creo. Me atrae, pero es una mujer complicada. Tal vez a mí me gustan las mujeres complicadas.

—A mí me sucede al revés —dijo Yankel—. Uno de los rasgos que más me gusta de Alicia es su simplicidad. No sufre angustias interiores. No tiene dobleces. Es lo que es. Una mujer bonita y alegre.

David se dio cuenta de que Yankel también era feliz.

—¿Van a tener hijos pronto?

Yankel rio.

—Los dos queremos. Créeme que me esfuerzo casi todos los días —dijo con picardía—. Como el negocio va cada vez mejor, compraré una casa para cuando crezca la familia.

—Pues ya vendrán los hijos —le respondió David.

Se despidieron. David le pidió que lo mantuviera informado de los reportes de Toledano. De paso, se comprometió a entregarle dos mil pesos a Yankel para facilitar algunas visas urgentes que se requerían. Ya estaba en condiciones de ayudar a otros judíos a salvar la vida.

***

Yo compré casa antes que Yankel. Mi trabajo de retratista iba viento en popa. Batista, tras ganar las elecciones de 1940, dio una recepción en el palacio presidencial para inaugurar su mandato y, de paso, exhibir el retrato que le había hecho. Ese simple acto de relaciones públicas, al que, naturalmente, me invitó, tuvo la feliz consecuencia de generar numerosos contactos que quisieron posar para mí.

Compré una casa cerca del río Almendares. Era muy amplia, daba a un bosquecillo y tenía dos plantas. Abajo estaban la sala, el comedor, la cocina, el cuarto de servicio y una habitación para invitados. Arriba tenía mi dormitorio, un gran estudio y una terraza espléndida orientada hacia la arboleda. Jamás en mi vida había vivido tan bien como en Cuba. Me parecía increíble lo logrado en tan poco tiempo. Lo que me había dicho Batista era cierto: el país prosperaba en medio de las guerras.

Le pedí a Mara que se mudara a mi casa antes de hacer el amor con ella por primera vez. Entre los dos había surgido una fortísima atracción, pero frenada, al mismo tiempo, por sus temores.

—No te parece un poco raro que me mude contigo sin siquiera habernos acostado.

—No lo hemos hecho porque, como me decías con frecuencia, no estabas lista. Si convivimos bajo el mismo techo quizás te sientas más animada.

Y eso exactamente fue lo que sucedió. Mara se trasladó a mi casa, a mi habitación y a mi vida. Decidimos planear cuidadosamente nuestro primer encuentro sexual. Fue en un diciembre fresco y agradable. Sábado al atardecer. Por la ventana entreabierta de la habitación se escuchaban los ruidos de numerosos pájaros. No nos lanzamos a la cama tras besarnos y acariciarnos, como suele ocurrir. Conversamos serenamente lo que haríamos. Tomamos un par de copas de vino. Yo propuse un trago de menta. Había leído que era un afrodisiaco leve. Ella rio. Mientras hablábamos, encendió y terminó tres cigarrillos, uno tras otro. Fumaba Chesterfield. Me dijo que su hermano Julio le había explicado que la nicotina era un ansiolítico que actuaba rápidamente, pero su efecto también desaparecía en un instante. Le dije que se calmara. Todo iría bien. No teníamos prisa ni nos atenazaba la desesperación primeriza de los amantes. Ella se desvistió en el baño y llegó a la habitación cubierta por una bata blanca satinada muy hermosa en la que resaltaba su cabellera oscura. Yo la esperaba excitado y temeroso a la vez. De alguna manera, a los dos, sin mencionarlo, nos parecía que, al menos al inicio, era importante mantener una zona de pudor en la que Mara fuera venciendo sus temores.

La besé y acaricié sus pechos pequeños y firmes coronados por pezones oscuros muy sensibles. No hablábamos. Ella advirtió mi pene erecto contra sus muslos. La miraba insistentemente a los ojos en busca de reacciones que me demostraran su grado de excitación. Entreabrí su bata delicadamente, se la quité y me despojé de la mía. La contemplé por unos segundos. Era una mujer bella, delgada, elegante, de caderas amplias, con una piel tersa muy agradable al tacto. La llevé a la cama. Comencé a acariciarla entre las piernas. Mientras frotaba su clítoris advertí un cambio en su mirada. Disfrutaba. Primero me lo dijeron sus ojos. Luego fueron sus murmullos. Coloqué mi lengua en su sexo húmedo y empecé a acariciarla con cierta intensidad. Su cintura se movía voluptuosamente. Volví a sus labios. Ella me miró y me pidió ansiosamente que la penetrara. Había cierta desesperación en sus palabras, pero también un tono victorioso. Mara triunfaba contra sí misma, contra sus miedos interiores. El deseo le había devuelto el amor, o el amor le había devuelto el deseo. La embestí con fuerza y noté que a ella, tan dueña de las situaciones fuera de la cama, le gustaba sentirse poseída, controlada. Retuve mi eyaculación. Quería estar seguro de que ella disfrutara. Le dije que la amaba. Le musité al oído que me gustaba mucho. Entré y salí de su sexo numerosas veces. Tras los orgasmos, y tras abrazarnos muy fuertemente, Mara rompió a llorar, pero esa vez había felicidad en su llanto.

Nos quedamos desnudos y entrelazados en la cama. Ella colocó su cabeza sobre mi brazo extendido. Era el momento de la ternura y de las confidencias. El *postsexo* decía, momento que las mujeres adoran y los hombres insensibles rechazan.

—Pues será el lado femenino de mi alma, según decía Freud. Yo disfruto mucho el *postsexo*. ¿Sabes que conocí a Freud? Fue el nuevo descubridor del sexo.

—Sí, me has hablado de eso. Me contaste que comenzaste a pintarle un retrato.

—Es verdad. Era un personaje muy peculiar.

—Pensaba, seriamente, que nunca volvería a acostarme con otro hombre.

—Eso era una locura. Eres bonita, muy atractiva, disfrutas en la cama. Tuviste una mala experiencia, eso fue todo.

—¿Tú no has tenido una mala experiencia en la cama?

—En realidad, nunca me he sentido frustrado en la cama. He tenido experiencias poco memorables, cuando era un adolescente, con mujeres con las que me acosté sin amor, pero ni siquiera ésas fueron desagradables. Fueron insignificantes. No disfruto recordándolas.

—¿Eran putas?

—Sí, a veces eran putas. No siempre. En Viena no había tantas como en La Habana, pero había.

—¿Y nunca te enfermaste?

—Jamás. Tampoco fueron tantas veces. Pero pudo haber pasado. Casi siempre utilicé condones. Mi padre me los entregaba o me los daba una enfermera que lo asistía. La mujer era una joven viuda. Ella me enseñó a ponérmelos.

—Prométeme que nunca más te acostarás con una puta.

—Prometido.

—Si alguna vez te acuestas con una puta te odiaré como odio a Patricio. ¿Tú no odias a nadie?

David se quedó pensando un rato.

—Sí, a un excondiscípulo llamado Volker Schultz. Fue quien asesinó a Inga. Lo odio profundamente.

—¿No puedes perdonarlo?

—¿Puedes perdonar tú a Patricio? Es verdad, te contagió la sífilis, pero no fue un daño premeditado. Más que un canalla era un irresponsable. Volker, ese hijo de puta, fue en mi busca para matarme y, como no estaba, asesinó a Inga y, de paso, al niño que ella tenía en su vientre. Luego, el padre de Inga se suicidó. ¿Cómo no voy a odiarlo? Te diré más. Todos los días, antes de dormir, deliberadamente, recuerdo a Volker y a Inga, reconstruyo la escena del crimen e imagino formas de vengarme. Es una especie de ejercicio de memoria para que no se borren los agravios. Quiero recordarlo porque algún día, si puedo, lo mataré. Me vengaré.

—Pero ese asesino es sólo una pieza del nazismo. Tiene más sentido odiar al nazismo y al antisemitismo que a ese criminal aislado. Sin Hitler no hubiera habido un Volker.

—Tal vez, pero no es posible odiar una abstracción. El nazismo y el antisemitismo son abstracciones. Uno está de acuerdo o en desacuerdo con las abstracciones, pero el odio es un sentimiento que requiere un rostro, un objeto para poder materializarse. Uno no odia situaciones. Uno odia gentes.

—No es sano mantener voluntariamente vivo el odio. Yo quisiera olvidarme de Patricio. Cuando tenía sífilis me sentía sucia, como si la puta fuera yo. A veces tengo la pesadilla de que me están inyectando fuego por la yugular y comienzo a arder. Lo odio, pero es a mí a quien le duele esa sensación. Si existiera una medicina, una pastilla, una bebida mágica, cualquier cosa, que lo borrara de mi memoria, como esa gente que tiene un accidente y sufre amnesia parcial, recurriría a ella.

—Existe esa medicina. Volverte a enamorar.

—Ya me he vuelto a enamorar. Me he enamorado de ti.

—Pero sigues odiando a Patricio.

—¿Sabes? Tal vez menos. Me acabo de dar cuenta. Amarte, por lo menos ahora, no sé mañana, me ha distanciado de Patricio. Tú, sin embargo, odias al tal Volker ése sin tenerme en cuenta a mí, como si continuaras enamorado de Inga.

—Es diferente. Mi odio a Volker no tiene sólo que ver con el asesinato de Inga. Ese miserable me golpeó y me humilló en la Academia, en Viena. Entonces comencé a odiarlo. La muerte de Inga incrementó mi rencor y me dio la mejor excusa para poder matarlo algún día, pero todo es más complejo.

—Son pleitos de machos. Yo detesto a Patricio, pero no se me ocurre intentar matarlo.

—Puede ser. Los hombres hacemos cosas raras, lo admito, pero no son canalladas comparables. Patricio es un irresponsable. Volker es un asesino.

Mara volvió a encender un cigarrillo Chesterfield.

Pearl Harbor estalló en La Habana

El presidente Fulgencio Batista había recibido una llamada urgente de la embajada de Estados Unidos. Acaba de llegar a la isla un enviado especial del presidente Franklin Delano Roosevelt. Debía recibirlo esa misma noche del 8 de diciembre de 1941. La gran noticia ocupaba la primera página de todos los diarios de Cuba y del mundo: Japón, sin previa declaración de guerra, había bombardeado por aire y por mar a la flota norteamericana en Pearl Harbor, en la ciudad de Honolulu, perteneciente al archipiélago de Hawai. El ataque había resultado devastador.

El improvisado diplomático norteamericano resultó exactamente como el servicio de inteligencia le había informado a Batista. Se llamaba Spruille Braden, era alto y corpulento, con un voluminoso cuello tan ancho como el rostro que sostenía, apretado sin piedad por la camisa abotonada. Era extravertido, no rehuía los temas escabrosos, hablaba bien el español (lo había aprendido en Chile como empresario minero), y mostraba en sus ademanes y en su manera de comunicarse una impertinente falta de paciencia que contrastaba con los gestos lentos y amables del gobernante cubano.

No obstante, para destensar las relaciones, más por cortesía que por un genuino interés, comenzó por celebrar el gran retrato que ocupaba una de las paredes más vistosas del despacho del presidente.

—Gran cuadro. Se ve usted muy bien en él, señor presidente. ¿Es cubano el autor?

Batista sonrió con un gesto de agrado.

—No. Es un joven judío europeo que llegó a Cuba como refugiado en el barco *Saint Louis*. Fue uno de los pocos que logró desembarcar. Se llama David Benda. Tiene un inmenso talento.

Braden comprobó que el sargento Batista se había transformado en el presidente Batista. Apenas quedaban vestigios del sudoroso y grasiento militar que apareció en la portada de la revista *Time*. El personaje que tenía frente a sí, enfundado en un elegante traje crema de dril hacendado, con corbata azul prusia de seda, era un hombre educado y de buenas maneras. Mientras hablaba pausadamente, con frecuencia se tiraba de los puños de la camisa blanca de hilo, tal vez para que se vieran los yugos de oro rematados por unas elegantes amatistas a juego con el anillo que llevaba en la mano derecha. El poder, pensó Braden, no sólo corrompe. También pule a quienes lo ejercen. Sin otro preámbulo, como quien no tiene tiempo para perder, abordó el motivo de su visita:

—Me envía el presidente Roosevelt. Ha despachado con toda urgencia a una docena de hombres de su confianza a diversos países del planeta. Si usted no tiene inconveniente, dentro de unos días le presentaré oficialmente mis credenciales como embajador plenipotenciario de Estados Unidos, pero no podía esperar esa formalidad. Le agradezco mucho que me haya recibido. Como usted adivinará, se trata de la guerra. Hoy le hemos declarado la guerra a Japón en respuesta al ataque a Pearl Harbor, pero Alemania no tardará en sumarse a nuestros enemigos.

Batista lo interrumpió para saber detalles del conflicto.

—Los periódicos dicen que el ataque fue terrible, pero ¿cuán terrible? ¿Ya hay una evaluación?

—El reporte preliminar arroja más de tres mil muertos. Afortunadamente, los portaviones no estaban en Pearl Harbor. En todo caso, hay un aspecto positivo de todo esto.

Batista se quedó callado, pero con la mirada y el gesto lo invitó a que explicara qué podía tener de beneficioso esa carnicería.

—Todo el país se ha unido para responderle a Tokio. Mis compatriotas se han lanzado a las calles para pedir que aplastemos a Japón.

Batista asintió con la cabeza y preguntó ritualmente:

—¿Y qué podemos hacer nosotros para ayudar a nuestros amigos norteamericanos?

Braden sonrió satisfecho.

—Ya me habían advertido el presidente Roosevelt y el secretario Cordell Hull que usted era un gran amigo de Estados Unidos. Cuba puede hacer muchas cosas. En primer lugar, aumentar la producción de azúcar y vendérnosla a costos preferenciales. Se va a disparar el precio en el mercado internacional y nosotros estaremos haciendo un sacrificio tremendo. Calculan que gastaremos el cincuenta por ciento de nuestros recursos en la guerra. Esperamos que nuestros aliados nos ayuden a afrontar esos costos. Al fin y al cabo, si Estados Unidos pierde la guerra toda América acabará gobernada por el eje nazifascista. ¿Debo transmitirle al presidente Roosevelt que usted y los cubanos están dispuestos a ayudar? —preguntó en un tono firme.

Batista lo miró a los ojos para subrayar la sinceridad de sus palabras:

—Eso puede darlo por hecho, señor Braden. Cuba participará del sacrificio americano. Tenemos mucho que agradecerles a nuestros grandes vecinos. ¿Qué más podemos hacer? —había un tono obsequioso en las palabras del presidente.

—Deben ayudarnos a cuidar la cuenca del Caribe y el acceso al Canal de Panamá. Cuba, usted lo sabe, es "la llave del Golfo". Si entramos en guerra con Alemania, como tememos que ocurrirá de inmediato, los submarinos pueden atacarnos por el flanco sur: Florida, Texas, Luisiana. Todo el territorio que se asoma al Golfo de México, incluida la entrada al río Misisipi, puede ser objeto de ataques. El petróleo tejano está en peligro.

—Naturalmente, debo aclararle que nuestro ejército no está concebido para hacer la guerra, sino para proteger al poder político.

—Como un ejército de ocupación —dijo Braden con una mezcla incómoda de ironía e ingenuidad, recordando un informe del Departamento de Estado en el que se describía la desorganización y la miseria de las Fuerzas Armadas cubanas tras la revolución de 1933, en la que toda la oficialidad había sido desbandada.

Batista no trató de desmentirlo.

—Sí. Hace pocos años tuvimos una revolución, como usted no ignora, y las Fuerzas Armadas cambiaron su rol. Tuvieron que hacerlo. Había que devolverle la institucionalidad a la república. Las convertimos en una policía de mano dura.

Braden mentalmente lamentó lo que había dicho y retomó el motivo de su visita.

—Nosotros nos encargaremos de ayudarlos a modernizar al ejército cubano. Probablemente tengan que detener y retener a los japoneses que viven en Cuba, aunque no son muchos. Y, si finalmente entramos en guerra con los alemanes y los italianos, pues a ellos también. Además, vamos a necesitar un par de nuevas bases aéreas. Sólo serán nuestras mientras dure el conflicto. Pagaremos alquiler. A los seis meses de terminada la guerra, si la ganamos, como todos esperamos, se las regalaremos a Cuba.

—¿Dónde desean instalar las nuevas bases aéreas?

Braden rebuscó entre sus papeles:

—Según dice este documento, en San Julián y en San Antonio de los Baños. Las dos en el occidente de Cuba.

—No habrá inconvenientes. ¿Necesitan soldados? —preguntó Batista.

Braden pensó con mucho cuidado lo que iba a responderle.

—De momento, no, pero es conveniente que inscriban reclutas y les den algún adiestramiento militar, aunque probablemente no los usaremos.

—¿Por qué? —preguntó Batista intrigado.

Braden se sonrojó.

—Presidente, esto es muy delicado, pero debo decírselo. Las Fuerzas Armadas de Estados Unidos están segregadas. Hay unidades blancas y negras. Las Fuerzas Armadas cubanas están integradas. Sería un problema para nosotros si actuaran como unidades cubanas bajo mando norteamericano, pues los negros americanos no entenderían por qué las de ellos están segregadas y las de los cubanos no, y sería impensable que los cubanos, mezclados, actuaran dentro de las unidades americanas. Por otra parte, los negros cubanos no aceptarían ser separados y asignados a unidades negras. Lo tomarían como un insulto. Por eso le digo que sólo usaremos tropas cubanas en caso de que no tengamos otra posibilidad.

—Entiendo —dijo Batista, y pensó que el tema de la raza era un calvario que no sólo lo afectaba a él, permanente víctima de la discriminación social. De una extraña manera, eso lo tranquilizó.

Braden terminó la entrevista ejerciendo de profeta:

—Tal vez esta guerra sirva para terminar con la segregación en las Fuerzas Armadas. Es una injusta estupidez.

Batista asintió con un gesto, pero no dijo nada.

***

Los alemanes se habían adelantado a Braden. Pocas semanas antes del encuentro del diplomático norteamericano con Batista, había llegado a La Habana en el barco *Villa de Madrid*, procedente de Barcelona, un extraño personaje con pasaporte hondureño en el que aparecía el nombre de Enrique Augusto Luni, de veintinueve años, nacido en el pueblo de Utila. La foto mostraba a un hombre joven de mirada apacible, con bigote fino, ligeramente subido de peso, abundante cabellera negra y aspecto de hispanoamericano blanco, de quien se decía en el documento de viaje que era alto, poseía una nariz aguileña y tenía ojos oscuros. El tal Luni hablaba español con un fuerte acento alemán, como percibió el agente cubano de aduana que examinó sus papeles, pero no le prestó demasiada atención a ese hecho. En la documentación aparecía como "judío", y eran tiempos en los que todas las combinaciones étnicas y nacionales resultaban posibles.

Cuando le preguntó, mecánicamente, sobre las razones de su traslado a Cuba, el pasajero le respondió que había huido de Holanda tras un feroz bombardeo alemán contra el puerto de Rotterdam. Aseguró haber nacido en Utila, una pequeña isla playera en el norte de Honduras, diminuto paraíso de arena y corales del que nunca debió haberse marchado, pero muy pronto, todavía niño, la familia embarcó a Europa. Hasta ese momento se había ganado la vida enseñando español, primero en Alemania y luego en Holanda, idioma que había aprendido de su padre, un judío hondureño que tuvo un pequeñísimo hotel en el mencionado pueblo de Utila. Cuando arreció el antisemitismo en Europa, Enrique Augusto Luni supo que había llegado la hora de recuperar sus raíces latinoamericanas, y llegaba a Cuba a explorar el mundo del comercio.

Todo era falso. Se trataba de Heinz Lüning, espía alemán nacido en Bremen en 1911, cuya madre italiana, muerta cuando él tenía trece años, le había aportado el aspecto latino que le servía para pasar inadvertido en cualquier país hispanoamericano. Su padre, de fenotipo más propio de Alemania, se había suicidado cuando Lüning contaba dieciocho años, pero la familia paterna lo había acogido cariñosamente. Tanto, que el joven Lüning había dejado embarazada a Helga, la hija de su tía Olga, quien lo adoptara tras la muerte de sus padres, lo que convertía a su prima en su medio hermana, y luego en esposa, lazo que, simultáneamente, colocaba a la pareja en el límite jurídico del incesto y en un notable enredo burocrático, dado que su hija, nacida del vientre de su prima-medio-hermana era, por lo tanto, además, su propia sobrina.

Lüning formaba parte de la Abwehr, el hábil cuerpo de espionaje alemán dirigido por el almirante Wilhelm Canaris, un refinado oficial de carrera, músico de afición, muy prestigioso en su país por sus triunfos durante la Gran Guerra de 1914, y al que se le imputaba, con bastante certeza, un enorme desprecio por la Gestapo. Dentro de la Abwehr, Lüning era el agente A-3779. El pasaporte que le proporcionaba su falsa identidad hondureña había sido comprado en Alemania por dos mil dólares. Nunca había estado en Utila, y si escogieron ese remoto lugar de la geografía centroamericana, era porque no había forma de averiguar rápidamente si alguien procedía de esa mínima aldea marítima.

A Lüning lo habían adiestrado como espía en una discreta casa de seguridad en Hamburgo. En un periodo muy corto, abreviado por las necesidades de la guerra, se había convertido en telegrafista, técnico y operador de radios de onda corta, y experto en escritura secreta que debía insertar cuidadosamente entre las líneas de la caligrafía regular. Podía fabricar tintas invisibles con alcohol y limón, con sulfato de zinc, y, si todo eso fallaba, aunque con cierta repulsión, porque se trataba de una persona maniáticamente pulcra, sabía mezclar orina y unas gotas de limón o naranja agria para lograr los mismos resultados.

El código secreto se basaría en un libro —cada agente tenía el suyo propio—, y él llegó a Cuba con la edición inglesa de *The Good Earth,* de Pearl Buck. Su principal función en la isla sería transmitir información sobre los buques de la marina mercante que abastecían a Inglaterra para que los pequeños y efectivos submarinos U-boats alemanes dieran cuenta de ellos antes de arribar a su destino, o de los aeropuertos que podían usar los norteamericanos en caso de que se desatara la guerra entre Washington y Berlín, como parecía inevitable. Ya los alemanes habían conseguido hundir unos cuantos centenares de barcos, pero todavía no habían logrado asfixiar a los ingleses hasta el punto de desmoralizarlos y hacerlos rendirse.

En realidad, Lüning había aprendido español antes de la guerra en el negocio de importación de tabaco antillano que poseía su familia en Alemania. Como consecuencia de esos vínculos comerciales, primero había recibido clases de español de una hábil maestra guatemalteca con la que desarrolló una relación afectiva muy especial, y luego perfeccionó la lengua en sucesivos viajes a República Dominicana. Acudió varias veces a Ciudad Trujillo, la capital, a comprar tabaco en rama y puros ya torcidos para la empresa familiar, oportunidades en las que se aficionó al ron, a bailar merengue sin ninguna gracia y a escuchar boleros melosos que llegaron a gustarle intensamente.

Aunque era un hombre casado y padre de una niña, durante sus viajes Lüning se comportaba como un incorregible mujeriego que adoraba los bares de mala muerte en los que solía beber copiosamente en compañía de prostitutas de cualquier rango, costosas o baratas, o de cualquier color, blancas, negras o mulatas, porque, en realidad, no padecía las manías racistas propagadas por los nazis. Tal vez el hecho de ser hijo de madre italiana y padre alemán, o acaso por su apariencia nada aria, tenía una noción universal y abarcadora del sexo ("soy un alemán *omnívoro* que se alimenta de cualquier tipo de mujer", solía decir señalando a su bajo vientre con un gesto obsceno).

Los instructores de Lüning en Hamburgo no tardaron en descubrir que el espía reclutado no era un buen estudiante. Tenía dificultades para dominar la sencilla clave Morse, con puntos y rayas, lo que él atribuía a su mal oído para percibir cualquier ritmo, pero lo peor era su falta de método en todos los aspectos del aprendizaje. Una y otra vez los instructores le explicaron que la supervivencia de cualquier agente de inteligencia dependía del cuidado que pusiera en la transmisión y recepción de la información, y en jamás confiar en interlocutor alguno. Como parte de su adiestramiento, conoció ejemplos de agentes que fueron capaces de ocultarles su identidad a la mujer y a los hijos, medida que les salvó la vida a todos. Pero el más notable caso de profesionalismo que conoció, sin embargo, fue el de una pareja en la que ambos ignoraban que el otro formaba parte del mismo cuerpo de inteligencia, lo que duplicaba la efectividad de sus informes. Habían sido condecorados por el propio Hitler.

En realidad Lüning no sentía simpatías por los nazis y no compartía el antisemitismo de "esa tribu rabiosa", como los denominaba en el ámbito familiar más íntimo, como tampoco tenía la menor vocación de espía, pero la Abwehr le proporcionaba una manera de escapar del ejército, del horror del frente ruso, y le proporcionaba una forma agradable de continuar la vida que le gustaba: mujeres, tragos, viajes, y una magnífica coartada para separarse de las aburridas responsabilidades familiares.

El dominio del español fue el factor que determinó que fuera asignado a Cuba como espía. Para instalarse en la Isla, sus jefes de la Abwehr le habían entregado cinco mil dólares, junto a la recomendación de que viviera modestamente y abriera una pequeña empresa típica de los emigrantes judíos para poder justificar ingresos y un modo de vida decoroso. Es verdad que los dólares eran falsos, pero estaban tan bien hechos que difícilmente podrían ser detectados por la poco sofisticada policía cubana, de manera que le fue muy fácil cambiarlos a la par por pesos cubanos absolutamente legítimos.

Tras hospedarse en un hotel barato, Lüning alquiló una habitación amplia y bien ventilada en una casa de huéspedes ubicada en el número 366 de la calle Teniente Rey, en la que le permitían la visita de mujeres ("siempre que no hicieran escándalos"), no muy lejos de las tabernas del puerto a las que muy pronto se aficionó, y en las que discretamente recababa información sobre el movimiento de los barcos mercantes. En uno de esos bares, en el Wonder, trabó amistad con el *bartender*, un joven descendiente de españoles llamado Emilio Pérez, dotado por la naturaleza con la dosis necesaria de ingenuidad que se requería para no sospechar jamás de aquel curioso "judío" que siempre preguntaba por los barcos que salían o entraban al puerto habanero y la carga que solían transportar.

Muy pronto, Lüning, que ya visitaba habitualmente la casa de su nuevo amigo cubano Emilio, generalmente acompañado por Olga López, una bella cubana que se convirtió en su amante, contrató a "Clarita" (su nombre era Claribel Stincer), la esposa del amable *bartender,* una guapa y rubia muchacha con antepasados ingleses, muy parecida a Helga, su propia mujer, convirtiéndola en gerente de la pequeña tienda de ropa femenina, Estampa de Modas, especializada en vestidos de boda, que creó a pocas calles de la habitación donde vivía. En el sótano de la tienda comenzó a instalar el transmisor de radio, tarea, por cierto, bastante difícil en aquellos tiempos de carencias y racionamientos.

15

EL EXTRAÑO SEÑOR LUNI

El presidente Fulgencio Batista había ascendido a Manuel Benítez a general y lo había nombrado jefe de la Policía antes del año de haber resultado electo. De alguna manera debía agradecerle la delicada cortesía de haber eliminado a tiros al "hijo de puta de Mario Alfonso", como solía referirse al jefe militar de Pinar del Río, un incómodo adversario político que le disputaba el liderazgo de las Fuerzas Armadas. Así que Yankel Sofowicz no tuvo la menor duda de que era a Benítez a quien debía comunicarle el curioso descubrimiento que, casi sin proponérselo, había hecho Alicia, su mujer.

—Bueno, amigo Yankel, supongo que viene a pedirme alguna visa o permiso de desembarco para algún refugiado judío —le dijo el flamante general resignado a la probable petición—. Ya usted sabe que esas gestiones siempre llevan unos gastos elevados, absolutamente inevitables, aunque haré todo lo posible por complacerlo, pero cuénteme exactamente de quiénes se trata.

—Esta vez no se trata de polacos, general, sino de alemanes. Pero prefiero que se lo cuente Alicia, que ha sido el eje de todo esto.

Benítez miró con atención a la mujer de Yankel Sofowicz. Mujeriego como era, con su vista de rayos equis, capaz de taladrar las ropas más gruesas, no pudo evitar concluir que se trataba de una trigueña muy atractiva a la que le gustaba hacerse notar.

—General —dijo Alicia—, hace un par de semanas me vino a visitar una antigua costurera del taller de fabricación de uniformes que yo dirijo, y del que Yankel es gerente y condueño. Se llama Dolores Sampedro, pero todos la conocen por Lolita. Somos buenas amigas. Quería contarme algo que la inquietó.

Manuel Benítez, mecánicamente, sacó una libreta y comenzó por anotar el nombre de la persona, como se suponía que hicieran los buenos policías, siempre atentos a los detalles.

—¿Qué edad tiene? —preguntó rutinariamente con un dejo quizás de aburrimiento.

—Unos treinta años. Tal vez algo menos. Es una mujer bonita, divorciada —dijo Alicia para despertar el interés del general—. Comenzó a trabajar como costurera en una pequeña tienda de ropas, recién creada, llamada Estampa de Modas. La contrató una tal Clarita Pérez. Pérez era el apellido del marido. A Lolita la llamaban esporádicamente para hacer vestidos de novia, que era su especialidad. Allí conoció al dueño del negocio, un sujeto nombrado Enrique Augusto Luni que decía ser un refugiado judío llegado de Europa. Hablaba español con acento y aseguraba ser hondureño.

El general Benítez se puso tenso y exclamó:

—¡Esto es increíble!

—¿Por qué? —preguntó extrañada Alicia.

—Siga con su relato. Después le contaré lo que sucede. Hoy estuve toda la mañana hablando de este personaje.

—Una tarde, casi al anochecer, en la que Lolita fue a llevar un vestido que acababa de terminar, el señor Luni, que estaba solo en la tienda, le pidió que lo acompañara al sótano. Una vez allí, dijo que sólo podía pagar por el vestido si Lolita se lo probaba y así confirmaba que todo estaba bien. Según él, Lolita tenía una figura similar a la de la novia. Ella vaciló, porque había adivinado otras intenciones en la mirada de Luni y en la entonación de su voz. No obstante, le preguntó dónde había una habitación para cambiarse de ropa. Luni le dijo que debía hacerlo allí mismo, frente a él. La muchacha se negó y entonces Luni, enfadado, la llevó a un pequeño cuarto que tenía cerrado con llave. Lo abrió y mi amiga entró a ponerse el vestido. Él fue tras ella y la abrazó y la tocó por encima de la ropa, pero Lolita logró zafarse.

—Hasta ahora todo lo que sabemos es que Luni es un mujeriego —en el gesto divertido de Benítez se adivinaba cierta simpatía por esa faceta del personaje que le resultaba tan familiar—. No me dirá que usted ha venido a denunciar a Luni por tratar de forzar a su amiga. Al fin y al cabo, si una mujer entra en un sótano sola con un hombre a cambiarse de ropa debe esperar que le ocurra algo así. ¿No cree?

Alicia entendió que el general Benítez no le había hecho la pregunta para que la respondiera, sino para exhibir su legendario machismo y su peculiar manera de entender las reglas del cortejo.

—No se trata de eso, general. Lolita es una mujer que sabe defenderse bien. El problema era otro. Para su sorpresa, en esa habitación había un radiotransmisor bastante grande y un aparato de telegrafía. Ella, según me contó, acababa de escuchar una entrevista por la radio hecha a un capitán llamado Mariano Faget, en la que describía esos aparatos y hablaba de la posibilidad de que en Cuba hubiera espías alemanes. Lolita pensó que éste podía ser uno de ellos.

—¿Le dijo algo a Luni? —preguntó Benítez con ansiedad.

—No. Cuando ella logró salir de la habitación, ya de nuevo vestida con su ropa, Luni la besó un poco a la fuerza, volvió a tocarla y trató de hacerle el amor. Ella admitió el beso y algunas caricias menores para no provocar una situación más violenta, pero rechazó acostarse con él con un argumento que pensó serviría para disuadirlo, dado que se trataba de un judío. Lolita le dijo que tenía la regla.

—Entonces él desistió —se adelantó Benítez.

—En lo absoluto. Dijo que no le importaba. Eso reforzó las sospechas de mi amiga. Lolita le dijo que a ella no le gustaba hacer el amor con el periodo y salió como pudo de la tienda, prometiéndole a Luni que volvería en otro momento. Al día siguiente vino a verme para contarme lo ocurrido. Sabía que yo estaba casada con Yankel, y que él era muy militante en los movimientos antinazis, pero no conocía a nadie en la policía a quien contarle sus sospechas.

—¿Comprobaron algo más? —preguntó Benítez.

Ahora fue Yankel el que respondió. Lo hizo acercándose teatralmente a Benítez mientras colocaba un codo sobre el enorme buró con tapa de cristal del jefe de la policía cubana.

—Sí. Quise ponerlo a prueba. Le pedí a Lolita que le llevara unos crepes de queso compradas en la pastelería judía *kosher* de la calle Infanta, unos *blintzes*, y le dijera que se las regalaba por *Shavuot*, una fecha del calendario hebreo muy conocida. Ella debía llegar de improviso, darle los crepes e inocentemente pedirle que le explicara qué es la *Shavuot*. Todos los judíos conocemos esa fecha y su significado, pero los gentiles no tienen por qué dominar esos detalles. Como presumíamos, Luni no tenía la menor idea de lo que Lolita le había preguntado. No era judío. Era un impostor y probablemente Lolita acertaba: se trataba de un espía.

Benítez respiró hondo antes de reaccionar.

—Lo que voy a decirles es un secreto de Estado. No pueden comunicárselo a nadie: hoy estuvieron a verme los amigos del MI6 británico para hablarme de Luni. Me explicaron muchas cosas. Ellos interceptaron y leyeron una carta enviada por Luni a sus contactos en Alemania. Los ingleses tienen en las Bermudas la mayor operación de intercepción de correos del mundo. Cuentan con más de mil agentes y colaboradores que abren toda la correspondencia que va hacia Europa. En esa carta, Luni daba información sobre los aeropuertos que pueden usar los norteamericanos en caso de guerra.

—¿Cómo supieron que la enviaba él? No habrá sido tan tonto de poner su nombre en el remitente —dijo Yankel.

—Cometió el error de escribirle a su familia. Como los ingleses tienen informantes en Alemania, pudieron saber quién había enviado la carta. Para cerciorarse, luego le remitieron a Luni un paquete certificado con unas revistas *Bohemia* para que acusara recibo y poder comprobar si era la misma letra.

—Y era la misma letra —dijo Yankel con una expresión rotunda con la que demandaba confirmación.

—Exacto. Era la misma letra —corroboró Benítez—. La intuición de tu amiga Dolores, o Lolita, es correcta.

—¿Y qué harán ahora?

—Les cuento esto, amigos —dijo Benítez en un tono de seductora intimidad—, para rogarles que no le repitan esta historia a nadie. De acuerdo con el MI6, vamos a seguir todos los pasos de Luni, averiguar quiénes son sus contactos y dejarlo actuar mientras nos convenga. En el momento que nos parezca adecuado, lo detendremos. Pero es fundamental que ustedes permanezcan en silencio para no echar a perder el plan. ¿Alguien más lo sabe?

—David y Mara. Nadie más, pero ellos son unas personas muy discretas. No dirán nada.

Tan pronto Yankel y Alicia salieron de su despacho, el general Benítez hizo una llamada. Le pidió cita al embajador norteamericano Spruille Braden. Tener informados y contentos a los norteamericanos siempre le había parecido saludable y previsor. Se lo había dicho su protector, Batista.

***

David recorrió lentamente la exposición de los cuadros de Mara. Era la primera vez que los exponía al público. El catálogo llevaba un texto sobrio, pero elogioso de Jorge Mañach. Eran trece óleos y cuatro acuarelas. En realidad, las piezas más importantes eran los óleos. Las acuarelas estaban separadas, como para subrayar la diferencia.

Unas cincuenta personas se habían acercado a la inauguración, lo que no era poco público en la frenética Habana de aquellos días de dulce invierno tropical, sacudida por la noticia de que Cuba le declaraba la guerra a los países del Eje y comenzaba el reclutamiento de todos los varones jóvenes mayores de veintiún años y menores de treinta, decisión que era recibida con temor por una sociedad que nunca había participado en guerras extranjeras.

En rigor, nadie había sido realmente llamado a las armas, pero resultaba importante saber cuántos jóvenes eran aptos para pelear en el hipotético caso de tener que marchar al frente, o en la muy improbable circunstancia de que los alemanes, italianos o japoneses desembarcaran en la Isla. "¿No hay tropas alemanas en África? ¿Por qué no en el Caribe?", se preguntaba, preocupado, el editorialista del diario *La Discusión*. No obstante, inscribirse era sólo un requisito burocrático, pero inmediatamente disparó los precios de los certificados médicos de incapacidad. Nunca antes hubo una sociedad con mayor cantidad de varones afectados por padecer de pies planos, asma, o por convulsiones epilépticas de origen desconocido. Por las noches, el ejército intentaba, sin mucho éxito, simular ataques aéreos que la gente confundía con el ruido de las ambulancias y de los camiones de bomberos. En medio de la gravedad del momento, la mayoría de los cubanos, carentes de cualquier vestigio de espíritu marcial, se las arreglaban para poner un poco de jolgorio a todo lo que hacían.

No había duda de que Mara tenía un gran talento pictórico. Logró absorber toda la técnica que David había podido enseñarle, desde el uso de las sombras y los claroscuros, hasta las difíciles transparencias logradas con sucesivas capas de óleo, pero tan notable como su destreza para el dibujo, la composición y el color, eran los temas elegidos por ella. Tras experimentar con diversas naturalezas muertas, esos bodegones inundados de flores y cerámicas, con escenas campesinas salpicadas de bohíos, palmas empinadas y bellos flamboyanes, con amables paisajes urbanos que siempre incluían los vistosos campanarios de las iglesias, con pájaros imaginarios consumidos por el fuego, finalmente había encontrado su mejor expresión en caras de niños. En rostros de niños tristes, blanquecinos, como muertos en vida, sin sonrisas, sin felicidad, pero también sin dolor, caracterizados por un toque fantasmal conseguido incrustándolos en paisajes arenosos, desolados y nocturnos, generalmente alumbrados por una luna tan melancólica como ellos.

David, mientras admiraba la obra de su alumna, que ya era su mujer, no pudo ignorar, aunque no lo mencionó por delicadeza, que era evidente la frustrada maternidad de Mara, parcialmente compensada no sólo por los personajes de sus cuadros, sino por las ropas primorosas con que los vestía. Aquellas criaturas pequeñas y tristes, muchas de ellas carentes de cabellos, llevaban hermosos y exquisitamente elaborados trajes de encajes, resaltados por la textura del lienzo, como si la pintora disfrutara íntimamente la minuciosa tarea de decorarlos con mucho amor.

—¿Cuál es tu cuadro favorito? —le preguntó David.

Mara pensó un momento.

—Todos. Te responderé con un lugar común: son como mis hijos. Es como si me preguntaras a cuál de mis hijos quiero más.

David pensó que más que un lugar común, Mara le había revelado una pulsión profunda y lacerante.

—Ya no tengo absolutamente nada que enseñarte —le dijo David orgulloso—. La exposición es muy buena. Has encontrado tu firma, tu camino. Hay pintores que tardan muchos años en hallar su modo de expresión. Tú lo has logrado en tus primeras obras.

Mara le tomó las manos.

—Nunca pensé que llegaría a sentirme profesional. Llevaba varios años vendiendo obras ajenas, pero hoy vino el señor Cintas y me compró mi primer cuadro. Me dijo que quería tener ese honor, ya que había sido él quien te encargara tu primer retrato en Cuba, el que le hiciste a Lezama. Me dijo que los pintores se consagran cuando venden el primer lienzo. Según Cintas, Vincent van Gogh murió dudando de su talento porque nunca logró vender un cuadro fuera del que le compró su hermano Theo.

—Gran tipo el señor Cintas. Creo que es el único mecenas que hay en el país. Sé que le gustó mucho tu pintura porque me lo dijo. Quiere hacerte una exposición en la Unión Panamericana en Washington.

—¿Crees que interesará esta colección de niños tristes? —preguntó Mara con cierta ansiedad.

—Interesará, porque hay mucho más que niños tristes. Hay ternura, instinto materno, amor. La imagen de los pequeños despierta emociones muy profundas. ¿Has visto las reacciones espontáneas en los cines cuando aparece un niño desvalido? Siempre hay exclamaciones. Dos compatriotas míos, Gustav Klimt y Egon Schiele, extraordinarios pintores, decían que nada atraía más a las personas hacia sus cuadros que el desnudo femenino, el sexo y los niños, y los tres elementos estaban relacionados. Tu pintura me recuerda a un artista que admiro mucho, John Singer Sargent. ¿Has visto alguna reproducción de *Clavel, lirio, rosa*? Ese cuadro, aunque es distinto y mucho más dulce, casi meloso, tiene el mismo misterio que los tuyos.

Mara le agradeció el elogio con el gesto y con las palabras, pero se atrevió a hacerle una pregunta que la intrigaba:

—¿No tienes celos de tu alumna como artista?

David rio.

—En lo absoluto. Me sentiré mejor cuando te reconozcan todo lo que vales. He sido tu maestro. Tu éxito es mi éxito. La gloria que alcances no me la quitarás a mí. Esas pequeñeces son propias de gente muy insegura y de "poetas inéditos", esa peligrosa fauna de odiadores, como le leí una vez a un extraordinario poeta en un libro magnífico titulado, creo, *Lesiones de historia*. Lo único infinito que hay sobre la tierra son la gloria y la pena. No tienen límites. Mientras más gente se acerque a tu pintura, más clientes potenciales tienen todos los artistas. Además, siempre tendré el orgullo de haber sido tu maestro.

Mara le dio un beso.

16

LLEGÓ EL MOMENTO
DE CAZAR AL ESPÍA

———— ∞ ————

El presidente Batista le ordenó al general Benítez que acudiera de inmediato al palacio presidencial sin importar lo avanzado de la hora. Eran exactamente las 11:30 de la noche cuando respondió la llamada. La noticia había sacudido a todo el país recordándole que la guerra no era una lejana entelequia que les ocurría a *otros*, sino una sangrante realidad que afectaba a todo el mundo: el 12 de agosto de ese crispado año de 1942 dos barcos cubanos de transporte, el *Santiago de Cuba* y el *Manzanillo*, cada uno con más de mil toneladas de mercancías, habían sido hundidos por submarinos alemanes muy cerca de las costas de la Isla. Las pérdidas de vidas cubanas se contaban por decenas.

—Manolo —el presidente lo tuteaba y le llamaba Manolo—, es necesario hacer algo contundente. No podemos continuar cruzados de brazos como unos idiotas. Los alemanes son los amos del Caribe con sus U-boats. Los yanquis nos han dado una docena de cazasubmarinos y todavía no hemos logrado nada. El hundimiento de estos dos barcos tiene un costo político enorme. Entre los pacifistas y nuestros enemigos del Partido Auténtico se están dando banquete.

—Presidente, este es el momento de capturar al espía Luni y darle una gran publicidad a la detención.

—¿Tuvo algo que ver con la destrucción de estos dos barcos? —preguntó Batista—. ¿Informó sobre sus rutas?

—En lo absoluto. El tipo es un espía de cuarta categoría. Ni siquiera ha logrado transmitir por radio. No ha conseguido todas las piezas para armar el aparato. Sólo utiliza el correo y los ingleses y los americanos le tienen controlada toda la correspondencia desde la primera carta. Envía informaciones sin importancia que obtiene en el puerto. Se pasa las noches divirtiéndose con putas y borracheras en el Wonder Bar. En el Puerto Chico Bar se fajó a los puñetazos con otro tipo por los favores de una mulata descomunal que es pupila del chulo Miguelito *el Bizco*.

—¿Crees que esa detención se puede empaquetar como una gran operación policíaca? —Batista sonaba preocupado—. Si el tipo es un pobre huevón, eso no tendrá peso.

—Sin duda, presidente. Se puede *vender* muy bien la cosa. Que el hombre es un espía alemán, no hay duda y podemos probarlo. Lo sabemos todo de él porque nos lo han contado los británicos. Que es un pésimo espía, es algo que no hay por qué revelar. Sólo nosotros sabemos que es un idiota. Podemos decir que es un agente vital para el espionaje alemán. El más importante de cuantos trabajan en América. Los alemanes no nos van a desmentir. Tampoco les conviene presentar a sus espías como cretinos. Los americanos estarán muy contentos de desplegar la información internacionalmente y presentarlo como una colaboración entre los cuerpos de inteligencia de Estados Unidos y Cuba. Ellos también querrán anotarse el éxito. Los ingleses, que son, en realidad, quienes lo descubrieron, estarán más reacios a divulgar el caso, prefieren continuar siguiéndole los pasos, pero harán lo que los americanos indiquen. Los gringos son los que están pagando esta guerra.

—¿Y qué pasa con esa tienda de ropas, Estampa de Modas, que en tus informes me habías dicho que tenía?

—Es un desastre. El tipo es malo como espía y peor como empresario —dijo Benítez moviendo la cabeza de lado a lado—. Fracasa en todo. A plena luz del día sacó todos los equipos de radio del sótano de su tienda y los trasladó para la habitación que tiene alquilada. Tengo todas las fotografías. También llevó una gran jaula llena de canarios. Además de ser un espía, es un hombre muy raro, un tipo medio excéntrico.

—¿Hay que detener a los cubanos que trabajan con él? ¿Son sus cómplices? Eso enredaría la operación. A los cubanos les encantará que capturemos a un espía alemán, ya sabes lo noveleros que son, pero si hay compatriotas por medio todo cambia. Éste es un pueblo muy nacionalista, y se puede joder la cosa.

—Bueno, habrá que investigarlos, presidente, pero hasta donde sabemos sus contactos cubanos ignoran que el judío hondureño Enrique Augusto Luni es, en realidad, el espía alemán Heinz Lüning. Emilio y Clarita, sus más íntimos amigos, por ahora sólo parecen un par de comemierdas. Olga López, su amante habitual, tampoco sabe nada. Hasta se ha enamorado del alemán y le pelea porque tiene relaciones con otras mujeres.

—¿Cuántos alemanes hemos detenido preventivamente?

—Más de setecientos, y unos mil trescientos italianos. También a varias docenas de japoneses que vivían en Isla de Pinos.

—¿Qué has hecho con ellos? —preguntó Batista con segunda intención.

Benítez sonrió.

—Los alemanes están en un campamento cerca de Rancho Boyeros. No todos, claro. A los que tenían plata y podían demostrar que eran solventes los hemos soltado —al decirlo había achinado el entrecejo con esa irreprimible expresión de picardía que Batista conocía perfectamente.

—¿Y yo, qué? —preguntó Batista frotando el pulgar y el anular en el gesto obvio de quien reclamaba su parte.

—Yo mismo se lo traeré en un sobre cuando lleguemos a

los doscientos mil dólares, presidente. No quería molestarlo con menudeo. Sé que sus gastos han aumentado tanto como sus responsabilidades. Con la cantidad de disgustos que nos dan estos cabrones extranjeros, lo menos que pueden hacer es resarcinos. Además, esta plata no viene de ningún bolsillo cubano. Es una operación impecable.

—Así es, Manolo. Me gusta que seas considerado y cuidadoso. Ésa es una de las razones que tengo para apreciarte. Otra cosa: voy a citar al embajador Braden para planear la operación para detener a Luni. Sospecho que le va a encantar. Almorcemos con él mañana, aquí mismo, en palacio.

—De acuerdo, presidente.

Batista se puso de pie para despedirlo. En la puerta del despacho le dio una afectuosa palmada en el hombro y, contradictoriamente, moviendo acusadoramente el dedo índice de la mano derecha y mirándolo a los ojos afectando una gran severidad, le dijo:

—No olvides el sobrecito, Manolo. Es importante. Tengo muchos gastos.

—Descuide, presidente. La semana que viene lo tendrá.

***

El embajador Braden se presentó en palacio a la una en punto de la tarde.

—Esto es más bonito y suntuoso que la Casa Blanca —dijo admirado o simulando admiración.

—Y seguramente más elegante. También es mucho más nuevo —le respondió Batista—. Hay un salón grande para las cenas de Estado donde podemos sentar hasta cincuenta personas, pero para las comidas diarias de trabajo utilizo este pequeño comedor.

Braden, mentalmente, se admiró del exitoso esfuerzo que había hecho Batista para convertirse en una persona informada y educada que ocultaba sus humildes orígenes. Ya sentados los tres a la mesa,

Batista hizo un gesto para que los criados, de guante y chaqueta blancos, sirvieran *a la rusa* un elaborado menú de crema de puerros y langostas, todo rociado con un excelente vino blanco francés.

Batista entró en materia:

—Señor embajador, usted está al tanto del hundimiento de los barcos mercantes cubanos y de la pérdida de vidas humanas. Sólo en el *Manzanillo* y en el *Santiago de Cuba* han muerto más de treinta tripulantes. Nos acusan de no saber custodiar nuestros barcos. Tenemos que hacer algo.

—Nuestra intención es entregarles equipo naval y darles adiestramiento, presidente. Pero estamos atrasados porque los compromisos son muchos —dijo Braden colocándose a la defensiva.

—No se trata de eso, Mr. Braden, sino de consultarle lo que tenemos en mente. Vamos a capturar al espía Luni. Ustedes conocen todos los detalles. Les hemos ido dando toda la información de la que disponemos. Lo detendremos con toda la publicidad posible para que se sepa que no estamos con los brazos cruzados. No hemos podido hundir un solo submarino alemán, pero les hemos atrapado a un espía.

Ya habían terminado de comer. Tras el café, Braden extrajo de su chaqueta un aromático puro marca Partagás. El lento proceso de prenderlo y contemplar el fuego de la punta del tabaco le dio tiempo para examinar el planteamiento. Era una magnífica idea.

—Me parece una excelente iniciativa. A nuestro presidente Roosevelt le encantará. Nosotros también necesitamos darles un buen golpe a los nazis en este lado del mundo. Él también, como usted, señor presidente, tiene un gran instinto político. Las elecciones al Congreso y al Senado del próximo noviembre son muy complicadas. Los demócratas ya no contamos con el apoyo de los americanos de origen alemán e italiano. Las encuestas dicen que en los próximos comicios perderemos decenas de congresistas y algunos senadores. Usted sabe que la agonía de nuestros políticos es que deben renovar el Congreso cada dos años. Siempre están en campaña. La detención del espía Lüning será bienvenida por nuestro Gobierno. Eso se lo puedo asegurar.

—Hagámoslo conjuntamente, embajador. Mostremos la colaboración de los servicios cubanos junto al FBI y al MI6.

—Más bien es responsabilidad de la OSS, la Office of Strategic Service —dijo Braden con cierta cara de fastidio que Batista no logró descifrar—. El FBI da la cara y ha creado el Special Intelligence Service, pero la OSS es la verdadera responsable.

—¿Cómo pueden ayudarnos a divulgar la información? Si todo se queda en el ámbito cubano, me será útil, pero no es suficiente —dijo Batista con cierta energía.

—Si nosotros nos involucramos, será una noticia internacional. Para eso tenemos a la AP, la UPI, al *New York Times*. Va a sobrar publicidad.

—¿Hay alguna posibilidad de que me inviten a la Casa Blanca tras esta victoria? —se atrevió a proponer Batista con audacia.

El embajador Spruille Braden sonrió.

—Naturalmente, presidente. No se lo puedo asegurar de una manera terminante, pero estoy convencido de que tras la captura de Luni en breve usted será invitado a la Casa Blanca. Será una visita de Estado. Ése es un gran mensaje para toda América Latina. Estados Unidos es leal y generoso con los aliados que nos ayudan en la lucha contra los nazis.

Manuel Benítez pidió la palabra. Batista lo miró con temor. No lo esperaba.

—Creo que también es una buena oportunidad para que yo sea invitado a Washington. Ésta es una operación policíaca y yo soy el jefe de la Policía. ¿No le parece, embajador?

A Batista le sorprendió esa petición de su jefe de Policía. Le pareció una impertinencia, pero no dijo nada, salvo lanzar una mirada de fuego. Braden sintió incomodado al Presidente, pero reaccionó rápidamente para quitarle hierro al asunto. La visita de Benítez era otra oportunidad de mostrar los éxitos de la administración de Roosevelt y, seguramente, de Edgar Hoover, muy aficionado a esas campañas propagandísticas.

—Por supuesto, general. A Edgar Hoover seguramente le encantará invitarlo a Washington para que visite el cuartel central del FBI. A él también le conviene acreditarse una victoria.

—Yo estaré encantado de acudir —dijo Benítez.

—Creo que lo ideal es que sean dos visitas separadas —opinó Batista con cierta irritación. Benítez le robaba protagonismo.

—Por supuesto, presidente. Así se hará. Dos cubanos juntos en la Casa Blanca son demasiados —dijo en tono jocoso—. ¿Cuándo tienen pensado detener al espía?

—El 31 de agosto parece un buen momento para atraparlo —dijo Benítez—. Así ustedes disponen de dos semanas para preparar las condiciones, de manera que el golpe tenga efecto.

—¿Y qué van a hacer con él, una vez que lo detengan?

—Naturalmente, lo juzgaremos —respondió Batista.

—¿Lo condenarán a muerte?

—Si lo juzgamos por lo civil es imposible. La Constitución que aprobamos hace dos años lo impide. Pero si lo juzgamos por lo militar, podríamos fusilarlo. El fuero militar permite que lo ejecutemos —dijo Batista sin ninguna muestra externa de remordimiento, tiñendo el semblante con una completa indiferencia.

—Probablemente eso es lo que le sugerirá la Casa Blanca. Es importante el escarmiento y que se vea que actuamos con firmeza —le respondió Braden.

—En realidad Luni, o Lüning, que es como realmente se llama —terció Benítez— ha hecho poco o ningún daño. Para poder fusilarlo tenemos que magnificar su importancia. Es clave que nos ayuden con la publicidad.

—Yo me ocuparé personalmente del asunto. Precisamente, tengo pendiente una entrevista con Ernest Hemingway. Me llegó un mensaje de él que quiere participar en la lucha contra los submarinos alemanes. Le pediré que nos ayude a divulgar la información sobre la detención del espía. Hoy día tiene un gran peso en la opinión pública norteamericana

—Buena idea —sentenció Batista.

Se despidieron con un cordial apretón de manos. Batista aprovechó para regalarle una primorosa caja de puros al embajador norteamericano. Tenía incrustadas en la tapa las dos banderas, la cubana y la norteamericana. Braden sonrió muy agradecido. Este Batista pensaba en todo.

***

Spruille Braden no conocía personalmente a Ernest Hemingway, y no era un gran amante de la literatura (sus estudios habían sido de ingeniería y se consideraba un hombre de empresa decidido a ayudar a su admirado amigo Roosevelt en el terreno de la diplomacia), pero había leído con mucho interés *Por quién doblan las campanas*, la última y muy alabada novela del escritor norteamericano dedicada a la Guerra Civil española, tras entusiasmarse con la crítica aparecida en la revista *Time*.

El hombre que entró en su despacho con algo de tromba humana y, tras darle un enérgico apretón de manos, fue directamente a su objetivo:

—Embajador, le voy a robar quince minutos. Ni uno más. Quiero combatir a esos nazis hijos de puta.

A Braden le hubiera gustado preguntarle por los secretos de su novela (¿eran hechos reales o ficticios?, ¿existió Robert Jordan, el americano dinamitero?), pero fue tan abrupta la introducción de Hemingway que optó por responderle con otra pregunta directa:

—Muy bien, señor Hemingway. Me parece muy bien. Todos queremos combatir a los nazis hijos de puta. ¿Cómo cree que puede ayudar?

—Por favor, llámeme Ernest. Yo lo llamaré Braden. Me gusta más que Spruille. ¡Qué nombre tan raro! Quiero destruir submarinos nazis. Esos U-boats que están hundiendo barcos de la marina mercante cubana. ¿Vio como torpedearon dos barcos hace unos días? El plan de los alemanes es traer treinta mil saboteadores a Cuba y luego infiltrarlos en Estados Unidos. Para eso tienen el apoyo de los falangistas españoles. ¿Se ha dado cuenta de la gran presencia de falangistas y franquistas en Cuba? Ésa es la vía que van a usar los alemanes para llegar a Estados Unidos.

A Branden le pareció totalmente sacada de proporciones la presencia fascista en Cuba, muy controlada por los servicios norteamericanos y británicos en la Isla, pero no dijo nada que contrariara la pétrea convicción del novelista y lo enfrascara en un debate inútil.

—Sí, Ernest, estamos al tanto y muy preocupados con la actuación de los submarinos alemanes en Cuba. Tratamos de fortalecer la marina cubana. Les hemos dado varios cazasubmarinos. ¿Me está pidiendo enrolarse en la marina cubana o en la norteamericana?

—En ninguna de las dos. Odio los ejércitos. En la Guerra del Catorce me alisté como camillero. Quiero hacer la guerra por mi cuenta. Compré un yate magnífico en New York y deseo artillarlo y salir a cazar a esos hijos de puta.

—Como cazaba leones en África —dijo Braden con una sonrisa cómplice.

—Más o menos. Pero los nazis no son leones. Son ratas que atacan por la espalda a buques desarmados.

—Supongo que tiene entrenamiento militar.

—Sí. Me lo dieron los italianos en la Guerra del Catorce y luego lo retomé en España.

—Entonces, nada de *adiós a las armas* —Braden volvió a reír tras su alusión a una de las primeras novelas del escritor.

Hemingway se puso serio. Solía hacerlo cuando intentaba alguna frase trascendente.

—Nunca habrá un adiós definitivo a las armas. Ésa era una licencia literaria. Los seres humanos no saben vivir sin conflictos. El único tipo que logró vivir sin conflictos fue Robinson Crusoe, pero sólo hasta que apareció Viernes y lo jodió todo.

A Braden le hizo gracia el comentario.

—¿Cómo es ese yate?

—Es de caoba y roble. Está muy bien hecho. Tiene doce metros de eslora por casi cuatro de manga. Es veloz. Le puse un motor de cien caballos. Lo he llamado *Pilar*.

—¿Navega bien?

—Muy bien. Pesa poco, pero es muy firme.

—¿Y qué tripulación tiene?

—Contraté a un piloto muy bueno. Es un canario llamado Gregorio Fuentes. Llegó a Cuba cuando era niño. Cuba está llena de estos isleños españoles. Son extremadamente laboriosos. Necesitaré otra gente.

—¿En quiénes está pensando?

—Primero en refugiados judíos. Puedo confiar en ellos porque comparten mi odio a los nazis. Esto está lleno de espías y hay que tener mucho cuidado. Conocí a un par de refugiados judíos por medio de la Galería Hermanos Bécquer que dirige una joven amiga. Se llaman David Benda y Yankel Sofowicz. Me interesó mucho Yankel Sofowicz porque es radiotelegrafista. No sé por qué, pero es radiotelegrafista. Podemos avisarles a las bases aéreas para que bombardeen a los submarinos que detectemos. Ya conversé con ellos y están dispuestos. Les voy a enseñar a disparar antes de zarpar.

—¡Qué casualidad! Hace poco el presidente Batista me mencionó a David Benda. Comentó que es un gran pintor europeo, austriaco o checo, no recuerdo bien.

—Sí, he visto sus cuadros —dijo Hemingway lacónico—. Es un buen retratista. Demasiado realista para mi gusto, pero no está mal.

—¿Y cómo puedo ayudarlo?

—Voy a necesitar una calibre 30, balas, granadas y unas pistolas 45. También algunas bombas de profundidad.

Braden vaciló antes de responder. Luego contestó decidido, como si repentinamente hubiera sido iluminado.

—Me voy a arriesgar, Ernest, pese a que sé que tendré la oposición de toda la comunidad de inteligencia. Le voy a confesar una cosa: estos burócratas de Washington me tienen desesperado con sus querellas y sus luchas de poder. El Special Intelligence Service, el Military Intelligence Division y el Office of Naval Intelligence se pasan la vida poniéndose zancadillas. Ya les he dicho que todo el que en Cuba no se subordine a mi autoridad lo expulsaré de inmediato. El embajador es el jefe supremo en el país en el que está acreditado y voy a hacer valer mi autoridad por encima de esos cabrones. Pero nuestro compromiso es que esta ayuda es extraoficial. Si tiene algún problema no puede involucrarnos. Tendrá que afrontarlo solo.

—No tendré problemas. También voy a necesitar algún dinero y gasolina para el yate.

Braden lo miró con preocupación.

—¿De cuánto dinero y cuánta gasolina estamos hablando?

—El dinero no será mucho. Esta isla es barata. Mil dólares al mes será suficiente. Con cuatrocientos cincuenta galones de gasolina todos los meses podremos navegar al menos un par de días a la semana.

—Es cierto: no es mucha plata. Vamos a necesitar recibo de todo. Ya sabe cómo funciona nuestra burocracia. ¿Por dónde patrullarían?

—Por la costa norte de la Isla y en el Golfo de México. Es ahí donde han hundido más barcos. Tenemos la ventaja del tamaño y la rapidez. Los alemanes no pensarán que los estamos cazando con un yate de pesca.

—Una última cosa, Ernest. Pronto se va a producir una noticia muy importante en La Habana que necesitaremos que se divulgue ampliamente. ¿Nos puede ayudar?

—¿Qué tipo de noticia? —preguntó Hemingway con desconfianza.

—Una detención.

—¿A quién van a detener?

—Eso no puedo decírselo. Es una operación del general Manuel Benítez y del presidente Batista.

Hemingway hizo un gesto de disgusto y cruzó los brazos en actitud defensiva antes de responder.

—Son un par de bandidos. El general Benítez y el presidente Batista son dos delincuentes.

Branden no lo dejó seguir para no complicar las relaciones con el escritor.

—Son dos buenos amigos de Estados Unidos. No debería hablar así de ellos. Ambos nos están ayudando.

—Me da igual. Son dos tipejos.

Branden movió la cabeza como diciendo "este hombre es imposible". Con un gesto cordial dio por terminada la conversación y acompañó al escritor hasta la puerta.

17

LA LUCHA POR LA VIDA

Era media mañana. David Benda estaba en casa de Yankel junto a Hemingway, a punto de terminar la reunión. La sirvienta, la buena Dominga, desesperada, llamó a David por teléfono. Dominga, una negra vieja y limpia como el sol, había sido la nana de Mara desde su nacimiento y luego se declaró su hada madrina y protectora. Era como una segunda madre. Siguió con ella durante su fracasado matrimonio y su fallida unión al tonto de Patricio Belt. Le había jurado que estaría con ella hasta la muerte. A Dominga nunca le gustó Patricio Belt. A David, en cambio lo aprobaba.

—A Mara le ocurre algo, señor David —dijo Dominga—. Venga rápido.

David regresó velozmente a su casa. En efecto, encontró a Mara doblada en la cama, vestida, sin siquiera descalzarse, en posición fetal, y con los ojos hinchados por el llanto.

—¿Qué te ha pasado? —dijo asustado mientras se sentaba a su lado y le tomaba una mano.

—A mí no me ha pasado nada —respondió, incorporándose y abrazando fuertemente a David—. Es a Ricardo.

—¿Qué le ocurrió? —preguntó mientras le acariciaba la cabeza a Mara para calmarla.

Mara cesó de llorar, pero tuvo que esperar unos instantes antes de poder seguir hablando.

—Hoy sus padres y yo lo llevamos a un nuevo neurólogo, el doctor Portal, amigo y compañero de facultad de mi hermano Julio. Una eminencia. Habíamos notado que el niño caminaba con un poco más de dificultades. El otro médico nos había dicho que sucedería al revés, que sus músculos se irían fortaleciendo con los ejercicios y el transcurso del tiempo, pero ocurría lo contrario. Nos había asegurado que los problemas de Ricardo eran la consecuencia del uso indebido de los fórceps durante su nacimiento, pero no es verdad.

—¿Cambió el diagnóstico?

Mara volvió a llorar. Cuando pudo, siguió su relato.

—Tiene lo que llaman distrofia muscular juvenil.

A David también le cambió el semblante. De pronto, vagamente, recordó a su padre describir el horror de la distrofia muscular.

—¿Está muy avanzada?

—No. Ricardo es muy niño todavía. Parece que es de origen genético. La sufren más los hombres que las mujeres.

—¿Cómo se desarrolla la enfermedad? —preguntó David con angustia.

—La atrofia es progresiva. Por alguna razón, que hoy se desconoce, el tejido muscular va siendo sustituido por tejido graso, los tendones se tensan dolorosamente y retuercen las articulaciones. No le hagas mucho caso a mi descripción científica, pero eso es lo que conseguí entender, pese a que hasta tomé notas.

—¿Suele haber un desenlace fatal? —esta vez las palabras de David estaban escoradas por la pena y se convirtieron en una especie de susurro.

Mara volvió a callar en busca de fuerzas para responder. Luego dijo:

—Casi siempre mueren en torno a los veinte años. Van perdiendo facultades físicas paulatinamente, pero no intelectuales, lo que es todavía más cruel. Primero caminan con dificultad. Luego no pueden caminar. No logran controlar los movimientos de las manos. Llegan a un punto en el que son incapaces de levantar los brazos o mover la cabeza. Sus cuerpos van adquiriendo una rigidez de piedra. Hay que cortarles los tendones para aflojarlos. La columna vertebral se arquea en dirección contraria al juego de las articulaciones. Es muy doloroso. Es como si poco a poco todo el organismo fuera desobedeciendo al cerebro. Llega un punto en que no pueden hablar, pero oyen, entienden y ven. Lo último que pierden es el movimiento de los párpados. Hasta un día que primero se cierra un ojo. Luego el otro. Se convierten en prisioneros de su propio cuerpo, que se vuelve como una caja hermética. Todo termina cuando el corazón deja de latir. Es terrible.

—¿No hay cura?

—Por ahora, no hay cura. Hay alivio. Hay retraso, pero no cura. Es una enfermedad que acaba por ser mortal, pero es tratable.

De algún modo, relatar la terrible enfermedad de Ricardo liberó a Mara de sus peores angustias. Se puso de pie, se miró al espejo, se alisó el vestido y cambió el tema de la conversación.

—¿Para qué los quería Hemingway? Me pidió el teléfono de Yankel, muy misterioso.

—Nos quería para que lo acompañáramos a cazar submarinos alemanes en su yate. Una perfecta locura.

—Te negaste, por supuesto.

—No podía. Ni a él ni a Yankel. Yankel estaba entusiasmado como un niño.

—¿Y por qué no te negaste? Eso es muy peligroso. ¿A quién se le ocurre cazar submarinos alemanes con un yate de pesca?

—Se le ocurre a un novelista. No podía negarme porque yo he sido una víctima de estos canallas, y lo menos que pueden hacer las víctimas es tratar de vengarse.

—De acuerdo, David, pero salir a cazar submarinos alemanes en un yate de pesca no es vengarse sino, como decimos los cubanos, y ya tú dominas y usas esas frases, es comer mierda. Es perder el tiempo.

—Puede ser, pero no puedo negarme.

Mara movió la cabeza con un gesto universal de resignación. Nunca entendería del todo la irracional mentalidad de los hombres. David, en cambio, celebró que el giro que había tomado su conversación con Mara la había rescatado de la tristeza que le produjo el terrible diagnóstico de Ricardo.

***

Salieron al amanecer desde la playa de Cojímar, muy cerca de La Habana. Una lancha guardacosta cubana los escoltó varias millas hasta que llegaron a mar abierto. El radiotelégrafo que sería operado por Yankel estaba bajo techo. Si avistaban algún submarino debían avisar para que un avión de los apostados en las bases cubanas dejara caer cargas de profundidad. La ametralladora calibre 30 estaba instalada en la popa. Hemingway había conseguido, además, cuatro fusiles Garand de ocho tiros, tres pistolas Colt 45 y una caja con dieciocho granadas. Contaban con tres cargas de profundidad que podían tirar por la borda si detectaban los submarinos, aunque les advirtieron que las posibilidades de acertar y ser efectivos eran mínimas. En cambio, con la calibre 30, decía Hemingway, barrerían a los alemanes si salen a la superficie.

Las provisiones para el viaje, almacenadas bajo techo en el yate, junto al radiotelégrafo, eran curiosas. Había tanto ron Bacardí como agua, una caja con cincuenta huevos cocidos, galletas, leche condensada, hojas de hierbabuena, limones, azúcar y un bloque de hielo cubierto por un saco de yute sobre el que descansaba una especie de cepillo para la madera, pero más ancho y grande, cuya función era raspar el bloque y elaborar el hielo *frappé*. Era evidente que Hemingway se había aficionado a los mojitos y a los daiquirís cubanos. Exactamente en ese punto comenzó la conversación.

—¿Daiquirís o mojitos? ¿Cuál prefieres? —le preguntó David Benda al escritor con una sonrisa.

—Es cuestión de limones más o menos —respondió el novelista divertido—. Son tragos parecidos.

Hemingway presentó a Gregorio Fuentes.

—Éste es Gregorio Fuentes, el mejor práctico de la costa norte. Conoce toda la cayería cubana desde La Habana a Camagüey. En realidad Cuba no es una Isla. Es un archipiélago con una isla grande, otra mediana en el sur, la llamada Isla de Pinos, y cien islotes habitables. Yo he vivido en Cayo Hueso, en el sur de la Florida. Creo que Cayo Romano es mucho más hermoso y hospitalario.

Yankel Sofowicz se dirigió a Hemingway y a Fuentes.

—Yo soy Yankel Sofowicz y este es mi amigo David Benda. No sabemos nada de navegación. Yo ni siquiera sé nadar.

—Pero me dicen que eres un buen radiotelegrafista. Por eso estás aquí. ¿Tú sabes nadar? —le preguntó Hemingway a David con preocupación.

—Sí, bastante bien —respondió David.

Intervino Gregorio:

—Si el bote se hunde no va a servir de mucho. Ayer vi un banco enorme de tiburones por donde navegaremos. Estos animales permanecen hasta una semana en el mismo sitio a la espera de repetir la comida. Debe ser que se devoraron a varios náufragos. Ocurre mucho con inmigrantes ilegales que viajan clandestinamente a Estados Unidos en botes que se deshacen tras el primer manotazo de agua y viento.

—¿Qué tipo de tiburón era? —preguntó Hemingway.

—Martillo. Ése que tiene la cabeza como partida en dos. Es tan feo como agresivo. Pero los hay de todo tipo. Uno de los más peligrosos es el tiburón de arrecife, aunque no es muy grande —respondió Fuentes.

—Sería interesante escribir la historia de la lucha de los pescadores contra los tiburones —dijo Hemingway.

—Sería aburrida —opinó Gregorio Fuentes—. ¿A quién le puede interesar algo así? La pesca es una actividad soporífera.

—Tú ¿qué coño sabes de literatura? —gritó Hemingway enfadado—. Te pago para que guíes el barco, no para que me des lecciones literarias.

Gregorio Fuentes no se insultó por el exabrupto del escritor. Estaba acostumbrado. Su mal carácter aumentaba con los niveles de alcohol.

—¿Hay barracudas? Me han dicho que son más agresivas que los tiburones —preguntó David.

—Si miras a tu derecha, verás una. Es ese reflejo largo y delgado que ves allí. Junto a ellas hay otras. Deben haber atrapado a un pez grande. Observa a la bandada de gaviotas. Las gaviotas y las barracudas son carroñeras.

Sonó un disparo y apareció una mancha roja. Hemingway había comenzado a disparar con uno de los Garand. En pocos segundos vació el peine.

—Ya no verás más a las barracudas. Servirán de carnada para otros peces. Cojan sus rifles. Vamos a practicar tiro. Se cargan por arriba. Así. Cada peine trae ocho balas. Son muy precisos.

A los pocos minutos un enorme cardumen de tiburones se disputaba la carne de las barracudas, pero con cada disparo que acertaban se multiplicaban los grandes peces muertos y aumentaba el festín para los vivos.

—El instinto de comer es más fuerte en estos animales imbéciles que el de sobrevivir —gritó Hemingway excitado en medio de la balacera.

David y Yankel continuaban disparando mientras el mar se teñía de rojo. Era muy fácil acertar. El episodio duró aproximadamente quince minutos. Luego siguieron rumbo norte.

Los daiquirís y los mojitos volaban de mano en mano. Hemingway parecía tener una insaciable capacidad para tomar ron. David notó que con cada trago se volvía más agresivo.

—¡Vengan, cabrones nazis! —gritaba una y otra vez.

Cogió una de las pistolas 45. —¿Saben manejar pistolas? —preguntó. Es muy fácil —disparó al agua y repitió el grito—: ¡Vengan, cabrones nazis!

—David —bramó Hemingway—, algún día voy a escribir la historia de un pintor que sale a cazar a los nazis cabrones y a sus submarinos. Será un homenaje a ti.

Estaba totalmente borracho.

—Pero no será un pintor hiperrealista como tú. Será un cubista como Juan Gris.

David sonrió. Nunca le pasó por la cabeza que podía inspirar a un personaje de ficción.

—Pues un día yo voy a pintar tu retrato rodeado de peces y sirenas. Te haré famoso —le dijo con alegría.

Ahora fue Hemingway el que sonrió. Todos callaron por un buen rato. Atardecía y la visión era mucho menor.

—Allí, allí hay un submarino —gritó Hemingway y se sentó tras el trípode que sostenía la ametralladora Browning calibre 30. Empezó a disparar. El estruendo era enorme. Más de cien casquillos se amontonaron en el piso del yate.

Era un tronco con ramas. Lo descubrieron a poco de acercarse.

—Parecía un submarino —dijo Hemingway en un tono apesadumbrado.

David pensó que siempre le había parecido un tronco, pero no dijo nada para no enfadarlo. Cambió el tema.

—¿Quién era en realidad Robert Jordan? —le preguntó David.

Hemingway miró a David sorprendido.

—¿Has leído *Por quién doblan las campanas*?

—Lo leí en inglés. Me lo mandaron de New York. En Cuba no se encuentra la edición en español.

—Es un dinamitero americano, comunista, profesor de español, que lucha en las brigadas internacionales contra los fascistas españoles.

—Eso lo sé —dijo David—. Como te dije, leí el libro. Lo que me intriga es saber si te inspiraste en alguna persona de carne y hueso.

Hemingway meditó la respuesta. No le gustaba demasiado hablar de literatura. Ni siquiera de la suya. Se había refugiado en Cuba, entre otras razones, para evitar las tertulias de los intelectuales y el vanidoso mundillo de los intelectuales de salón. Se sentía más cómodo entre los pescadores y los estibadores del puerto.

—Siempre nos inspiramos en una o varias personas. Casi ningún personaje de ficción está hecho con el barro de un solo modelo. Eso sólo lo hacen los principiantes. Todo escritor es una especie de doctor Frankenstein que le da vida a seres con pedazos de otros. Incluso el doctor Frankenstein es la suma de un médico de apellido Polidori y los experimentos con la electricidad de Galvani. A Mary Shelley la impresionaron mucho las historias de fantasmas y de descubrimientos científicos que escuchó pocos días antes de que escribiera su libro.

—¿Y a ti quiénes te impresionaron? —preguntó David algo ansioso por descubrir las claves de una novela que lo había intrigado.

—A mí me impactó mucho Robert Hale Merriman, el líder de los voluntarios norteamericanos de la Brigada Lincoln. Ése es un pedazo de Robert Jordan. Le dio el nombre y la apariencia. Murió en el frente de Aragón. Creo que lo mataron en combate en la primavera de 1938. Era un idealista. Pasó por Moscú, donde había reafirmado su condición de comunista. Tendría unos treinta años. Un tipo sensacional. Pero el otro pedazo del personaje de mi novela es un ruso experto en explosivos, tremendamente audaz. Se llamó Ilia Starinov y era un aventurero incorregible. De ahí, y de mi imaginación, claro, salió todo.

Al amanecer, cuando regresaron a Cojímar absolutamente cansados, se habían acabado el ron, el bloque de hielo y casi todas las
balas. De las dieciocho granadas de mano que llevaba, Hemingway
había arrojado un par "para ver cómo funcionaban", lo que dejó
flotando a unos cuantos peces muertos y destripó a un pelícano
que pescaba bajo la superficie. Las cargas de profundidad estaban
intactas en sus cajas de metal. Ninguno de los cuatro tripulantes
tocó los huevos duros. Gregorio Fuentes los tiró por la borda para
alimentar a los peces. "Es un pacto", dijo. "Yo les doy de comer a
ellos de vez en cuando y ellos me dan de comer a mí siempre".

ALMUERZO EN
EL FLORIDITA

Las dos parejas —Yankel y Alicia, David y Mara—, por iniciativa de Yankel, se citaron a la una en punto. Comerían juntos en El Floridita, un viejo restaurante del siglo XIX, el más antiguo del país, y uno de los mejores. Yankel tenía varios asuntos importantes que examinar y quería hacerlo, le dijo por teléfono a David, "en un ambiente agradable porque no todo lo que quiero comentarles es grato".

Llegaron a tiempo.

—Primero, como debe ser, las buenas noticias. Dilo tú, Alicia, que eres la clave de todo.

Alicia se sonrojó. Miró sonriente a su marido, a David y a Mara, y exclamó alegremente:

—Voy a tener un hijo. Estoy embarazada.

Mara sintió una emoción ambigua que logró esconder tras una amplia sonrisa: la felicidad de que su amiga iba a ser madre y el dolor de que ella no lo sería nunca. Para David fue una noticia enteramente dichosa. Mara habló primero:

—¡Maravilloso! ¿Cuánto tiempo tienes de embarazo? —preguntó con una expresión en la que no comparecía el menor vestigio de amargura.

—Unas ocho o nueve semanas. Cuando me faltó la regla la primera vez no me quise hacer ilusiones, pero entre la falta del periodo, las náuseas y los antojos, ya no tengo dudas.

—Ni yo —rio Yankel—. Alguna noche me ha obligado a comprarle un helado de mantecado en La Josefita, de la calle Ángeles. Se moría por eso. El niño viene, como dicen en Cuba, con un pan bajo el brazo. La fábrica de uniformes marcha a todo tren. Era cierto que a los cubanos les va bien cuando el mundo entra en guerra.

—Me parece una noticia estupenda, querida Alicia. Yo te veía radiante y más bonita que usualmente y no sabía por qué. ¡Era la maternidad!

—Gracias, David —respondió Alicia—. Pero queremos pedirles algo.

Por unos instantes, se hizo un tenso silencio. Lo rompió Yankel.

—Cuando el niño nazca vamos a inscribirlo en el Registro Civil y queremos que tú y Mara sean los testigos.

Fue Mara la que hizo la pregunta embarazosa.

—Me parece muy bien, pero ¿y la cuestión judía? ¿Lo van a bautizar?

Fue David quien respondió.

—En nuestra tradición, el judaísmo viene por la madre, no por el padre. Como nadie puede estar cien por ciento seguro de quién es el padre, pero ocurre lo contrario con la madre, el hijo de Alicia y Yankel no es judío, a menos de que se convierta.

—Además —agregó Yankel—, nuestra realidad es el mestizaje. Si tú y yo —le dijo a David— estamos unidos a mujeres gentiles y vivimos en una sociedad donde los judíos son cuatro gatos, no tiene sentido forzar en el niño una identidad minoritaria. Te confieso que estoy un poco cansado de formar parte de una minoría. Si le podemos ahorrar ese problema a nuestro hijo, será estupendo para él.

Alicia intervino:

—Lo que hemos pensado es educarlo de manera que él pueda elegir libremente la religión que mejor se ajuste a su forma de ser cuando tenga edad para discernir, o que opte por ninguna religión si ésa es su decisión. No vamos a ocultarle que su padre es judío y su madre nació en el seno de una familia cristiana, sino a enseñarle que ésas son sólo piezas valiosas de un rompecabezas del que debe enorgullecerse. Yankel insiste, y yo estoy de acuerdo con él, en que lo circunciden y visite la sinagoga, pero sin descartar que también se acerque al cristianismo.

—Estoy cansado de un estúpido pleito que comenzó hace más de dos mil años —dijo Yankel.

Fue Mara la que respondió:

—Me parece una buena idea. La gente más interesante que he conocido tiene identidades complejas. Enséñenle los fundamentos del cristianismo, porque es la tradición del lugar donde nacerá y vivirá, pero también sus raíces judías, porque son las de su padre, pero aléjenlo de cualquier fanatismo religioso. Eso no sirve para nada bueno.

—¿Y por qué damos por sentado que será varón? A lo mejor sale una bella cubanita, reina del Carnaval de La Habana dentro de dieciocho años —dijo David riendo.

—Nada de reina del Carnaval, no seas machista. Si es mujer será cirujana o senadora de la República —saltó Mara.

Todos rieron y Yankel continuó:

—Ahora vamos a los temas graves. Ayer, como todos leímos, fusilaron al espía Heinz Lüning. Pero quería contarles cómo fueron sus últimos momentos. Me encontré al Flaco Quintanilla, el periodista de *Avance*, y me lo relató. Él estuvo allí. Lo vio todo.

—Un hijo de puta menos —lo interrumpió David con desdén.

—Así es. El tipo, hasta el último momento, no creyó que lo iban a ejecutar. Cooperó con la policía cubana, con la británica, con la americana. Cantó *La Traviata*. Dijo horrores de los nazis. Explicó que, por sus informes, nunca habían matado a nadie y que su mujer, además de alemana, era norteamericana, remotamente emparentada con Fred Astaire. Gritó que adoraba a los cubanos.

—Un argumento bastante estúpido el de Fred Astaire —apostilló Mara.

—Mi amiga Lolita —dijo Alicia— tuvo que declarar. Contó que ella había visto el radiotransmisor en el sótano de la tienda y que Lüning había tratado de violarla.

—Tampoco fue así —rectificó Yankel—. Intentó forzarla, pero sin excesiva violencia. Ellos sabían lo del transmisor. Se lo ocuparon en la pensión en la que vivía. Nunca pudo ponerlo a funcionar. Lo más raro era lo de los canarios. Su propósito era, si alguien llamaba a la puerta de improviso, soltar los pájaros para argumentar que no podía abrir porque se escapaban. Ese tipo estaba un poco chiflado.

—Como sea. Da igual —agregó David—. Un hijo de puta menos. ¿Qué más te contó Quintanilla?

—Lüning mantuvo la compostura. El abogado Armando Rabell lo defendió bastante bien, pero todo era inútil. Se sabía que Batista y los americanos querían su cabeza. ¿Has visto los periódicos? Un festival de publicidad para el gobierno, para el Departamento de Actividades Enemigas y para el cuerpo de policía que dirige el general Benítez. El *New York Times* lo calificó como una de las piezas mayores del espionaje nazi en América. A Mariano Faget, el encargado de la contrainteligencia, le han hecho cien entrevistas. Fue Rabell, su abogado, quien le entregó a Lüning la sentencia de muerte por fusilamiento dictada por el tribunal. Dice que el alemán no comentó nada. Tembló un poco, pero nada más. No era cobarde.

—¿No pidió algo como última voluntad? He leído que los condenados a muerte tienen ese derecho —preguntó Mara.

—Me dijo Quintanilla que había pedido varias cosas, pero no todas se las concedieron. Pidió escribirles una carta a su mujer y a su hija de tres años, que están en Hamburgo. Lo autorizaron. Pidió una buena cena y lo complacieron. Pidió, y eso me pareció infantil, jugar al parchís con los guardias hasta el momento de su fusilamiento. También le dijeron que sí. Parece que eso lo entretenía y le quitaba de la cabeza la inminencia de la muerte.

—¿Entonces, qué fue lo que le negaron? —preguntó Alicia, curiosa.

—Que lo dejaran a solas con Olga López, su amante, un par de horas. Eso lo rechazaron.

—Quería morir templando —dijo David con ironía—. ¿Por qué no se lo permitieron? El personaje era un putañero irredento. En realidad, ¿qué más daba?

—Al principio, vacilaron. Parece que consultaron al general Manuel Benítez, en su calidad de jefe de la Policía y como el hombre que dirigió su captura. Dijo que no le importaba. Razonaba como tú. Pero se opuso el capellán del Castillo del Príncipe, que fue donde lo fusilaron. Dijo que la tal Olga no era su esposa y que, si lo fusilaban tras acostarse con ella, moriría en pecado e iría al infierno.

—Son extraños estos cristianos —dijo David—. Así que no iría al infierno por ser un espía nazi, sino por acostarse con su amante.

—Ya sabes como son los curas. Teóricamente, yo estoy excomulgada por vivir contigo en pecado —agregó Mara maliciosamente—. Yo también iré al infierno.

—¿Qué más tienes que contarnos? —preguntó David.

Yankel terminó de tragar su último bocado de arroz con pollo antes de responder.

—Hablé con Hemingway anoche. Se vuelve a Europa como corresponsal de guerra. Está en los trámites finales.

—Eso quiere decir que los submarinos nazis pueden dormir tranquilos en el Caribe —dijo David en un tono sarcástico.

—Tú sabes cómo es el personaje. Mezcla la realidad y la fantasía. Salimos inútilmente a cazar submarinos media docena de veces.

—Cazaban unas borracheras monumentales —ahora fue Alicia la que adoptó un tono irónico—. Hiciste muy bien, David, en darte de baja tras la primera experiencia. Te sustituyeron por un exboxeador que ya llegaba embriagado al yate.

—Me pareció que Hemingway estaba en busca de realizar una hazaña, no de hacer un trabajo serio. Cuando nos aseguró que los alemanes iban a infiltrar en Estados Unidos a treinta mil saboteadores a través de Cuba me pareció un tipo delirante.

—Los psicólogos le llaman a eso "visión parcialmente distorsionada de la realidad". No es gente loca, sino gente que ve de una extraña manera una zona de la realidad vinculada a sus fobias. Como Hemingway viene de la Guerra Civil española, en la que los fascistas ganaron la partida, se imagina cosas y las da por ciertas —afirmó Mara.

—Así es. Y está el componente del novelista. Afirmó que un día, en el que iba solo en su yate, vio un barco español que recogía en alta mar a unos alemanes que salían de un submarino.

—Es muy curioso que en esa oportunidad Gregorio Fuentes no estuviera con él —David insistía en la nota irónica.

—Sí. No estaba. Según me contó Hemingway, ese día el bote estaba anclado en el río Tarará y no pudo localizar a Gregorio cuando decidió salir. Ni siquiera le comunicó a los guardacostas que iba a navegar. ¿Lo vio, se lo imaginó, lo inventó? No lo sé.

—O tenía una borrachera de caerse por la borda. Con una docena de daiquiris en la sangre se puede ver cualquier cosa —dijo David.

Mara, casi a los postres, volvió a la carga.

—Hasta ahora no has dicho nada realmente triste. Que van a tener un niño es una buena noticia. El fusilamiento de Lüning era algo esperado y merecido. El abandono por parte de Hemingway de esa loca cacería de submarinos era inevitable y conveniente. ¿Dónde están las malas noticias?

Yankel alejó el plato, como quien ha terminado de comer, adoptó un semblante muy serio y se dispuso a contar algo trascendente.

—Es sobre Toledano.

Súbitamente se le aguaron los ojos y se le quebró la voz. A los pocos segundos, cuando recobró el dominio de sus emociones, continuó el relato.

—Me envió un larguísimo mensaje. Será el último que recibiremos. Estuve dos días descifrándolo. Aquí tengo la transcripción.

Yankel sacó un manojo de papeles de la chaqueta.

—¿Le pasó algo grave? —preguntó David alarmado.

—Sí. Les voy a resumir lo que contiene la nota. Es bastante extensa. Esta copia es para ustedes. Tenía la certeza de que la organización había sido penetrada por la Gestapo. Pensaba huir junto a Ruth, su mujer, al día siguiente.

—¿Huir hacia dónde? ¿A Suiza?

—No. Dice que trataría de moverse hacia Francia, donde la resistencia aumenta, pero sabía que era muy difícil llegar. Tiene un buen contacto con un grupo judío que forma parte de Francia Combatiente, una nueva coalición que acaba de integrarse. Se han unido los partidarios de De Gaulle y los de la Resistencia. Creo que Toledano y Ruth viajarán por caminos secundarios hasta Francia. Me dice que no quiere exiliarse, sino pelear. Me ha contado algo monstruoso.

—Todo en Europa es monstruoso, Yankel. ¿Qué te dijo? —preguntó David intrigado.

—Le hicieron llegar un borrador con los protocolos de la Conferencia de Wannsee. Está horrorizado.

—¿Qué es Wannsee? ¿Qué es lo que teme? —preguntó Mara.

—Wannsee es un próspero suburbio de Berlín —contestó David—. He estado allí.

—En enero de este año 1942, hace ya once meses, estos canallas se reunieron en Wannsee para planear lo que llaman "la solución final para el problema judío".

—Supongo estos canallas son los nazis —dijo Alicia buscando confirmación a sus palabras.

—Exacto. La plana mayor de los nazis. La conferencia la dirigió el jefe de las SS, Reinhard Heydrich, pero estuvieron también Hermann Göring y el general Odilo Globocnik, uno de los peores. La "solución final" es el exterminio de todos los judíos.

—Ese proyecto criminal ya está esbozado en *Mein Kampf,* de Hitler —dijo David.

—Así es. Y desde 1935 están matando judíos, pero lo que descubrió Toledano es que preparan la muerte en masa, sistematizada, de nuestra gente. De inmediato comenzaron la fabricación de cámaras de gas. Quieren matarnos a todos. A los niños, a los ancianos. A todos.

—Ya han usado camiones herméticos dotados con gas mortal para liquidar a locos y a retrasados mentales en los hospitales — aclaró David como alegando que no existía nada nuevo.

—Sí, y las *Einsatzgruppen* de las SS remataban a todos los judíos que encontraban tras la conquista de Ucrania y Rusia, pero esto es otra dimensión del exterminio. Es la organización industrial del crimen. Los campos de concentración se han convertido en mataderos, como los que se usan para disponer de las vacas y los cerdos. Repito la advertencia de Toledano: nos quieren eliminar a todos.

David se puso tenso antes de hablar:

—Hace pocos años, en Viena, lo escuché muchas veces en los círculos judíos: podrán matar a muchos de nosotros, podrán matarnos a casi todos, pero acabaremos por prevalecer.

Tras pronunciar esa frase, él mismo se sorprendió del tono emocionado de sus palabras.

—En eso, de alguna manera, coincides con Toledano —dijo Yankel—. La parte más extensa de su informe es sobre el curso de la guerra. Está optimista.

—¿Por qué está optimista? —preguntó Mara.

—Él cree que la entrada de Estados Unidos en el conflicto, con su enorme poderío industrial, acabará derrotando al Eje. Le parece que 1942 es el año crucial. Usó la expresión inglesa: *"turning point"*.

—¿Cree Toledano que vencerán los Aliados? —ahora fue Alicia quien preguntó.

—Él no tiene dudas. Piensa que es sólo una cuestión de tiempo y de muertos. Dice que, según sus cálculos, por lo informado por la prensa, en lo que va de 1942 ya han muerto diez millones de personas. Alemania no puede contra la URSS, Estados Unidos e Inglaterra combinados.

—¿Y qué va a pasar con las relaciones entre nosotros y Toledano? —preguntó David.

—Me dijo que actuáramos de la mejor manera que pudiéramos. Que ayudáramos a los refugiados judíos y combatiéramos a los nazis y fascistas cada vez que se presentara la oportunidad. Te manda un abrazo muy especial a ti. Dice en su mensaje "al genial David me le das un abrazo de despedida y de mi parte le ruegas que no deje de pintar". Ya le había dicho que tendrías un hijo y le manda la bendición por anticipado al niño y a Alicia. Se despide con una frase ilusionada: "*Shalom*, nos veremos después de la guerra".

David, muy conmovido, dijo a duras penas la última frase antes de ponerle punto final al almuerzo:

—Le debo la vida a ese hombre, pero le debo más: le debo cómo se debe vivir la vida.

Las dos parejas se marcharon en silencio.

19

REGRESO A LA SEMILLA

e sorprendió la rendición incondicional de Alemania mientras paseaba con Mara por la calle Obispo en La Habana vieja. Nunca olvidaré la fecha: 8 de mayo de 1945. Aunque desde hacía meses se sabía que era inevitable, y aunque lo deseaba ardientemente, la noticia me estremeció y sentí una honda alegría por la derrota de los nazis, como si hubiera sucedido una especie de milagro. Nos encontrábamos dentro de una pequeña tienda en la que Mara examinaba unos bolsos de piel. Un locutor cubano con voz engolada y signos evidentes de agitación advirtió por la radio que el presidente de Estados Unidos iba a hacer una alocución importante sobre la guerra.

Harry Truman (Roosevelt había muerto pocos días antes, repentinamente, pero ya con la certeza de que el Eje había sido derrotado), sin emoción, como suelen hablar los norteamericanos, huyéndole como al diablo a cualquier afectación que pudiera sonar artificial, dio cuenta de que los militares alemanes, finalmente, habían firmado la rendición de sus tropas y se colocaban a merced de los Aliados.

La derrota de Alemania en la primavera de 1945 despertó en mí un imprevisto deseo, casi morboso, de regresar a Viena, aunque fuera por breve tiempo.

***

—No pienses que voy a ir contigo —le dijo Mara con firmeza. David lo intentó de nuevo:

—Tienes que entenderlo, Mara. Para mí es esencial volver a Viena.

—Eso lo entiendo. Es tu ciudad. Es tu país. Son tus recuerdos, tu mundo, pero no tiene sentido regresar ahora, y mucho menos conmigo. Hace pocos meses que terminó la guerra y todavía Austria está en medio del caos.

—Quiero saber qué pasó con mis padres.

—Tú sabes qué pasó con tus padres. Murieron en el campo de concentración en Dachau. No vas a encontrar los cadáveres porque los han hecho desaparecer. Hay millones de desaparecidos.

—Quiero encontrar a Toledano y a Ruth. Me salvaron la vida. Tal vez estén vivos.

—Eso está muy bien, pero, en realidad, a quien quieres encontrar es al tal Volker Schultz, ese tipo que mató a Inga.

—Eso también es cierto. ¿Qué hay de malo en ello? Es importante hacer justicia.

—La justicia es imparcial y tú no lo eres. Tú estás lleno de odio. Yo también lo estaría en tu lugar. Pero, además, no lo vas a encontrar. O murió en la guerra, o huyó, como tantos criminales.

—No lo sé. No entiendes que hay una herida abierta. Eso no se sana hasta que haya justicia.

—Eso es infantil, David. La vida está llena de injusticias y hay que aprender a vivir con ellas. Lo que él les hizo ya no tiene remedio. Incluso, si lo castigaran, tu dolor permanecería. ¿Para qué quieres encontrar a ese hijo de puta? ¿Para matarlo? ¿Para mancharte las manos con un crimen? ¿La muerte de ese canalla, anula su crimen o te convierte a ti en un criminal?

—¿Y si lo entrego a la justicia? Mi intención es denunciar lo que hizo, lo que nos hizo.

—No lo creo, David. Tu intención es matarlo porque crees que sólo así cerrarás ese capítulo de tu vida.

David sintió la súbita necesidad de herirla verbalmente.

—Tú estás celosa de Inga.

Mara lo miró con desprecio.

—No digas estupideces. Inga es una persona que forma parte de tu pasado. Yo no estoy celosa de ella. Me da una pena infinita lo que le ocurrió. Sé que la amaste, como yo amé a otros hombres antes de conocerte a ti, pero sólo siento afecto por ella, aunque nunca la conocí. No nos entiendes. Nosotras somos solidarias con las mujeres cuando están en peligro o cuando son víctimas de los hombres. Te diré más: yo quiero a Inga.

—¿Debo creer que sientes afecto por una mujer a la que yo amé y con la que iba a tener un hijo? —preguntó David con ironía.

Mara volvió a mirarlo con desprecio y movió la cabeza de lado a lado, con el gesto de quien no entiende lo que acaba de oír.

—Precisamente, la aprecio porque te amó y te hizo feliz en una etapa muy difícil de tu vida. Coincidimos en quererte. En esa época yo no existía para ti. ¿Cómo voy a sentir alguna rivalidad con una muchacha asesinada hace años que te conoció y te quiso?

—Acompáñame, Mara —le imploró David—. Necesito que vayas conmigo. El regreso puede ser muy duro.

Mara lo miró con lástima.

—No, cariño. Mi compañía no te hará ningún bien. Mi presencia será siempre una forma de coacción. Tú necesitas ir solo, estar solo, rumiar solo tus pensamientos.

David hizo silencio por unos segundos. Iba a adentrarse en un tema muy delicado.

—¿No temes que me quede?

Ahora fue Mara quien demoró la respuesta.

—¿Lo has pensado? Claro que lo temo, pero exactamente por eso prefiero no ir. Vuelves a un mundo que fue tuyo y sólo tú puedes decidir si lo sigue siendo. Mi presencia condicionaría tu decisión. Si retornas es porque me quieres. En cambio, si regresas porque yo estoy contigo y te sientes forzado a ello, nunca sabré si realmente me amas tanto como para permanecer junto a mí.

—Claro que te quiero. No seas tonta. Aunque decidiera quedarme en Viena, te querría. Tu hermano Julio me ha conseguido un pasaporte diplomático cubano. La cancillería cubana habló con la embajada norteamericana en La Habana y ellos arreglaron la visita a través del Departamento de Estado.

—Julio me lo contó. Tiene las mejores relaciones con el gobierno del presidente Grau. Me preguntó si yo quería otro pasaporte diplomático y le dije que no. Cuando le expresé por qué no te acompañaba lo entendió. Coincidía conmigo en que era lo mejor para la relación de ambos.

—¿Por qué es mejor para la relación que yo viaje solo?

—Ya te lo he dicho, y Julio coincide conmigo. Porque la decisión de quedarte en Austria o volver a Cuba es clave. Si regresas es porque valoras más tu vida conmigo.

—Tengo miedo a lo que voy a encontrarme —dijo David con una expresión real de preocupación.

—Es natural. Yo también sentiría miedo.

—¿Cómo crees que reaccione?

—No sé. Será un impacto violento, pero tú eres una persona fuerte.

David se quedó en silencio. Súbitamente, achicó los ojos y cambió el tono de su voz. Se tornó íntimo, susurrante.

—Me gustaría despedirme de ti de una manera inolvidable.

David dijo esto último abrazando a Mara fuertemente por la cintura. Ella lo miró a los ojos con ternura. Se besaron e hicieron el amor como si fuera por última vez. No sabían si era una despedida o un nuevo comienzo. Los dos estaban llenos de temores.

***

Fue un vuelo largo y complicado. Hice escala en Londres y de ahí, al siguiente día, viajé a Viena en un avión militar junto a una comitiva de diplomáticos y funcionarios de organizaciones humanitarias encargadas de controlar el formidable caos generado por la posguerra. Durante las casi veinte horas de vuelo experimenté una diversidad de sensaciones intensas. Cuando me fui de Austria, o más bien de Viena, porque la verdadera filiación emocional es con la patria chica, la ciudad en la que vives (la patria grande es una abstracción remota), estaba lleno de rencor. Había vivido la etapa del antisemitismo más hiriente, y esa experiencia deja una huella imborrable. Sentir que, sin motivos, o por creencias irracionales que bordean el delirio, algunos de tus compatriotas te odian, muchos te desprecian, y a casi la totalidad le trae sin cuidado que te atropellen o maten, es muy doloroso. ¿Por qué esa ira contra nosotros, los judíos? Es verdad que no había empezado con los nazis, porque llevamos más de dos mil años de persecuciones, exilios, expulsiones e intentos de exterminio, pero ninguna nación o grupo había llevado el antisemitismo a los crueles extremos de los nazis.

Junto a mí, en el trayecto de Londres a Viena, viajaba un rabino vienés. Volvía a su patria, pero no a su sinagoga, puesto que había sido destruida. Se proponía reconstruirla. Tenía la barba gris, ensortijada y larga, una mirada cálida, inteligente, y el olor peculiar que transpiran algunos ancianos más preocupados por los grandes temas de la vida y la muerte que por "la siempre banal higiene", como él mismo deslizó en la conversación. Se apellidaba, creí entenderle, Messulán y era de remoto origen turcosefardita. Había escapado a Inglaterra antes de que los nazis cerraran las fronteras.

Lo acribillé a preguntas. Según él, los pueblos que mantienen una identidad fuerte y diferenciada suscitan el odio o el temor de sus vecinos. Los seres humanos no han superado la etapa tribal y tienen la tendencia natural a rechazar y tratar de eliminar a las otras tribus. "El bicho humano, como todos los primates, es una criatura muy peligrosa", dijo. Me puso el ejemplo de los gitanos. Desde que llegaron a Europa en el siglo X, en plena Edad Media, suscitaron el rechazo general. A ellos también, a lo largo del tiempo, los expulsaron de numerosas ciudades, con la amenaza de ejecutar a los que no obedecieran y, de vez en cuando, lo hicieron.

Hitler, agregó el rabino, gaseó a los gitanos junto a los judíos. Pero a esta circunstancia, añadió, en el caso de los judíos, se sumaba un elemento histórico: los romanos se habían hecho cristianos en el siglo IV, abanderándose con una facción cismática del judaísmo, y eso propició las matanzas. A los gitanos los mataban por simple odio racial. A los judíos, además, los eliminaban por cuestiones teológicas. "Los cristianos, desde antes de desaparecer Roma", dijo, "propiciaron los castigos y el exterminio de judíos porque sentían el odio sectario religioso, que es de los más peligrosos". Y luego añadió: "Observe las matanzas periódicas entre chiíes y suníes dentro del islamismo. Llevan siglos de terribles guerras intestinas. Y vea las de católicos y reformistas dentro del cristianismo. Las llamadas guerras de religión europeas fueron las más sanguinarias de la historia hasta la llegada del siglo XX. De ahí, del sectarismo religioso, viene el antisemitismo original. Primero eran judíos contra judíos. Luego un sector de los judíos se mezcló con los paganos y surgió el cristianismo, pero persistió el odio original a los judíos tradicionales. Y también, claro, proviene del interés económico de robarles las propiedades a los judíos, y no pagarles las deudas. Eso pesó mucho".

Cuando le pregunté sobre la diferencia entre los judíos orientales, esencialmente los de Polonia y Rusia, y los de Europa Central, me dijo algo en lo que no había reparado: aunque la mayor parte de los judíos asesinados por Hitler provenían del oriente de Europa, y eran los más pobres y peor educados, eran los que estaban más preparados para resistir. Murieron más, porque eran muchos más, pero, hasta donde él sabía, los judíos orientales habían sido los más duros e imaginativos en los campos de exterminio. "Los campesinos", dijo, "aguantan mejor los sufrimientos y pueden ser más solidarios. La carga intelectual sobra en situaciones como ésa".

¿Por qué millones de personas fueron llevadas al matadero sin rebelarse? Me atreví a indagar temiendo respuestas incómodas a un asunto que me laceraba el corazón. La contestación me pareció convincente: porque la esperanza de salir con vida si se adoptaba una actitud pasiva parecía más razonable que la de rebelarse. Los nazis sabían esto y siempre engañaban a los judíos dejándoles abierta la ilusión de que podían salvarse. Generalmente, fusilaban a los líderes políticos o espirituales, privándolos de dirección. Esas muertes entrañaban un mensaje y tenían una significación profunda: los nazis sólo mataban a los judíos "peligrosos". Los dóciles podían sobrevivir. Luego los llevaban de los *shtetl*, de los pequeños pueblos, a los guetos urbanos, como el de Varsovia. En los guetos, administrados por los *Judenrat*, por los consejos judíos, los refugiados se sentían a salvo. Maltratados y hambrientos, vigilados y encerrados, pero a salvo. Luego los trasladaban, les decían, a campos de trabajo, cuando, en realidad, los llevaban a las cámaras de gas. Pero hasta en ese último minuto trataban de engañarlos. No les decían que iban a matarlos, sino a bañarlos y desinfectarlos, y, para perfeccionar la mentira, les entregaban un jabón. Un jabón que era la prueba de que la ilusión de sobrevivir tenía sentido. ¿Por qué pensar que los iban a matar si les entregaban un jabón? Tras asesinarlos, les quitaban los jabones a los cadáveres para entregarlos a los nuevos prisioneros que incesantemente continuaban llevando los trenes de la muerte.

***

Como me había advertido la cancillería cubana, un miembro de las Fuerzas Armadas norteamericanas me estaba esperando en el aeropuerto militar de Viena al que arribó nuestro avión. Sería mi edecán durante mi estadía en Austria. Se trataba de un joven judío, el teniente Joe Cohen. Antes de la guerra había estudiado historia en Princeton. Desembarcó en Normandía y entró en Austria por Innsbruck tras pelear en diversas batallas europeas. Tras la derrota alemana, lo asignaron al cuerpo de enlace de la comandancia norteamericana instalada en Viena.

—Señor Benda, no lo hacía a usted tan joven —dijo con una sonrisa mientras nos subíamos al jeep militar que él mismo conducía.

—Es el único defecto que se cura con el tiempo —le respondí, también sonriente, citando la vieja frase atribuida a Séneca—. Gracias por recibirme.

—Bienvenido. Cuando me pasaron su expediente me llamó la atención que lo describieran como "un notable pintor judío austriaco refugiado en Cuba, que viaja con pasaporte diplomático cubano por asuntos privados". El Departamento de Estado nos pedía la mayor colaboración. Y luego seguía la pequeña lista de las personas por las que se interesaba. Toda una rareza.

Las imágenes que comencé a ver me impactaron tremendamente. Aunque estaba psicológicamente preparado para enfrentarme a la devastación, nunca pude calcular que sería tan intensa. Los bombardeos previos a la derrota alemana fueron tremendos. Casi la mitad de los edificios de Viena habían sido destruidos o afectados. La ópera, en donde aprendí a amar a Mozart, y el gran teatro en el que conocí la obra de Schiller, habían sido destruidos. El techo de la catedral de San Esteban ya no estaba. Pero lo que me partió el corazón fue el bloque de apartamentos Philipphof, donde tanto jugué de niño en las casas de algunos compañeros de escuela. Las bombas lo habían hecho colapsar. Unas doscientas personas que se habían refugiado en el sótano fueron sepultadas para siempre. ¿Estarían entre ellas algunos de mis amigos o sus familias? ¿Por qué bombardearon salvajemente el zoológico, el Tiergarten Schönbrunn, al que mi madre solía llevarme de la mano algunos domingos, matando a casi todos los animales. Mientras pensaba en todas estas desgracias nos cruzamos con una larga fila de carromatos, algunos tirados por caballos, cargados de personas. Eran los alemanes expulsados de sus lugares de residencia. En este caso se trataba de una caravana de checo-alemanes refugiados.

—Calculamos unos trescientos mil nuevos residentes en Viena —dijo Cohen con un gesto de preocupación—. Son nuevas bocas que alimentar.

Le pregunté quiénes eran esos soldados estrafalarios vestidos irregularmente, con toda clase de sombreros y zapatos.

—Son las tropas rusas —me dijo moviendo la cabeza—. La población les teme. La ciudad está dividida en cuatro sectores. Ingleses, franceses, norteamericanos y rusos. Los austriacos prefieren a los norteamericanos y a los ingleses. Odian a los rusos. A los franceses los llaman "rusos perfumados".

El jeep, para poder girar en una esquina, se detuvo ante unos escombros y se nos acercaron varias mujeres desaliñadas, con niños en brazo, casi en harapos, pidiéndonos algo de comer. Algunas tenían la cabeza afeitada. Joe traía tabletas de chocolates y caramelos para estas ocasiones.

—Las mujeres son las que más han sufrido. Los soldados soviéticos las violan sistemáticamente. Se han reportado más de cien mil violaciones. Entre las pruebas que las víctimas nos han traído está un poema atribuido a Iliá Erenburg en el que alienta a las violaciones de alemanas y austriacas para vengar a los patriotas rusos muertos.

—¿Qué hacen las mujeres? ¿Pueden denunciar al violador?

—En la zona controlada por los soviéticos, que es donde esto acontece todos los días, no pueden hacer nada. Una mujer no puede salir de noche a la calle. Cuando creen que están embarazadas les piden a nuestros médicos que les practiquen abortos. Se han dado casos de violaciones en masa en conventos de monjas. Las monjas embarazadas prefieren tener los hijos. Lo toman como un sacrificio que Dios les ha impuesto. Muchas mujeres se afeitan las cabezas para no ser atractivas. El caso más desesperado que he visto es el de una muchacha muy agraciada a la que violaron en tres ocasiones. Esta es una de las que se ha afeitado la cabeza. Me confesó que se embadurna la ropa con mierda para oler mal y ahuyentar a los hombres.

—¿Todas esas mujeres que tienen la cabeza afeitada es por esa razón? —dije señalando a un grupo en el que se veían varias muchachas con el cráneo rapado.

—No —me respondió Joe—. Hay otras a las que las han afeitado para humillarlas por haber colaborado con los nazis. Y otras que lo han hecho voluntariamente para evitar los piojos. Medio país está lleno de piojos.

—¿Cómo se llevan los soldados soviéticos y los aliados? —le pregunté.

—Cada vez peor —contestó—. En los primeros días hubo una relación fraterna, pero se agriaron en la medida en que les pedimos que respetaran las reglas de la guerra y la paz. Para ellos el saqueo de las casas en busca de alcohol, ropas y joyas, y las violaciones de mujeres, son normales. Es lo que sus jefes esperan de ellos. En las discusiones que hemos tenido hasta enseñaron una declaración de Stalin en la que se pregunta qué tiene de malo que un grupo de hombres jóvenes, víctimas de la agresión nazi, se diviertan un poco tras la victoria. Se indignaron mucho cuando, al día siguiente de inaugurar una estatua "al heroico soldado ruso libertador", alguien cambió la palabra "libertador" por la de "violador".

—¿Cómo tratan a los judíos? —indagué con cierta prevención.

—No nos quieren mucho. Especialmente los ucranianos. Pero los mayores choques han sido con los soldados norteamericanos negros. Se burlan de ellos. Anoche hubo una riña en un puesto fronterizo cuando un teniente negro detuvo a una patrulla de soldados rusos que viajaba en un jeep con la luz apagada. Los rusos insultaron al oficial y le dijeron "negro mono". El teniente rastrilló su pistola y estuvo a punto de comenzar una balacera.

—¿Hay mucho malestar entre los soldados negros?

—Lo hay, pero también contra Estados Unidos. Sienten, con razón, que la sociedad norteamericana es tremendamente racista. La separación racial llega hasta las Fuerzas Armadas. Es una vergüenza que quienes han peleado como ellos, codo con codo, con los blancos, sean apartados por su color. Es un horror que las Fuerzas Armadas de mi país continúen segregadas. No les basta sentar a los negros en asientos separados en los autobuses. También los sientan en tanques de guerra separados.

A David le sorprendió la vehemencia con que Cohen hizo causa común con los negros. Pensó que era un asunto que le tocaba cerca por alguna otra razón.

—¿Y también hay antisemitismo en la sociedad norteamericana? —preguntó anticipando la respuesta.

—Más sutil, pero lo hay. Muchas de las buenas universidades aceptan a los judíos a cuentagotas. Tampoco podemos pertenecer a numerosos clubes sociales. Es impensable que elijan a un presidente judío. Tampoco hay judíos en los grandes bufetes de abogados. Eso está cambiando, pero muy lentamente.

—Yo llegué a Cuba en el barco *Saint Louis* —dijo David con un gesto de colérica complicidad—. Fui uno de los pocos que logró desembarcar. Pero recuerdo que el barco trató de llegar a Estados Unidos y no lo permitieron. Casi un millar de judíos europeos fueron devueltos a la muerte.

—En Estados Unidos también hubo bastante antisemitismo. Henry Ford llegó a publicar un diario antijudío. Charles Lindbergh, el gran héroe americano, nos detestaba. Uno de los funcionarios del Departamento de Estado, nada menos que a cargo de proteger a los perseguidos, llamado Breckinridge Long, dedicó toda su energía a mantener al país libre de los refugiados judíos. Está orgulloso de haber impedido la entrada a doscientos mil judíos. Seguramente muchos de ellos son los cadáveres que me tocó enterrar en Mauthausen.

—Mis padres murieron en Dachau —agregó David con dolor—. ¿Estuvo allí?

—No estuve en Dachau. Estuve en Mauthausen. Era un campo grado III —dijo Joe en tono doctoral—. Era de los peores. Lo utilizaron para exterminar a la *intelligentsia* judía y a numerosos españoles. Cuando entramos al campo nos esperaba una tela que decía que los republicanos españoles les daban la bienvenida a sus libertadores. Fue muy emocionante. Cantaban canciones de la Guerra Civil española.

—¿Tenían órdenes de liberar a los judíos? —preguntó David.

—Algunos dicen que Estados Unidos entró en la guerra para salvar a los judíos. No es verdad. Ojalá fuera cierto, pero es una tontería. Jamás escuché nada de esto cuando nos adiestraban para enviarnos al frente. Salvar a los judíos no era la prioridad de ningún país. Fue un subproducto de la guerra contra los nazis. Los nazis han destruido a la judería europea. Eso nunca se podrá reconstruir.

—Tal vez lo logren en Palestina. Muchos sobrevivientes han huido a la tierra de Israel. Los ingleses quieren evitar que continúen llegando judíos, pero entran de mil maneras. Hay una gran presión para que los dejen constituir un estado independiente.

—Eso está por verse —dijo Cohen poniéndolo en duda—. Va a depender de la posición del presidente Truman. Existe una gran oposición dentro del Departamento de Estado. Cordell Hull no nos quería demasiado. Afortunadamente, lo han sustituido.

Llegamos al hotel Astoria, uno de los pocos que había quedado en pie tras los bombardeos de los Aliados. En la preguerra, cuando no estaba vedado a los judíos, solía acudir con mis padres por las tardes a saborear unas deliciosas tartas de chocolate.

—Éste es el sitio en el que se quedará. Está operado por nuestros soldados. Mañana conversaremos sobre las personas que nos ha pedido que intentemos localizar. No todas son buenas noticias. Descanse esta noche.

***

La mañana compareció brumosa y con lluvia, como era frecuente en Viena.

—Comencemos por las noticias tristes —dijo Joe Cohen antes de poner en marcha el jeep—. Karl Toledano murió. Se lo contará Ruth, su viuda. Será nuestra primera visita. Vive en el convento de las ursulinas. También hemos dado con *frau* Bertha. Podemos reunirnos con ella esta tarde. En cuanto a Volker Schultz, el oficial de la SS, lo detuvieron, estuvo preso varias semanas y fue puesto en libertad. No sabemos dónde vive en este momento, pero tal vez esté detenido con otro nombre.

—Me temía la muerte de Toledano. A ese hombre le debo la vida.

Joe Cohen reaccionó con un gesto de pena.

—¿Interrogaron a la madre de Schultz? —pregunté con ansiedad.

—Averiguamos algo, pero muy tarde. La madre de Schultz, Agnes Schultz, murió durante un bombardeo poco antes de que terminara la guerra. El *chalet* donde vivía fue incendiado. Estaba cerca de una de las refinerías que destruimos.

—Volker Schultz es un asesino. ¿Continuarán buscándolo?

El teniente Cohen dijo que sí con la cabeza, pero, simultáneamente, movió los hombros como dando a entender que sería muy difícil encontrarlo.

El convento de las ursulinas no había sido afectado por las bombas, aunque sí por ráfagas de ametralladoras que habían impactado la fachada. Ruth Toledano me esperaba en una salita austera en la que apenas había dos sillones de madera y una pequeña mesa con una tetera y dos tazas. Joe Cohen tuvo la cortesía de permanecer afuera esperándome.

Nos abrazamos con un cariño infinito. Ella lloraba en silencio. Al tomarla en mis brazos, noté la delgadez extrema de Ruth. Vestía pobremente, una falda negra, una sencilla blusa gris y unos zapatos negros bajos, probablemente de hombre. Llevaba el cabello corto, ya casi totalmente blanco y muy despoblado. Cuando sonrió, en medio de las lágrimas, noté que había perdido algunas piezas de la boca, lo que no le restaba dulzura a sus gestos, pero ya sin el menor vestigio de coquetería.

—Fue terrible —comenzó a contarme—. Cuando nos supimos descubiertos, abandonamos la casa y logramos llegar a Francia. Karl incendió el *chalet* antes de marcharnos para no dejar huellas de nada.

—¿Tenían contactos en Francia? —pregunté.

—Sí. Nos habíamos relacionado con la Resistencia. Pero Karl pudo hacer muy poco. Me dejó en Marsella escondida en un convento de monjas y él se sumó a un grupo de guerrilleros que actuaba en las zonas rurales. Le hicieron un atentado a un coronel de la Gestapo, pero fallaron. Los nazis capturaron a dos de los atacantes, y entre ellos estaba Karl. Los otros dos consiguieron esconderse, pero vieron lo que sucedía.

Ruth volvió de nuevo a llorar amargamente.

—Si es muy doloroso, tal vez es mejor que no me lo cuentes —le dije.

Ruth hizo un gesto, indicando que se estaba calmando y proseguiría.

—Ahí mismo comenzaron a torturarlos para exigirles que dijeran dónde estaba el núcleo de la guerrilla. Primero les fracturaron los dedos a culatazos y les aplastaron las muñecas. Luego le volaron al otro la cabeza de un disparo. Lo mataron primero porque, al ser más joven, pensaron que era menos importante. Le dijeron a Karl que o hablaba o le ocurriría lo mismo. Permaneció en silencio. Comenzaron a golpearlo en la cara. "Habla, hijo de puta, o te mataremos", le gritaban. Karl comenzó a gritar, pero no hablaba. Uno de aquellos asesinos le acercó la bayoneta a un ojo. "Habla o te voy a sacar los ojos", me contaron que le dijo. Karl lo escupió. El soldado le clavó la bayoneta, primero en un ojo y luego en el otro. No se oyó más la voz de Karl. Tal vez murió en ese momento, o poco después, porque continuó moviéndose por un rato.

Le tomé las manos a Ruth y se las apreté. Yo también lloraba.

—¿Cómo te salvaste, cómo llegaste aquí?

—Como te dije, Karl me escondió en un convento en Marsella. Allí llegó uno de los muchachos a hacerme la historia de los últimos momentos de Karl. Las monjas decidieron que era muy peligroso para todas que permaneciera allí y aprovecharon unos salvoconductos expedidos por el gobierno de ocupación para trasladarme a Viena vestida de monja. Me salvó la muerte de sor Isabel.

—¿La muerte de sor Isabel?

—Sí, las monjas habían pedido salvoconductos para dos hermanas que serían trasladadas a Viena, pero una de ellas, sor Isabel Naumann, murió repentinamente antes de la llegada de los documentos. No notificaron su muerte y la enterramos de noche en el huerto. Yo viajé con sus papeles. La ironía es que a trechos nos escoltaba el ejército alemán.

—La vida en el convento debe haber sido muy extraña —le dije para que me contara su experiencia.

—Fue un oasis interrumpido por los bombardeos de los Aliados. Para mí fue un descanso. Las monjas me trataron como a una hermana. Me protegieron. No hablábamos de cuestiones políticas porque había algunas que simpatizaban con los alemanes, pero incluso ésas fueron incapaces de delatarme aunque sabían que yo era una judía escondida en el convento.

—¿Y qué pasó cuando llegó la victoria de los Aliados?

Ruth se puso tensa y contestó con voz temblorosa.

—Primero, en la tarde, llegó un pelotón de soldados rusos. Nos reunieron en el patio y registraron el convento en busca de militares alemanes o austriacos escondidos. En realidad no había ninguno. No se portaron mal. Volvieron por la noche a buscar comida.

Entraron en la cocina y se llevaron todas las provisiones. Sor Úrsula, la hermana encargada de la despensa protestó y varios soldados comenzaron a molestarla. Le levantaron el hábito. La tocaron. Pero no sucedió nada hasta el día siguiente.

—¿Qué ocurrió?

—Volvieron, nos reunieron en el patio y a las más jóvenes les arrancaron las ropas y las violaron. A mí me salvó estar vieja y flaca. Para algo sirven las canas. No pudimos hacer nada. A sor Úrsula se la tenían guardada. La violaron varios soldados. Tal vez eran ucranianos. No sabría decirlo. Luego se fueron.

La conversación había adquirido un tono de dolorosa vergüenza.

—¿Qué vas a hacer, Ruth? ¿Cómo puedo ayudarte? Nunca olvidaré que tú y Karl me salvaron la vida.

Ruth me tomó las manos con ternura.

—No tienes que hacer nada. Basta con que nos recuerdes con cariño. Es suficiente con que yo sepa que hay alguien en algún lugar del mundo que sabe que peleamos por ser libres. Me conformo con que un día pintes un buen retrato de Karl Toledano. Él fue mi vida. Lo adoré. Me voy a quedar aquí. Hay varias monjas embarazadas. Voy a ayudarlas a criar los niños. Serán los hijos que nunca tuve.

Cuando llegué, ella lloraba. Cuando me fui, era yo quien no podía contener las lágrimas.

Todavía me quedaban otras dos emociones estremecedoras. Gracias a las pesquisas de Joe Cohen pude dar con *frau* Bertha, la vecina de Inga y del señor Schmidt. Su casa, semiderruida, estaba en el sector ruso de la ciudad. Nos acompañó en el jeep un amable teniente georgiano o checheno, nunca supe, llamado Igor. El cuadro que encontré era desolador. A su hija y a su yerno, ambos de la juventud hitlerista, los habían matado a patadas otros austriacos al día siguiente de la rendición. Ella estaba como loca y no atinaba a decir otra cosa que quería morirse. Yo, no sé por qué, le di las gracias por haber querido a Inga y a su padre y le dejé algún dinero de regalo.

Lo aceptó con un gesto vago de gratitud. Ni siquiera se levantó a despedirme. Estaba como loca.

Pero lo que más tenso me puso fue la visita a un cuartel en el que se encontraban detenidos un centenar de soldados austriacos y alemanes capturados con documentos falsificados. Por la edad y la descripción que yo había hecho en mi informe, alguno de ellos podía ser Volker Schultz. En ese momento temí encontrarlo. Preso, como tal vez estaba, no podía hacer lo que yo realmente deseaba: golpearlo, matarlo con mis manos. La idea de acusarlo ante unos jueces me parecía una tímida represalia. Casi una cobardía o una frivolidad de mi parte. Así, devorado por las contradicciones, llegué a los calabozos del cuartel. Colocaron a los presos uno junto a otro para que los observara. Lo hice lentamente. De alguna manera, disfruté esos momentos, lo admito, con cierta crueldad. Ellos no sabían quién era yo ni por qué inspeccionaba sus rostros. Supongo que eso les causaba un poco de miedo porque todos, o casi todos, habían cometido atropellos sin cuento y seguramente temían que se trataba de alguna de sus víctimas que venía a identificarlos. Cuando terminé el recorrido le dije al teniente Cohen que no era ninguno de ellos. Volker Schultz no estaba allí. ¿Habría muerto?

Antes de partir de regreso a Cuba todavía hice tres cosas: recorrí conmovido los restos del edificio donde alguna vez viví junto a mis padres, prácticamente destruido por los bombardeos, pasé frente al chamuscado, pero todavía elegante palacio de Bellas Artes, y, con la ayuda del teniente Cohen, radiqué una larga denuncia contra Volker Schultz ante el Departamento de Justicia de las Fuerzas Armadas de Estados Unidos. Si alguna vez daban con ese asesino, yo estaba dispuesto a testificar en su contra.

Al día siguiente tomé el avión a La Habana, vía Londres y New York, naturalmente.

***

Mara querida, la cabina del avión está en silencio. Sólo se escucha el ronroneo persistente de las hélices. Tengo tanto que contarte. Cuando te vea, dentro de unas horas, te diré que estos pocos días de separación me han hecho evidente lo mucho que te amo. En mis momentos emocionales más bajos, cuando peor me sentía, tu imagen acudía a mí como un bálsamo. Me refugié en tu memoria cuando visité lo que fue la casa de mis padres. Te invoqué en el convento mientras hablaba con Ruth. En el hotel, cené con un sobreviviente de Mauthausen, y sólo intercalando tu imagen, mientras él hablaba, pude aliviar el dolor de sus historias. Tenías razón: era mejor que viajara sin ti. Sólo la distancia y la soledad dan la perspectiva crítica que se necesita para juzgar las cosas del corazón. Volé a Viena a reencontrarme con el pasado y he descubierto que hoy mis raíces están dentro de ti, como crecen las plantas parásitas en los árboles frondosos. Tú le das sentido y estructura a mi vida. Tú me das la vida. Tú eres mi refugio y mi amuleto contra la desesperanza. Necesito las conversaciones contigo, tu risa, tus respuestas ingeniosas, aunque a veces sean amargas, tus comentarios inteligentes, y esos párrafos que te gusta compartir conmigo cuando encuentras una lectura interesante o una película que te ha conmovido. Te necesito cerca de mi cuando pinto. Te necesito cerca de mí cuando leemos los diarios, en silencio, las mañanas de los domingos luminosos, o esas tardes de pasión en que la lluvia acalla tus gemidos en la cama y se convierte en una barrera que sólo puede taladrar el arcoíris. Es, Mara querida, Mara del alma, como si tu proximidad física me anclara a tierra, me protegiera, me diera la seguridad que perdí con el vendaval del nazismo y las persecuciones antisemitas. Me pasó algo terrible en Viena. Sentí que la ciudad ya no era mía y que ése no era mi hogar. Apenas habían pasado seis o siete años y ya era un extranjero. No es mi ciudad. No es mi gente. Me persiguieron. Tuve que huir porque querían matarme. Mataron a mis padres. Mataron a Inga y al hijo que nunca tuvimos. Destruyeron estúpidamente el curso de mi vida y el de millones de personas por sostener unas ideas absurdas. No encontré a los amigos de la infancia. Si los hubiera hallado tal vez ni siquiera serían mis amigos. Tal vez fueron mis mayores enemigos. La destrucción física de la ciudad me afectó. Esos escombros eran un reflejo de mis propias emociones. Mi alma era eso: escombros irreconocibles. Viena es un sitio para ir a llorar. Pero el horror que provoca la devastación material es menor que el que surge de la destrucción emocional de los austriacos. Exhiben el síndrome del culpable obsequioso. Al saberme vienés, por mi forma de hablar, pero acompañado por un oficial norteamericano como mi edecán, me suponían importante. Me adulaban. Me sonreían nerviosamente. Escuché mil veces las quejas contra los alemanes. Ahora nadie recuerda que el noventa y cinco por ciento votó por la anexión a Alemania. Hoy el país entero se reconoce en el cinco por ciento que entonces se opuso. Ahora es una sociedad de inocentes. Ahora todos dicen haber rechazado al nazismo y se presentan como víctimas, aunque casi todos fueron cómplices. Ni siquiera recuerdan que las últimas unidades militares que se rindieron a los aliados no fueron las alemanas, sino las austriacas. Pero lo que me dio más asco fue la reacción que observé cuando les decía que yo era judío. Todos alegaban haber tenido amigos judíos. Todos alababan la inteligencia de los judíos. Todos decían haberse sorprendido por el horror de los campos de exterminio, descubiertos al final de la guerra. Algunos hasta me abrazaban, aunque cortésmente los separaba de mi cuerpo. Me daban asco. No quería ese afecto fingido, tan diferente al que he encontrado en Cuba. Tus compatriotas, que ya son los míos, no me han hecho daño. Me tratan sin sentimiento de culpa. Espontáneamente. No cargan en sus espaldas el peso de la infamia. No han sido derrotados. No tienen que sonreír. Son alegres y expansivos de una manera natural. Aman, odian, se abrazan o pelean sin dobleces. Cuando veía la lóbrega realidad de Viena, extrañaba La Habana, con su aire transparente, lavado por chorros de lluvia que van y vienen casi como por arte de magia. Viajar a Viena me ha servido para saber que ya no pertenezco a este viejo y decadente mundillo europeo, enfermo de odios asesinos vestidos de encajes. No sé si ya formo parte del tuyo, el caribeño, pero sí sé que te siento enteramente mía, y que me siento enteramente tuyo. Nunca entendí, hasta ahora, que la patria puede estar en el amor.

20

OTRA VEZ BATISTA

Tras su regreso de Viena, David Benda sintió que, finalmente, terminaba esa incómoda etapa de provisionalidad
que acompaña a todos los inmigrantes. Como decía el título de una popular novela relacionada con la sórdida realidad del
enfrentamiento entre fascistas y bolcheviques, "la noche había quedado atrás". De alguna manera, regresar a Europa fue como una
indispensable ceremonia de despedida para cerrar para siempre un
capítulo muy amargo de su vida. Se abrazó a Mara, la mujer a quien
amaba, y tuvo la certeza de que su elección de terminar sus días en
Cuba era la acertada.

Algo parecido le sucedió a su amigo Yankel Sofowicz, aunque
éste ni siquiera tuvo que volver a Polonia para llegar a la conclusión
de que había encontrado en Cuba, en Alicia, en su hija, Telma, una
niña inteligente y bellísima, en su boyante empresa, y en un creciente
círculo de amigos, dentro y fuera de la comunidad judía, un universo
afectivo en el que vivir se había convertido en una agradable sucesión de días cargados de una merecida felicidad.

Para suerte de ambos, la década transcurrida desde el fin de la guerra había sido pródiga para la sociedad civil cubana. El crecimiento económico del país había sido extraordinario y, tanto en el mundo artístico, donde con creciente éxito se desenvolvía David, como en el empresarial, el de Yankel, abundaban las transacciones provechosas.

Era tal la abundancia que David, sin dudarlo un instante e invocando falta de tiempo, había rechazado la petición de Fulgencio Batista, de nuevo en el poder, para que le hiciera, le dijeron de su parte, "un segundo retrato de madurez y cobrara la cifra que él deseara". Cortés, pero firmemente, el artista le hizo saber al intermediario (un amigo común), confidencialmente, con el ruego de que no le revelara a Batista sus verdaderas razones, que no tenía interés en pintar nuevamente al militar golpista, porque la manera en que esta vez había llegado a la presidencia del país no demostraba cordura, sino codicia, irresponsabilidad y una detestable falta de respeto por la ley que ponía en riesgo la vida de sus conciudadanos. No había dinero en el mundo que lo tentara para hacerle ese nuevo retrato.

En efecto, en el terreno de la convivencia política la situación de Cuba era extremadamente delicada. En 1952, Fulgencio Batista, poco antes de que se celebraran las elecciones pautadas por la ley, había vuelto al poder mediante un golpe militar que destruyó el orden constitucional del país. Un año más tarde, un joven abogado llamado Fidel Castro, con fama de violento y alocado, al frente de un grupo de muchachos audaces, había atacado sin éxito el cuartel Moncada en la ciudad de Santiago de Cuba, episodio que se saldó con la muerte de varias docenas de asaltantes, la mayor parte de ellos asesinados tras ser capturados, pero Fidel, su hermano Raúl y otros compañeros de la aventura sobrevivieron y fueron condenados a largas penas de presidio, aunque luego Batista los indultara antes de cumplir dos años de reclusión. Fidel y algunos de los suyos, una vez libres, marcharon a México, asegurando que regresarían con un pequeño ejército de guerrilleros para poner fin a la dictadura de Batista y restaurar las libertades conculcadas por los militares. Todo parecía una romántica aventura condenada al fracaso.

David y Yankel, sin embargo, aunque ya ciudadanos cubanos y fuertemente ligados a la sociedad que los había acogido, decidieron abstenerse de participar en las luchas cívicas o en la insurrección contra Batista. No deseaban que los acusaran de "extranjeros inmiscuidos en asuntos ajenos", como habían hecho con unos venezolanos y dominicanos que vivían asilados en Cuba, quienes debieron marchar a otros destinos para empezar una nueva vida. Cuba, para David y Yankel, era el fin del camino, pasara lo que pasara en el país.

***

Julio Lavasti citó a David y a Mara en el cementerio de Colón, frente a la tumba de sus padres, como cualquier familia reunida para ponerles flores a sus muertos. Lo acompañaba un joven. Se trataba de Ben Kravich.

—Ya vieron las noticias. Fracasó el asalto a Palacio. Estuvimos a punto de matar a Batista —dijo Julio apesadumbrado—. Este es Ben Kravich. Hace años que no lo saludan y seguramente no lo recuerdan. ¿Te acuerdas de su padre, Jacobo Kravich? Fue un gran hombre y los ayudó mucho. Especialmente a Yankel. Fue el socio de Yankel hasta su muerte.

—No sabía, Julio, que estabas metido en eso —le dijo Mara—. Debiste habérmelo contado.

—¿Para qué? Te hubiera complicado innecesariamente. En estas cosas es mejor no saber. Además, no llegué a participar. Entró medio centenar de hombres. Se suponía que yo, al frente de un comando, ocupara el hotel Sevilla e instalara una ametralladora calibre 30 en la azotea para impedir el arribo de refuerzos, pero fracasó la coordinación y la ametralladora jamás llegó a nuestras manos. Todas las fuerzas auxiliares fallaron. Ha sido un desastre.

—¿Quién dirigió el ataque? —preguntó David.

—Un republicano español exiliado en Cuba. Un buen tipo. Se llamaba Carlos Gutiérrez Menoyo. Lo mataron. También estuvo con la resistencia en Francia contra los nazis. Representaba a la gente del expresidente Prío. Él y Menelao Mora estaban vinculados a Prío. Hubo cuarenta y dos muertos. De éstos, treinta y cuatro eran de la Organización Auténtica, los de Prío, y el resto formaban parte del Directorio Estudiantil Revolucionario. A José Antonio Echeverría, el líder de los estudiantes, lo mataron tras salir de Radio Reloj, la emisora que había tomado para leer la proclama revolucionaria.

—¿Por qué falló todo? —preguntó Mara moviendo la cabeza con desilusión.

—Parece que Batista escapó de su despacho hacia el tercer piso por una escalera interior. Algunas granadas de los asaltantes no estallaron. Y luego la mala suerte: ese día había una ceremonia para darles la bienvenida a unos cadetes que se acababan de graduar. Tomaron las armas y defendieron a Batista.

—¿Supo la policía de Batista que tú estabas en el plan? —preguntó David muy preocupado.

—Por eso los cité aquí, en el cementerio. Sí lo supo. Torturaron a uno de los supervivientes y parece que dio mi nombre. No puedo volver a casa. Seguramente me están esperando.

—¿Qué vas a hacer? —le dijo Mara tomándole las manos conmovida y con la expresión de quien está a punto de llorar.

—Cuando salga del cementerio tomaré un camión de mudanzas de unos amigos para ir a Santiago de Cuba. Supuestamente llevamos unos muebles. En realidad, llevaré escondidas algunas de las armas que pudimos reunir. En Santiago cuento con un contacto para subir a la Sierra Maestra. Siempre hace falta un médico. La guerrilla de Fidel Castro todavía es muy pequeña, pero siempre viene bien otro médico. Hace años que no coso una herida, pero la práctica se recupera rápido.

—¿Ben se va contigo? —preguntó Mara.

—No. Él les contará. No le gusta demasiado Fidel Castro. Pero ahora no hay tiempo para esa discusión. Lo que les pido es que Ben se quede con ustedes esta noche y que lo dejen mañana en el hotel Comodoro. Una lancha lo trasladará a Cayo Hueso al atardecer. No le he pedido a Yankel que lo proteja esta noche porque es probable que la policía sepa o averigüe que era socio de su padre y lo irían a buscar a ese lugar.

—¿Qué va a pasar con tu hijo Ricardo y con tu mujer?

—Se quedarán en casa. No les va a pasar nada. Tienen dinero y servicio. En ningún lugar van a estar mejor. Ricardo seguirá con su terapia. Por favor, Mara, sigue visitándolos frecuentemente. Ya sabes cuánto te quiere Ricardo. Los hijos de puta del gobierno, al menos por ahora, respetan a las familias de sus enemigos. La familia completa de Fidel Castro vive en Cuba y no la han molestado. No creo que a la mía le ocurra nada. Hay límites que Batista no traspasa.

La despedida fue rápida e intensa. Mara no pudo dejar de sollozar cuando su hermano se alejó. No sabía si lo volvería a ver.

***

Ben Kravich era alto, delgado y apuesto como su padre Jacobo. Tenía los ojos claros, una sonrisa franca y aspecto de galán de televisión. Era el representante en Cuba de *La Voz de Israel*.

—¿Y en qué consiste tu trabajo? —le preguntó Mara en la sobremesa.

—Es muy fácil. La embajada israelí me entrega todas las semanas un disco con la grabación que debo difundir. Hay una emisora que nos cede un espacio los fines de semana y yo transmito lo que me envían desde Jerusalén. Generalmente, son llamados a los jóvenes judíos para que hagan *aliyá*. Israel necesita brazos y cerebros.

—¿Qué es eso? —preguntó Mara.

David se apresuró a responder:

—Es emigrar a Israel, incorporarse al país. Desde 1950 todos los judíos del mundo tienen derecho a vivir en Israel y pedir su pasaporte.

—Así es —dijo Ben—. Soy un sionista convicto y confeso —rio—. Algún día yo también me iré a vivir a Israel.

—Pero también estás metido en la política cubana —agregó Mara curiosa.

—Naturalmente, porque soy cubano. Aquí nací. Mi padre era de Lituania, pero emigró a Cuba. No hay ninguna contradicción. A mi padre le tocó combatir la dictadura de Machado y ni siquiera era cubano.

—¿Por qué tu padre emigró a Cuba? —preguntó Mara extrañada.

—Bueno, ahora que está muerto se puede contar: porque mató a un policía que lo abofeteó. Eso fue en los años veinte. Logró comprar una visa cubana y llegó a La Habana sin un centavo, pero con ganas de comerse al mundo. Fue muy feliz en este país.

—Cuéntame —indagó Mara—, ¿por qué la gente de Prío y el Directorio se lo jugaron todo tratando de matar a Batista? ¿No era más razonable tratar de ayudar a Fidel Castro? La oposición necesita una sola cabeza.

Ben Kravich ponderó cuidadosamente la respuesta.

—No estoy seguro de que la oposición necesite una sola cabeza. En realidad, la operación tenía dos objetivos: matar a Batista y eliminar el liderazgo de Fidel Castro. El propósito era liquidar la dictadura e impedir que Fidel se convierta en el próximo dictador.

—¿Por qué no te simpatiza Fidel Castro? —ahora fue David Benda quién se sintió intrigado.

Ben prendió un cigarrillo lentamente, para meditar sus palabras.

—Porque lo conozco muy bien. Lo conozco de la universidad y del Partido Ortodoxo. Los dos estábamos afiliados al Partido Ortodoxo, pero tal vez yo estuve mucho más cerca del fundador, Eduardo Chibás, el líder nuestro que se suicidó. Para Chibás, y para muchos de nosotros, Fidel era un ganstercillo. Alguien que quería imponerse por la intimidación. Un tipo violento que intentó asesinar a otro estudiante, a Leonel Gómez, y lo hirió por la espalda. No es una persona confiable. Estuvo asociado a un grupo de pistoleros políticos muy peligroso, la Unión Insurreccional Revolucionaria, la UIR. Dentro de ese grupo intrigó intensamente hasta que otros pistoleros asesinaron a un líder estudiantil llamado Manolo Castro. Una persona con esos antecedentes no es recomendable para dirigir un proceso político que busca el retorno de la ley y la democracia.

—¿Y por qué, si eso era así, Chibás lo admitió en el Partido y lo postuló para representante?

—Porque en Cuba, y el mismo Chibás me lo dijo, hay una terrible confusión de valores en todos los partidos. Los "auténticos", los batistianos, los comunistas, todos tienen sus gánsters. Es un problema que arrastra la república desde hace muchas décadas. El país está podrido de matonismo.

—¿Qué importa entonces que Fidel sea otro matón? Todos los partidos son parecidos —alegó David.

—Pero hay una diferencia —respondió Ben—. Fidel es un matón radical vinculado a los comunistas y yo no quiero una dictadura comunista en mi país. Si este señor alguna vez triunfa tratará de llevar a los cubanos en esa dirección.

—Ésa es la propaganda que hace Batista, Ben. Nadie cree eso —dijo Mara adoptando una expresión escéptica.

—Eso también suponía yo —dijo Ben—, pero un amigo de Fidel y mío, el doctor Rolando Amador, me relató una historia que me hizo ver las cosas de otro modo.

—¿El joven abogado? —añadió David—. Sé quien es. Lo he visto en mis exposiciones. Siempre aprovecha para hablar alemán conmigo. Tiene fama de genio entre sus compañeros. Es un tipo muy culto y agradable.

—Y lo es —agregó Ben—. Además, habla inglés, francés y sánscrito. Todo un señor. Debe ser la única persona en Cuba que habla sánscrito.

—¿Y qué tiene que ver Rolando Amador con Fidel Castro? —preguntó David intrigado.

—Estudiaron juntos la carrera de Derecho. Rolando era el primer expediente y tenía fama de ser un sabio. Como persona amistosa que es, tenía un trato cordial con Fidel, quien siempre intentaba ser el líder de los estudiantes de Derecho, aunque nunca lo logró. Había algo en su temperamento que provocaba cierto rechazo. Según Rolando, Fidel era muy inteligente y poseía una gran memoria, pero su interés era la política para conquistar el poder, no el Derecho, y apenas estudiaba. Como consecuencia de eso, le quedaban varias asignaturas para graduarse y decidió presentarse por libre, mediante exámenes especiales. Pero para vencer las pruebas tenía que estudiar mucho y necesitaba un mentor que le explicara y resumiera las materias. Le pidió a Rolando que lo ayudara y ambos se hospedaron en un hotel durante una semana para poder aislarse.

—Hasta ahí no hay nada extraño —interrumpió Mara.

—Exacto. Hasta ahí todo era normal. Pero cuando llevaban tres días encerrados estudiando, llegó una visita inesperada: era una delegación de tres personas del Partido Socialista Popular, el PSP, como se llaman los comunistas en Cuba, para notificarle que había sido aceptado. Hasta traían unas cervezas para celebrarlo.

—¿Y entonces qué ocurrió? —indagó David.

—Cuando se fueron los camaradas, Rolando, sorprendido, le preguntó si él era comunista, y Fidel le dijo que sí, que en la universidad se había acercado al comunismo y había encontrado en el marxismo-leninismo las respuestas que Cuba necesitaba para sus enormes problemas. Le recomendó a Rolando que leyera *¿Qué hacer?*, de Lenin, un breve libro en el que Lenin describe la manera más eficaz de lograr penetrar al enemigo y alcanzar el poder. Pura estrategia.

—Y si Fidel es comunista, ¿por qué se afilió inmediatamente después al Partido Ortodoxo? —preguntó Mara.

—Probablemente porque los comunistas no tenían ninguna posibilidad de ganar las elecciones. Apenas contaban con el cinco por ciento de simpatías populares, mientras los ortodoxos se habían convertido en la primera fuerza política del país. Además, el PSP comunista practicaba el "entrismo". Penetraban a otras fuerzas políticas para controlarlas desde adentro. Cualquiera de las dos razones le aconsejaban a Fidel entrar en el Partido Ortodoxo y tratar de ocupar o crear allá dentro el espacio más radical.

—No creo que ni Fidel ni nadie pueda arrastrar a Cuba hacia un modelo totalitario comunista a sólo noventa millas de Estados Unidos. Eso es imposible —dijo David con el mayor convencimiento.

Mara terció en la conversación.

—Debes acostarte, Ben. Mañana te llevaremos temprano al Comodoro.

***

—Señora Mara, señor David —dijo asustada, Dominga, la criada—, hay unos policías que quieren verlos.

Mara y David se miraron atemorizados.

—Diles que pasen —dijo David abotonándose la camisa.

—Ya lo hicieron. Son varios y vienen armados. Están en la sala.

Primero bajó David. Luego Mara.

—Ustedes dirán —dijo David con seriedad, pero aparentando que estaba en la más normal de las situaciones.

—Soy el capitán Rocha —dijo el que parecía comandar al grupo de policías—. No quiero perder el tiempo. ¿Conoce usted a Ben Kravich?

Mara fue la que respondió.

—Claro, es el hijo de Jacobo Kravich, un viejo amigo nuestro que murió no hace mucho. ¿Le pasa algo a Ben?

El capitán Rocha, un tipo pequeño, cetrino, con bigote fino, la taladró con una mirada de deprecio.

—¿Cuándo fue la última vez que lo vieron? —preguntó con severidad.

David se dio cuenta que era inútil mentir. Seguramente lo habían detenido. Algo sabrían. Prefirió crear rápidamente una historia creíble.

—Anoche vino a cenar. Como se quedó hasta muy tarde lo invitamos a dormir en la casa. Al día siguiente nos pidió que lo lleváramos al Hotel Comodoro. Parece que tenía una cita con una novia. Ben es muy enamorado —dijo David con un gesto que llevaba cierta picardía.

—¿Qué les dijo del ataque al palacio presidencial?

—Nada —ahora fue Mara la que habló—. ¿Tuvo algo que ver con eso? No lo creo. Es un muchacho pacífico.

—Si es o no un muchacho pacífico eso lo está averiguando ahora el coronel Esteban Ventura en la Quinta Estación de policía —dijo el capitán triunfalmente—. El coronel lo averigua todo.

David se quedó helado. Ben estaba en manos del temible Ventura.

—Tiene que ser un error —dijo con voz muy queda.

—Tal vez, pero ustedes tendrán que acompañarme.

—Muy bien —respondió David—. Pero, antes de que nos detenga, le voy a pedir que llame al presidente Batista, que es mi amigo. El retrato que tiene en su despacho se lo hice yo. No creo que le agradezca que usted aprese a sus amigos.

El capitán Rocha vaciló. Detener a un amigo de Batista era siempre peligroso. Podía costarle caro. Dudando de lo que acababa de oír, preguntó:

—¿Amigo de Batista? ¿Cómo sé que es verdad?

—Él presidente me dio el número de teléfono de su edecán, el capitán Alberto Sadul, para que lo localizara cuando quisiera. Llámelo y dígale que yo quiero visitar al presidente cuanto antes. Que, en solidaridad con el intento de asesinato por el que acaba de pasar, acepto la oferta que antes había rechazado. Hay un teléfono detrás de usted —le dijo señalando con el mentón.

David buscó en su libreta un número y se lo entregó al capitán.

—Gracias. Conozco al capitán Sadul. Su padre es el chófer de Batista. Prefiero usar la radio del carro. Vuelvo enseguida.

Los minutos parecieron horas, semanas, una eternidad. Por fin regresó. El capitán Rocha venía risueño. Cambiado. Totalmente amigable.

—Sí. Afirma el capitán Sadul que, en efecto, usted y Batista son amigos. Me reiteró que mi función es ocuparme de los enemigos del presidente y no de sus amigos. El presidente, por medio de Sadul, le agradece su solidaridad en esta hora tan dramática de su vida. Dice que lo espera mañana a las diez en palacio.

Antes de salir, el capitán Rocha sacó el pecho, dio un taconazo teatral y les hizo seña a sus hombres para que saludaran militarmente antes de marcharse.

Cuando estuvieron solos, Mara se derrumbó en una silla.

—¿Y ahora qué hacemos?

—Mañana voy a verlo. Le haré el maldito retrato que desea y le pediré que perdone a Ben Kravich y lo deje salir del país. Tengo que pasar por ese trago amargo. Ojalá que mañana Ben no esté muerto. Ojalá que hoy, ahora, todavía esté vivo. Ventura es un asesino despiadado.

***

El capitán Sadul, alto, sonrosado, risueño, educado, con aspecto de oficial escocés más que cubano, hizo pasar a David Benda al despacho de Batista. Fuera del palacio, varios carros blindados vigilaban las entradas. Dentro, un enjambre de albañiles y carpinteros reparaba los cuantiosos daños del ataque. El presidente fue a la puerta a recibirlo.

—Pase. Mi querido artista. Le agradezco mucho sus palabras de solidaridad que el capitán Sadul me transmitió. Efectivamente, estuve a punto de morir.

—Sí, presidente, el ataque ha sido muy grave. Su muerte hubiera conmocionado al país —dijo David buscando las palabras exactas.

Batista lo invitó a sentarse en el cómodo y elegante sofá reservado a las visitas. Él ocupó la butaca de la derecha, como era su costumbre. A David le vino a la mente el personaje que había conocido y pintado diecisiete años antes, retrato al óleo que estaba colgado tras el escritorio del mandatario. El entonces joven coronel, que tenía cierta fiereza en la expresión, había dado paso a un político elegantemente vestido, notablemente más grueso, que olía a colonia Guerlain, sello azul —seguramente mezclada con el talco que le blanqueaba el semblante—, llevaba al cuello una bella corbata de seda y en la muñeca un delgado y costoso Patek-Philippe de oro, símbolo inequívoco de riqueza y distinción social.

—Salí por esa puerta lateral —señaló— y subí al tercer piso. Ellos no estaban familiarizados con el diseño interior de palacio.

—¿Estaba usted armado?

—Sí —dijo Batista—. Siempre llevo conmigo una pistola. La rastrillé para poder disparar si hacía falta. Tenía la bala en el directo. Afortunadamente, no fue necesario. La policía y los cadetes dominaron la situación. Pero la balacera duró cerca de dos horas.

—Casi logran matarlo —agregó David por decir algo.

—A mí es muy difícil matarme. De niño me iluminó la Luz de Yara.

—¿Qué es eso? —preguntó David.

Batista sonrió.

—Es una leyenda cubana. El primer rebelde cubano fue el indio Hatuey. Dicen que su espíritu se manifestó en Yara por medio de una luz intensa. A quien lo baña esa luz está bendecido. A mí me iluminó la Luz de Yara.

—Interesante —dijo David—. Tal vez podamos utilizar esa luz en el nuevo retrato.

Batista hizo un gesto de satisfacción.

—Ya usted es el retratista más conocido y exitoso del país. Vi el reportaje que le hizo la revista *Bohemia*. Cuando termine el cuadro vamos a inaugurarlo con una gran fiesta en palacio. Eso será bueno para usted y para mí. Necesito acercarme a los artistas e intelectuales en este país. Hay mucha gente que me quiere, pero no tanta en ese sector. En estos días está planeada una manifestación de todas las fuerzas vivas de Cuba frente a palacio para desagraviarme. Se esperan unas cien mil personas. Ya han confirmado su participación los sindicatos, la Iglesia, los empresarios, los comerciantes. Hay mucha gente indignada con el intento de asesinato de que fui objeto.

David pensó que acaso eran más los que deseaban que hubiera tenido éxito el ataque, pero no dijo nada.

—Esta vez pensaba pintarlo tal y como es ahora, pero con su *jacket* de cuero negro. El mismo que vestía cuando dio el golpe militar el 10 de marzo de 1952.

—¡Dios mío, hace ya cinco años! —exclamó Batista—. Todo el país esperaba que diera ese golpe.

—Tal vez ya es tiempo de celebrar elecciones verdaderamente libres, ¿no cree, presidente? Como hizo en 1940 —se atrevió a decir David.

—Las habrá. Yo no quiero perpetuarme en el poder. Pero no puedo permitir que me sustituyan quienes me quieren matar. No estoy loco. Los comunistas están detrás de una buena parte de la oposición.

—Presidente, los comunistas son pocos en Cuba y la Isla está a noventa millas de Estados Unidos. Cuba jamás se convertirá en un estado comunista.

—Seguramente tiene razón, pero nuestras relaciones con Estados Unidos son cada vez peores. Están debatiendo decretar un embargo de armas contra nosotros. Vamos a tener que armarnos en otros países para poder enfrentarnos a las guerrillas.

—Presidente, hasta donde sé las guerrillas son un puñado de jóvenes sin experiencia.

Batista se quedó pensativo. Luego dijo:

—Señor Benda, en 1933 un puñado de jóvenes sin experiencia militar provocaron el colapso del gobierno de Machado. Esas cosas suceden.

—Es cierto. El cuadro suyo esta vez recordará al hombre de acción. Como le dije, pienso pintarlo con su *jacket* de cuero. Ya veré cómo lo ilumina la Luz de Yara.

—Pero no hemos hablado de lo principal —dijo Batista—. ¿A cuánto ascenderán sus honorarios? Ya usted debe estar cobrando cifras muy altas. Sé que ha pintado a varios millonarios azucareros.

—No será alta, presidente. Será un obsequio, pero necesito pedirle un favor muy importante.

Batista, sorprendido, se puso algo tenso.

—Usted dirá en qué puedo servirlo —el tono fue claramente defensivo.

David comenzó con un breve circunloquio.

—Cuando llegué a Cuba, señor presidente, hubo un inmigrante judío que me ayudó mucho. Se llamaba Jacobo Kravich y murió recientemente.

—Lo conocí. Era una buena persona —dijo Batista.

David se llenó de valor y lo dijo todo rápidamente:

—Pues bien: Ben Kravich, el hijo de Jacobo, está preso. Lo tiene el coronel Esteban Ventura en la Quinta Estación. Yo vengo a rogarle que lo ponga en libertad.

—¿Por qué está preso? —preguntó Batista con expresión severa.

David Benda respiró hondo antes de decirlo:

—Lo relacionan con el asalto a palacio.

Batista se puso de pie, anudó las manos en la espalda y comenzó a caminar por el despacho visiblemente enfadado. David permaneció en silencio. A los pocos segundos, el presidente comenzó a hablar:

—Usted, señor Benda, no quería mostrarme su solidaridad porque habían tratado de matarme. Usted lo que pretende es salvar a uno de mis presuntos asesinos.

—No es así, presidente. Yo hubiera lamentado su muerte porque no olvido que, gracias a su ayuda, pude desembarcar del

Saint Louis. Al mismo tiempo, fui amigo de Jacobo Kravich y me apena la situación en la que hoy está su hijo. Si puedo salvarle la vida, es mi deber intentarlo.

—¿Y por qué yo debo perdonar a quien quería matarme?

—Puedo darle varias razones, presidente. Porque nada ganará con eliminar a este joven; porque es bueno que se sepa que usted es una persona capaz de ser generosa incluso con sus enemigos; porque yo le aseguro que Ben Kravich, aunque sea su adversario, y aunque haya participado del complot, es un joven idealista, no un asesino.

Batista se quedó un rato callado y movió la cabeza con tristeza. En lugar de responderle a David Benda, oprimió un timbre para llamar a su edecán, el capitán Sadul.

—Póngame al coronel Ventura en el teléfono —le dijo.

Antes de un minuto se estableció la conexión:

—Coronel Ventura, usted tiene detenido al señor Ben Kravich. ¿Está vivo? Celebro que esté vivo. Quiero que siga vivo. Haga que el médico lo atienda inmediatamente. Detenga los interrogatorios. Pídales a sus hombres que no lo toquen más. Mañana irá a recogerlo el señor David Benda. Llevará una tarjeta mía. Entrégueselo. Entrégueselo en la situación en la que se encuentre. Saldrá de la estación de policía hacia el aeropuerto. Olvídese de que quería matarme. Haga lo que le digo.

A David Benda se le iluminó el rostro de contenida alegría.

—¿Tiene usted a dónde enviarlo? —preguntó Batista

—Sí, presidente, seguramente el cónsul israelí querrá ayudar. Es el señor Sender Kaplan. Es amigo de Ben. Seguramente lo embarcará rumbo a Israel. Al fin y al cabo, Ben quería hacer *aliyá*.

—¿Qué es eso? —preguntó Batista.

—Es emigrar a Israel. Convertirse en israelí.

Batista movió la cabeza como aprobándolo.

—Magnífico. Y que no vuelva jamás a Cuba. Otra cosa: no tiene que pintar ese cuadro. Todo era un pretexto suyo para llegar a mi despacho. No quiero forzarlo a hacer lo que usted no desea. Ése no es mi estilo.

—De ninguna manera, presidente. Yo quiero pintar este nuevo retrato suyo. Le agradezco mucho lo que ha hecho por Ben Kravich.

Batista, con desgana, hizo un gesto que quería decir "haga lo que quiera".

—Capitán Sadul, por favor, acompañe al señor Benda hasta la puerta de palacio. Dele una tarjeta mía para que mañana se la entregue al coronel Ventura.

La despedida fue seria y firme. Como si la simpatía de Batista por David Benda se hubiera convertido en una desagradable desconfianza.

21

El futuro ha llegado

Primero de enero de 1959. El timbre del teléfono rompió en pedazos el sueño de Mara, mucho más liviano que el de David. Era Yankel, totalmente eufórico y exaltado:

—Batista se fue de Cuba. Huyó del país con su gente más cercana.

Por un momento, Mara no supo exactamente quién era el interlocutor ni de qué le hablaba.

—¡No puede ser! —dijo Mara, jubilosamente, cuando logró entender lo que Yankel le decía.

Zarandeó a David.

—Despiértate, David. El hombre se ha ido. ¡Cuba es libre de nuevo!

David se incorporó en la cama.

—¿Quién se ha ido?

—Batista. Batista se ha ido, David. Estoy hablando con Yankel. Óyelo por la otra extensión. Dime, Yankel, ¿cómo lo supiste?

—Me lo contó el cónsul israelí, Sender Kaplan. De la Secretaría de Estado están llamando a todo el cuerpo diplomático para informar que el presidente se fue y dejó el país a cargo a un magistrado de la Corte Suprema. Se desmoronó el Gobierno. Es como si se hubiera derretido la autoridad. Lo del magistrado, un tal Piedra, es un chiste. Lo nombraron para ocultar la verdad de que huían cobardemente.

—Batista es un irresponsable incorregible —dijo David por la otra extensión del teléfono que estaba en su mesa de noche—. En 1952 dio un golpe militar, poco antes de unas elecciones, y ahora abandona el poder poco antes de un cambio de gobierno.

—¿De qué cambio de gobierno hablas, David? No jodas —dijo Yankel.

—¿No habían celebrado elecciones en noviembre, supuestamente ganadas por Andrés Rivero Agüero? El 24 de febrero debía entregarle el poder y ahora huye el 1 de enero.

—Fueron elecciones fraudulentas —dijo Mara—. Fraguaron los resultados en los cuarteles para darle la victoria al candidato de Batista. Nadie tomó en serio los resultados. Estados Unidos insinuó que no reconocería a ese gobierno.

—Tal vez ha ocurrido lo mejor —agregó Yankel—. Con Batista se fueron Rivero Agüero y casi todos los ministros. Parece que despegaron tres aviones del campamento de Columbia.

—¿Cómo se desplomó tan rápidamente el Gobierno? Hace un mes parecía imposible lo que acaba de ocurrir —le preguntó Mara a Yankel.

—Según Kaplan, entre los diplomáticos lo que se dice es que Batista se asustó porque había perdido el respaldo de Estados Unidos y descubrió que algunos de sus generales de confianza estaban en contacto con Fidel Castro. El detonador de la fuga fue la visita de un tal Pawley, de parte de la Casa Blanca. Le dijo que el gobierno de Eisenhower daba por liquidado su mandato. Batista se sintió traicionado y tuvo miedo de acabar fusilado por sus enemigos.

—El Ejército estaba desmoralizado —agregó Mara—. Hace un par de días los rebeldes tomaron Santa Clara, que es una ciudad importante, pero menor, y la resistencia fue mínima. Esos tipos ya no querían pelear. Sabían que la mayor parte del país los rechazaba. Les habían perdido el respeto a sus jefes. Era un ejército para desfilar, no para ganar batallas.

—Ojalá se arregle todo —dijo David en un tono más bien pesimista—. Otra frustración puede ser terrible.

—A Julio —contó Mara con orgullo— lo han hecho comandante en la Sierra Maestra. Lo supe ayer. El propio Fidel le entregó la estrella. Ayudó mucho su condición de médico. Supongo que ellos ya están enterados de la fuga de Batista.

—Sí —informó Yankel—. Un comandante llamado Huber Matos tomó o está a punto de tomar Santiago de Cuba. Todos los jefes guerrilleros se dirigen hacia allí. Después seguirán rumbo al oeste. No tardarán en llegar a La Habana. Han decretado una huelga general, pero es innecesaria. Ya ganaron. Parece que vendrán por carretera desde Santiago a La Habana. Los comandantes que están en Las Villas, a medio camino, tienen órdenes de tomar los principales cuarteles de La Habana. Uno, llamado Camilo Cienfuegos, va rumbo al campamento de Columbia, de donde escapó Batista. El otro comandante es un argentino. Su nombre es Ernesto Guevara. Le dicen *Che*.

***

15 de junio de 1959. A los pocos meses del triunfo, la euforia de la victoria había dado paso a las primeras dudas y a los primeros análisis críticos. Mara y David estaban solos en la habitación, con poca luz, en el perfecto ambiente discreto y relajado que predispone a la sinceridad y a las confidencias. Un par de horas antes habían hecho el amor. Luego dormitaron un rato, amorosamente enlazados. El tema político, como casi siempre en los últimos tiempos, se apoderó de la conversación.

—No me gusta nada este espectáculo de los juicios públicos y los fusilamientos televisados —dijo David—. Es una especie de circo romano. La gente, histérica, se pone a dar gritos frente a las cámaras. Fue una vergüenza que absolvieran a un grupo de pilotos y luego los volvieran a juzgar y condenar porque Fidel así lo decidió.

—El capitán que los absolvió se dio un tiro en la cabeza. O se lo dieron, quién sabe. A Julio tampoco le gusta lo que está pasando —le respondió Mara—. Ayer me reveló que se le había quejado al presidente Manuel Urrutia. Es un viejo amigo suyo. Yo llamé a Celia Sánchez, la secretaria y amante de Fidel, a quien conozco hace tiempo, y me dijo que sólo castigarían a los culpables. Nada debíamos temer. Pasara lo que pasara, ella nos ayudaría.

—Esta mañana me crucé con un pelotón de milicianos que gritaban consignas revolucionarias. Me asusté. Me recordó a los nazis. Es una variante de la coreografía fascista. Las manifestaciones multitudinarias me ponen la carne de gallina. Veo en Fidel algunos de los rasgos que les vi a Hitler y a Mussolini.

—Julio habló con el presidente Manuel Urrutia. Son amigos desde hace años. Urrutia le contó que está muy preocupado. Cree que tendrá que renunciar en breve por presión de los comunistas —dijo Mara bajando aún más la voz.

—Fidel afirmó hace poco que él no era comunista, pero creo que sus hechos lo están desmintiendo. Nada de esto me sorprende. Yo vi en Austria a muchos socialistas y conservadores que decían no ser nazis y luego se abrazaron a Hitler.

—Para Julio —insistió Mara— lo más grave es que controlan la policía política y están adoctrinando intensamente a los militares. Eso ha producido una división en las filas de la revolución. El Che Guevara y Raúl Castro están claramente con los comunistas. Si el presidente Urrutia tiene que dejar el poder, será una señal de que todo está perdido.

—¿Recuerdas la anécdota que nos hizo Ben Kravich sobre la vinculación secreta de Fidel y los comunistas según el amigo aquel que lo ayudaba a estudiar? Entonces no lo creí. Ahora sospecho que era cierto lo que decía.

—Claro que la recuerdo. Incluso, recuerdo el nombre de la persona que presenció el encuentro: Rolando Amador. No lo olvido por el detalle ése de que hablaba sánscrito. Dice Julio que el presidente Urrutia le contó que Fidel planea controlar los sindicatos y las organizaciones estudiantiles. Están estudiando una legislación para impedir los partidos políticos y para apoderarse de todas las escuelas privadas.

—Eso exactamente es el totalitarismo. El gobierno o, mejor dicho, el caudillo, se apodera de todas las estructuras e instituciones en nombre de la unidad de la patria, pero ni siquiera eso es exacto: lo que el caudillo busca es el control total de la sociedad para su disfrute. El Partido es sólo una correa de transmisión de la voluntad del *Führer*. Estos tipos son unos enfermos.

—¿Y qué pasará, David?

La voz y la expresión facial de Mara denotaban una inmensa desazón.

—No sé, Mara, pero es muy difícil que se consolide una dictadura comunista a noventa millas de Estados Unidos. Tampoco creo que Moscú se atreva a auspiciarla. Tras la muerte de Stalin, Nikita Kruschev renunció en 1955 a controlar Austria. Se retiraron a cambio de que el país permaneciera neutral. No tiene mucho sentido que traten de controlar Cuba y renuncien a Austria.

***

8 de octubre de 1960.

—Venimos a despedirnos —les dijo Yankel, compungido, a Mara y David. Junto a él, y en la misma actitud, se encontraban Alicia y Telma, ya convertida en una bella adolescente.

—¿Están seguros del paso que dan? —preguntó Mara con tristeza.

—Totalmente —respondió Yankel—. ¿Cuánto más vamos a esperar? Fidel va guiando al país hacia una dictadura comunista y nosotros no cabemos en ese esquema. Para todos es una tragedia, pero no expondremos a nuestra hija a vivir en un estado totalitario. La vida es muy corta para desperdiciarla en esos estúpidos y crueles experimentos. Tú y yo, David, pasamos por esa experiencia hace más de veinte años.

—Tienes razón, Yankel. Ya no hay duda —dijo David—. Echaron al presidente Urrutia, encarcelaron al comandante Huber Matos, se apoderaron de los sindicatos, de las escuelas privadas, de las organizaciones estudiantiles, arrollaron al Poder Judicial, confiscaron los periódicos y el resto de los medios de comunicación. Tienen el control de todo. Pero creo que es un error marcharse. Hay que esperar. Estados Unidos no va a permitir que se establezca en Cuba una cabeza de playa de Moscú.

—Tal vez, pero es lo que, hasta ahora, está ocurriendo. Si hubieran querido intervenir, no les han faltado excusas. Todas las grandes empresas norteamericanas han sido confiscadas.

—No tiene sentido que hace menos de diez años pelearan en Corea, a diez mil millas de distancia, para evitar que los comunistas controlaran ese país, y ahora permitan que se apoderen de Cuba que apenas está a un tiro de piedra de las costas americanas.

—Es posible, David, pero quedarse a confirmar tu teoría es muy peligroso.

—¿Vieron lo que sucedió en la fábrica de uniformes?

Fue Alicia quien hizo la pregunta. Se le escapaban las lágrimas mientras hablaba.

—Ya lo supimos —dijo Mara.

—La intervinieron. Llegó un pelotón de milicianos mandados por una antigua operaria de la fábrica. Se llama Mónica, Mónica Santiesteban. La habíamos expulsado hace dos años por vaga y ladrona. Eran los últimos tiempos de Batista. Se robaba los rollos de gabardina en combinación con su marido, uno de los choferes. Los cogimos con el auto lleno de tela. Yo quise que Yankel los acusara, pero ya sabes lo blando que es tu amigo. Los indemnizó, como si fuera un despido improcedente, y los sacó de la empresa. Ahora ella y su marido han venido a intervenir la fábrica. Nos acusaron de burgueses y explotadores.

—¿Les van a pagar algo por la expropiación? —preguntó Mara.

—Dicen que sí, pero es un cuento. Ni siquiera nos permitieron sacar las fotos familiares de los despachos. Nos trataron como a unos perros. Parecía que los ladrones éramos nosotros.

—¿Cómo se portó el resto de los empleados? —insistió Mara.

—En general, bien, pero todos tratan de preservar sus puestos de trabajo. Algunos me esquivaban la mirada —dijo Alicia—. Tenían una especie de complejo de culpa.

—En definitiva, ¿se van a Estados Unidos?

—Sí. A Miami —dijo Yankel—. Tengo un amigo, también de origen polaco, que me dará trabajo. Me voy sin dinero. Voy a administrarle un edificio en lo que llaman el *downtown*. Ni siquiera nos dejan sacar las joyas personales por el aeropuerto. Trataré de que el cónsul israelí nos ayude a salvar algo. Es muy triste perder de golpe, injustamente, toda una vida de trabajo.

—¿Hablas algo de inglés? —preguntó David.

—Casi nada. Ni Alicia ni yo hablamos inglés. Telma sí lo aprendió en la escuela. Al principio será nuestra traductora. Pero a eso no le tengo miedo. Cuando llegué a Cuba tampoco hablaba español.

—Yo creo que estarán muy pronto de regreso. Una dictadura comunista no puede resistir mucho tiempo en Cuba —afirmó David.

—Pues en ese caso volveremos, pero tengo graves temores de que acabe consolidándose. Fidel es muy astuto.

***

2 de enero de 1961. Julio, con un gesto, les pidió a Mara y a David que lo acompañaran al jardín de la casa para conversar. Señaló con el índice hacia el techo, dando a entender que podía haber micrófonos. Vestía su uniforme verde oliva con la estrella de comandante en el hombro. Maritza se quedó en la sala, junto a Ricardo, viendo la televisión.

—Hace un par de días se fue la electricidad y luego vinieron unos tipos a arreglarla. Probablemente eran del G-2 y colocaron micrófonos. Es lo que suelen hacer. En la jerga les llaman "poner técnica". Hace rato que desconfían de mí. Probablemente, mi amistad con Urrutia los puso en guardia.

—¿Qué pasa, Julio? —preguntó Mara alarmada.

—Los llamé para decirles que esto se jode muy pronto. Ya es más que evidente, para todo el mundo, que Fidel y un puñado de su gente de confianza ha traicionado la revolución y se han olvidado de sus promesas de democracia. Hay miles de campesinos alzados en el Escambray y pronto llegará del extranjero una expedición grande de exiliados. Cuando eso ocurra habrá un levantamiento en el ejército rebelde. Algunos de los líderes de la lucha contra Batista encabezan la insurrección. Casi todos los ex ministros del primer gabinete de la revolución están metidos en esto.

—¿Qué hará Estados Unidos? —indagó David.

—Nos apoya. Todos están seguros de que no hay tiempo que perder. Hay unos cuantos miles de jóvenes formándose en la URSS y en el campo socialista. Cuando regresen consolidarán un sistema comunista calcado del de Rusia y será muy difícil desmontarlo.

—¿Qué papel juegas tú en todo esto, Julio? —le preguntó Mara a medio camino entre la preocupación y el reproche—. Ahora no se puede jugar a la revolución porque te fusilan o te encarcelan. Durante la lucha contra Batista llamabas a un ministro o al propio Batista y te perdonaban y hasta te facilitaban la salida del país. Contra Fidel es diferente: te fusilan.

—No estamos jugando a la revolución, Mara. Esto es muy serio. Mi papel es junto al comandante Humberto Sorí Marín. ¿Lo recuerdas? Nos conocíamos de antes, pero nos hicimos grandes amigos en la Sierra Maestra. Fue uno de los primeros en advertirme del carácter supremamente autoritario de Fidel. Por instrucciones de Sorí hice un viaje clandestino en mi lancha *Turquino* a Miami y traje armas y explosivos para cuando llegue el día D. No debe tardar mucho.

***

Madrugada del 17 de abril de 1961. Media docena de militares con armas largas entraron vociferando en la casa de David y Mara.

—Tieso, que te frío —dijo el miliciano apuntándole a la frente a David con una metralleta. David, demudado, levantó las manos.

—Usted también levante las manos —le gritó el que parecía ser el jefe a Mara, quien en ese momento, agitada, descendía por la escalera.

—¿Qué sucede? —preguntó David.

—Cállese —volvió a gritar el guardia—. Usted sabe qué sucede. Los mercenarios ya desembarcaron y vamos a joderlos a ellos y a sus cómplices.

—¿Dónde desembarcaron? —ahora fue Mara la que le preguntó a otro soldado que le colocaba las esposas.

—En Playa Girón, en Bahía de Cochinos. Los vamos a liquidar a todos.

—Cállese, soldado. No les dé información a estos tipos. Revisen la casa.

Dominga, la vieja sirvienta, lloraba.

—Usted no tiene nada que temer. Son los señoritos los que ahora tienen que temer. En este país se acabaron los abusos.

Al cabo de una hora, tras vaciar todas las gavetas, rasgar los sofás y sillas, y revisar los armarios, sin encontrar nada que los inculpara, David y Mara fueron trasladados en dos autos diferentes a los calabozos de la policía política situados en la Calle 14 y la Quinta Avenida de Miramar.

***

28 de abril de 1961.

—Siéntese, señor David Benda. Soy el capitán Lombardía. Estoy a cargo de su caso —su forma de hablar delataba que era una persona educada—. Sé que lleva una semana en una celda de aislamiento y silencio total. En estos días han pasado muchas cosas.

Quien hablaba era un joven oficial, alto, grueso, perfectamente afeitado y nítidamente vestido. Lo único inusual en su uniforme era la cartuchera de sobaco con una enorme pistola. La habitación, sin ventanas, mal iluminada, constaba de un escritorio con tapa de cristal y unas sillas de madera. David se sentó.

—Cuénteme todo lo que sepa, señor Benda.

—Ante todo, le ruego que me diga cómo está mi mujer. La detuvieron conmigo. ¿Qué quiere que le cuente? Yo no sé nada. Llevo varios días encerrado en un calabozo. ¿Qué ha pasado? Lo último que supe es que nos detuvieron y nos trajeron aquí.

—Han pasado muchas cosas, señor Benda. Tranquilícese. Su compañera Mara está bien. Lo más importante es que todos sus amigos mercenarios o murieron o fueron hechos prisioneros en Bahía de Cochinos. Pasó que derrotamos al imperialismo yanqui y a sus lacayos cubanos.

—Ni siquiera sé quiénes vinieron en esa invasión. ¿Por qué dice que eran mis amigos? ¿Dónde está Bahía de Cochinos?

—Porque eran los batistianos que regresaban de nuevo a convertir a Cuba en un prostíbulo de los americanos y en un garito de los gánsteres. Esos son sus amigos. Apresamos a unos mil trescientos mercenarios. Matamos a ciento cincuenta o doscientos. No los matamos a todos porque se rindieron y la revolución es generosa.

—No es cierto. No soy batistiano. Conocí a Batista, y me permitió quedarme en Cuba en 1939, pero no simpatizaba con él. No me gustaba su carácter de dictador.

—¡Así que no le gustaba el dictador Batista! —exclamó el militar poniéndose de pie mientras desenrollaba un lienzo que tenía junto a su escritorio—. Usted es un mentiroso. ¿Y esto qué es?

Era el segundo retrato de Batista pintado por David. El militar lo desplegó sobre el escritorio.

—Mire la fecha, señor Benda: abril de 1957. El anterior retrato que le hizo a Batista, que fue destruido por ciudadanos justamente indignados con el tirano, podía perdonársele, porque es del primer Batista, el de 1940, cuando estaba aliado a nosotros los comunistas, pero éste no. Éste fue realizado un mes después del sacrificio de cincuenta jóvenes que trataron de ajusticiar al tirano y murieron en el intento, o los asesinaron después del combate. Usted pintó, firmó y le dedicó un cuadro a Batista en abril de 1957. Usted no es un gran artista, como dicen sus amigos, usted sólo es un batistiano de mierda, señor Benda.

David movió la cabeza negando la acusación.

—No soy batistiano. Pinté ese cuadro, precisamente, para salvar a uno de los complotados en el asalto a Palacio.

—¿Y usted quiere que me crea esa mentira? Ahora quiere presentarse como un héroe. No me joda, señor Benda. Yo no me chupo el dedo.

—Ventura lo había detenido, lo torturaban, y fui a ver a Batista para pedirle que lo dejaran libre.

— ¿Y Batista lo complació a cambio de que usted le hiciera un retrato? Invéntese otra coartada. Ésa es una estupidez.

—No es una coartada. Es la verdad.

—¿Sí? ¿Cómo se llama la persona que usted dice que salvó?

—Ben Kravich. Se llama Ben Kravich.

El oficial rememoró por unos instantes y luego, con la expresión de quien ha ordenado sus pensamientos, invocó el nombre en un tono despectivo.

—Así que usted salvó al polaco Ben Kravich. Lo conozco bien. Menudo hijo de puta. Estudiamos juntos en la universidad. Es una rata sionista. Era un anticomunista enfermizo desde joven.

—No es una rata sionista, como dice usted. Kravich creía en la causa de Israel. Amaba a Cuba y amaba a Israel.

—Déjeme hablarle claro, señor Benda: si usted está de acuerdo con las ideas de Kravich, ambos son dos judíos de mierda. Los judíos se han apoderado del territorio que les correspondía a los palestinos. La única cosa buena que hizo la república mediatizada en la época del canalla de Grau San Martín fue votar contra la creación de Israel, el único país de América Latina, por cierto, que votó correctamente. Israel es un peón del imperialismo yanqui y usted es un doble agente de los americanos. Primero es un agente como retratista de la burguesía y luego como judío sionista.

El oficial se acercó agresivamente a David Benda. Éste optó por no tratar de rebatirle sus ofensas ni argumentos. Le vino a la memoria, como un relámpago, aquella Viena llena de odio en la que Volker Schultz lo golpeó y humilló. Decidió jugarse una carta peligrosa:

—Capitán Lombardía, no vale la pena discutir. Si quiere informes sobre mí, hable con el comandante Lavasti, el hermano de Mara. Estuvo en la Sierra con Fidel Castro. Él podrá despejar cualquier duda. Él le podrá confirmar que yo no soy un enemigo de la revolución. Celia Sánchez también podrá informarle.

El capitán Lombardía se echó a reír de una manera impostada, sarcástica.

—Así que quiere salvarse con el testimonio del comandante Julio Lavasti. Creo que era médico ese hijo de puta. Supongo que el comandante Julio Lavasti no puede dar testimonio de nada. Ese traidor está muerto.

David sintió que su corazón daba un vuelco.

—¿Cómo que está muerto? ¿Por qué dice que era un traidor?

—No sólo él. Él y su mujer murieron en el tiroteo. Se escapaban de Cuba en una lancha y un guardacostas los interceptó y les dio el alto. Ese traidor disparó y desde nuestro barco los barrimos. Formaba parte de la conspiración de otro traidor, el comandante Sorí Marín. A ése lo fusilamos hace unos días. Cuando abordamos la lancha había un niño inválido que lloraba. Parece que era el hijo de Lavasti. Su miserable cuñado puso en juego la vida del chico al subirlo a la lancha en que trataría de escapar. Un niño, además, inválido. ¿Qué hubiera pasado con esa criatura si la lancha zozobra? Fue un milagro que las balas no lo hayan tocado.

—Sí, era Ricardo, el hijo —dijo David totalmente aplastado—. ¿Dónde está? ¿Lo hirieron?

—Está bien. No lo hirieron. Ya le diré. Pero, primero, cuénteme todo lo que sabe.

—Nada puedo contarle porque no sé nada especial, ni he hecho nada contra la revolución. Me he limitado a pintar profesionalmente. Nada más.

—Tengo curiosidad por algo: ¿conoce usted a Ernest Hemingway?

—Sí, lo conozco. No nos vemos con frecuencia, pero lo conozco. Se fue hace poco de Cuba, donde vivía. En una época hasta salimos juntos a cazar submarinos alemanes.

—Bien. No voy a perder más tiempo con usted. Para mi pesar, tengo órdenes de liberarlo. Si por mí fuera, lo dejaría encerrado o lo fusilaría, pero debo soltarlo. El cónsul israelí le llevó a Raúl Roa, a nuestro canciller, un telegrama firmado por Ernest Hemingway en el que nos pedía que lo pusieran en libertad. Tras la firma de Hemingway había otras de algunos amigos suyos: Arthur Koestler, Albert Camus, Raymond Aron, Salvador de Madariaga, Julián Gorkin, Luis Araquistain, Joaquín Maurín, Víctor Alba, Germán Arciniegas y otros agentes del imperialismo. Parece que su amigo Yankel Sofowicz se movió mucho en el extranjero cuando supo que usted estaba detenido. Nuestro servicio de inteligencia dice que fue él quien alertó a ese avispero contrarrevolucionario organizado por la CIA.

David Benda sintió un gran alivio.

—¿Y Mara? —preguntó.

—Su mujer ya está en su casa. Con ella está su sobrino, Ricardo.

—Gracias —dijo David.

—Déselas a Roa. Pero le voy a dar un consejo que no me ha pedido: lárguese de Cuba. Usted no cabe en esta revolución. La próxima vez, en lugar de detenerlo, le daremos un tiro en la cabeza para no darle tiempo a sus amigos para que se movilicen. Es lo que merece.

22

OTRA VEZ ADIÓS

David Benda traía olor a muerto, una barba oscura y una terrible expresión de tristeza cuando llegó a su casa. Abrazó a Mara con todo el amor del mundo sin cerrar aún la puerta. Fue un apretón de reencuentro intenso y conmovido. Mara, despeinada, desaliñada, tenía los ojos hinchados y unas enormes ojeras grabadas en su rostro por las noches de insomnio y dolor. David preguntó por Ricardo. Está en nuestra habitación, dijo Mara. No quiere dormir en otro sitio. Se duerme abrazado a mí. No quiere que lo deje solo.

—Temí que no te volvería a ver —dijo Mara y rompió a llorar nuevamente.

—Ya supe que mataron a Julio y a Maritza cuando trataban de escapar en la lancha.

Mara trató de calmarse.

—Ni siquiera me han querido decir dónde los enterraron. Ricardo me contó que el cuerpo de su padre casi se partió en dos por las balas. Maritza se acostó sobre Ricardo para protegerlo y recibió varios balazos, uno de ellos en la cabeza. Su madre le salvó la vida.

—Me dijo el interrogador que tu hermano disparó primero.

—No es verdad. El niño cuenta que su padre ni siquiera tenía armas. Abrió los brazos y suplicó que no dispararan. Fue un crimen a mansalva. Los asesinaron. Cuando me trajeron a Ricardo todavía tenía la ropa empapada en la sangre de su madre.

—Afortunadamente nos soltaron a ambos. En mi caso, parece que fue muy importante un telegrama firmado por Hemingway y otros intelectuales. Lo promovió Yankel. No sé cómo se enteró de que nos habían apresado.

—Tal vez se lo dijo Sender Kaplan, el cónsul de Israel —agregó Mara.

—Yankel hizo un gran trabajo. ¿Por qué te liberaron a ti?

—La madrugada que nos apresaron, la pobre Dominga se fue caminando hasta la casa de Celia Sánchez y logró verla y explicarle lo que había ocurrido. Esperó bajo la lluvia hasta que la recibió. Dominga sabía que Celia era una vieja amiga de la familia. La había visto en casa varias veces. Debo decirte que Celia, dentro de las circunstancias, se portó muy bien. Ella misma me fue a buscar al G-2, a Quinta y 14, y me trajo hasta la casa en su auto. Creo que es la única persona en el país que se atreve a hacer algo así.

—Todo el mundo sabe que es la secretaria y amante de Fidel. Es por eso. Nadie posee esa doble autoridad en Cuba. Ni siquiera su hermano Raúl.

—Es una relación extraña. Celia es también como la madre. Fidel tiene con ella un vínculo edípico, qué sé yo. Pero lo cierto es que me ayudó.

—¿Qué se comenta de la invasión ésa de Bahía de Cochinos?

—Lo que todos sabemos. La aviación cubana pulverizó los barcos donde venían los suministros, los expedicionarios se quedaron sin municiones y tuvieron que entregarse. Todo fue una locura. La dictadura comunista se ha consolidado. Los americanos los mandaron al matadero y luego no los ayudaron.

David se quedó pensando durante unos instantes. Sabía que lo que iba a decir podía ser muy duro.

—Eso es cierto. Las dictaduras comunistas son imbatibles. Son jaulas perfectas. Es el momento de irnos de Cuba. Tenemos que largarnos.

—Tal vez no sea para siempre —dijo Mara poniéndose a la defensiva. Conversaban en la sala, sentados sobre los cojines destripados por la policía política.

—No, Mara. Uno no puede hacer planes con factores que no controla. Recuerdo a nuestros amigos que en los años treinta emigraron ante los primeros síntomas de que el nazismo se había entronizado en Alemania y ver que despertaba enormes simpatías en Austria. Fueron los que se salvaron. Mis padres apostaron a que algo tan descabellado como el hitlerismo abortaría por su propio peso. Confiaron en la racionalidad de la gente. Eso siempre es un error. Ellos murieron en los campos de exterminio. A mí no me mataron porque huí a tiempo. Hay que irse.

—David, ésta es mi tierra, mi país, aquí están mis raíces. Por muy dura que sea la situación dentro de Cuba, siempre será mejor que empezar otra vida en el extranjero.

—Te equivocas, Mara. Yo sé lo que es empezar de nuevo. Es riesgoso y duro, pero es preferible luchar por una vida mejor, aun con el peligro de fracasar, que resignarse a una vida de mierda. Llegué a Cuba hace más de veinte años y ni siquiera hablaba español. Me siento mucho más identificado con este país y con su gente que con el mundo del que provengo. Pero yo no decidí dejar de ser austriaco y convertirme en cubano por las playas o por el clima, sino porque aquí podía ser libre y escoger mi camino. Podía triunfar o fracasar, pero dependía de mi esfuerzo. En las sociedades totalitarias la vida te la dictan unos idiotas que son los dueños de tu destino. Te dicen cómo debes vivir y qué debes creer y hacer para que no te lastimen.

Eso no es lo que quiero para mi familia.

—Puede ser, David, pero quizás tú esperas más de la vida que yo. No he podido tener hijos, asesinaron a mi hermano, a quien adoraba, y a su mujer, a quien también quería mucho. Muchos de mis amigos se han marchado de Cuba. ¿Qué me queda? Me quedas tú, me queda Ricardo, mientras él tenga vida, porque su destino es morir joven.

—También te queda la galería, hasta que te la quiten —dijo David con cierta crueldad.

—Ya eso ocurrió. Ayer la ocuparon las milicias. Celia intervino. Van a expropiarla, pero me dejarán como administradora si yo acepto dejar de ser propietaria y convertirme en una empleada más.

David movió la cabeza con desesperación.

—¿Y qué les dijiste?

—Les dije que aceptaba la oferta. Lo que yo amo no es la propiedad, sino el trabajo que realizo.

—Te equivocas, Mara. No vas a realizar el mismo trabajo. La galería dejará de ser un espacio libre para exhibiciones y tertulias y se convertirá en un centro de difusión de propaganda y tú en una comisaria cultural. En las sociedades totalitarias todas las instituciones son parte de la maquinaria. No hay piezas sueltas.

—No lo sé. Acaso no sea así. Celia dice que tendré cierta independencia. Me repitió el lema de Fidel: dentro de la revolución, todo; fuera de la revolución, nada.

—Exactamente, Mara. Estos cretinos, como hacían los nazis y fascistas, buscan uniformar a la sociedad. Ellos definen lo que es bueno o malo. Lo que es verdad o mentira. Ellos eligen cuál artista triunfa o cuál fracasa. Eso es lo que quiere decir ese lema. Si decides quedarte tendrás que jugar su juego.

—Pero está Ricardo. El niño necesita terapia diaria, ayuda médica. Nada de eso puedo conseguirlo si nos marchamos al exilio. Allí nos espera la pobreza y el anonimato. Celia me garantizó que al niño no le faltará nada.

—Eso no es justo, Mara. Tú no puedes sacrificar tu vida por la atención médica de Ricardo. En el exilio tendremos que levantarnos otra vez; eso se logra a base de tesón y talento, y los dos tenemos ambas cosas.

—Yo no sé si tengo el talento que tú siempre me reconoces, David. Pero lo que no tengo es fuerzas para empezar de nuevo.

—Es al revés, Mara. Lo que requiere una fuerza extraordinaria es la paciencia para soportar la cruel imbecilidad de este sistema. Tú no te imaginas lo que es pasarse toda la vida aplaudiendo un régimen que detestas dirigido por una pandilla de mediocres por los que, corazón adentro, sientes el mayor rechazo. Eso sí es un sacrificio terrible.

—¿Y estás dispuesto a abandonar Cuba para siempre? —preguntó Mara con el gesto de quien cree que tal cosa es imposible.

—Por supuesto que sí. Cuba no es sólo una realidad tangible. Cuba, como todas las sociedades, es un modo de convivir. Me encantaron la calidad y el calor de la gente. Y eso es lo que se está yendo al carajo de la mano de estos energúmenos. Lo que yo amaba de Viena no era la armonía de la ciudad, sus palacios o la opulencia del antiguo centro del imperio: lo que yo amaba era el tipo de convivencia que había segregado esa sociedad a lo largo de los siglos. Lo que me enamoró de Cuba fue eso mismo, y eso, Mara, se ha perdido, tal vez para siempre.

—Perdóname, David, pero yo no tengo ovarios para dejar mi país y emprender una nueva vida. Estoy demasiado fatigada, demasiado confundida. Irse es siempre una forma de derrota.

—De todas maneras, Mara, vas a emprender una nueva vida, sólo que en el mismo escenario. Pese a las diferencias, la forma de convivencia que yo encontré en Cuba estaba más cerca de la Austria anterior a los nazis que lo que vino después. Yo no estoy dispuesto a pagar ese precio. Vivir en un sistema totalitario es devastador. La libertad no es un lujo, Mara, es una necesidad.

—Eso me parece una frase hueca. ¿Nos abandonas? —dijo Mara tomando las manos de David mientras adoptaba una postura de total indefensión.

David meditó la respuesta. No quería herir a la mujer que realmente amaba.

—No es una frase hueca, Mara. La libertad es la posibilidad de tomar decisiones individuales y eso desaparece cuando nos gobiernan unos tipos que nos imponen sus caprichos. No los quiero dejar atrás, Mara de mi alma. Te invito a ti y a Ricardo a que me acompañen en una nueva etapa de nuestras vidas. Yo te adoro y quiero mucho al niño, pero ninguno de nosotros tres merece ser sacrificado en esta estúpida utopía revolucionaria escogida por unos jóvenes aventureros ignorantes y deseosos de gloria. Esa pesadilla ya la viví hace muchos años.

Todo fue inútil. Esa noche, Mara y David hicieron el amor furiosa y tristemente. Los dos presentían que sería la última vez.

TERCERA

PARTE

23

VOLVER A EMPEZAR

Llegué abatido al aeropuerto de Miami, moralmente destrozado. Cuando el avión despegaba de La Habana me pregunté si realmente nunca más volvería a Cuba y sentí un profundo dolor. En la cabina se oía una agradable melodía de Lecuona que siempre había asociado a una experiencia alegre, pero algo había cambiado dentro de mí y percibí esa música como la más triste que había oído nunca. Veinte años antes, en medio de los mayores sobresaltos, había llegado a esa isla lleno de ilusiones tras escapar del nazismo. Cuando abandoné Europa sentí un enorme bienestar emocional. Dejar Cuba, en cambio, me hería profundamente. Me parecía imposible, demasiado cruel, pensar que nunca más vería a Mara. Comenzar una nueva vida en plena juventud es una aventura. Comenzarla en la madurez es una tragedia. Todavía recuerdo con felicidad la brisa fresca del mar acariciándome en la cubierta del *Saint Louis*, y la sensación de alivio que sentí cuando el perfil de la costa alemana iba perdiéndose en el horizonte y Hamburgo desaparecía de mi vista. No he olvidado nunca la llegada del crucero a La Habana, esa bella ciudad recostada al malecón, ni mi accidentado desembarco. ¿Cómo borrar de la memoria la imagen de Rachel, bellísima y enamorada, desde la baranda del barco, diciéndome adiós con su mano? ¿Cómo pensar que nunca más la volvería a ver? ¿Es mi destino perder siempre todo lo que amo? ¿Era posible que este capítulo de mi vida, Cuba, estuviera cerrado para siempre, como me sucedió con Austria, el país en el que nací y prácticamente olvidé? Incluso ahora tal vez era peor, porque yo decidí voluntariamente, después del fin de la guerra, no volver a Viena, pero hoy en Cuba han sido otros los que habían convertido mi hogar en un sitio inhabitable, en un infierno, en el que quedarme era espantoso, pero del cual alejarme era terrible. ¿Llegó Cuba, realmente, a ser mi hogar? Creo que sí. Así lo sentía. ¿Estaría destinado para siempre a volver a empezar? ¿Seré yo ese judío errante, el personaje de la odiosa leyenda antisemita que cuenta la historia de un hebreo condenado a vagar por el mundo hasta el fin de los tiempos por haberle negado agua a Jesucristo? La vida normal de los seres humanos está basada en la continuidad, en la rutina predecible, en la contigüidad de los días, de las caras, de los paisajes, no en la ruptura. Las rupturas son siempre contra natura. Es terrible tener que cancelar el pasado y empezar otra vez de cero, como esas personas que regresan a la vida tras haber perdido la memoria y con ella la noción de todo lo vivido.

El fiel, el generoso Yankel me esperaba junto a Alicia, siempre buena y cariñosa, a la salida de un aeropuerto atiborrado de ansiosos familiares de los refugiados que llegaban de Cuba. Yo viajaba sin otro equipaje que un simple maletín de mano con un par de mudas de ropa, pues un aduanero mal encarado hasta me había despojado del reloj de pulsera en el momento de la partida. Nos abrazamos, como era de rigor, y las historias fluyeron dolorosas. Se horrorizaron con los detalles de la muerte de Julio y Maritza. Se apenaron con la desolada situación de Ricardo. Se sorprendieron de la reacción de Mara, decidida a no marcharse de Cuba. Les dolió mucho la descripción que les hice de la realidad cubana, cuyo empobrecimiento galopante parecía imparable, gobernada por la irracionalidad y el capricho de un caudillo enfermo de autoritarismo como los que Yankel y yo habíamos conocido y sufrido en la Europa de nuestra juventud.

La familia —gracias al instinto extraordinario de Yankel para los negocios— ya vivía en un hermoso *chalet* situado en una agradable zona de Miami conocida como The Roads, muy cerca del *downtown*. La casa, dotada de un gran jardín, contaba con un cómodo *cottage*, pequeña casita auxiliar de madera que disponía de habitación, baño, cocina, comedor independiente, y hasta un pequeño y soleado salón que, según Yankel, siempre cariñoso e hiperbólico, sería "mi estudio de pintor hasta que me convirtiera en el artista más importante de Estados Unidos". Lo que ni él ni yo sabíamos en ese momento es que, al llegar a Miami, pese a su calurosa acogida, me abatiría una profunda y hasta entonces desconocida depresión que me hundió en un hueco negro durante largo tiempo.

Me sentía triste durante todo el día, asténico hasta el extremo de no sentirme con fuerzas para caminar o para mover una simple silla. Afeitarme o asearme me parecían banalidades. Mi apariencia física dejó de importarme. Nada me interesaba. No quería comer. Bajé de peso hasta enflaquecer peligrosamente. No quería pintar. No necesitaba pintar, como antes, para sentirme satisfecho. Carecía, por primera vez en mi vida, de la capacidad de concentración que requiere pintar. Toda mi obra artística me parecía inútil y superflua. Mi vida carecía de sentido. Quizás no lo había tenido nunca. ¿Por qué? Por mi culpa. Siempre había tomado las decisiones equivocadas. No me fui de Europa a tiempo. Tal vez me fui de Cuba a destiempo. ¿No debí quedarme junto a Mara y Ricardo, mi única familia en la tierra? Acaso Mara tenía razón y los había abandonado. Pero, ¿no sería al revés? Optar por permanecer en Cuba, ¿no era una forma pasiva de abandono? Nada me parecía atrayente. No despertaban mi atención las noticias de los diarios ni la televisión. A veces no dormía por las noches obsesionado por cualquier idea que me rondara la cabeza (generalmente Mara), pero, a veces, me atacaba el hipersomnio. Dormía veinte horas seguidas, quizás porque ese estado fisiológico era el menos doloroso, salvo cuando me visitaba la pesadilla de que estaba preso en Cuba y no podía salir de la Isla. Me despertaba entonces con una claustrofóbica sensación de ahogo. En esas circunstancias, y en casi todas, levantarme era una tortura. El signo de mi existencia era la apatía, la anhedonia, esa cruel incapacidad para gozar de los placeres de la vida. Súbitamente, la buena música, el buen cine, la buena literatura, viejas pasiones que me acompañaban desde la adolescencia, me dejaban totalmente indiferente. No era capaz de leer tres páginas seguidas. Sentía, y me angustiaba, una disminución total de la libido, lo que me llevaba a pensar que nunca más amaría. ¿Para qué vivir, pensaba, sin amor y sin sexo? ¿No era mejor quitarme la vida de una vez? Vincent van Gogh se había suicidado a los treinta y siete años de edad. Su cuadro, *A las puertas de la eternidad*, pintado una década antes, lo anunciaba. Ese anciano desesperado con el rostro entre las manos era él. Ese anciano desesperado era también yo, aunque apenas tuviera cuarenta y cinco años. Me sentía el hombre más viejo y golpeado del mundo, el más inútil, el más fracasado.

Ese cruel estado anímico duró muchos meses, quizás año y medio, incluidas las veinte sesiones de terapia que recibí de un gran psicólogo, el doctor Carlos Duque, también escapado de Cuba, quien, tras descartar vigorosamente mi sugerencia de recurrir a electrochoques o a psicotrópicos, me ayudó a combatir la irracionalidad de mis "distorsiones cognitivas" (así les llamaba) por el simple procedimiento de discutir conmigo la coherencia de mis emociones. Me enseñó, paso a paso, a desterrar voluntariamente cualquier pensamiento infeliz que me asaltara porque, al fin y al cabo, mi depresión no tenía un origen fisiológico, sino estrictamente subjetivo, aunque era muy probable que ese estado anímico generara un funcionamiento anormal de los neurotransmisores, lo que, a su vez, reforzaba los comportamientos neuróticos y la existencia de la depresión. Con su ayuda, las ideas absurdas fueron desdibujándose y poco a poco fui fortaleciendo mi autoestima y recobrando las ganas de vivir. Acaso, el momento final de la depresión me llegó de una manera simbólica. Una tarde, Alicia y Yankel, que nunca me abandonaron, que nunca se desesperaron, me visitaron en el *cottage* para entregarme un regalo que habían conseguido sacar de Cuba por medio de un piloto de la línea aérea Iberia. Se trataba del viejo caballete de pintura que mi madre me había regalado en Viena poco antes de la debacle. Yo sentí que era una especie de mensaje que me llegaba de algún sitio. Tenía que empezar a vivir nuevamente. Era como si una potente voz interior me ordenara: "Levántate y pinta".

Telma marcha a Georgetown

"Parece mentira que Telma ya se nos vaya a la universidad", dijo Yankel alzando una copa de vino. Alicia, la madre, alternaba el rostro radiante de felicidad con alguna lágrima furtiva. Aceptaba la costumbre norteamericana de que, con la mayoría de edad, los jóvenes comenzaran a ensayar su independencia, pero no dejaba de sentir la separación como una especie de ruptura.

David comenzó a aplaudir para quitarle solemnidad a la situación:

—¡Qué viva Telma! —gritó divertido.

Era una típica cena de despedida. La niña se había convertido en una hermosa muchacha de dieciocho años, brillante, juiciosa e inesperadamente buena deportista. Georgetown, la prestigiosa universidad jesuita de Washington, la había admitido, otorgándole una beca como resultado de sus altísimas notas y de su habilidad para jugar al tenis. Comenzaría en el semestre de enero de 1964. En torno a la mesa, muy bien puesta, se sentaban unas diez personas, todas amigas íntimas de la familia, y Telma, la homenajeada, tomó la palabra y dijo algunas cosas muy amables sobre sus padres, las injusticias que habían padecido y el sacrificio que hacían para que ella estudiara. Su partida y ese breve discurso, aunque Telma no lo supiera, formaban parte del rito de paso a su edad adulta.

Los invitados volvieron a aplaudir, ahora un tanto conmovidos. Alicia, la madre, y Yankel, el orgulloso padre, se emocionaron mucho.

Pasados los brindis y los elogios al talento y la belleza de Telma, la conversación carenó en el asunto que todavía estremecía al mundo, y muy especialmente a los norteamericanos: el asesinato del presidente John F. Kennedy y la muerte —cuarenta y ocho horas después— de su asesino, Lee Harvey Oswald, a manos de un extraño personaje llamado Jack Ruby.

El crimen había ocurrido una semana antes y ya era enorme la cantidad de información disponible. Se sabía que Oswald, un comunista fanático simpatizante de Castro, era miembro de un fantasmal Comité Pro Trato Justo a Cuba, quien, previamente, había desertado de las Fuerzas Armadas y se había trasladado a la URSS. Se había filtrado, también, que el nuevo presidente de Estados Unidos, Lyndon B. Johnson, pensaba que el atentado había sido obra de Fidel Castro, dado que Oswald, pocos días antes del asesinato había visitado la embajada cubana en México.

—Esto significa que en cualquier momento Estados Unidos ordena la invasión de Cuba —opinó Yankel enfáticamente.

"No lo creo", dijo otro de los comensales, un periodista, Bruno Stansky, colaborador frecuente del *Times*, también de origen polaco, que tenía una biografía parecida a la de Yankel, aunque no era judío, sino católico, y había participado de la fuerza aérea inglesa durante la Segunda Guerra Mundial, tras lo cual se mudó a Cuba y luego, como tantos, marchó al exilio en Miami. Su explicación tenía mucho sentido.

—Johnson no puede invadir Cuba por una sospecha, por muy fundada que sea. Recuerden que hace poco más de un año se produjo la Crisis de los Misiles y Estados Unidos y la URSS establecieron el Pacto Kennedy-Kruschev, mediante el cual Washington no invadía la Isla y Moscú retiraba los cohetes. Johnson no va a arriesgarse a un enfrentamiento con los rusos a los pocos días de iniciado su mandato.

—¿Por qué no? —preguntó Alicia.

—Porque nadie sabe si Moscú se apoderaría de Berlín Oeste en represalia por una invasión a Cuba, y eso pondría a Estados Unidos ante la disyuntiva de ir a la guerra o aceptar la pérdida total de Berlín. En octubre del 1962 estuvimos a pocas horas de una tercera guerra mundial. Nadie en sus cabales quiere volver a correr ese riesgo.

—Tampoco está claro el papel de la mafia en la muerte de Kennedy. No hay duda de que Oswald es castrista, pero ¿por qué lo mata un tipo como Jack Ruby? Jack Ruby, dicen, tiene conexiones con la mafia —afirmó David.

—Y se sabe que la mafia ha tratado de matar a Fidel Castro. El gobierno cubano lo ha denunciado —dijo Bruno Stansky—. El *Times* también me ha pedido que trate de averiguar las conexiones entre la mafia y los cubanos que trabajan para la CIA. Los mafiosos son los mismos que perdieron en Cuba el negocio del juego. Ésa es otra línea de investigación.

—Yo creo que nunca se sabrá exactamente qué fue lo que ocurrió —dijo Alicia—. Hay mucha gente interesada en borrar huellas.

—Tal vez el misterio se mantenga para siempre. Han pasado más de sesenta años de la muerte del presidente William McKinley y todavía no se sabe si su asesino, Leon Czolgosz, por cierto, un hijo de inmigrantes polacos, formaba parte de una conspiración, o si actuaba solo —dijo Stansky con un extraño orgullo—. Hace poco un escritor dotado de una frondosa imaginación se aventuró a decir que el crimen había sido una conspiración anarquista para convertir en presidente a Teddy Roosevelt, hasta entonces vicepresidente.

—Ahora tampoco faltan los que acusan a Johnson. Como ostensiblemente se llevaba tan mal con Kennedy, alguna gente piensa que él está detrás de todo eso —dijo Yankel.

—*Nonsense*, como dicen los gringos —opinó Stansky.

—A mí lo que me ha dejado helado es la increíble cadena de casualidades —agregó David—. Que Oswald fuera un comunista dispuesto a asesinar al presidente de Estados Unidos me parece posible dentro de la lógica de un país en el que casi todos los presidentes sufren atentados. Que la mafia mate a Oswald es más raro, pero la mafia siempre ha matado gente. Ése es su oficio. Pero lo que me resulta asombroso es que, por casualidad, el asesino, Oswald, pocas semanas antes de cometer su crimen, se haya mudado a una nueva ciudad, Dallas, y, también por casualidad, haya encontrado un trabajo, precisamente en el lugar por donde el presidente de Estados Unidos, por casualidad, iba a pasar en un auto convertible. Eso parece un cuento del argentino Jorge Luis Borges o una fábula oriental sobre la imposibilidad de burlar el destino.

—Pero ahí no termina la cadena de hechos extraños —dijo Yankel riendo—. Todo esto, Oswald y la muerte de Kennedy, tienen un sentido superior: el suceso ha servido para que David vuelva a pintar. Está haciendo un retrato extraordinario de Kennedy para enviarlo al certamen convocado por la Soho Fine Arts Foundation de Nueva York. El primer premio recibirá cien mil dólares por el cuadro, el segundo cincuenta y el tercero veinticinco mil. Verán que, al final, Kennedy y Oswald pasarán a la historia porque vivieron en la época del pintor David Benda.

Todos rieron la ocurrencia, menos Benda, quien protestó por la infidencia de su amigo alegando que solía dar mala suerte alabar un cuadro antes de que estuviera terminado.

25

EL PREMIO Y UNA
VOZ INESPERADA

Buenos días. Este domingo *Meet the Press* de la cadena NBC hará un alto en su habitual programa de entrevistas políticas para conversar con el pintor David Benda, un refugiado de origen austriaco procedente de Cuba. El señor Benda, en gran medida autodidacta, acaba de ganar el primer premio de un concurso de retratos dedicado al presidente John F. Kennedy, recientemente asesinado en la ciudad de Dallas. El certamen fue convocado por la Soho Fine Arts Foundation de New York y conllevaba un premio en metálico de cien mil dólares. Se presentaron 269 retratos al concurso, de ellos, 211 provenían de Estados Unidos y el resto de diversos países del mundo. Los departamentos de Arte de las Universidades Columbia y Barnard hicieron la selección. La obra estará expuesta durante sesenta días en un lugar prominente de la Fundación y luego pasará a formar parte de los fondos permanentes del Museum of Modern Art, el famoso MoMA de la ciudad de New York.

El señor Benda, hasta ahora desconocido en nuestro país, se formó en Viena antes de la Segunda Guerra Mundial, viajó a Cuba en 1939 a bordo del barco *Saint Louis,* y fue uno de los pocos pasajeros que logró desembarcar en la Isla. Durante unos años, el retratista, que hoy tiene cuarenta y seis años, se convirtió en uno de los pintores más valiosos de Cuba hasta que, en 1961, debido a la situación imperante en el país, se trasladó a Estados Unidos y solicitó asilo político, estatus migratorio que, finalmente, le fue concedido. Este galardón que acaba de obtener le abre la puerta grande del arte en nuestro país.

Quien hablaba frente a las cámaras, sentado junto David Benda, era Ned Brooks, vestido con su habitual corbata de lazo, jovial y profesionalmente cálido, como le correspondía a su papel de conductor del programa de entrevistas más acreditado de la televisión americana. Frente a él y a Benda, cuatro periodistas, pluma en ristre, estaban listos para el interrogatorio.

Tiene la palabra el señor Lewis del *New York Times*:

—Señor Benda, ¿por qué pintó tres Kennedy en el mismo lienzo en lugar de limitarse a una sola imagen del presidente?

—Bueno, recordé un magnífico retrato del rey Charles que hizo Anthony van Dyck para que le sirviera a Bernini como referencia de una escultura que pensaba esculpir. Bernini había pedido una imagen del "rey real" y Van Dyck pintó tres rostros del monarca, de frente y los dos perfiles, pero los tres rostros son ligeramente diferentes. Cada persona es varias personas al mismo tiempo. Kennedy expresaba su temperamento intenso de diversas maneras. Hay un Kennedy reflexivo, que es el intelectual. Hay un Kennedy colérico, decidido, que es el que vimos durante la Crisis de los Misiles. Y hay un Kennedy inspirador, idealista, el de su discurso inaugural, el que estremeció a los berlineses. Los junté en el mismo lienzo y los cambié para que fueran distintos y siguieran siendo el mismo.

—¿Cuál es el secreto de un buen retrato? —preguntó la corresponsal de *Life*.

—Que trasmita la personalidad profunda del retratado. Que nos deje ver su furia, sus demonios, su visión interior, incluso, sus contradicciones. Un buen cuadro debe llegar a donde no llega la superficialidad de la cámara fotográfica.

—¿Un retratista puede ver todo eso? —preguntó otra vez la periodista con escepticismo.

—Por supuesto. Los seres humanos aprendemos a ver la realidad escudriñando el semblante de nuestras madres cuando nos amamantan. La primera lección que aprendemos es el rostro de otro. Ahí descubrimos, poco a poco, los matices de la gesticulación. Todos los elementos forman parte del lenguaje: los ojos, la boca, las cejas, el mentón, incluso los hombros y el movimiento de las manos. Los pintores, especialmente los retratistas, probablemente percibimos mejor ese lenguaje gestual. Tenemos el ojo mejor entrenado para ver esos matices.

—¿Cree usted que la Mona Lisa es el mejor retrato jamás pintado? —preguntó, riendo, la misma periodista—. Según una encuesta reciente, la mayor parte de los jóvenes americanos creen que Mona Lisa es el personaje de una canción de Nat King Cole y no un cuadro de Leonardo.

David Benda también rio.

—No los culpo. La canción es preciosa. No sé si ése es el mejor retrato de la historia, pero tal vez es la mejor balada —dijo sonriendo y esquivando la pregunta, que le pareció algo tonta.

—¿Y cuál es el retrato que prefiere, el que le hubiera gustado pintar? —intervino el periodista.

David pensó la respuesta.

—Son varios. Cuando era joven admiré mucho el primer *Retrato de Adele Bloch-Bauer* que pintó mi compatriota Gustav Klimt. Me pareció una maravilla. Pero luego comencé a rechazar el oro que envuelve la figura, la belleza del entorno. Me pareció que Klimt hacía trampa. En el segundo retrato que pintó de esta mujer hay mucha más sinceridad, más autenticidad. Es menos bello y, por lo tanto, mucho menos hipócrita.

—¿Y qué le parecen los retratos de Rembrandt?

—Sus autorretratos son una maravilla. Pintó sesenta imágenes de sí mismo. Estaba obsesionado con su proceso de envejecimiento.

No tenía compasión. Ahí están sus ojos saltones, su piel agrietada, su fealdad. Es el maestro de todos. También es excelente el autorretrato de Durero, con esa cabellera renacentista que hoy se vuelve a llevar entre algunos hombres que recurren a la moda afro.

—¿Son mejores los modelos bellos o feos?

—Los rostros perfectos tienen menos posibilidades de transmitir emociones. Casi todas las caras son asimétricas. La personalidad está en la asimetría. Esas minúsculas diferencias son estupendas para los pintores, pero hay que saber captarlas. Jean-Paul Sartre, con sus ojos estrábicos, es un modelo mucho más interesante que Rock Hudson.

—¿Y los retratos de Picasso?

—Todo lo que hace Picasso tiene una gran calidad, pero sus retratos no son lo mejor. Ni el de Gertrude Stein, ni el de su mujer, *Dora Maar con gato,* me parecen obras maestras. Más me gusta el retrato de Picasso que le pintó su amigo Juan Gris. Ese cuadro demuestra que se pueden hacer grandes retratos dentro del cubismo.

—¿Conoce el retratismo americano?

—Bueno, a los principales, a los clásicos, que me parecen admirables. John Singer Sargent fue un genio. El *Retrato de Miss Dora Wheeler* que pintó Chase es uno de los grandes cuadros de todos los tiempos. Ustedes tuvieron una mujer extraordinaria, Cecilia Beaux.

—¿Qué le parece Andy Warhol? —de nuevo, preguntó el periodista del *Times.*

David Benda no quiso ser grosero y se contuvo.

—Es interesante. Merece sus minutos de gloria, pero tal vez no mucho más. Vi su reciente *Marilyn Monroe.* Alteraba y repetía una foto de la actriz. El problema que se me presenta con ese tipo de retrato es que el diseño gráfico y la anécdota son más fuertes que el modelo retratado. A Warhol no le interesó penetrar en el alma de Marilyn. Ni siquiera lo intenta. Tampoco quiere demostrar que es un gran pintor, porque no lo es. Lo suyo es plasmar una imagen grata, trivial. Convierte la banalidad en arte y viceversa. En cierto sentido le ocurre lo mismo que a Amedeo Modigliani. Modigliani era un genio como pintor, pero estaba más interesado en proyectar su estilo que en el carácter de su modelo.

Ned Brooks retomó la palabra:

—Usted ha ganado el concurso con un cuadro del presidente Kennedy, a partir de ahora ¿va a inclinarse por figuras importantes de la vida nacional americana?

—Es probable. En la Viena de mi juventud pinté a Freud. Fue mi primer cuadro y se perdió en medio de la catástrofe. Algún día lo intentaré de nuevo. Luego, en Cuba, retraté a muchos personajes de la vida nacional, generalmente políticos y empresarios. Me fui de Europa en medio de una revolución fascista, me fui de Cuba en medio de una revolución comunista, dos formas abominables de dictadura, y llego a Estados Unidos en medio de una revolución social libre. Sería un idiota si no aprovechara la época para pintar a los grandes personajes. Eso fue lo que hicieron David e Ingres en la Francia de su tiempo. La imagen que tenemos de Napoleón es la que nos dejaron ellos.

—¿A quién más le gustaría pintar?

—En primer lugar, a Martin Luther King. Luther King tiene una fuerza, una dignidad muy especial. Está demoliendo pacíficamente la segregación racial en Estados Unidos. Como judío que soy entiendo que ese proceso es también mío. Hemos padecido la segregación durante siglos. No por el color de la piel, pero estábamos igualmente marginados. En Estados Unidos he visto antisemitismo. En un exclusivo club de Coral Gables, una ciudad aledaña a Miami, donde vivo, no admiten judíos. También se rechaza a los hispanos. Todos vimos en la prensa el brutal cartel "No negros, no hispanos, no perros" que exhibía un hotel de carretera en Alabama. Pudo decir, además, "no judíos", porque suele ser el mismo odio, como proclama sin recato el Ku Klux Klan. El triunfo de Luther King y de sus seguidores será bueno para todos. Me encantará pintarlo.

La cámara fue a un plano medio de Ned Brooks.

Bien, amigos televidentes —dijo Ned Brooks— ya han conocido ustedes a este formidable artista, David Benda, que viene a radicarse entre nosotros y a enriquecer nuestro acervo cultural. Los esperamos el próximo domingo a la misma hora con otro especialísimo invitado.

Mientras se despedía de Brooks y de los otros periodistas, ya fuera de cámara, una secretaria llegó agitada a donde estaba David Benda y le extendió un papel con un número.

—Señor Benda. Tiene un mensaje telefónico urgente. Creo que debe atenderlo.

—¿Quién es? —preguntó David extrañado.

—No sé. Es una mujer. Hablaba de una manera atropellada y con un fuerte acento extranjero. Estaba muy nerviosa. Dice que es una cuestión importante. No me pareció una de esas locas que llaman a los programas de televisión. Puede utilizar aquella extensión —dijo señalando a un teléfono que estaba dentro de una pequeña oficina.

David Benda asintió con la cabeza y se dirigió hacia el sitio. Marcó el número.

—Soy David Benda. Una señora me ha llamado desde ese número. ¿Con quién tengo el gusto de hablar? —preguntó cautelosamente.

Durante varios segundos sólo se oyó la respiración agitada de una persona al otro lado del teléfono. Súbitamente, una voz conocida, pero algo cambiada por el tiempo, comenzó a hablar en alemán.

—David, soy Rachel. Rachel Berger. Acabo de verte en televisión. Desde hace unos años vivo en New York.

David Benda advirtió que su corazón se había desbocado y sintió de pronto en su memoria la caricia de una ráfaga de aire fresco, como si estuviera en la cubierta del *Saint Louis*. Dio un grito de alegría.

26

LA HISTORIA DE RACHEL

Recuerdo con cierta precisión aquellos primeros días de junio a bordo del *Saint Louis*. ¿Cómo olvidarlos? David había conseguido desembarcar en La Habana con la promesa de que nos rescataría a mí y a mi padre, pero luego no consiguió hacerlo. O sólo obtuvo una visa de inmigrante, la mía, pero yo no podía abandonar a mi padre, así que le escribí una carta de despedida y seguí a bordo del buque.

Lo entonces ocurrido fue terrible: no conseguíamos desembarcar en Cuba porque nadie quería pagar la totalidad del dinero exigido por el presidente cubano Laredo Bru como garantía de que no seríamos carga pública. "Valíamos", los casi mil pasajeros, unos quinientos mil dólares que no había forma de reunir. El abogado que nos representaba en La Habana, Lawrence Berenson, comenzó a regatear con el presidente cubano, ofreciendo la mitad de esa cifra, hasta que éste se cansó y dio el portazo final. Mientras tanto, un diplomático dominicano ofreció su territorio, pero a nuestros negociadores les pareció que se trataba sólo de una estafa.

Existió (o eso se nos dijo), además, la posibilidad de que el presidente Roosevelt cediera a las demandas de los grupos judíos y nos permitieran desembarcar en Miami, frente a cuya costa llegamos a navegar, o en New York, pero prevaleció la xenofobia y el antisemitismo, entonces muy fuertes en Estados Unidos, seguramente exacerbados por el desempleo y por la gran recesión económica desatada una década antes, pero todavía trágicamente vigente. Se nos negó, pues la posibilidad de quedarnos en territorio americano.

En esas circunstancias, parecía inevitable el regreso a Alemania, lo que entrañaba, según Aaron Pozner, que todos iríamos a parar a los campos de concentración, donde nos esperaba la muerte, por lo que comenzó a proponer, sin éxito, que nos apoderáramos del barco por la fuerza. Sin embargo, cuando ya nos dirigíamos a Europa, comenzó a aclararse el panorama: Bélgica y Holanda decidieron aceptar, cada país, doscientos refugiados. Luego Francia e Inglaterra aceptaron el resto. Fue un desenlace feliz, aunque el capitán Schröder, secretamente, había decidido, si no se encontraba una solución, no regresar a Hamburgo, llevar el barco hasta aguas inglesas y allí incendiarlo para obligar a los británicos a aceptarnos.

A mi padre y a mí nos tocó desembarcar en Inglaterra. Llegamos a Southampton el 21 de junio. Habían pasado cuarenta días desde que salimos de Hamburgo rumbo a La Habana llenos de ilusiones. Había sido una de las aventuras más intensas y devastadoras de nuestras vidas. Diez veces nos vimos a salvo y otras tantas pensamos que regresábamos a las garras de los nazis. En medio de ese torbellino, había tenido tiempo, incluso, hasta de enamorarme fugazmente de David Benda, una pasión juvenil que se disipó muy rápidamente. Me tocaba rehacer mi vida en Inglaterra y el recuerdo de David fue desvaneciéndose con cierta rapidez hasta quedar reducido a una experiencia grata y unas imágenes agradables que acudían a mi conciencia con decreciente frecuencia hasta prácticamente desaparecer.

Las autoridades inglesas que nos otorgaron asilo nos encontraron refugio y protección en el hogar de una adorable anciana, la señora Liat Shifter, sola y sin hijos, pues el que tuvo, Peter, según nos relató con sorprendente naturalidad, murió en la Batalla del Somme en la Gran Guerra del Catorce, una carnicería, aclaró, en la que perecieron un millón de personas. Era viuda de un próspero industrial anglojudío, también desaparecido unos años antes, y su nombre, Liat, nos contó, no lo recogía la Biblia porque era un hermoso capricho onomástico de los judíos radicados en Palestina, que podía traducirse como "tú para mí".

La señora Liat Shifter, pequeña, rosada, con ojos expresivos, asombrosamente enérgica para sus ochenta años, vivía en un pequeño *chalet* situado en las afueras de Londres, rodeada por un jardín sembrado de rosas y azaleas que ella misma cultivaba por placer estético, por curiosidad científica (le gustaba hacer experimentos y cruces genéticos con las semillas) y para mantenerse ágil. Por ella nos enteramos, a los pocos minutos de llegar a su casa, mientras recorríamos el jardín y alabábamos sus flores, del insospechado detalle de que la miel de las bellas azaleas era mortal para las personas y saludable para los insectos.

El *chalet* contaba en la planta baja con dos habitaciones contiguas con baño intercalado en las que nos alojó a mí y a mi padre, un verdadero privilegio que nos confirmaba que llegábamos a Inglaterra con el pie derecho y con una calidad de vida muy notable para unos pobres refugiados judíos. Liat (insistía en que no la llamáramos "señora Shifter"), ni siquiera quería cobrarnos alquiler pues, nos dijo, "andaba a la busca de compañía inteligente", aunque sospecho que lo que deseaba era cierto calor familiar para pasar los últimos años de su vida. Mi padre, no obstante, le dijo que tan pronto comenzara a trabajar y tener ingresos pensaba colaborar con los gastos de la casa. Yo, por mi parte, le conté que trataría de reanudar mis estudios de medicina, dado que, afortunadamente, había logrado viajar con mis notas de la Universidad Humboldt de Berlín y una carta en la que certificaban mis prácticas en el hospital Charité.

El King's College, para mi fortuna, había desarrollado un programa especial dedicado a la oleada de refugiados que llegaban a Gran Bretaña, aceptó la documentación que le presenté y me admitieron para que continuara mis estudios de medicina en el semestre siguiente, lo que significaba que lograría en Inglaterra lo que Alemania me negaba, pero la felicidad que entonces experimenté duró muy poco. Concretamente, terminó en los primeros días de septiembre de 1939, cuando Hitler, aliado a Stalin, atacó Polonia y comenzó la Segunda Guerra Mundial.

Mi padre y yo nos presentamos como voluntarios inmediatamente para ayudar a los ingleses. Pero era entendible que despertara cierta curiosidad, incluso inquietud, que unos refugiados alemanes, como nosotros, estuviéramos deseosos de luchar contra nuestra patria, pero para mi padre y para mí, como explicamos, resultaba obvio que el nazismo no era Alemania, y, si lo era, ésa no constituía nuestra patria, sino una enemiga encarnizada empeñada en destruirnos, así que la odiábamos por todo el daño injusto que nos había infligido.

A mi padre, por su edad avanzada, por algunos problemas cardiacos que le detectaron en el examen físico que le hicieron, y por su condición de psiquiatra, lo destacaron en una unidad especial situada a cien kilómetros de Londres, donde le asignaron un despacho y una habitación limpia y grande. La unidad se dedicaba a atender a los niños que, por temor a los bombardeos, comenzaban a evacuar de la capital sin sus familias, circunstancia que, naturalmente, les provocaba miedos y comportamientos neuróticos. Yo permanecí en Londres y me inscribí en el Women's Voluntary Service for Civil Defense, conocida por sus siglas WVS. Mi primer trabajo fue ayudar a repartir cientos de miles de caretas antigás, casa por casa, y enseñar cómo usarlas.

De manera que la señora Shifter y yo nos quedamos solas en el *chalet* y, poco a poco, se fue forjando una espontánea relación madre-hija que las dos disfrutábamos. Cuando regresaba de mi trabajo como voluntaria del WVS, me dedicaba junto a Liat a sembrar y cultivar hortalizas en el jardín, ya sin flores, siguiendo las instrucciones del Ministerio de Guerra que, con la consigna de "¡Excavad para la victoria!" instaba a los ciudadanos a aprovechar cualquier centímetro de tierra para generar alimentos, dado el estricto racionamiento a que estábamos sometidos. Teníamos, además, varias gallinas ponedoras y una cría de conejos para completar la alimentación con una buena ración de proteínas. Yo prefería recolectar los huevos a matar los conejos, actividad que Liat desempeñaba sin el menor vestigio de culpabilidad, asegurando que, después de la guerra regresaría a la sana tradición de los alimentos *kosher*.

A los pocos meses de comenzado el conflicto se nos advirtió que, de acuerdo con los informes de inteligencia, era probable que los bombardeos aéreos sobre Londres arreciaran tremendamente, así que Liat y yo nos preparamos adecuadamente: para el jardín compramos, instalamos y semienterramos un "refugio Anderson", hecho de fuertes planchas de metal ondulado, y dentro de la casa colocamos un "refugio Morrison", que era como una caja fuerte de hormigón y acero, un minibúnker que debía resistir cualquier impacto indirecto. Asimismo, hicimos acopio de comida, agua, latería (la que se podía conseguir) y nos dispusimos, como quería el nuevo Primer Ministro, Winston Churchill, a no rendirnos nunca, nunca.

A partir de septiembre del año exacto de comenzada la guerra, Londres se convirtió en un infierno. Todo ese mes, todo octubre y parte de noviembre, fueron terribles. Los bombardeos aéreos nocturnos no cesaban, y cada vez eran más precisos. Aprendimos a identificar los aviones por el ruido que hacían y a correr hacia los refugios a la menor señal de peligro. Los motores de los alemanes eran más silenciosos que los nuestros, en cambio, nuestros pilotos, afirmaba la prensa, eran más diestros. Las bombas silbaban y luego se producía el estallido, pero, a veces, tras el silbido, se oía un golpe seco: era un proyectil que no había estallado, o de acción retardada que estallaría luego provocando más muertes.

En una semana mi vida volvió a dar un vuelco tremendo. Son cosas, supongo, de la guerra. El WVS, súbitamente, me destacó por las noches en una de las estaciones subterráneas del metro de Londres, la de Liverpool, que había sido ocupada por miles de individuos y familias que buscaban refugio de los bombardeos. Mi misión era ayudarlos, especialmente a los niños, a los que les dábamos leche caliente, y tratar de persuadirlos de que encontraran otro tipo de refugio para que no se acostumbraran a vivir en ese sitio público, como si formaran parte de un inmenso ejército de indigentes sin hogar.

Al día siguiente, de regreso a casa, casi muero de dolor. La noche anterior el *chalet* de Liat había sido demolido por el impacto directo de una bomba, me dijeron, de quinientas o mil libras, que lo había destruido todo. El cadáver despedazado de Liat había aparecido junto a las ruinas de la escalera, probablemente mientras intentaba llegar al "refugio Morrison", pero de nada le hubiera servido porque el pequeño búnker también era sólo un montón de escombros. No me quedaba otro recurso que llorar, desesperada, y regresar a la oficina de la WVS a explicar que ya no era una voluntaria con la capacidad de ayudar, sino una víctima más de aquella locura sangrienta.

A los dos días vino otro golpe en forma de telegrama dirigido a mi nombre al WVS. Mi padre había muerto de un infarto mientras dormía. El rabino de Stratford-Upon-Avon, pequeña ciudad en la que él prestaba sus servicios, donde nació Shakeaspeare, un autor que mi padre adoraba —"pese a su antisemitismo", como siempre agregaba—, se encargaría de enterrarlo. Me avisaban por si deseaba acompañarlo en esa última ceremonia de despedida. Naturalmente, les dije que sí y, sin poderme cambiar de ropa, porque nada tenía, aniquilada por el dolor, me fui a darle el último beso al hombre de mi vida, a la persona que más he querido a lo largo de toda mi existencia. Amorosamente, como es la costumbre entre los judíos, coloqué unas cuantas piedras sobre su tumba.

Por un tiempo largo me tocó vivir en una de las estaciones del metro. El gobierno había instalado comedores, lavaderos, inodoros químicos y puestos sanitarios. Conseguí alguna ropa, una colchoneta donde dormir, que, al menos al principio, aislaba de las miradas mediante unas sábanas que hacían de cortinas, y conviví con mucha gente tan desvalida, pero tan decidida a sobrevivir como yo. Fue allí donde conocí a Robert Fisher, un joven judío de apenas veintiún años, afectado por una aguda miopía que, hasta ese momento, le impedía sumarse al ejército, aunque había apelado el diagnóstico de los médicos de la oficina de reclutamiento para poder marchar al frente.

Robert, un chico alto y delgado, exactamente el tipo de hombre que solía despertar mi atención, más interesante y atractivo que guapo, con una fuerte personalidad, de cabellos rizados, resultó, además, ser una clase muy especial de ser humano. Era huérfano, sin hermanos, también solo en este mundo, como yo, sensible y creativo, escritor de excelentes narraciones cortas, todavía inéditas, que me leía con la entonación exacta que le daría un actor, y con el que pasaba horas conversando.

Inevitablemente, Robert y yo nos enamoramos. Fue el primer amante que tuve y nuestra primera relación sexual ocurrió en unas condiciones que, desde afuera, podrían parecer sórdidas, pero para nosotros, inmersos en el horror de la guerra, estaban cargadas de romanticismo, aunque jamás pensé que perdería mi virginidad en unas circunstancias tan poco propicias. Lo invité a mi precaria "habitación" y él consiguió, no sé cómo, una botella de vino chianti italiano y dos copas. Brindamos, comenzamos a besarnos y a acariciarnos, y, finalmente, hicimos el amor apenas ocultos por el precario cortinaje que rodeaba mi cama mientras algunos niños gritaban y saltaban a pocos metros de nosotros. No obstante, para mí, debo decirlo, fue una experiencia muy placentera en la que el leve dolor de "la primera vez" se diluyó en medio de una cascada de sensaciones extremadamente gratas. Entonces le dije que lo amaba intensamente, pues era lo que sentía. Él me confesó que le ocurría exactamente lo mismo. Creo que ambos necesitábamos desesperadamente querer y ser queridos.

La relación con Robert duró varios meses, periodo en el que repetimos nuestros encuentros sexuales con toda la frecuencia que pudimos, hasta que la oficina de reclutamiento le dio el visto bueno y se lo llevaron a una unidad de inteligencia que operaba en el norte de África, en la que su miopía no significaba gran cosa. Yo esperaba sus cartas con una ansiosa ilusión, pero, tras un silencio de unas ocho semanas, recibí un sobre del Ministerio de la Guerra, dirigido a mi nombre, cuyo terrible contenido presentí sin necesidad de leer el comunicado que llevaba dentro: Robert había muerto combatiendo heroicamente a cuarenta kilómetros de Trípoli. Como él no tenía a nadie más en el mundo (ni yo tampoco), había dejado mis señas para que me notificaran en caso de que le sucediera algo. Tras leer la breve carta sentí que me rompía en pedazos, pero, simultáneamente, decidí que yo era capaz de superar esa muerte, y todas las muertes, porque no tenía derecho a ser débil y a entregarme al dolor.

Vivir, pensaba entonces, era una sucesión de espantos, persecuciones y muertes violentas, pero me negaba a asumir la tristeza como la única posibilidad de existir. Todos los días me acostaba y despertaba tercamente empeñada en ser feliz, segura de que en algún momento mi vida mejoraría y encontraría el camino de la dicha. Resignada, como estaba, a subsistir bajo tierra, como los topos, me sentí feliz cuando la empresa Plessey's of Ilford, que se había instalado en uno de los túneles del metro para fabricar material de guerra a salvo de los bombardeos, me dio trabajo en una de las líneas de ensamblaje.

Allí estuve, aturdida, pero con una clara sensación de que estaba colaborando con la derrota de los nazis, aunque fuera modestamente, hasta que, por un contacto con el propio cuerpo sanitario de la empresa, tras acreditar mis dos años de estudiante de medicina, conseguí trabajo como ayudante de enfermera en un hospital militar, lo que me permitió salir de la sordidez del refugio y vivir en un apartamento público. Ahí permanecí, poniendo sondas y transfusiones, lavando, curando y compadeciendo heridos, auxiliando a veces en el salón de cirugía, hasta que, en mayo de 1945, las tropas alemanas en Holanda se rindieron al mariscal Montgomery (el mismo que dirigía las unidades inglesas cuando Robert murió en el norte de África) y la guerra llegó a su fin.

Esa noche, junto a otras enfermeras y compañeros de trabajo, me emborraché por primera y única vez en toda mi existencia. De pronto llegaban la paz, la reconstrucción del país y la reorientación de mi propia vida. Cuando desperté, al día siguiente, con la cabeza abombada por la resaca, pero inmensamente feliz por la derrota de los nazis, disfrutando un tipo de goce emocional que jamás había experimentado, la memoria, de una manera vertiginosa, reprodujo como en una película de horror la pesadilla de la implantación del totalitarismo en Alemania, el comienzo de la persecución a los judíos, el miedo, las ropas con la estrella de David como una señal de infamia, los campos de concentración, la muerte de mi madre, el viaje en el *Saint Louis,* el pintor David Benda. ¿Qué habrá sido de David Benda? Nuestra llegada a Inglaterra, la buena, la generosa Liat, mi madre sustituta, su *chalet* acogedor, la muerte de mi padre, Robert Fisher, mi primer amante, mi vida subterránea. ¿Cómo y por qué la niña feliz y educada que amaba el baile, criada como una reinita de cuentos infantiles en el seno de un hogar próspero y culto, se había convertido en una joven mujer pobre, golpeada mil veces por el destino y siempre rondada por la muerte?

Antes de terminar la semana regresé al King's College a matricular de nuevo a la carrera de medicina. Esta vez tuvieron en cuenta no sólo mis notas alemanas, que convalidaron, sino mi experiencia como enfermera durante los dos últimos años de la guerra. Me ofrecieron, además, trabajar en el hospital de la Facultad y una habitación en la residencia de estudiantes. De pronto, comenzaba a salir para mí un sol resplandeciente que no tardó en iluminar mi vida íntima: fue allí, en el hospital, donde, a los pocos meses de haber reiniciado mis estudios, conocí al joven doctor Ted Burton, profesor asistente de Cirugía y héroe tres veces condecorado durante la guerra por los servicios prestados en un portaviones de la Marina.

Ted no era judío, pero a esas alturas de mi vida no estaba dispuesta a ponerle demasiados requisitos al corazón, así que comenzamos a salir y a conocernos profundamente. Ted, casi pelirrojo, pecoso, con una sonrisa seductora, alto, delgado y, en suma, razonablemente guapo, era una persona inteligente y conversadora en el mejor sentido de la palabra: sabía escuchar pacientemente, siempre interesado en su interlocutor, y sólo hablaba para decir cosas interesantes, humorísticas o halagadoras. Pero tenía, además, algo que para mí era totalmente novedoso y cautivador: una familia numerosa. Sus padres, sus seis hermanos y sus once sobrinos formaban una pequeña y amorosa tribu que se reunía los domingos en la casa de campo de los abuelos, todavía vivos, para jugar, almorzar y conversar. La tribu me adoptó inmediatamente y yo sentí, por primera vez, que tenía una familia.

Nos casamos profundamente enamorados (creo) al mes justo de yo haber terminado la carrera de medicina. Él seguía operando y dando clases en el hospital de la Facultad, mientras se mantenía vinculado a la Marina, lo que le permitió presentarme a un grupo de científicos que investigaba el valor de la medicina hiperbárica para el tratamiento de los buzos sometidos a cambios bruscos de presión atmosférica que les causaban peligrosísimos embolismos gaseosos. Esos daños podían aliviarse mediante el internamiento en cámaras herméticas en las que se suministraban grandes concentraciones de oxígeno.

Debo haber sido de las primeras investigadoras que pudieron demostrar y cuantificar las virtudes de las cámaras hiperbáricas, no sólo para revertir los envenenamientos de la sangre sufridos por los buzos, sino para el tratamiento de enfermedades pulmonares, la gangrena gaseosa (el oxígeno aceleraba la cicatrización) y las frecuentes intoxicaciones por monóxido de carbono. En todo caso, de una manera natural, me fui inclinando en esa dirección hasta convertirme, a los treinta y dos años, en una de las más reputadas especialistas británicas en esta rama casi desconocida de la medicina. Algo que me complacía económica e intelectualmente y, además, me dejaba tiempo para retomar otra vieja pasión dormida durante muchos años: el baile. Por primera vez tenía una familia, una profesión respetable y un pasatiempo que adoraba. Sólo me faltaba algo para alcanzar la felicidad completa: tener un hijo. Lo deseaba intensamente.

Pero ese hijo no llegaba. Ted y yo nos hicimos mil pruebas endocrinas y fisiológicas, mas no salía embarazada. El conteo de espermatozoides de Ted era ligeramente bajo, pero ésa no parecía ser la causa. El examen de la anatomía de mi aparato reproductivo tampoco arrojaba ninguna anomalía que me impidiera quedar encinta. Ovulaba regularmente y, tanto mis ovarios, como el útero, las trompas y la vagina, presentaban la más absoluta normalidad. Nadie sabía por qué no salía embarazada, aunque Ted y yo lo intentábamos con una furiosa asiduidad y diversas posturas que, según el ginecólogo, favorecían la reproducción.

Tal vez ése fue el error que cometimos. Convertimos el amor en cópula. Nos íbamos a la cama a engendrar, no a querernos, y, como no lográbamos nuestro objetivo, acostarnos, poco a poco, fue convirtiéndose en una rutina incómoda, vecina a los ejercicios gimnásticos, que paulatinamente dejó de ser placentera pues no estaba dispuesta a fingir orgasmos que no sentía con el objeto de complacerlo. Por fin, un día, al cabo de doce años de matrimonio, Ted me pidió el divorcio y yo se lo concedí, no diría que gustosa, pero sí convencida de que tal vez era lo mejor para ambos.

Al poco tiempo, se volvió a casar. Lo hizo con una bella enfermera que lo asistía en la sala de cirugía —con la que sospecho estuvo ligado desde antes de divorciarnos—, y a los trece meses exactos tuvieron un hijo. Yo, que detesto la envidia, porque me parece un sentimiento abyecto, sentí una profunda tristeza y una forma irracional de humillación. Fue entonces cuando comencé a pensar en emigrar a Estados Unidos para comenzar una nueva vida. Había leído que la medicina hiperbárica tenía un auge extraordinario en la ciudad de New York.

27

EL AMOR HA VUELTO

Fue una gratísima sorpresa recuperar a Rachel tras veinticuatro años de no saber absolutamente nada de ella. Nos abrazamos largamente, como sólo pueden hacerlo los supervivientes de alguna terrible aventura común que se reencuentran. Mintió coquetamente asegurando que yo había cambiado poco y continuaba siendo un hombre guapo, pero ahora "mucho más interesante por el paso del tiempo", fórmula clave que siempre remite a la calvicie incipiente, las canas y las arrugas de la piel. Ella seguía siendo una mujer muy hermosa, con su frondosa cabellera negra, aquí y allá decorada por alguna casi imperceptible hebra blanca aquí y allá, y conservaba el aire atlético y juvenil que le proporcionaban las clases de baile que nunca dejó de tomar, según me contara.

Hice, discretamente, como era de rigor, un rápido inventario físico y confirmé que mantenía los senos pequeños que tanto me gustaban y, aunque las caderas eran más anchas, las nalgas más abultadas y su cintura ligeramente mayor, poseía las mismas piernas bien torneadas de siempre. Su forma de mirar y su sonrisa seguían siendo matadoras, y conservaba esa capacidad innata que tienen algunas mujeres para atraer con un gesto imperceptible de los labios o con un movimiento de las manos. Rachel, quizás ahora, a sus cuarenta y cuatro años, como les sucedía a numerosas mujeres, resultaba más sensual y atractiva que nunca.

—En Londres —me dijo—, tan pronto dejé de ser una indigente, encontré una academia cercana a mi casa y practiqué el ballet clásico, el baile español, la rumba cubana, el tango, últimamente el *rock*. Me venía bien cualquier cosa que me permitiera moverme, quemar calorías y energías y sentirme alegre. Parece que el ejercicio libera endorfinas que producen una especie de euforia. Yo lo he experimentado. Bailar me alegraba el corazón.

Me lo contó todo. Le gustaba hablar de su vida y a mí escucharla. Supe de sus amores con el soldado-escritor-inédito Robert Fisher, interrumpidos por su muerte en combate durante la guerra, y de su matrimonio con Ted Burton, liquidado por el tiempo, la ansiedad de la maternidad frustrada y el desamor que va tejiendo una paralizante telaraña emocional en casi todas las parejas.

En nuestro segundo encuentro me trajo, incluso, los cuentos manuscritos de Robert para que los leyera y, si me apetecía, los ilustrara. Eran unas narraciones entre macabras y humorísticas que revelaban la psicología de una persona secretamente atormentada por sus demonios interiores. Hablaba de viejas locas, enanos rijosos, hermanos siameses unidos por el abdomen, antropofagia y, como colofón, un profesor obsesionado con la idea de suicidarse. Sin duda, era un libro bien escrito, pero más valioso para el campo de la psicopatología que para el de la literatura. Le dije que probablemente haría las ilustraciones si ella encontraba editor, pero le confesé que suponía que esas relaciones, de prolongarse, no le hubieran traído nada bueno. Robert Fisher, en mi opinión, tenía una clarísima veta de orate, afirmación que ella se negó de plano a aceptar. Sólo era, insistía, un tipo diferente.

Hacía pocos años Rachel había llegado a New York dispuesta a empezar otra vez, convencida de que el antídoto contra los fracasos era un nuevo amanecer.

—No quería quedarme en Londres —me dijo—. Es una ciudad muy interesante, llena de vida intelectual y artística, pero los ingleses tienen una virtud que acabó por exasperarme: respetan excesivamente la privacidad ajena, al extremo de una no saber si se trata de pudor o de una absoluta indiferencia por el otro. Yo necesitaba algo más cálido, más vivo, incluso emocionalmente promiscuo. Además, quería alejarme físicamente de Ted. Después de su boda con la enfermera, Anne Janet, así se llamaba aquel putón, Ted me llamó un par de veces para insinuarme que debíamos volver a acostarnos, pero yo no tenía el menor interés sexual en él y tampoco entendí por qué buscaba que nos encontráramos en una zona de las relaciones en la que habíamos fracasado.

Le pregunté hasta qué punto la ausencia de hijos había destruido a la pareja y me dio una amarga lección sobre el matrimonio:

—La función de la pareja es tener y cuidar hijos. Cuando nos enamoramos no lo sabemos, pero esa es la verdad profunda del impulso biológico. La naturaleza ("casi siempre", dijo con picardía) nos atrae hacia el género opuesto y mantiene viva la llama de la pasión sexual, pero sólo durante el tiempo necesario para la reproducción. En ese punto, la atracción sexual da paso al instinto de protección, muy desarrollado en todas las mujeres y mucho menos en los hombres. El negocio de la naturaleza es la reproducción, no la felicidad amorosa. La felicidad amorosa, que suele ser una primera y pasajera etapa, es sólo un truco para que la especie no desparezca.

Le expliqué que eso me sonaba muy poco romántico y ella rompió a reír y declaró que, aunque pareciera una contradicción, era una realista-romántica, dualidad que se había agudizado con el paso de los años. No podía evitar ilusionarse y amar con intensidad pero, al mismo tiempo, comprendía que era víctima de un juego secreto entre las hormonas, los genes y las casi desconocidas actividades de los neurotransmisores dentro del cerebro.

Rachel le atribuía su condición de realista-romántica a sus estudios de medicina, disciplina que inevitablemente la llevaba a ver a los seres humanos como complejísimas máquinas gobernadas por la biología. Según ella, esos conocimientos, de los que estaba orgullosa, constantemente le generaban cierta ambivalencia. Cuando se sentía enamorada no podía dejar de preguntarse si la atracción era el fruto de una descarga extra de testosterona, de un desequilibrio de la progesterona, o de algún misterio espiritual incomprensible desde la ciencia.

En el primero de nuestros encuentros Rachel me convenció de que me mudara a New York, porque, según ella, en esta ciudad radicaban el cerebro y el corazón artístico del mundo, y no tenía sentido que continuara viviendo en Miami. Ahora, tras ganar el premio de la Soho Fine Arts Foundation, mi aparición en *Meet the Press* y las numerosas entrevistas y críticas que habían aparecido en la gran prensa americana, debía aprovechar el momento para trasladarme de manera permanente a New York, y desde ahí luchar para formar parte de los grandes movimientos artísticos que sacudían al país.

—¿Dónde debo vivir?—le pregunté ya persuadido por sus razones.

—En el Greenwich Village —me dijo de inmediato—. Es el barrio bohemio de la ciudad, el más creativo, el que tiene más artistas por metro cuadrado.

Y luego se explayó con una de sus inderrotables teorías:

—El arte necesita fecundarse con el contacto entre artistas. Mira Berlín y Viena entre las dos guerras: eran un hervidero de creatividad contagiosa. Mira la Florencia de los Medici: una inmensa tertulia subsidiada por la aristocracia.

A mí me maravillaba y atraía la capacidad de Rachel para formular hipótesis y defenderlas apasionadamente sin asomo de dudas. Naturalmente, le hice caso, volé a Miami, le di un abrazo de despedida a Yankel y a Alicia, recogí mis pocos bultos, regresé a New York y alquilé un apartamento luminoso en el Village. Poseía salón-comedor, un gran dormitorio y una terraza techada y acristalada que era perfecta como estudio para pintar porque dejaba pasar la luz y protegía del frío en el invierno.

Rachel, en cambio, vivía en la zona exclusiva del Gramercy Park, segura y próspera, con llave y privilegio de acceso a uno de los pocos parques privados de Manhattan. Los acuerdos de divorcio y sus propios ahorros derivados del lucrativo ejercicio de su profesión le habían permitido comprar un hermoso *brownstone* de tres pisos (muy cercano al que en su juventud ocupara el expresidente Teddy Roosevelt), en cuya planta baja funcionaban la consulta de medicina y una cámara hiperbárica unipersonal. Ella ocupaba los dos pisos superiores del edificio, y así, decía, no perdía un minuto de su vida en trasladarse de su hogar al sitio de trabajo, pecado mayor, para ella, porque desperdiciabas el tiempo en lugar de aprovecharlo en actividades placenteras o en el trabajo.

Parecía conocer todos los restaurantes interesantes y con solera de la ciudad, pero, sobre todo, quería compartir conmigo todo aquello que le gustaba. Me llevó a tomar *borscht* y comer *beef Stroganoff* al Russian Tea Room. Quiso que conociera el Sardi's en Midtown, pero no tanto por la comida italiana que ofrecían, sino por las caricaturas que llenaban las paredes, y por la historia de Alex Gard, un ruso refugiado político que durante décadas intercambió dibujos por comida con el dueño del restaurante. De su mano visité el Bridge Café, muy cerca del puente de Brooklyn, y allí supe, divertido, mientras cenábamos espléndidamente, que el sitio, en tiempos, había sido un popular prostíbulo. Cada salida, naturalmente, se convertía en una oportunidad para contarnos anécdotas y secretos, con el entusiasmo de dos personas que quieren regalarse mutuamente el tesoro de la intimidad como prueba mayor de afecto.

A Rachel le interesaba mucho la vida y la personalidad de Mara y, quizás indebidamente, tras escuchar un magnífico concierto en

The Cloisters, un extraordinario monasterio medieval que a ella le encantaba, fabricado extemporáneamente en las afueras de Manhattan para albergar un museo, cometí la infidencia de contarle los detalles más sombríos de la vida de Mara, sus fracasos amorosos, la sífilis que padeció, anterior al descubrimiento de la penicilina, infección que la incapacitó para tener hijos (un dato que despertó la solidaridad de Rachel) y algunos rasgos de su carácter muy parecidos a los de ella. Le conté que era una mujer hermosa y buena, con una clara propensión hacia las artes, mucho talento como pintora y un corazón muy generoso.

—¿La amaste mucho?

—Sí, la amé mucho. No sólo era muy atractiva: era una persona genuinamente buena e interesante.

—¿Tan atractiva como yo? —preguntó en un defensivo tono juguetón.

—Ninguna mujer es tan atractiva como tú —le respondí en la misma tesitura humorística.

Curiosamente, Rachel me dijo entender con claridad la lógica de Mara cuando optó por la ruptura de la pareja y no acompañarme al exilio. Para Mara, dedujo, antes que el amor carnal, lo primordial era la precaria salud de Ricardo y había optado como una madre y no como una amante. Es cierto que, si lograban abrirse paso en Estados Unidos, me dijo, probablemente el niño estaría mejor cuidado, pero era muy peligroso correr ese riesgo cuando en Cuba, pese a todas las miserias y atropellos, el muchacho podía continuar recibiendo atención médica para aliviar la creciente devastación que le producía la distrofia muscular que padecía. Según Rachel, entre el instinto maternal de protección y el instinto sexual, en la mayor parte de las mujeres generalmente prevalecía la necesidad de cuidar a la prole. Era, decía, con la certeza darwiniana con que solía teñir sus juicios, "una imposición inapelable de la naturaleza".

Aunque nos habíamos besado varias veces, nos tomábamos de la mano cuando caminábamos por las calles o yo la abrazaba por la cintura, no fue hasta después de la tercera salida, cuando ya Rachel estaba segura de que valía la pena ampliar la naturaleza de nuestros vínculos, que tuvimos relaciones sexuales completas, y ese aplazamiento, elegido por ella, se trató, sin duda, de una decisión inteligente. De esa forma los dos (pero sobre todo Rachel) estábamos seguros de que los nexos que comenzaban a forjarse entre nosotros eran realmente sólidos y llegamos a la cama sin ninguna ansiedad, como la cosa más natural del mundo.

Ocurrió en su casa. Me citó un sábado para almorzar una pasta italiana que ella misma había cocinado y luego subimos a su habitación e hicimos el amor apasionada y desinhibidamente, como dos viejos amantes, sin necesidad de apagar la luz u oscurecer la habitación, lo que me permitió confirmar que Rachel, desnuda, era o seguía siendo turbadoramente bella. Cuando terminamos, abrazados bajo la sábana, le confesé que sentía este encuentro como si, finalmente, culminara un proceso totalmente predecible que comenzó un cuarto de siglo antes en mi camarote en el barco *Saint Louis.* Ella me contó que recordaba esa tarde en el barco como una experiencia muy grata, pero, al mismo tiempo, frustrante, porque se había mentalizado para entregarme su virginidad con cierta ilusión y la cita entre nosotros había terminado abruptamente.

El resto de la tarde lo pasamos conversando sobre lo que hubieran sido nuestras vidas si ella hubiese podido desembarcar en Cuba o si yo hubiera tenido que regresar a Europa y hubiésemos compartido la experiencia inglesa. Ese juego de suposiciones abría un sinfín de posibilidades especulativas. Si ella hubiera permanecido en Cuba, seguramente mi relación con Mara no habría pasado de una buena amistad social, lo que acaso hubiese limitado mi inserción profesional en el país, enormemente facilitada por mi vinculación permanente con la Galería Hermanos Bécquer que ella dirigía. Al mismo tiempo, de haber regresado con ella a Europa en el barco *Saint Louis,* tal vez no habrían existido ni la señora Shifter, ni el escritor Fisher, ni el médico Burton. Su vida hubiera sido otra, y seguramente la mía, porque, paradójicamente, para un artista joven era más fácil abrirse paso en Cuba que en Inglaterra en medio de una terrible guerra.

Con cierto fatalismo convinimos, como si fuéramos filósofos de andar por casa, que, en definitiva, lo ocurrido había resultado conveniente. A ella y a mí los infinitos trabajos pasados nos habían hecho mejores seres humanos y nos prepararon para luchar y vencer en cualquier circunstancia. Presentíamos, eso sí, que la mitad de la vida que teníamos por delante sería mucho mejor que la que hasta entonces habíamos conocido. Esa noche, antes de despedirnos, volvimos a hacer el amor, pero con una dosis extra e inmensa de ternura. Quedamos, claro, en vernos el día siguiente. Estar juntos nos proporcionaba una enorme felicidad.

28

EL MUNDO ES UN PAÑUELO

—¿Cómo estás, papá? Tenía muchas ganas de hablar con ustedes. Además, tenía necesidad de hacerlo.

—¡Telma! ¡Qué bueno que llamaste! Recibimos la foto que nos enviaste del chico con el que estás saliendo. Tu madre dice que es guapísimo. ¿Qué tal es el muchacho?

—Es muy bueno, un gran estudiante. Papá, necesito que vengas a Washington junto a mamá —dijo Telma con voz algo alterada.

—¿Qué sucede, hija? ¿Te ocurre algo? ¿Estás enferma?

—No. No me ocurre nada. Estoy perfectamente bien y este semestre he salido aun mejor que el anterior, pero quiero presentarles a mi novio. Es una persona muy especial.

—Dentro de quince días son las vacaciones. ¿Por qué no vienen juntos y así lo conocemos?

—No puede ser. Quince días es demasiado tiempo. Tienen que venir cuanto antes. Créeme que vale la pena. Nos ha ocurrido algo increíble.

—Pero ¿qué es? Dímelo.

—Prefiero contártelo personalmente.

Yankel hizo silencio y luego, resignado, agregó:

—¿Crees que es realmente importante?

—Sí lo es, papá. Muy importante. Muy importante para ti.

—Bueno, iremos mañana sábado. Hablaré con tu madre para que compre los boletos.

—Pueden quedarse conmigo en el dormitorio. Las otras dos estudiantes con quienes comparto el apartamento no van a estar este fin de semana.

—De acuerdo. Tenemos muchas ganas de verte.

Tras colgar, Yankel conversó con su mujer. La conjetura que primero les vino a la cabeza es que Telma estaba embarazada y los convocaba a su territorio, junto a su novio, para pedirles consejo, algo que no quería hacer por teléfono, o tal vez para notificarles que se casaba. Esa costumbre norteamericana de irse sola a una universidad inevitablemente conducía a ese tipo de comportamiento en los jóvenes, agregó Alicia moviendo la cabeza con desaprobación.

***

—Bueno, ya estamos aquí. Georgetown es un pueblo precioso. Es un privilegio vivir en un sitio tan hermoso.

Yankel y Alicia, ansiosos, se sentaron frente a Telma y su novio en la pequeña sala del apartamento de estudiantes en el que vivía la muchacha.

Telma comenzó a dar un curioso rodeo.

—Hace unos cuatro días Albert, mi novio, me comentó que su padre estaba agonizando por un problema de corazón. En realidad, no nos habíamos contado mucho de nuestras familias, y yo apenas tenía noticias de su padre, dado que Albert es muy reservado. Yo sabía, de una manera vaga, que sus papás habían llegado a Estados Unidos como refugiados después de la Segunda Guerra Mundial.

Él no ignoraba que veníamos de Cuba, y que tú habías sido un emigrante judío polaco en la Isla, como tantos que hay por distintas partes del mundo, pero entonces mencionó un nombre que alguna vez te había oído decir: Slomniki, una aldea cercana a Cracovia. Su padre era de Slomniki.

—¡No puedo creerlo! ¡Está junto a mi pueblo!

El novio de Telma tomó la palabra y súbitamente dijo algo que los enmudeció a todos por unos segundos:

—Mi padre es Baruj Brovicz.

Yankel se le quedó mirando por un instante, como si no comprendiese lo que acababa de oír.

—¡Baruj Brovicz, mi amigo de la infancia! ¡No puede ser! ¡No murió!

—Sí, señor Sofowicz: su amigo de la infancia está vivo. Telma y yo comenzamos a salir y nos enamoramos sin tener la menor idea de que nuestros padres se conocían.

—Yo lo dejé herido, creí que moriría. Le habían dado un terrible balazo en el lado derecho del pecho. Nosotros regresábamos de cazar perdices con nuestras escopetas cuando vimos que estaban quemando la sinagoga con nuestros familiares dentro. Les disparamos a esos criminales y ellos devolvieron el fuego. Baruj fue herido. Yo huí. Él me pidió que escapara porque no podía moverse. Mataron a todos los habitantes de la aldea.

—Era así mismo cómo él recordaba la historia. Él también pensaba que usted había muerto porque nunca más tuvo noticias suyas.

—¿Y cómo se salvó? —preguntó Alicia, la mujer de Yankel, conmovida.

—Me lo ha contado, pero he olvidado los detalles. Y ésa es una de las razones por las que Telma les ha pedido que vinieran. Mi padre se está muriendo y quiero darle la satisfacción de que su amigo Yankel está vivo y viene a despedirlo. No se me ocurre una mejor forma de alegrarlo. Está muy cerca de aquí, en un hospicio.

Habla despacio y con una voz muy débil, pero lo entiende todo. Sabe que está desahuciado.

—¿Está con tu madre? —preguntó Alicia.

—No. Se divorciaron cuando yo era muy pequeño y me quedé con mi padre. Hace años que no sabemos de mi madre. Se fue a California y se volvió a casar. Tiene otra familia.

Alicia lamentó haber hecho la pregunta.

—Pero tu padre tiene sólo un año más que yo. ¿De qué se está muriendo? ¿Qué enfermedad padece? —indagó Yankel.

—Tiene un solo pulmón. Parece que aquellas heridas lo afectaron mucho. Su corazón está muy débil. Probaron con un marcapasos, un aparato que regula las contracciones del corazón, pero no tuvieron éxito y debieron retirarlo.

—¿Y no será muy peligroso que lo visite? ¿No puede matarlo la emoción?

—No. Ya le he dicho que usted está vivo y que vendrá a verlo. Se quedó asombrado, pero se puso muy contento cuando lo supo.

***

Yankel sintió una serie de confusas emociones cuando entró en la habitación que ocupaba su amigo Baruj Brovicz. Llegó flanqueado por su mujer, su hija y el novio de ésta. El reencuentro, inevitablemente, le trajo a la memoria su primera juventud, el crimen del que habían sido testigos, la muerte de su padre y de Sarah, su primera novia, con aquellos inolvidables ojos verdes, destinada a triunfar en la ópera si no la hubiera asesinado una turba de racistas enloquecidos por el antisemitismo.

Baruj Brovicz, muy delgado, sin afeitarse, vestido con una bata amarillenta, yacía en la cama conectado a un suero y a unas sondas de oxígeno que le penetraban por la nariz.

—Baruj querido —le dijo Yankel apretándole la mano—, éste es uno de los días más felices de mi vida. Saber que sobreviviste, que pudiste escapar y que lograste llegar a América es una fabulosa noticia.

A los dos se les saltaron las lágrimas.

Baruj, todavía con los ojos húmedos, sonrió plácidamente y, con lentitud, pero con claridad, antes de comenzar a hacerle su propia historia, le pidió a Yankel que le relatara la suya, porque, le dijo, siempre le había intrigado qué había sucedido con él. Yankel lo complació, y, a grandes rasgos, le relató cómo había ido a parar a Viena, sus aventuras con Toledano, y de allí a Génova, pero sólo para tomar el barco hacia la improbable Cuba, donde acabó fundando una familia junto a Alicia. Baruj le preguntó por qué se había ido de Cuba, a lo que Yankel le respondió que le habían quitado el fruto de su trabajo, una fábrica de uniformes, y no estaba dispuesto a vivir bajo una dictadura totalitaria.

Después del relato de Yankel, Baruj le contó su historia.

Tras las heridas que recibió en el pecho y la escapada de Yankel, se desmayó, probablemente por la pérdida de sangre. Cuando volvió a abrir los ojos, estaba en una camilla en un hospital de Cracovia. Parece que un oficial del ejército se apiadó de él e hizo que lo llevaran a la ciudad para tratar de salvarlo. Nunca supo quién era y no pudo darle las gracias, pero entonces no era tan infrecuente que los oficiales polacos no simpatizaran con los pronazis. En definitiva, tardó varios meses en recuperarse, casi el mismo periodo que demoró la invasión alemana a Polonia. El 6 de septiembre de 1939 Cracovia cayó en manos de los alemanes y comenzó la represión sistemática contra los judíos. Para ese entonces, Baruj trabajaba en una panadería propiedad de un hebreo y el establecimiento, como todos los que pertenecían a ellos, muy pronto fue intervenido. Sin excepción, las sinagogas tuvieron que cerrar, pero previamente confiscaron los objetos de culto y se los llevaron. Las casas y apartamentos lujosos de los judíos prósperos fueron ocupados por los alemanes y los antiguos residentes debieron hacinarse en las viviendas de los pobres. Antes de terminar el año, los casi setenta mil judíos de Cracovia tenían que utilizar brazaletes con la estrella de David vendidos por la *Jundenrat*, la organización creada por los nazis para controlar a la población judía. Un año más tarde, fue obligado a vivir en el gueto de Cracovia, donde sólo podían residir judíos. Rodearon el gueto con una valla de madera y ladrillos, con cuatro entradas vigiladas por soldados, y tapiaron las ventanas que daban hacia otros barrios "porque los judíos no tenían derecho a mirar cómo vivían los arios".

En julio de 1942, convocados por Maniek Eisenstein, uno de los líderes de la resistencia dentro del gueto, se organizó una fuga en la que él participó. Fue uno de los veintisiete jóvenes que consiguieron llegar a los bosques para formar parte de las guerrillas. A veces, se aventuraban a regresar a la ciudad, disfrazados, para tratar de golpear a los alemanes. Él mismo se infiltró en Cracovia en diciembre de 1942 junto a un comando de la guerrilla para poner una bomba en el café Cyganeria, donde solían reunirse los oficiales de la Gestapo. Querían vengar el fusilamiento de todos los niños del orfanato judío y de sus maestros y tutores, llevado a cabo en octubre, unas semanas antes del atentado.

Pudieron resistir en el bosque hasta el otoño de 1944, cuando una ofensiva del Ejército Rojo de la URSS liquidó una buena parte de la ocupación alemana de Polonia. Sin embargo, aunque les agradecían a los rusos haberlos librado de la plaga alemana, los polacos veían con gran temor a los presuntos "liberadores". No olvidaban que en 1939, de común acuerdo con los nazis, los soviéticos habían invadido Polonia, y para ellos no era un secreto que los comunistas habían asesinado a más de veinte mil soldados y oficiales polacos en Katyn, enterrándolos "no tan secretamente" en fosas comunes. Para Baruj, la gran diferencia era que el Ejército Rojo no era especialmente antisemita, aunque sí despreciaba a los polacos como pueblo.

Tras el fin de la guerra, como hablaba polaco, alemán e inglés, logró colocarse como traductor de la Cruz Roja, lo que en su momento le permitió conseguir una visa de inmigrante a Estados

Unidos. Llegó a New York en el verano de 1946, junto a Natasha, la que entonces era su mujer, una linda muchacha, también judía, que había conocido en el trabajo. Poco después nació Albert, ya en tierra americana. Como en su juventud había aprendido a hacer y vender pan, fue ése el negocio que originalmente inició en un barrio periférico de Manhattan, pero pronto derivó hacia una pizzería. Llegó a poseer y dirigir cuatro, y, como dijo con cierta melancolía, "tuve más éxito como hombre de negocios que como cabeza de familia". Su mujer los abandonó. Años más tarde, cayó severamente enfermo del corazón y se vio obligado a liquidar todas sus propiedades. Ahora esperaba la muerte con una tranquilidad de espíritu que le asombraba. Le parecía una forma permanente de descanso.

Antes de despedirse, hablaron de la asombrosa casualidad de que sus hijos se hubieran conocido y enamorado, como si el destino les hubiera deparado la responsabilidad de vivir sólo para que sus descendientes, algún día, coincidieran en el tiempo y en el espacio. Como ambos eran lectores de Isaac Bashevis Singer, porque conservaron el gusto por la literatura en *yiddish*, convinieron en que la historia del encuentro de los muchachos y del reencuentro entre ellos dos, era el material perfecto para un escritor de ese calibre y sensibilidad.

Con gran trabajo y muy lentamente, Baruj se puso de pie para darle un abrazo a Yankel. Ahora los dos estaban seguros de que nunca más se encontrarían, pero, en cierto modo, estaban felices. Era como si se hubiera cerrado un capítulo inconcluso, lo que les producía una extraña paz interior. Baruj, cuando despidió a su amigo, sabía que, de algún modo, era también su propia despedida de la vida.

29

Un huésped en el vientre

D esde que la vi, radiante y bellamente vestida, supuse que Rachel tenía algo importante que decirme. Y así fue: me dio un beso, me tomó de las manos y, mirándome fijamente a los ojos, me lo dijo sin preámbulos.

—Estoy embarazada.

Yo sentí una gran alegría y, jubiloso, la besé y la alcé en brazos. Me contó que hacía dos meses que le faltaba la regla, pero temió que podía tratarse de la llegada de la menopausia. Al fin y al cabo, tenía cuarenta y cinco años y jamás había salido encinta, aunque las ligeras náuseas mañaneras que comenzó a experimentar y la tenue inflamación de los pechos le indicaban que podía tratarse de la presencia de una criatura en su vientre, sin embargo, el temor a que sólo fuera el fin de su etapa fecunda la mantuvo en un tenso silencio hasta que las pruebas de laboratorio le confirmaron su maravillosa sospecha. Me lo dijo riendo y con el habitual tono de humor con que jugaba con su complicado lenguaje científico tocado por una graciosa pedantería:

—Mi orina contiene cantidades enormes de gonadotropina coriónica humana.

Enseguida, como si yo fuera un estudiante de medicina, me explicó que esa hormona era la probable responsable de los caprichos que sentía del paladar y del olfato, como su novedoso e invencible deseo de comer queso o chocolate, la aversión total al olor del pollo asado y el rechazo visceral a los perfumes. Asimismo, era víctima de una cascada de lactógeno, estrógeno y progesterona que en este momento le estaban engrosando y alargando el útero, mientras le transformaban los senos en glándulas mamarias destinadas a alimentar al hijo que se estaba formando.

—En este momento soy un juguete de mis hormonas —me dijo—. ¿Te acuerdas como lloré cuando vimos *West Side Story*? Apenas llevaba dos semanas de embarazo y no sabía por qué estaba tan sentimental. Era la segunda vez que veía el film. Recordaba la primera, hace unos años, como un musical romántico, con canciones bellas y muy buenas secuencias de baile, pero hace poco, cuando la volví a ver, casi me muero de pena. Eran las hormonas.

Naturalmente, Rachel tenía una teoría para explicar su sentimentalismo. Rachel siempre tenía una teoría para explicarlo todo. Era como si necesitara equilibrar su carácter apasionado y sensible con una carga cerebral de racionalidad. Aseguraba que, al ponerse llorosa e indefensa en mi presencia, aumentaba mi instinto de protección y eso resultaba en beneficio de la criatura que estaba por venir.

—Entonces se trata de una especie de instintiva manipulación biológica —le dije divertido.

—Exacto —me respondió en medio de una explosión de risas—. Tú eres parte de mi juego maternal y los dos, en gran medida, somos instrumentos del feto. No ha nacido y ya nos maneja a su antojo.

Fuera esa u otra escondida razón, lo cierto es que yo me sentí más cerca de ella durante el embarazo, y la encontraba, ciertamente, más atractiva, lo que le dije espontánea y sinceramente.

—Son los estrógenos. Son hormonas asociadas a la juventud. Compensan la deformidad abdominal y te atraen.

—Yo te encuentro preciosa con esa barriga que comienza a crecer. Hay una belleza extraña en la mujer embarazada.

Le comenté que algunas mujeres notaban que el embarazo les reducía la libido, pero otras sentían ganas intensas de tener relaciones sexuales con más frecuencia, de manera que yo estaba dispuesto a adaptarme a sus ondulantes preferencias porque, al fin y al cabo, me parecía enormemente serio y grato lo que a ella le estaba ocurriendo y no iba a echarlo a perder. Lo importante ahora eran sus deseos, no los míos, de manera que hicimos un pacto: mientras ella sintiera ganas, nos acostaríamos, pero, por precaución, de ahora en adelante ella se sentaría sobre mí, o tendríamos relaciones de lado, o yo la penetraría desde atrás para no presionar el abdomen.

También tomamos otras dos decisiones burguesas muy importantes para nuestras vidas. La primera fue mudarnos bajo el mismo techo cuanto antes; la segunda, casarnos para que el niño no naciera fuera del matrimonio. Si íbamos a fundar una familia, ésta sería, como pensaba Rachel que ordenaba la biología: "para proteger a la cría".

Muy discretamente, le pregunté sobre la incidencia de la edad en el embarazo y me respondió con una pasmosa sinceridad, como si le estuviera hablando a un paciente: sí, todos los riesgos aumentaban. A su edad, sólo el quince por ciento de los óvulos eran fecundables, lo que indicaba la resistencia natural que presentaba el cuerpo a la fertilidad tardía. Se multiplicaban las posibilidades de embarazos ectópicos, de placentas previas, de diabetes y de cuadros de problemas óseos y circulatorios con dolores de espalda y tobillos hinchados. Pero lo más temible era el riesgo de que la criatura naciera con el síndrome de Down. Para las madres menores de treinta años las posibilidades eran 1 en 950. Para las de su edad, cuarenta y cinco años, eran 1 por cada 23 nacimientos.

Me contó que estaba aterrada con ese dato, pero, al mismo tiempo, se sentía con fuerzas para correr ése y todos los riesgos porque deseaba un hijo más que cualquier otra cosa en la vida. Si el niño, desgraciadamente, nacía mongólico, o si tenía algún otro defecto producto de la herencia, lo querría y cuidaría con el mismo amor que si fuera una criatura sana, o incluso más, porque sabría que la culpa de cualquier defecto de ese tipo se debía a su edad y a su decisión de no interrumpir el embarazo. Entonces me habló de la edad cronológica y de la edad biológica, diferencia que los médicos conocían bien. Ella siempre había llevado una vida sana, sin alcohol ni cigarrillos, muy consciente de la alimentación y con frecuentes ejercicios físicos. Todos esos factores favorecían la posibilidad de tener un hijo normal, aunque probablemente debería recurrir a la cesárea, lo que no la inquietaba demasiado.

Yo le dije, porque lo sentía, que me entusiasmaba mucho la idea de ser padre. Nunca hablaba del tema, quizás por ese tonto pudor que tienen los hombres a parecer débiles o sentimentales, pero yo también quería tener hijos. La posibilidad de marcharme de este mundo sin dejar descendencia me mortificaba, aunque me daba cuenta de la diferencia básica entre el instinto maternal, basado en el amor a la criatura gestada en el vientre, que conllevaba el fortísimo impulso de alimentarla y cuidarla, y el paternal, mucho más egoísta, que sólo tenía en cuenta la necesidad primaria de esparcir los genes propios, acaso como única forma de vencer a la muerte.

En un par de semanas lo hicimos todo. Me mudé al *brownstone* de Rachel, pero decidimos dejar el apartamento del Village como mi estudio de pintor, ahora ampliado tras el derribo de unos tabiques. Simultáneamente, llevamos a cabo las gestiones para casarnos en una sinagoga del *Lower East Side* de Manhattan, cuyo rabino era amigo y había sido paciente de Rachel. Como yo, a los trece años, había hecho el *Bar Mitzvá* en Viena, y no había duda de que éramos judíos, no existió el menor inconveniente.

Fue una ceremonia sencilla (todo lo sencillo que puede ser un matrimonio judío), a la que sólo invitamos a los amigos muy íntimos —entre ellos Yankel, Alicia, Telma y su novio Albert—, hasta un total de veinte personas. Firmamos la *Ketubá*, el contrato matrimonial, ante el rabino; nos colocamos sobre los hombros el *Talit*, ese manto con flecos que aleja las tentaciones, especialmente las sexuales; y nos intercambiamos los sencillos anillos de oro amarillo que simbolizan el compromiso bajo la *Jupá,* o palio, como les llaman los cristianos. El rabino nos dio las siete bendiciones y yo rompí la copa con el pie derecho en recuerdo de la destrucción del Templo de Jerusalén y de las posibles desgracias que siempre acechan a los judíos, un pueblo que ha trenzado su sentido de la historia y sus nexos comunes en la lucha contra la adversidad. Después, claro, vinieron el banquete, las bromas, los bailes y las canciones. Más que una boda, sentí la ceremonia como la encarnación misma de la felicidad.

Los siguientes meses antes del parto fueron absolutamente dichosos. Rachel seguía siendo una gran cinéfila, así que vimos todas las películas de estreno, acudimos a todas las obras de teatro y no nos perdimos ni un concierto ni una buena exhibición de arte. Los dos decidimos que, fuera varón o hembra nuestro hijo, dedicaríamos un gran esfuerzo en formarlo para que pudiera disfrutar de los placeres artísticos. Conseguiríamos que fuera un completo hedonista para que gustara del buen cine, de la buena música, del buen teatro, de las artes plásticas, de la comida *gourmet*, del mejor vino, de los objetos bellos, de la ropa estilizada, porque ella y yo sabíamos lo precaria que era la felicidad y cómo cualquier inesperada conmoción social podía terminar en un periodo de sufrimiento y desdicha.

Nada de eso, creíamos, estaba reñido con la virtud. Al contrario. Las personas suelen ser mejores mientras más aman los aspectos placenteros de la vida. No hay gente más peligrosa y dañina que los tipos austeros que convocan al sacrificio y prometen la gloria a las generaciones venideras, pero sacrifican a las actuales. ¿Por qué, nos preguntábamos, no existe una asignatura en las escuelas en las que se enseñen las enormes posibilidades lúdicas que nos ofrece la vida? Y enseguida nos respondíamos: porque no suele haber maestros capaces de transmitir esos conocimientos. Ellos no pueden dar lo que no tienen.

Rachel que, de niña, había estudiado violín, le enseñaría lo básico de ese instrumento hasta que un verdadero virtuoso se encargara de instruirlo. Ella se limitaría a abrirle el apetito. Es muy importante, convinimos, que toque un instrumento. Si prefería uno de viento, el clarinete o el saxo eran buenas opciones. Pero ¿por qué no el piano? El piano es el instrumento clave. Además, yo lo adiestraría como artista plástico o, al menos, como un *connoisseur* capaz de gozar de la belleza de las formas y los colores. El placer, está, nos decíamos, en reconocer lo que es grato o bello, ya sea una nota musical o una forma artística. Mientras más joven comience, más genuinamente interiorizará esos saberes. Los dos estábamos convencidos de que sería varón.

¿Y qué haríamos con los idiomas? Yo hablaba alemán, inglés, francés y español. Rachel hablaba alemán e inglés (mejor que yo por sus años en Gran Bretaña y su primer matrimonio con Ted Burton). Decidimos que Rachel le hablaría en alemán y yo en español, pero buscaríamos una institutriz americana que se comunicara con él en inglés para que, simultáneamente, aprendiera los tres idiomas. Una vez en la escuela, trataríamos de que aprendiera francés. Ambos creíamos en la superioridad intelectual y emocional de las identidades complejas de las personas en las que confluían varias culturas armónicamente, y habíamos leído una nota biográfica del escritor esotérico Charles Berlitz, nieto del fundador de las escuelas de idiomas. Nos convenció saber que fue así, de niño, como aprendió diversas lenguas sin darse cuenta, pensando que cada una de las cinco personas con las que convivía tenía una manera diferente de comunicarse.

¿Y los deportes? Lo induciríamos a ejercitarse en alguno no violento. Nada de artes marciales o de fútbol americano. Nada que lo precipitara en dirección de la agresividad. Yo había practicado la lucha libre y el judo de adolescente, pero no era una buena enseñanza. Me enseñaron a pelear y a no temer, pero ésas eran actitudes primitivas, como lo era la esgrima que los universitarios alemanes y austriacos practicaban a principios del siglo XX para batirse a duelo y, si era posible, cruzarle la cara al adversario. El tenis, que ni Rachel ni yo jugábamos, en cambio, nos parecía noble, educado y pacíficamente competitivo.

Ponerle nombre no fue fácil. Discutimos mucho. Finalmente, llegamos a un acuerdo. Si era varón se llamaría Moses, como mi padre. Para los judíos es un buen augurio llevar el nombre de una persona muerta de la familia, siempre que esté llena de virtudes. Si era mujer, decidió Rachel, se llamaría Noemí, que en hebreo quiere decir "mi dulzura". Si era niña, sería su dulzura. La había esperado tanto y tan intensamente que su llegada era el más dulce de los regalos.

A los dos nos resultó muy interesante comprobar cómo la promesa de tener un hijo común nos acercaba, algo que no siempre sucede. Tal vez ello tenía que ver con nuestra azarosa juventud en Europa, llena de peligros y sufrimientos reales tan cercanos a la muerte. Esa criatura nos vinculaba a la vida, a eros, y nos alejaba de tánatos, la muerte, por recurrir a la dicotomía propuesta por Freud. En cualquier caso, ambos nos sentíamos más enamorados y próximos que nunca.

Por fin llegó el día del parto, anunciado por la creciente frecuencia de las contracciones. Fuimos en un taxi al hospital. Nos aguardaba el médico. Sin decirlo, porque nos moríamos de miedo, Rachel y yo esperábamos y temíamos el resultado final del proceso. ¿Sería un niño normal como el que soñábamos, o vendría con defectos congénitos? No tardamos en saberlo. No fue necesaria la cesárea. Pesó siete libras y media, era absolutamente normal y resultó varón. Lo encontramos precioso. Tenía mucho pelo. Lo llamamos Moses, como estaba previsto, pero Rachel dijo que, de haberlo sabido, le hubiera llamado Sansón.

30

THE AMERICAN WAY OF LIFE

⬥⬥⬥

Una de las decisiones más importantes que tomamos tras el
nacimiento de Moses fue tratar de desprendernos de nuestros fantasmas del pasado y hacer un supremo esfuerzo
por integrarnos totalmente en la vida americana, pero no fue nada
sencillo. Pensábamos que el *melting pot* de que hablaban los soció-
logos era una realidad en Estados Unidos. Ambos, sin embargo,
teníamos grandes dudas de si eso era posible. Yo sentía que había
llegado tarde al país, y que había perdido los veinte años transcurridos en Cuba, experiencia que comenzaba a desintegrarse en mi
memoria en medio de una inevitable sensación de tristeza. Una observación de Rachel me pareció particularmente inquietante:

—Tal vez integrarnos sea una fuente de frustración, pero hay
que intentarlo, aun a sabiendas de que acaso no seremos totalmente
aceptados. Yo me sentía alemana, como tú, seguramente, te sentiste
austriaco. Pensé que Alemania era mi país y los alemanes mis com-

patriotas, pero un día me discriminaron y me pusieron una estrella de David en el brazo. Me iban a matar por ser una alemana un poco diferente. Si no escapamos a tiempo, nos aniquilan. Eso me produjo un enorme resentimiento contra Alemania y un gran temor ante cualquier identidad. Temo que a Moses un día le pase lo mismo en Estados Unidos.

—Me parece que Estados Unidos es otra cosa —le dije—. Aunque hay un fuerte racismo antinegro y existe el antisemitismo, simultáneamente prevalece la noción de que esas actitudes son antiamericanas. Aquí no fundaron el Estado como consecuencia de una pulsión nacionalista, sino por razones de índole legal. Hicieron una Constitución para proteger los derechos de los individuos. Esto es distinto, mucho más racional.

En realidad, el nacimiento de Moses nos llevó, como pareja, a plantearnos problemas insólitos para quienes no sean inmigrantes que llegan huyendo de experiencias terribles. Queríamos evitarle a Moses ese sufrimiento moral. ¿No sería mejor ahorrarle todos esos problemas potenciales y actuar como tantos judíos europeos que en el medioevo y el renacimiento escondieron sus raíces y se hicieron cristianos para ponerles fin a las persecuciones? Dado que ninguno de los dos era especialmente religioso, ¿no sería más inteligente olvidarse del judaísmo?

—Incluso, más recientemente. No hay que remontarse tanto. En Inglaterra —me dijo Rachel— leí mucho sobre Benjamín Disraeli. Si su padre y él no hubieran abjurado del judaísmo nunca habría sido primer ministro. Lo bautizaron a los trece años, la edad en la que debió hacer el *Bar Mitzvá*.

Pese a las indudables ventajas sociales de *desjudaizarnos*, acabamos concluyendo que tratar de arrancarle a Moses sus raíces era una forma de mutilación y cobardía que él podía reclamarnos en el futuro. Por otra parte, nosotros éramos y no podíamos ser otra cosa que judíos, muy orgullosos de nuestra estirpe y de nuestros progenitores. ("Que se avergüencen los antisemitas, no nosotros", me dijo Rachel una tarde en que discutíamos el tema por enésima vez). La propia naturaleza de la nación americana, afortunadamente, dejaba espacio para las diferencias culturales, religiosas y étnicas. La integración podía lograrse desde la diversidad, no la unanimidad.

Es posible que en nuestro juicio estuviera presente el fenómeno del establecimiento del Estado de Israel. La creación de la nación israelí en 1948 —su heroica victoria en una guerra que parecía imposible de ganar cuando surgió el país, el desarrollo científico que se empezaba a palpar, como si la vitalidad intelectual de la judería europea, insensatamente destruida por los nazis, hubiera renacido en Israel— era un motivo de creciente orgullo para todos los judíos. Ya no teníamos que cantar desgracias y derrotas, ya no teníamos que juntarnos para desempeñar el rol de las víctimas: podíamos unirnos e identificarnos en el orgullo de los triunfadores. Ya teníamos héroes victoriosos.

Moses comenzó a estudiar en una buena escuela y, desde el principio, demostró ser un niño juicioso y obediente. Como Rachel y yo estábamos empeñados en formar a un ser humano completo, además de ocuparnos del aspecto cultural —aprendió a tocar el violín, lo llevábamos a conciertos y exposiciones de arte, le compramos buenos libros infantiles de complejidad creciente, le enseñamos alemán y español además del inglés que era su lengua natural—, pero no descuidamos su formación cívica.

Queríamos que Moses comprendiera, desde muy joven, que las personas tienen responsabilidades sociales y deben combatir los atropellos y las injusticias. Así que nos acompañó, más divertido que preocupado, a muchas manifestaciones callejeras en apoyo al movimiento negro de los derechos civiles, entonces muy en boga en New York como respaldo a la lucha contra la segregación racial. De alguna manera, el fortalecimiento del orgullo negro o afroamericano, como se comenzó a decir, era sólo otra expresión de un fenómeno muy general en el que también se inscribía el orgullo judío.

La muerte de Martin Luther King en abril de 1968 nos estremeció con dureza. Lo había conocido socialmente durante una breve visita suya a New York en la que se reunió en un hotel con activistas de diversas procedencias (judíos, hispanos, negros) y en la que pronunció unas palabras sobre todo lo que nos unía. El día de su asesinato, ocurrido en un oscuro hotel de Memphis, fue muy triste. Esa misma noche, una revista mensual neoyorquina me pidió un retrato del líder negro para su próxima portada y lo hice muy rápidamente, pero poniendo una condición: el original se vendería en la galería que comercializaba mi obra y el importe sería íntegramente destinado a la Southern Christian Leadership Conference, la organización que había creado el reverendo y Premio Nobel de la Paz. Me horrorizaba lucrar con su muerte.

Ése fue un año terrible. En junio, un palestino llamado Sirhan Sirhan asesinó a Bobby Kennedy en Los Ángeles tras la victoria de éste en las primarias de California, lo que lo convertía en el virtual candidato del Partido Demócrata a las elecciones presidenciales. Rachel y yo, que al hacernos ciudadanos norteamericanos nos habíamos inscrito como independientes, nos sentíamos más próximos a los demócratas, y en especial a alguien como Bobby Kennedy, que conjugaba su vinculación a las causas populares con la firmeza frente a las dictaduras totalitarias, personaje muy diferente al senador George McGovern, su rival dentro del Partido Demócrata. Finalmente, ese año vimos la derrota de Hubert Humphrey como algo negativo para la nación, pero ya sabíamos que los fundamentos institucionales del país eran capaces de absorber cualquier catástrofe política. Ya habíamos aprendido que las elecciones en Estados Unidos determinan quiénes son los administradores del sistema, pero no se juega en ellas la esencia del sistema, como ocurrió en la Europa de nuestra juventud.

Sin embargo, esa escasa diferencia entre republicanos y demócratas no implicaba que el país estuviera estancado. Por el contrario, Estados Unidos vivía en medio de una verdadera y permanente revolución, muy diferente a las carnicerías que fascistas y comunistas organizaban para llevar a cabo los cambios sociales que propugnaban. Habíamos visto asombrados cómo, por medios pacíficos, se ponía fin a la segregación racial. Cómo la sociedad consumista le abría paso al movimiento *hippy* caracterizado por la indiferencia ante los bienes materiales. Cómo el eje innovador y creativo del país se trasladaba de la costa este a la oeste y el norte comenzaba a compartir con el sur la industrialización del país. Cómo una sociedad recatada y cristiana hasta los años cincuenta, casi súbitamente se atrevía a asomarse a una profunda revolución sexual que incluía el fin del culto a la virginidad, la proliferación de la pornografía, numerosos matrimonios abiertos, frecuentes intercambios de parejas, la vida en comunas y un grado asombrosamente alto de tolerancia con los comportamientos sexuales diferentes.

—Esto es fantástico —me dijo Rachel con admiración una tarde en la que acudimos a una conferencia ofrecida en la librería Oscar Wilde por la Mattachine Society, defensora de los derechos de los *gays*, y por la Daugthers of Bilitis, que hacía lo mismo en cuanto a las lesbianas.

La librería estaba a pocas calles de mi estudio en el Greenwich Village y a menor distancia todavía del Stonnewall Inn, un bar en el que se daban cita las parejas de adultos homosexuales y algunas lesbianas para tomar, bailar y quererse. El bar, oscuro y discreto, como nadie ignoraba en el vecindario, pertenecía a una de las familias de la mafia, lo que explicaba la tolerancia policíaca, cuyos oficiales eran frecuentemente sobornados por los gerentes del establecimiento para que no molestaran a la clientela. Hasta un día en que los agentes maltrataron despreciativamente a "las locas", dando lugar a una enorme trifulca en la que intervinieron cientos de personas que se enfrentaron a los guardias uniformados. Ese día, que acaparó los cintillos de los periódicos, surgió el orgullo gay y hasta un movimiento radical que llevaba el combativo nombre de Gay Liberation Front.

El punto de vista de Rachel le daba sentido a nuestra militancia:

—Es necesario que las personas puedan expresar sus preferencias y sus creencias sin interferencias de nadie. El malestar que se siente cuando se oculta la condición de homosexual es el mismo del que tiene que callar sus ideas políticas o religiosas por miedo a las represalias. La intolerancia está en la raíz de los estados totalitarios. Que una persona tema que se sepa que es homosexual afecta la psiquis de la misma manera que si temiera que fuera conocido que es judío o hispano. Lo destructivo es ocultar un rasgo de la identidad personal.

En esa época leímos mucho a los buenos exponentes de la psicología humanista. Teníamos la costumbre, los domingos en la mañana y algunas noches de la semana, de leernos en voz alta los capítulos del libro que en ese momento nos seducía para poder discutirlo. Era otra forma muy importante de compartir y, si se quiere, de amarnos, en la medida en que nuestra relación se fortalecía en la protección de Moses, en la defensa solidaria de aquellas causas que nos parecían justas y, además, en el análisis de ideas fascinantes y novedosas. Los dos estábamos de acuerdo en que el respeto intelectual podía ser o convertirse en un componente que condujera o acompañara al erotismo.

Lo cierto es que nuestra vida sexual era frecuente y placentera, tal vez porque Rachel, de una manera casi mágica, lograba mantener vivo el mutuo deseo pese al paso de los años. Jamás se acostaba sin arreglarse, incluso cuando llegábamos tarde y cansados a la habitación. Cuidaba todos los detalles: los olores agradables, la textura grata de las sábanas, la reiteración inquietante de los espejos, los cuadros, la iluminación, incluso los juguetes eróticos. No dejaba que decayeran la ilusión o la fantasía.

—Como tantas veces se ha dicho —solía repetir— el órgano sexual más importante es el cerebro. Todos los demás dependen de él.

Le gustaba (y a mí me encantaba oírselo) repetir lo que, según ella, debía ser una buena esposa:

—Ser una buena esposa significa ser cinco esposas: tu compañera, tu amiga, tu cómplice, tu confidente y tu puta.

Ella era los cinco personajes, pero con una excelente característica: entre su belleza natural, los genes y el baile, tenía la exquisita cortesía de envejecer gloriosamente.

—¿Y cómo debe ser un buen esposo? —le pregunté más de una vez.

—Basta con cuatro rasgos —decía—. Debe ser un buen proveedor, porque hay que proteger a la familia. Debe ser un tipo alentador que nos ayude a alcanzar nuestras metas, dado que las mujeres tienen que abrirse paso en sociedades patriarcales generalmente hostiles. Debe ser halagador, porque las mujeres necesitamos siempre que nos refuercen el ego. Nunca está de más un piropo, una oportunidad en que nos recuerden que somos atractivas e inteligentes. Y por último, ser un buen amante, porque cuando gozamos tenemos la sensación de que hacemos gozar, pero cuando no disfrutamos, se crea una incómoda sensación de inadecuación. Y debe, además, tener sentido del humor para reírse de todo y de todos, incluido de él mismo.

En cuanto a la fidelidad, estábamos de acuerdo en que, a nuestras edades, y después de un número de fracasos o "formas dolorosas de aprendizaje", pasado el umbral del *midlife crisis*, como decía Rachel, era esencial mantener la exclusividad sexual para no debilitar los lazos que nos unían y, mucho menos, poner en peligro la estabilidad familiar en la que ambos protegíamos a Moses.

—No existe la relación extramatrimonial única y sin consecuencias —opinaba Rachel—. Todos los estudios demuestran que quien incurre en una infidelidad suele hacerlo varias veces, con distintas personas, y lo probable es que en esos episodios destroce su vida conyugal. Incluso, si la sostiene, ambos arrastrarán hasta el final la amargura del engaño. Esa distinción entre fidelidad y lealtad que leímos recientemente en una novela libertina que nos recomendó el librero, sólo ocurre en la literatura. En la vida de carne y hueso no es posible hacer esa distinción.

En realidad, los dos estábamos dispuestos a mantener el compromiso de fidelidad que habíamos establecido desde el inicio de nuestra relación. Por mi parte, pude ponerlo a prueba a los siete años de habernos casado. La tentación surgió en mi estudio, cuando pintaba el retrato de la esposa de un banquero que me había pagado extraordinariamente bien por el cuadro. Ella, llamada Marlene, una mujer muy hermosa, desde que nos conocimos mantuvo una actitud insinuante, que, tan pronto estuvimos solos, se convirtió en un cálido intento de seducción:

—¿Te gustaría pintarme desnuda?

Me preguntó y, sin dejarme responder, agregó una frase que no dejaba duda sobre sus intenciones:

—A mí me excita mucho la idea de posar desnuda para ti.

La manera que encontré de escapar amablemente de esa oferta de sexo fueron el humor y el halago. Le conté, sonriendo, que Rubens había perdido el interés sexual en su joven y bella mujer, Helène Fourment, precisamente porque la utilizaba como modelo para las Venus desnudas que pintaba, y yo prefería conservar el interés y el misterio que ella provocaba en mí absteniéndome de pintarla sin ropa. Para bajar la temperatura de la conversación, luego le relaté que, muy joven, serví de modelo posando como el David de Miguel Ángel en Viena para una clase de escultura, experiencia que me pareció muy aburrida. Por último, rematé sutilmente el rechazo hablándole de Rachel y de Moses en los términos más cariñosos. Marlene entendió el mensaje, sonrió y no insistió en sus propósitos. El retrato que le hice, finalmente, quedó a la entera satisfacción de ella y del marido. Ninguno de los dos advirtió que en medio de los juegos caligráficos que rodeaban el bello rostro de la dama había una frase que a ellos les encantó: "El amor, creía ella, debía llegar de pronto, con grandes destellos y fulguraciones". Nunca supieron que era de *Madame Bovary*, la protagonista de una gran novela sobre el adulterio y la insatisfacción.

Varios meses más tarde, a propósito de una conversación sobre sexo que tuve con Rachel tras ambos acudir a un pase privado de *The Last Tango in Paris*, la hermosa y controversial película de Marlon Brando y María Schneider dirigida por Bertolucci, le conté la historia del fallido intento de seducción de Marlene, y me confesó que, con bastante frecuencia, debía rechazar proposiciones de pacientes y de médicos deseosos de acostarse con ella, sobre todo en los congresos internacionales sobre medicina bariátrica a los que solía acudir sola. Para Rachel, esos ofrecimientos no eran ofensivos, sino una forma de halago, y no le costaba ningún esfuerzo negarse a aceptarlos, algo que hacía de manera amable y sonriente, pero de forma suficientemente firme como para no dejar espacio para un segundo intento.

El ascenso y caída de Nixon, como consecuencia del Watergate, el tumultuoso fin de la guerra de Vietnam, el imprevisto gobierno de Gerald Ford y la aparición en la escena pública de Jimmy Carter, humillado por los iraníes y por el triunfo de las armas cubanas en Angola y Etiopía, nos traía la sensación desagradable de que vivíamos en medio de una imparable decadencia norteamericana. Algo que se confirmaba en nuestros viajes a Europa, donde solíamos reunirnos con artistas e intelectuales de la talla de Joan Miró, Eugène Ionescu, Arthur Koestler, Jean-François Revel, Eduardo Manet y Raymond Aron, entre los que solía prevalecer una pesimista visión de la supervivencia de la democracia en el mundo. Parecía inevitable que la Unión Soviética, pese a la siniestra naturaleza de su régimen, acabaría engulléndose el planeta. La democracia, temían, habría sido un corto y luminoso paréntesis en medio de una historia de barbarie.

Moses que, como planeamos antes de su nacimiento, era un magnífico tenista y, además, había sacado de su madre el gusto y el talento para el baile, nos acompañaba en los viajes y fue creciendo en ese denso y sugerente ambiente intelectual, sujeto a conversaciones cargadas de ideas, muy alejado de la banalidad y la superficialidad, hasta llegar a convertirse en un joven serio y responsable del que ambos estábamos muy orgullosos. Era Rachel la que repetía, una y otra vez, una frase que la hacía feliz:

—Ni tu mejor cuadro, ni mi mayor éxito profesional con la medicina, son comparables a lo que vamos logrando con nuestro hijo.

Y así era. Moses terminó la segunda enseñanza con las mejores notas y fue aceptado en la Universidad Johns Hopkins.

Todo marchaba a las mil maravillas. La vida en Estados Unidos era hermosa, rica, predecible y estable.

Hasta un día.

31

HAY GOLPES EN LA VIDA

———✦———

Como una extraña premonición, esa mañana del 22 de junio de 1987 amanecí con una estrofa muy triste en la cabeza de un poema titulado "Los heraldos negros" escrito por un peruano llamado César Vallejo. Decía algo así como: *Hay golpes en la vida tan fuertes… ¡Yo no sé! / Golpes como del odio de Dios.* Me lo había enseñado Mara en La Habana hacía muchos años.

Ese día el periódico traía un largo análisis sobre el suicidio de mi admirado Arthur Koestler y de su mujer Cynthia. Había ocurrido cuatro años antes, en 1983, pero la controversia había estallado después. Koestler se había quitado la vida a los setenta y siete años como consecuencia de las enfermedades que padecía: Parkinson y leucemia. Su muerte, que no sorprendió a sus amigos, debida a la ingestión de una dosis masiva de barbitúrico (Truinal, decía el diario), no había sido producto de la desesperación, sino de un cálculo racional. Sentía que había vivido y escrito lo suficiente. Le temía más a las consecuencias de las enfermedades que a la muerte. Era un defensor del derecho al suicidio, y hasta había contribuido a fundar una organización dedicada a predicar las virtudes de escapar de la vida por propia mano. La institución se llamaba Exit y tenía varios miembros prominentes entre sus impulsores.

La nota dejada por Koestler, al margen de exonerar a cualquier persona de su decisión de matarse y de postular su esperanza de que existiera alguna forma imprecisa de inmortalidad, tenía elementos curiosos. Había sido escrita casi un año antes y contaba con un trágico colofón. Cynthia, su mujer, con sólo cincuenta y un años de edad, declaraba que su vida dejaba de tener sentido sin la compañía de Arthur y, por lo tanto, había decidido quitarse la vida junto a su marido.

El corazón del artículo abordaba ese tema: Koestler, con su fuerte y dominante carácter ¿había inducido a Cynthia a matarse? Y si no fue eso lo sucedido, ¿por qué no había utilizado su avasalladora personalidad para disuadir a su mujer de que diera ese paso fatal? Alguien tan persuasivo y lógico como Koestler probablemente hubiera podido convencer a Cynthia, mujer hermosa e inteligente, de que todavía tenía por delante un largo tramo de vida en el que encontraría la felicidad y, seguramente, otros amores. ¿Había prevalecido en Koestler el egoísmo del macho que prefería ver muerta a su hembra antes que en los brazos de otro? En *Jano,* uno de sus más notables ensayos, Koestler describía la dualidad existente en todos los humanos entre el cerebro primitivo gobernado por los instintos y el cerebro moderno en el que radicaba la racionalidad. ¿Su cerebro primitivo había arrastrado a la muerte a su mujer?

La nota del diario terminaba con una referencia a las dos hijas suicidas de Karl Marx. Eleanor, que se mató en 1898 a los cuarenta y tres años por un desengaño amoroso, y Laura, de sesenta y seis, quien en 1911 se había envenenado junto a su marido, el cubanofrancés Paul Lafargue, de sesenta y nueve, cuando ambos decidieron que afrontar las injurias de la vejez era peor que morir.

Exactamente cuando terminaba de leer el artículo, inesperadamente sonó el timbre del teléfono.

—Estoy tratando de hablar con el señor David Benda —dijo una voz femenina con un inconfundible acento de habanera educada.

—Usted dirá —le respondí poniéndome instintivamente en guardia.

Durante varios segundos la mujer se mantuvo en silencio creando una curiosa atmósfera de suspense.

—Perdone que no le diga mi nombre. No nos conocemos. Estoy de visita en Estados Unidos y dispongo de muy poco tiempo. Yo era vecina y amiga de Mara y Ricardo Lavasti. Tengo que decirle algo muy triste: ambos murieron. Supongo que usted no lo sabe porque nada fue publicado. En caso contrario, le ruego me perdone la llamada.

Sentí que mi corazón se estremecía.

—No, no lo sabía —dije muy apenado.

La voz continuó su relato.

—Mara me hablaba mucho de usted. Nunca dejó de quererlo y de admirarlo. Decía que usted era el mayor artista plástico que había pasado por Cuba. Ricardo también lo recordaba, pero sus últimos años fueron muy tristes. Perdió totalmente la facultad de hablar y de moverse. Sólo Mara era capaz de descifrar el movimiento de sus ojos y adivinar lo que quería. Fue muy duro. Debió morir mucho antes, pero los cuidados de Mara lo mantuvieron vivo. Tenía que cargarlo constantemente y él ya era un hombre. Su espalda se había arqueado de manera contraria a la forma natural de encorvarse. Era terrible y muy doloroso.

—¡Dios mío! ¿Cómo sucedió eso? ¿Cómo murieron?

—Murieron en un derrumbe de la vivienda. Una noche en que llovía copiosamente les cayó el techo encima. La casa estaba muy afectada por los ciclones y las lluvias. No podían arreglarla. No tenían dinero ni manera de hacerlo.

—¿Cuándo ocurrió esta desgracia? —le pregunté conmovido.

—El año pasado.

—¿Por qué Mara no pidió ayuda? Ella tenía amigos.

—No tenía amigos. En Cuba nadie tiene amigos cuando caes en desgracia. Todo el mundo sabía que a su hermano Julio lo habían asesinado cuando trataba de salir de Cuba. Yo era su única amiga. Cuando Celia Sánchez murió, en 1980, la echaron de su trabajo en la galería y la acusaron de ser una contrarrevolucionaria. Todos estos años ha vivido de ir vendiendo los objetos que había en su casa. Apenas le quedaba su colchón. Dormía en la misma cama con Ricardo. Por eso murieron juntos. Mara guardaba con mucho orgullo un cuaderno de apuntes con los bocetos que usted hacía.

—¿Por qué no trató de localizarme? Yo hubiera podido ayudarla.

—Nunca le escribió porque estaba prohibido tener relaciones con personas desafectas a la revolución. Tenía mucho miedo de que la detuvieran y dejar desamparado a Ricardo.

—¿Por qué no se mudó a otro sitio? —pregunté un tanto estúpidamente.

—Porque en Cuba eso es muy difícil, casi imposible. Ella decía que esa casa la había comprado usted para los dos y quería mantenerla por si un día las cosas cambiaban en Cuba y usted regresaba.

—No sabe la pena que me causa oírle decir todo esto. Yo quise mucho a Mara, pero ella no se aventuró a salir de Cuba junto conmigo. Yo no podía quedarme en la Isla.

—Ella lo sabía y me lo dijo varias veces. Siempre lamentó no haber tenido el coraje de emigrar. La comprendo, porque yo tampoco lo tuve y por cobarde he perdido toda mi vida en ese país congelado en el tiempo. La mayor parte de mi familia vive en Estados Unidos.

—¿Quiere cenar con nosotros, con mi esposa y conmigo? —la invité para continuar la conversación.

—No puedo. Soy funcionaria del gobierno y si saben que me

he reunido con usted me destituirían y me declararían traidora. Me he arriesgado a llamarlo por teléfono por respeto y cariño a la memoria de Mara y Ricardo. Ahora tengo que despedirme. Mañana regreso a Cuba.

—Muchas gracias, por haber llamado.

—Adiós.

Cuando Rachel llegó a la casa le conté los pormenores de la llamada. Me dijo, con evidente sinceridad, que lo sentía mucho, pero estaba como ensimismada y traía el rostro desencajado. Algo le sucedía. Algo quería decirme.

—¿Qué sucede, Rachel? —le pregunté.

Por un buen rato se mantuvo callada, hasta que dos lagrimones le humedecieron las mejillas. Entonces, con voz entrecortada, rompió a hablar.

—Hoy fui al ginecólogo a recoger los resultados de los análisis del Papanicolau. Hacía unos años que, por desidia, no me lo hacía. Salió muy mal. Me hicieron otras pruebas.

—¿Cómo que salió mal? —contesté sobresaltado.

—Tengo cáncer.

Rachel se echó a llorar y yo la abracé con fuerza, pero sin asimilar del todo el horror de la frase.

—El cáncer se cura —le dije—. Tú sabes que hay tratamientos.

—Está muy avanzado. Estadio 4, me han dicho. Ha hecho metástasis. El diagnóstico es definitivo: es un adenocarcinoma. Probablemente comenzó en el cuello del útero, pero ya se ha esparcido.

—¿Por dónde? Hay cirugía, hay radioterapia. Se puede luchar.

—Ya está en el hígado, en los pulmones, en el peritoneo. Lo detectaron en el sistema linfático. La cirugía y la radioterapia son inútiles. Tal vez la quimioterapia retarde un poco el proceso, pero las consecuencias son devastadoras.

—Supongo que vas a buscar una segunda opinión —le dije.

—Tengo una cita el próximo lunes en el Sloan-Kettering, pero no me hago muchas ilusiones. Yo vi las placas de abdomen.

—Iré contigo —le dije.

Rachel sonrió. No sé por qué, pero sonrió. Me pareció que quería animarme ante su desgracia. Creo que le preocupaba más mi tristeza que su propio destino. Siempre fue una mujer muy generosa.

32

Un extraño adiós

La visita al Sloan-Kettering tenía una doble lectura. Como se trataba de la institución médica más sabia y antigua del planeta en materia de cáncer, cuando sus especialistas determinaban que había elementos para ilusionarse, era razonable llenarse de esperanzas. Por la otra punta, cuando establecían que había pocas o ninguna posibilidad de salvarse, esa información, transmitida fríamente a bocajarro, era una especie de inapelable sentencia de muerte.

La segunda opinión, la del Sloan-Kettering, como temíamos, ratificó el sombrío pronóstico de la primera. El cáncer que sufría Rachel estaba demasiado extendido. La quimioterapia podía retardar la muerte, pero su horizonte de vida era cercano, acaso de pocos meses. Cuando se lo dijeron, tal vez porque lo esperaba y estaba mentalmente preparada, lo tomó con una sorprendente calma. Fui yo quien comenzó a llorar incontrolablemente.

A la salida de la consulta, Rachel, mirándome a los ojos, en una insólita inversión de lo que debió ser nuestra relación en ese momento, mientras me tomaba las manos, me dijo:

—¿Te recuerdas de *Tiempo de vivir, tiempo de morir*, la novela que tanto nos gustó de Erich María Remarque? Hay un tiempo para vivir y un tiempo para morir. Me ha llegado mi momento y voy a aprovecharlo para ser feliz. No voy a sucumbir a la tristeza. Todos tenemos que morirnos. Prefiero que sea así y no súbitamente. Pero necesito tu ayuda. Si tú no eres feliz en estos momentos yo tampoco podré serlo y mis últimos días entre los vivos serán un infierno. No me hagas eso, por favor.

Sentí en ese momento que mi amor por Rachel se multiplicaba. Me estaba rescatando de la tristeza. Este extraordinario ser humano no sólo sabía vivir. Sabía morir. Siguió con una elocuencia totalmente convincente.

—Amor mío, el pasado y el futuro sólo existen en nuestras cabezas. La única realidad es el presente y es sobre ese presente que podemos actuar. El tiempo que me quede, dos, tres, seis meses de vida, tengo que disfrutarlo, aunque sea difícil. No me voy a tirar en una cama a llorar porque he de morir. Todos vamos a morir. Tengo la suerte de tener movimiento. Mis manos, brazos y piernas, funcionan. Puedo bailar, que tanto me gusta. Mi cabeza razona perfectamente. Puedo leer, escuchar música. Tengo un hijo y un marido maravillosos. No voy a perder el tiempo en una lucha absurda para ganarle unos días a la naturaleza sometiéndome al horror de la quimioterapia, con los vómitos, los dolores y la fatiga extrema que provoca. Voy a esperar la muerte serenamente.

Le dije que estaba de acuerdo. Con su actitud, no sé cómo ni por qué, Rachel consiguió comunicarme su energía positiva, su extraño optimismo ante lo inevitable. Casi de inmediato comenzamos a hacer planes:

—Así me gusta —me respondió—. Nunca es más fuerte y más digna la pareja que cuando ambos se ayudan a morir. Nunca es más intenso y más necesario el amor que al final de la vida. Mil veces hemos caminado cogidos de la mano mecánicamente, sin saber lo que hacíamos. Ahora necesito tu mano.

Rachel, que no observaba los ritos judíos habitualmente, salvo en contados días, mantenía, sin embargo, algunas creencias inculcadas en la niñez:

—Cuando le preguntaba a mi madre qué pasaba después de la muerte, solía decirme que la vida era como un pasillo hacia un palacio muy grande y muy bello que no estaba hecho de cosas materiales.

—¿Y te convencía?

—Recuerdo que varias veces le dije que no entendía y siempre me contestaba con el mismo ejemplo. Me decía que era natural que no entendiera. Que si le explicáramos a un feto que está dentro del vientre de la madre lo que son la luna, el color rojo o un campo de trigo, tampoco lo entendería. Su única realidad era el mundillo húmedo y oscuro del útero. Sin embargo, cuando saliera del pasillo en que se encontraba y viera la otra realidad, comenzaría a comprender. Eso, decía mi madre, es lo que nos ocurrirá después de la muerte.

—Entonces ¿crees que hay algo más allá de la vida? —le pregunté aguardando me diera una esperanzadora respuesta positiva.

—No sé, pero me conviene creerlo y es lo que haré. Si cuando muera realmente existe un más allá, será maravilloso. Si no existe, nunca lo sabré. Como vivo en el presente, que es lo único que tengo, creer me resulta muy útil.

No era el momento de refutarle a Rachel ese oportunista manejo de las creencias, así que decidí apoyarla en su voluntariosa defensa de la existencia del alma o de algún elemento que trascienda a la vida y nos permita superar la muerte.

Más allá de los médicos, la primera persona a la que le revelamos lo que sucedía fue a Moses, nuestro hijo. Como es lógico, en un primer momento reaccionó con dolor y desesperación, pero muy pronto Rachel, ayudada por mi actitud colaboradora, pudo contagiarle su modo optimista de morir. Ante lo inevitable, lo mejor era tratar de obtener la mayor felicidad posible en el tiempo que todavía le quedaba. Le pidió que colaborara con ella de la mejor forma a su alcance: no convirtiendo su muerte en un motivo de duelo, sino en una celebración de la dicha de vivir.

—Así será, mamá —dijo Moses convencido, como me sucedió a mí, de que era lo correcto.

Rachel decidió dejar de trabajar, pero, muy responsablemente, en un par de días terminó y envió por correo un artículo científico muy bien investigado sobre compresión y descompresión en las cápsulas de los astronautas que le había pedido la NASA. A partir de ese punto se sintió libre para planear el breve futuro que tenía por delante.

—Morir —dijo sonriente—no es una buena excusa para quedar mal. Probablemente saldrá publicado después de mi muerte.

Espoleado con su ejemplo, y convencido de que no tenía el menor derecho a mostrar mis flaquezas, terminé el retrato del fundador de una gran compañía de seguros (un señor enorme y rubio con cara de pocos amigos) por el que me habían pagado una buena suma de dinero, y le comuniqué a la galería, que funcionaba como mi agente, mi decisión de no trabajar durante los próximos meses porque pensaba dedicarme a cuestiones personales.

Rachel quiso recorrer los lugares en los que había vivido y comenzamos por un sitio que ambos, en el pasado, habíamos jurado no volver a pisar nunca más: Alemania. Iríamos a Hamburgo, donde ella pasó parte de su primera juventud y de donde zarpamos en el barco *Saint Louis* rumbo a Cuba en la primavera de 1939. Yo aprovecharía para buscar a Abelard y a Walter Schwartz, mis salvadores durante el tiempo en que estuve escondido en la casa de antigüedades a la espera de viajar a La Habana. Nunca más había sabido de ellos.

Como Hamburgo tuvo la fortuna de quedar dentro del perímetro de Alemania Occidental, aunque muy cerca de la Alemania comunista, la reconstrucción de la ciudad-puerto había sido excelente. Rachel, muy conmovida, reconoció perfectamente el bello edificio de apartamentos de lujo donde se crió, el que albergaba la consulta de su padre, y el sitio en donde estuvo la academia de ballet en que dio sus primeros pasos rítmicos, hoy ocupado por una empresa dedicada a los seguros marítimos. En todos esos lugares pidió permiso para entrar y se lo concedieron amablemente. En todos se mantuvo muy seria y en silencio, como recordando personas y episodios de su infancia.

—Todo parece más pequeño de cómo lo recordaba —me dijo.

Cogidos de la mano, y acompañados por un viejo amigo de Rachel que resultó ser un experto en la historia local, fuimos al puerto donde, muchos años antes, tomamos el barco que uniría nuestros destinos. Nos contó que el *Saint Louis* sobrevivió a la Segunda Guerra Mundial, aunque muy afectado por las bombas, y hasta sirvió como hotel tras el conflicto, pero sólo por unos años. En 1950 fue desguazado y vendido como chatarra. Su capitán, Gustav Schröder, vivió lo suficiente para ser honrado por su nobleza durante aquel viaje convertido en pesadilla. Peor, pero más merecida suerte tuvo el nazi Otto Schiendick, el sujeto fanático, miembro de los servicios secretos hitleristas, que tanto nos atormentara durante la travesía a Cuba en el *Saint Louis*. Murió en combate en los últimos días de la guerra.

—Parece que lo mataron los ingleses. Fueron los primeros aliados que entraron en Hamburgo —nos dijo.

De Abelard y Walter Schwartz no pude averiguar absolutamente nada. Probablemente murieron durante la Operación Gomorra desatada por la aviación inglesa contra Hamburgo. Ocurrió a fines de julio de 1943. Durante varias noches, cientos de bombarderos británicos se propusieron demoler la ciudad. Primero, las bombas de dinamita destrozaron los techos y las estructuras. Luego siguieron las bombas incendiarias con fósforo vivo. Hubo verdaderas tormentas de fuego. Todo o casi todo fue calcinado, incluido el edificio en el que estaba la tienda de antigüedades donde me escondieron. Calcularon el número de muertos en casi cuarenta mil, pero sólo lograron identificar a menos de quince mil. Entre esos cadáveres sin nombre, incinerados, seguramente estuvieron mis amigos y protectores. Hoy, donde estaba la tienda de arte, existe una oficina dedicada al turismo. También me permitieron visitarla, pero estaba todo tan cambiado, tan moderno e iluminado, que me fue difícil ajustar la memoria a la nueva realidad.

La segunda escala fue Inglaterra.

—Han reconstruido el *chalet* de Liat Schifter. En este jardín criamos conejos y gallinas y sembramos hortalizas. Era una mujer maravillosa —me dijo Rachel mientras recorríamos la propiedad de la señora que la había cobijado a la llegada a Gran Bretaña.

Creo que durante el viaje a Inglaterra sólo la vi llorar ante la tumba de su padre. Fue un llanto largo y silencioso, sin aspavientos, mientras musitaba alguna oración, o simplemente le hablaba, algo que no pude discernir porque me alejé de ella para que desplegara sus emociones sin ningún tipo de interferencia. Cuando finalizó, colocó unas piedras sobre la tumba.

—Le debía esta última visita. Tal vez nos encontremos pronto —esto me lo dijo con una sonrisa.

Rachel quiso recorrer las estaciones del *tube* londinense, como los ingleses le llaman al *subway*, donde pasó una parte de la guerra.

—Era muy pobre, no tenía nada, pero no me sentía infeliz. Aquí, en el *subway*, conocí a mucha gente solidaria y valiosa. Compartíamos lo poco que conseguíamos. Entonces pensaba que así debió ser la vida en las cavernas durante decenas de miles de años. Todos juntos, compartiendo la comida y los niños revoloteando alrededor. A lo mejor por eso nos acostumbramos tan rápidamente a este tipo de vida. Es la que nos viene en los genes.

En una de las estaciones, creo que Liverpool, me contó, fue donde hizo el amor por primera vez.

—Debió haber sido en el barco *Saint Louis* contigo. Yo estaba deseosa y dispuesta, pero nos interrumpieron. Aquí conocí a Robert Fisher y nos enamoramos. Éramos muy jóvenes. Es increíble que mi primera noche de sexo haya sido en una estación del Metro, acostada en una colchoneta rodeada de sábanas que hacían las veces de cortinas. Pero más increíble aún es que nos hayamos podido concentrar.

—Ésa es la demostración de tu teoría de las cuevas. Nuestros tatarabuelos cavernícolas se apareaban en medio del grupo.

Rachel rio. Me encantaba su sonrisa. Me alegraba. Tuvo entonces una iniciativa audaz. Llamaría a su exmarido, Ted Burton, para invitarlo a cenar junto a su esposa. Iríamos las dos parejas. Curiosamente, Burton y su mujer aceptaron. Rachel eligió el restaurant: un francés estupendo que había sobrevivido a los avatares de los bombardeos y las diversas sacudidas económicas. Ella y Ted solían visitarlo cuando estaban casados.

La cena transcurrió dentro de cierta incómoda tensión aumentada por el silencio de Katherine, dedicada durante todo el tiempo a estudiar cuidadosamente a la exesposa de su marido. Rachel, en cambio, llevó la voz cantante. Con una enorme naturalidad, explicó que se estaba muriendo y había decidido rememorar sitios y personas que la habían marcado significativamente, de manera que despedirse de Ted Burton y saludar a su esposa le parecía perfectamente lógico. Con una forzada cortesía, a la que son muy dados los británicos, Ted le dijo que el cáncer todavía no la había afectado visiblemente y seguía siendo una persona llena de vitalidad y belleza.

—Tú eres médico, Ted, como yo. Seguramente te habrás percatado del tono ligeramente pajizo de mi piel. Sabes que es una señal inequívoca. Pero, al margen de ese detalle, todavía me siento bien.

La cena concluyó amablemente. Ted y Rachel se dieron un fuerte abrazo de despedida, y luego hubo otro menos cálido entre ella y Katherine. Cuando salimos del restaurante, ya solos, enjuició el episodio por el que acababa de pasar.

—¿Sabes? Me alegro de no haber envejecido junto a Ted, sino contigo. Me pareció un hombre aburrido y con una pálida vida interior. Tú eres mil veces más interesante como ser humano.

Rachel había decidido volver a New York en un crucero trasatlántico de lujo. Su argumento era que nuestro amor había comenzado en un barco y debíamos cerrar el círculo de la vida en otra embarcación.

—Quiero dejarte como mi último regalo estos días de felicidad —me dijo.

Y así fue. Bailamos mucho, como ella quería. Nos quisimos mucho, como los dos deseábamos. Hicimos el amor como unos adolescentes, seguramente con menos vitalidad, pero sin duda con la misma pasión. Unos días más tarde, arribamos a Manhattan.

Curiosamente, cuando entrábamos por la puerta, todavía con las maletas en la mano, sonó el teléfono. Era una voz desconocida desde Washington. Se trataba de un oficial del ejército a cargo de una oficina dedicada a darle seguimiento a los casos de los criminales de guerra nazis. Hacía algún tiempo habían detenido cerca de Viena a un tal Volker Schultz, acusado de diversos delitos antes y durante la guerra, y en el expediente habían encontrado una vieja denuncia mía. Les resultó difícil localizarme, dado que la dirección que aparecía era de La Habana, y querían saber si yo estaba dispuesto a ratificar la denuncia ante los tribunales.

No lo pensé excesivamente. Le dije que no. Había pasado mucho tiempo y creo que se me había agotado el odio que alguna vez sentí por ese sujeto despreciable. Supongo que esa decisión también se debió a la salud de Rachel. Todas las pasiones se habían adaptado a un nuevo orden de prioridades. No quería que nada ni nadie me desviara de lo que era el elemento central de mi vida en ese momento: amar y acompañar a Rachel hasta el último suspiro. Que lo acusaran y lo hicieran condenar otras víctimas, pues seguramente las habría. Para mí era la hora de querer, no de odiar.

El final de Rachel fue exactamente como ella me explicó que llegaría. No quiso ser hospitalizada. Una enfermera —la misma que solía auxiliarla en su consulta— le suministraba morfina para aplacar el dolor. Sus órganos se fueron apagando en cascada. En pocas semanas sobrevino el desenlace. Primero los riñones, luego el hígado y el páncreas. Yo estaba junto a ella. Con su mirada me pidió que la besara. Lo hice. Le apreté la mano. Su corazón dejó de latir. Yo sentí que el mío también se paralizaba, pero seguir vivo era el mejor homenaje a su memoria. Yo mismo le cerré los ojos.

Tras el entierro, vino el periodo de *shiva*, esa importante semana ritual de duelo dedicada a honrar la memoria de quien ha muerto y a cicatrizar la herida de los que permanecemos vivos. Mi hijo Moses dejó el dormitorio universitario en el que vivía en Baltimore y regresó a nuestra casa familiar de Manhattan durante ese periodo. Queríamos compartir el amor y el dolor como parte del proceso de sanación espiritual. Lo hicimos exactamente como nos lo recomendaron los rabinos. Cubrimos los espejos, dejamos de afeitarnos y nos sentamos en cojines, cerca del suelo, para recordar la importancia de la humildad. Abrimos las puertas de la casa para que entraran los amigos libremente y sin perturbarnos. Comunicamos de diversas maneras que Rachel había muerto y situamos a la entrada de casa un libro de condolencias. Muchos de sus pacientes, agradecidos por la calidad de sus cuidados, se acercaron a darnos ese abrazo final y a testimoniar su gratitud. Tantos coincidieron en casa que en tres oportunidades, al exceder de diez personas, el *minián* requerido, pudimos rezar juntos el Kadish para despedirla y honrarla como se merecía.

A la semana exacta, yo mismo apagué las velas del candelabro, el *ner daluk*. La luz de las velas era la presencia confortante del Dios de los judíos. A Moses le había tocado prenderlas siete días antes. Los dos, solos en la casa, nos abrazamos conmovidos, pero extrañamente aliviados. Esa noche, nos fuimos a cenar al Bridge Café, uno de los restaurantes favoritos de Rachel. No íbamos a llorar su muerte, sino a celebrar su vida extraordinaria tocada por el don de la alegría y la simpatía. Reímos contando sus mejores anécdotas. Invocamos su nombre y su presencia. Los dos sentimos que estaba allí, compartiendo el pan y la dicha de los tiempos que pasamos juntos. Nos llenamos de su recuerdo para prepararnos para su ausencia. Pensar en ella sería para siempre nuestro amuleto contra el dolor y la desesperación.

33

SIETE RETRATOS

Mientras esperaba a Karla Bain, la periodista de *The New York Times*, me entró la llamada de mi hijo Moses. Se había graduado como médico con las mejores calificaciones y se estaba especializando en neurología en Johns Hopkins. Hacía unas semanas uno de sus colegas había tenido la amabilidad de someterme a un examen para confirmar que, pese a mi edad, me encontraba en buen estado físico.

La entrevista fue en mi estudio, a donde regresé tras la muerte de Rachel, incapaz de seguir viviendo en su *brownstone*. La periodista, una entusiasta crítica de mi obra, pese al gesto amistoso con que me saludó, me sorprendió con una pregunta inesperada cargada de agresividad que me causó cierta inquietud.

—¿Es verdad que en su juventud usted mató a una mujer y que, en realidad, no se llama David Benda? Creo que usted me ha ocultado muchas cosas relacionadas con su vida en las conversaciones que hemos tenido a lo largo de los años.

Respiré profundamente antes de responderle. Ella, muy formalmente, siempre me trataba con reverencia y yo le respondía en un tono amistoso, amablemente. Me molestó la forma en que comenzaba aquella conversación, pero no se lo dije.

—Ya llegaremos a eso. Seguramente nunca le conté toda la verdad. Hace mucho que temía esa pregunta. Es una larga y triste historia. ¿No tiene una buena noticia que regalarme? Algo que me alegre la vida.

La periodista meditó unos segundos. Luego, riendo, me dijo:

—Bueno. No sé si es buena, pero es muy importante. Hace un rato Boris Yeltsin anunció en Moscú su renuncia como Presidente. Eligió nada menos que el 31 de diciembre de 1999, a punto de comenzar un nuevo milenio.

Ahora fui yo quien sopesó la respuesta:

—Es muy buena noticia. Yeltsin ya estaba agotado. Es buena para todos. A Yeltsin lo reconocerán como el hombre que enterró el comunismo. Si Gorbachov acabó con la URSS, tal vez sin proponérselo, Yeltsin terminó con el comunismo. Liquidó realmente la guerra fría. Jamás pensé que vería ese momento. Han sido unos años extraordinarios. Primero el derribo del Muro de Berlín, luego la independencia de los satélites, la disolución del Partido Comunista soviético y luego de la URSS. Es fantástico. Somos testigos de un cambio histórico fabuloso. Es como si viviéramos el hundimiento de Roma o la caída de Constantinopla.

Dejé resignadamente que Karla Bain me tomara del brazo mientras caminábamos por la acera. A la periodista del *Times* le habían encargado que me acompañara y escribiera sobre mí un largo perfil con motivo de la exposición que inauguraba. La miré fijamente. Era una mujer bella, rubia, de mediana edad, con un insólito toque asiático instalado en las mejillas bajo sus ojos azulgrises, dotada de una expresión bondadosa, fiel reflejo de su carácter, rasgo que casi nunca había encontrado en los críticos de arte.

Con cierta tristeza, no percibí en ella el menor gesto de coquetería. Si lo hubo en el pasado, muchos años antes, cuando nos conocimos, ya había desaparecido o yo lo había olvidado, pero ni siquiera de eso estaba seguro. Noté que me apretaba el codo con un ademán filial, o maternal, o ambos, porque en las mujeres se funden los dos instintos, pero nada más. Se trataba de pura admiración. A Karla le gustaba mucho mi pintura y había dejado constancia de ello en su leída sección cultural de los domingos.

Fingí una sonrisa de gratitud. Sentí aquellos dedos protectores como una especie de grillete bien intencionado, de esos a los que nunca me acostumbraría. En todo caso, de mi estudio al Museum of Modern Art, el mítico MoMA, no había una distancia demasiado larga, pero a mis años, aunque bien llevados, con la espalda recta y el paso rápido, largo y firme, de persona muy alta que no ha dejado de hacer ejercicios, siempre resultaba de agradecer una mano amiga capaz de sujetarme.

Era un octubre frío y algo húmedo, típico del otoño boreal, con el pavimento todavía resbaladizo por la fuerte lluvia caída en la mañana, aunque esa noche el clima neoyorquino tuvo la rara cortesía de mostrarse benévolo, lo que, sin duda, favorecería la asistencia a la apertura de mi exposición, exactamente a las 7 de la tarde.

Unos novios con aspecto de estudiantes, cargados con mochilas llenas de libros, seguramente de regreso de la universidad, se cruzaron con nosotros y me pareció, por la mirada pícara de la muchacha, que intentaban descifrar si se trataba de una inusual pareja de enamorados o si eran padre e hija, pero no dije nada, tal vez secretamente halagado por la confusión.

Karla me preguntó de súbito:

—¿Por qué decidió exponer estos siete retratos y no otros? El MoMA le había ofrecido la oportunidad de montar una gran retrospectiva. Usted pintó a John y a Jackie Kennedy, a Billy Graham, a Martin Luther King; hizo una espléndida interpretación del Papa Juan XXIII; su Marlon Brando, que fue portada de *The New Yorker,* es sensacional, aunque al actor no le gustó. ¿Por qué excluyó a estas personalidades y eligió una muestra restringida de apenas siete figuras, de las que sólo dos son conocidas?

Opté por responder parcialmente:

—A Brando no le agradó mi retrato. Creo que no quería enfrentarse a sus fantasmas. Es un hombre muy complicado. Comencé a pintarlo, precisamente, en mi estudio, donde usted me recogió. Me gusta observar a las personas que voy a retratar. Necesito ver sus arrugas, las marcas en la cara, como mueven los ojos y las manos. Todo eso dice mucho del carácter de las personas. Luego, en la versión definitiva, coloqué a Brando en una sauna, exhausto, sudoroso, envuelto en una toalla, medio en penumbra, inmensamente gordo y triste, desfigurado. No le gustó, pero intuyo que capté la esencia de su adiposa melancolía. Eso lo irritó.

—No quiso el retrato cuando usted lo terminó.

—No me importó. Era un buen retrato. Un coleccionista pagó doscientos mil dólares por la obra —agregué en un tono ligeramente malvado.

—De los siete retratos que ahora expone sólo Hemingway y Freud son universalmente conocidos y reconocidos por el público norteamericano —le dijo Karla—. ¿Los trató usted?

Me quedé callado mientras, con alguna dificultad, organizaba mis recuerdos. Detuve mis pasos y miré a los ojos de Karla con el gesto de quien va a decir algo trascendente:

—A Freud lo conocí en Viena hace muchos años. Mi memoria remota es muy precisa. Me falla, a veces, la reciente. Era amigo de mi padre. Comencé a pintar su retrato cuando apenas yo tenía algo más de veinte años, pero no pude terminarlo. Hubiera sido mi primer cuadro importante. Esta nueva versión, que conserva la composición original, es mi homenaje a él y, por qué no, mi homenaje a aquel joven pintor que yo era entonces.

—¿Y Hemingway?

—A Hemingway lo traté en La Habana hace muchos años.

Hasta salimos juntos a cazar submarinos alemanes en el Caribe. Le prometí que un día haría su retrato. No me creyó. Tampoco le gustaba demasiado mi pintura. A mí, en cambio, me deslumbró su literatura. Me dijo que un día contaría la historia de un pintor que sale a cazar alemanes en un yate. ¿Ha leído *Islas en el golfo*? Es posible que ese pintor, Thomas Hudson, esté parcialmente inspirado en mí.

—Bien, entiendo que haya seleccionado a Freud y a Hemingway, pero todavía no me ha dicho por qué esos retratos y no otros —insistió Karla—. Los museos y los coleccionistas que los poseen los hubieran prestado gustosos.

Me quedé pensando un buen rato, buscando las palabras exactas. De alguna manera me molestaba revelar mis motivos personales, siempre opacos, incluso para mí mismo, especialmente en los últimos tiempos.

—Tal vez quise pintar la historia de mi vida a través de esos retratos. Todas juntas, tan distintas, tan alejadas, fueron personas a las que estuve fuertemente vinculado a lo largo de mis tres vidas. Quise reunirlas, quién sabe si para despedirme de ellas.

—Usted ha sido testigo de muchos episodios dramáticos. Como mujer, me interesa un dato curioso: de los siete retratos que ha elegido, tres son mujeres. Sé que Rachel Berger fue su esposa y supongo que significó mucho para usted.

Tardé unos segundos en responder.

—Mucho. Fue un ser humano extraordinario. Nació para ser feliz, pero el destino, a ratos, se movió en otra dirección. La quise entrañablemente. Nos enamoramos cuando éramos muy jóvenes y la vida nos separó. Luego nos reencontramos en la madurez.

—¿Y Mara?

—Mara también fue una mujer magnífica. Era cubana, buena pintora, increíblemente sensible. Fue preciosa. Yo he tenido la suerte de compartir mi vida con tres mujeres inolvidables.

—Supongo que la tercera mujer es Inga, la del otro retrato.

—Así es. Fue un amor juvenil, muy breve, en medio de la tormenta del nazismo. Tuvo un final trágico, como le pasó a Europa en aquella época de locura. Inga también era bellísima. Cada una de estas mujeres ha sido la clave en cada una de mis tres vidas.

—¿Tres vidas? —preguntó Karla extrañada.

—Tres. Mis primeros años en Viena, donde nací y me hice pintor, fue mi primera vida, turbulenta y riquísima en emociones y estímulos intelectuales. Aquella Viena tenía una vitalidad cultural increíble, pero estaba enferma. Era el cerebro del mundo, o uno de sus lóbulos más activos, pero era un cerebro carcomido por el cáncer de la decadencia y el odio. Fue una etapa formadora, mas también devastadora en muchos sentidos. Veo a los adolescentes de hoy, tan diferentes a los de mi época, a los de mi mundo, y me quedo asombrado. Para nosotros la precocidad era una forma de adaptación al medio. Sólo los precoces sobrevivían. Entonces la vida era intensa y peligrosa. A los catorce años mis amigos y yo nos reuníamos a discutir de política apasionadamente. El arte y la literatura también formaban parte de nuestras vidas. A esa edad yo era un hombrecito, quizás por la influencia de mis padres, o por herencia biológica, o por la densidad de la vida cultural vienesa, vaya usted a saber, pero mis compañeros no lo eran menos. Todavía recuerdo el impacto que tuvo en todos nosotros, estudiantes del *Gymnasium*, un breve libro de Stefan Zweig, *24 horas en la vida de una mujer*. Hoy casi nadie sabe quién fue Stefan Zweig y es difícil entender lo que significó en Europa, a principios de siglo, la historia de una dama burguesa y madura que lo deja todo por una aventura amorosa.

—¿Y la segunda vida? —me preguntó la periodista con cierta impaciencia.

Continué el relato exactamente en el mismo tono.

—Luego vino la vida en La Habana. La inesperada, la sorprendente, la agridulce vida cubana, tan distinta. Esa fue mi segunda vida. Ahí aprendí español, lo que me resultó relativamente fácil porque en la escuela austriaca, junto al alemán, que era mi idioma, había aprendido francés e inglés. Una cuarta lengua siempre es más fácil. Allí, en Cuba, amé de nuevo, comencé a triunfar y tuve y perdí una familia. A veces creo que me dolió más el sacrificio de La Habana que el de Viena.

Me quedé en silencio, dubitativo.

—Llegamos a la tercera —la periodista, exprofeso, me devolvió a la conversación.

—La tercera vida es la transcurrida en New York. Es la más extensa y profesionalmente la más prolífica: casi cuarenta años. New York me dio la seguridad que nunca había tenido del todo. Por primera vez pude vivir sin sobresaltos, sin estar en guardia contra un zarpazo inesperado. Ustedes, norteamericanos felices, no saben el alivio que significa saber que puedes dormir tranquilamente porque el mundo que te esperará en la mañana siguiente es el mismo de la víspera. Nada cambiará súbitamente.

Me había estremecido con mis propias palabras. La última oración la había pronunciado con una mezcla extraña de admiración y melancolía. Karla, mientras tomaba notas, advirtió que había entrado en un doloroso terreno íntimo y sintió la perversa curiosidad de seguir preguntándome. Había una contenida emoción en la rápida síntesis de mi vida que le había hecho. Aunque sabía que yo era un judío que procedía de Austria, y aunque no ignoraba que había pasado por Cuba antes de instalarme en Estados Unidos, desconocía la importancia que les daba a esas etapas. Para ella, yo era un pintor que había comenzado dentro del simbolismo decorativo e idealizado de Klimt, como tantos artistas de su época, especialmente si eran austriacos, hasta desembocar en unas formas violentas que recordaban al mejor y más torturado Francis Bacon, o a Lucian Freud, otro germánico de nacimiento, aunque totalmente incrustado en la vida inglesa.

—Hay dos retratos que no logro identificar: Karl Toledano y Yankel Sofowicz. ¿Quiénes son?

—Fueron dos personajes extraordinarios. A Karl Toledano le debo la vida. Me enseñó que se debe luchar por la libertad y me ayudó a escapar de Europa. Su vida merece un gran biógrafo, una película. Fue un héroe. Murió peleando. Yankel fue el hermano que me deparó el destino, no mis padres. Era polaco, pero acabó siendo y sintiéndose cubano, aunque trasladado a Estados Unidos. Hemos tenido vidas paralelas. Fue un hombre bueno y laborioso con una historia personal increíble. Su retrato es un homenaje a la amistad y la decencia. Me tendió la mano cuando más lo necesitaba. Murió hace unos tres años en Miami. Su viuda y su hija suelen llamarme a menudo.

—¿Cuál ha sido la más interesante de esas tres vidas? —indagó Karla realmente interesada en la respuesta.

Yo me había hecho la misma pregunta muchas veces y solía responderla de diferentes formas porque no siempre pensaba lo mismo.

—Depende. A Viena la recuerdo con un inmenso rencor, pero le debo todo lo que soy. He entendido lo que es la relación amor-odio tratando de explicarme a Viena. Era una ciudad limpia y hermosa, vibrante, llena de talento, pero estaba podrida y no lo sabíamos. Viena me dio el método y me enseñó a mirar. En La Habana, tan diferente, tan luminosa, al principio encontré la paz; fue como un sanatorio emocional, pero sólo por un tiempo. Luego se convirtió paulatinamente en un infierno. Mientras más me integraba, más sufría. Había algo engañoso en esa sociedad. Los cubanos eran risueños y alegres, pero sólo por fuera. Por dentro padecían mucho. Pagaban un precio por la superficialidad en la que vivían. Es muy curioso: de Viena no quiero recordarme, pero sus imágenes me acompañan siempre. La Habana, en cambio, aunque a veces trato de imaginármela, casi se ha borrado de mi memoria, como si me doliera recordarla. No puedo pensar en ese país, ni en sus gentes, ni en lo que logré en el plano humano y luego se esfumó. Es como si involuntariamente me hubiera arrancado esa experiencia, como uno se arranca del pecho un clavo infectado.

—¿Y Estados Unidos? —me preguntó la periodista del *Times* pensando sólo en el sectario interés de sus lectores.

—Estados Unidos me dio fama y dinero, su sociedad me abrió un espacio generoso. Me tocó una época turbulenta, de profundos cambios sociales, y aquí, por primera vez, paradójicamente, conocí la estabilidad en medio de las conmociones sociales, pero siempre he tenido una sensación de extrañeza, de no pertenencia, que mitigaba mientras Rachel vivía. Viena fue mía y yo de ella por un tiempo. En La Habana logré integrarme, conseguí fundirme con la sociedad y con el paisaje. Hubo momentos en que sus calles, sus plazas y sus gentes eran mías. En Estados Unidos, país extraordinario, participo, me muevo con soltura, he obtenido un reconocimiento y éxito económico que muy pocos artistas disfrutan, pero a veces pienso que no pertenezco. Me da la impresión, tal vez absurda, de que soy un huésped muy bien tratado por una sociedad educada y hospitalaria, incluso admirado, pero nada más. Es una sensación rara.

Llegamos. En la puerta nos esperaba un nutrido grupo de periodistas, estudiantes de pintura y entusiastas amantes de mi obra. En la fachada del Museo, iluminado por un reflector, colgaba un elegante banderín dorado con letras azules que decía: *Siete Retratos por David Benda.* Y luego seguía una lista con nombres escritos en tipografía Avant Garde precedidos por números: *1. Sigmund Freud 2. Karl Toledano 3. Inga Schmidt 4. Rachel Berger 5. Mara Lavasti 6. Yankel Sofowicz 7. Ernest Hemingway.*

Karla volvió al inicio de la conversación. Trataba de confirmar o desmentir una información curiosa que había llegado al *Times* de forma anónima, pero acompañada de la copia de un periódico de Viena oscurecida por el tiempo, fechado en noviembre de 1938. A bocajarro, ya dentro del Museo, rodeada de fotógrafos y periodistas, en la puerta del salón donde esa noche inauguraba mi exposición personal, acaso la más importante de mi vida artística, insistió:

—Vuelvo a la pregunta que le hice al principio de esta entrevista: ¿es verdad que en su juventud usted mató a una mujer y que, en realidad, no se llama David Benda?

Mientras me interrogaba, la periodista me enseñó la amarillenta hoja de *Der Stürner*, un periódico escrito en alemán en la que figuraba la fotografía de un joven apuesto que muy bien podía haber sido yo en aquella época.

Tomé el recorte de periódico de sus manos y leí lentamente la información. La mirada se me fue humedeciendo a medida que avanzaba. Sentí entonces un viejo dolor que creía dormido para siempre. Me repuse, busqué el CD en el bolsillo interior de la chaqueta y se lo dí.

—Ah, si supieras —exclamé, fatigado, mirando a la periodista—. Ayer terminé mi autobiografía. Nunca te mentí, pero no te lo conté todo. Es tan dura y amarga que no vale la pena. Mientras recordaba, me daba cuenta de que, sin proponérmelo, estaba escribiendo la historia del siglo XX. Ahí están todas las respuestas a tus preguntas. El exergo del libro es una frase que, sin ninguna certeza, le atribuyen a Nietzsche: "El recuerdo es el único paraíso del que no pueden expulsarnos". Ya ni siquiera estoy seguro de que eso sea cierto.